Sallie Bissell
Lockruf des Todes

Sallie Bissell

Lockruf des Todes

Roman

Aus dem Amerikanischen
von Susanne Aeckerle

ULLSTEIN

Die Originalausgabe erschien 2001 unter dem Titel »In the Forest of Harm«
bei Bantam Books, New York

Ullstein Verlag
Ullstein ist ein Verlag des Verlagshauses Ullstein Heyne List
GmbH & Co. KG

ISBN 3-550-08394-7

Gesetzt aus der 10/12 pt Janson bei
ew print & medien service gmbh, Würzburg
Druck und Bindung: GGP Media, Pößneck

Dieses Buch ist
Elizabeth und Carter Stringfellow
gewidmet

Prolog

Gemischtwarenladen in Little Jump Off, Nantahala National Forest, North Carolina,
11. April 1988

»Mom? Ich bin wieder da.« Mary Crow zog die Hintertür des Ladens auf, und der köstliche Duft von Räucherschinken und getrockneten Äpfeln schlug ihr entgegen. Das Schnaufen der uralten Kühlbox für Angelköder übertönte den Oldies-Lieblingssender ihrer Mutter, der gerade eine kratzige Version von »Hey Jude« spielte.

»Mom?«, wiederholte Mary. »Ich bin's.«

Sie strich sich das glänzende schwarze Haar aus der Stirn, wartete auf das vertraute »Hier bin ich« ihrer Mutter, aber im Laden hallte nur ihre eigene Stimme wider.

Kopfschüttelnd schlängelte sich Mary durch die voll gestopften Gänge, in denen alles zu finden war, vom Waschmittel bis zu staubigen, altmodischen Nachttöpfen. Obwohl ihre Mutter hier seit zehn Jahren arbeitete, gab es im Little-Jump-Off-Laden schon seit der Zeit der Keksdosen und Gurkenfässer all das zu kaufen, was die Bergbewohner brauchten.

»Mama?« Mary hob die Stimme, musste sich gegen das laute Brummen der Kühltruhe durchsetzen. »Ich bin wieder da. Entschuldige, dass ich so spät komme. Ich helf dir, den Laden abzuschließen.«

Wieder keine Antwort. Ihr war plötzlich kalt, als hätte ihr jemand den Pullover von der Schulter gerissen. Sie runzelte die Stirn. Irgendwas kam ihr merkwürdig vor. Hier stimmte etwas nicht.

»Mutter?« Ihr ängstlicher Ruf hallte durch die zu stillen Räume. Von der Veranda vorne am Laden waren dumpfe Schritte zu hören. Nicht der leichte Gang ihrer Mutter, sondern schwere Schritte mit einem seltsamen Rhythmus.

Rasch ging sie zum Ladentisch, vorbei an dem Ständer mit Frühjahrssamen. Wie betäubt blieb sie stehen, als hätte ihr jemand ins Gesicht geschlagen. Die alte hölzerne Kasse stand auf wie ein leeres Maul; Wechselgeld lag auf dem Ladentisch verstreut, Fünf- und Zehndollarscheine bedeckten den Boden. Mary starrte fassungslos darauf, während sich ihr Magen zu einem harten Knoten zusammenkrampfte.

»Mom?«, rief sie. »Wo bist du?«

Sie rannte zur Vorderseite des Ladens und schnappte erschrocken nach Luft. Dosen mit gebackenen Bohnen rollten auf dem Boden zwischen Haferflockenpackungen und aufgeplatzten Mehltüten. Zwei aufgerissene Sixpacks Cola ergossen sich über das Durcheinander.

»Mom? Bist du hier?« Mary sah in den Gang mit den Haushaltswaren. Nichts. Sie schaute hinter dem Ladentisch nach. Wieder nichts. Sie lief zu der Ecke des Ladens, in der der Webstuhl ihrer Mutter stand.

Da, auf dem Boden, neben einer Tüte mit Wolle, lag Martha Crow. Ihr blauer Baumwollrock war bis zur Hüfte hochgeschoben, die Bluse vorne zerrissen. Das Gesicht war blau angelaufen, und große rote Flecken bedeckten ihren Hals.

Mary blinzelte, als alles zu taumeln begann – ihre Mutter, der Laden, ihre ganze Welt. Verschiedene Gedanken schossen ihr durch den Kopf, und sie schnappte danach wie ein Hund nach Fliegen. Sie müsste sich um ihre Mutter kümmern, sie müsste die Polizei rufen, sie müsste auf die Veranda laufen und um Hilfe schreien. Aber ihre Beine waren wie aus Gummi, und sie konnte sich nicht mal mehr erinnern, wo das alte schwarze Telefon stand. Sie konnte nur dastehen und ihre Mutter stumm anstarren, während die Beatles weiterdröhnten und sich die schweren Schritte entfernten.

»Mama!«, schrie sie, ihre Stimme blechern vor Entsetzen.

»Mama?« Mary lief zu ihr, kniete sich neben ihre Mutter, flehte, betete. *Bitte mach, dass sie die Augen öffnet. Bitte mach, dass sie lächelt.* »Fehlt dir was?«

Martha Crow antwortete nicht.

Vorsichtig berührte Mary mit den Fingerspitzen die Schulter ihrer Mutter. Ihr Körper war noch warm, noch weich wie der einer Lebenden, aber ihr Brustkorb blieb regungslos. Als Mary sie sanft schüttelte, sickerte Speichel aus dem Mundwinkel ihrer Mutter. Ihre Hände – die Hände, die noch an diesem Morgen Marys Wange gestreichelt hatten, bevor sie zur Schule ging – waren blutig. Jeder Knöchel war aufgeschrammt und ein Fingernagel abgerissen, als hätte sich Martha Crow verzweifelt gewehrt.

»Mama?« Wieder schüttelte Mary sie, fester, und zog ihr die zerrissene Bluse über die Brust. Der Ehering ihrer Mutter war noch da, aber das Medaillon des Heiligen Andreas, der einzige Schmuck, den Martha nie ablegte, war verschwunden. Schluchzend berührte Mary den bleichen Fleck über den Brüsten, wo das Medaillon gehangen hatte. Die Haut wurde bereits kalt.

In diesem Moment wusste sie genau, was passiert war. Nicht das Wie und das Warum, aber Mary Crow wusste mit absoluter Sicherheit, dass der letzte, der den Laden verlassen hatte, der Mörder ihrer Mutter war.

»O Mama«, flüsterte sie. »Bitte verlass mich nicht ...« Flehend beugte sie sich vor und vergrub ihr Gesicht in dem langsam erkaltenden Körper ihrer Mutter, achtete nicht auf die Schritte, die sich von der Veranda entfernten, achtete nicht auf die Beatles im Radio, achtete auf nichts mehr als ihren Schmerz, der ihr das Herz zerriss.

Atlanta, Georgia, 2000

»Indianerschlampe!«, brüllte Calhoun Whitman junior seine ersten Worte vor Gericht und hechtete mit einem Satz über den Tisch des Verteidigers. »Gottverdammte *Squaw!*«

Mary Crow zuckte nicht zurück, als Whitman auf sie zu rannte. Die Geschworenen rückten auf ihrer Bank ängstlich zusammen. Whitmans Verteidiger sprang auf und warf sich auf seinen Mandanten. Obwohl Whitman ein schlanker junger Mann war, besaß er schnelle Reflexe und war erstaunlich muskulös. Selbst mit dem stämmigen Verteidiger, der sich an seine Beine klammerte, wand sich Calhoun Whitman junior wie eine Klapperschlange auf den Tisch der Staatsanwaltschaft zu.

Die beiden Gerichtsdiener, die normalerweise rechts und links von der Richterbank dösten, schossen hoch. Grunzend und fluchend gelang es den drei Männern schließlich, den soeben für schuldig befundenen Mörder vor dem Zeugenstand zu überwältigen. Dumpf krachte sein Kopf auf den Boden. Gleich darauf drückten die beiden Gerichtsdiener ihre Dienstrevolver an Whitmans Schädel.

»O Gott!«, kreischte Mrs. Calhoun Whitman senior. »Die erschießen ihn!«

»Ruhe!« Richterin Margaret McLean ließ ihren Hammer niedersausen. Der heftige Schlag ging im allgemeinen Getöse unter. »Ruhe im Saal!« Sie schlug mit dem Hammer auf den Tisch, als würde sie Nägel einschlagen. »Gerichtsdiener, legen Sie dem Mann Handschellen und Fußeisen an!«

»O nein ...«, schluchzte Mrs. Whitman, als der eine Gerichtsdiener ihrem Sohn die Hände auf dem Rücken fesselte, während der andere ihn immer noch mit dem Fuß und dem Revolver im Nacken ruhig hielt. Mary Crow sah regungslos zu, wie die Gerichtsdiener Cal die Fußeisen anlegten und ihn mit einem Ruck auf die Beine stellten. Nachdem alle im Gerichtssaal ihre Plätze wieder eingenommen hatten und Marys Herz nicht mehr wie wild schlug, erhob sie sich, wie es üblich war, zur Verkündung des Richterspruchs.

Richterin McLean wandte sich an den Angeklagten. »John Calhoun Whitman junior, die Geschworenen haben Sie der Notzucht und des vorsätzlichen Mordes an Sandra Dianne Manning für schuldig befunden. Das Urteil wird von diesem Gericht am Freitag, dem 3. November verkündet, wie es die Strafgesetzordnung des Staates Georgia vorschreibt. Bis dahin werden Sie im Gewahrsam des Staates bleiben.« Richterin McLean sah den auffallend gut aussehenden jungen Mann, der jetzt nach Atem ringend in seinem zerrissenen Armanianzug vor ihr stand, mit finsterem Blick an. »Führen Sie ihn ab!«

Die beiden Gerichtsdiener packten Cal Whitman an den gefesselten Armen und schoben ihn zur Tür, wobei seine Fußeisen wie eine Kaskade fallender Münzen klirrten. Als sie am Tisch des Staatsanwalts vorbeikamen, versteifte Cal die Knie und stieß den Gerichtsdienern die Ellbogen in die Seiten.

»Dämliche Hure!«, brüllte er Mary an. Die blonden Haare fielen ihm ins Gesicht. »Cherokesenlesbe! Dafür wirst du mir büßen!« Dann warf er den Kopf zurück und spuckte. Alle stöhnten entsetzt auf. Ein Klumpen milchiger Spucke flog durch die Luft und traf Wynona, die kleine graue Specksteinfigur einer indianischen Göttin, die Mary bei jedem Prozess auf ihrem Tisch stehen hatte. Als die Spucke an der kleine Statue herunterlief, verzog sich Cals hübscher Mund zu einem triumphierenden, höhnischen Grinsen.

»Ohne deine Stöckelschuhe bist du nur ein dürres rothäutiges Flittchen!«

Mary spürte, wie ihr die Röte ins Gesicht stieg. Sie verabscheute Männer wie Whitman, die Frauen wie Dreck behandelten und dann erwarteten, dass sich mit ihrem Geld oder ihrer Macht alles regeln ließ. Sie drückte die Hände flach auf den Tisch, beugte sich vor, wusste genau, dass der warme Duft ihres Parfüms ihm als ständige Erinnerung an den Tag im Gedächtnis bleiben würde, an dem sie ihn überführt hatte.

»Viel Spaß im Gefängnis, Cal«, sagte sie leise, ohne die Befriedigung in ihrer Stimme zu verbergen. »Wie ich höre, freuen sich die Machos da schon auf dich.«

»Dafür mach ich dich fertig!«, schrie Cal. Die Gerichtsdiener schleiften ihn weiter, aus dem Gerichtssaal hinaus. »Das schwör ich bei Gott!« Die Tür knallte hinter ihm zu, aber seine Drohungen hallten im Flur wider, verklangen erst, als er in eine schalldichte Zelle gesperrt wurde.

»Meine Damen und Herren Geschworenen, ich danke Ihnen. Das Gericht vertagt sich.« Mit einem kurzen Nicken zu den Geschworenen und einem scharfen Blick für Whitmans Verteidiger zog sich Richterin McLean in das friedliche Blau ihres Büros zurück. Danach ging der Tumult erst richtig los.

Mary betrachtete die mit Speichel bekleckerte Wynona und schüttelte den Kopf. Wenigstens war dieser Fall, dieses Verbrechen aus Leidenschaft, das irgendein Witzbold aus ihrem Büro den »Patzer Abkratzer« getauft hatte, abgeschlossen. Atlanta war schockiert gewesen, als der jüngere Sohn eines der reichsten Bauunternehmer unter den Verdacht geriet, eine Verkäuferin von Gap vergewaltigt und ermordet zu haben, aber als die Zeitungen andeuteten, politische Kräfte hätten Druck auf das Büro des Staatsanwalts ausgeübt, Calhoun Whitman junior für das Verbrechen anzuklagen, hatte die ganze Stadt verrückt gespielt. Mary wusste nur, dass der Fall auf ihrem Schreibtisch gelandet war. Obwohl die verstorbene Sandra Manning einen Hang zu wechselnden Sexualpartnern gezeigt hatte, sprachen die Beweise überwältigend eindeutig gegen Whitman. Marys Chef, der Bürgermeister und selbst der Gouverneur hatten gewünscht, dass der Fall nicht in den Zeitungen breitgetreten wurde, also war Mary mit den Beweisen in den Prozess gegangen, die ihr vorlagen. In den letzten zwei Wochen hatte sie die Anklage vertreten. Heute hatten die Geschworenen den Schuldspruch verkündet.

Kate Summerfield, die Kriminalreporterin des *Journal-Clarion*, war die erste, die sich zu Mary durchdrängte.

»Hey, Mary, ist das nicht die sechste Verurteilung bei sechs Anklagen?«

Mary widerstand der Versuchung, zu grinsen und die Faust triumphierend hochzurecken. Besser, die Presse erfuhr nicht, wie gut es tat, Abschaum wie Whitman aus dem Verkehr zu ziehen. Das war anregender als Kaffee, aufregender als Fallschirmspringen, vielleicht sogar erregender, als einen talentierten Mann zwischen den Beinen zu haben. Sie sah auf ihre Papiere und beantwortete Kates Frage mit einem bescheidenen Nicken. »Der schöne Cal ist der Sechste.«

Kate pfiff leise. »Erstaunlich für jemanden, der so jung ist. Sagen Sie, stimmt es, dass die alten Cherokee eine Hand abschlugen, wenn jemand einen Mann umbrachte, aber zwei, wenn eine Frau getötet wurde?« Sie kritzelte ihre Notizen auf einen langen, dünnen Block, der eher für Einkaufslisten geeignet schien als für Schlagzeilen auf der Titelseite.

Mary lachte. »Wer hat Ihnen denn das erzählt?«

»Hab ich irgendwo gelesen. Liegt es an einer alten Tradition der Cherokee, dass Sie sich nie auf Absprachen einlassen, wenn das Opfer eine Frau ist?«

»Darüber habe ich noch nie nachgedacht, muss ich gestehen.« Mary lächelte, ließ sich aber auf keine weiteren Erläuterungen ein. Tatsächlich war Kate der Wahrheit sehr nahe gekommen. Die alten Cherokee hackten Typen wie Cal die Hände ab, und Mary traf tatsächlich keine Absprachen, wenn das Opfer weiblich war, aber sie wollte nicht, dass die Leute das morgen beim Frühstück in der Zeitung lasen.

»Haben Sie damit zum ersten Mal jemanden aus einer der prominenten Familien von Atlanta überführt?«

Ich habe zum ersten Mal jemanden überführt, dessen Tante mit meiner Großmutter Bridge spielt, dachte Mary, lächelte aber wieder. »Kate, ich übernehme jeden Fall, den Jim mir zuteilt.«

Kate wollte gerade die nächste Frage stellen, da spürte Mary eine leichte Berührung am Arm. Sie drehte sich um. Jim

Falkner, ihr Chef, stand hinter ihr. Er umarmte sie kurz, hüllte sie in eine Wolke aus Tweed und Old-Spice-Rasierwasser ein. »Gut gemacht, Mädchen. Alles in Ordnung?«

»Alles bestens.« Mary lehnte sich noch ein wenig an seine tröstliche, kräftige Gestalt. »Bin nur froh, dass es vorbei ist.«

Jim ließ in der unaufdringlichen Art eines Expolizisten den Blick durch den Gerichtssaal schweifen. »Kommen Sie, gehen wir«, sagte er leise, den Blick noch immer wachsam auf Cal Whitmans älteren Bruder Mitchell gerichtet, der schützend den Arm um die Schultern seiner schluchzenden Mutter gelegt hatte. »Wir haben heute Morgen noch drei Telefonanrufe bekommen.«

»Das Übliche?« Mary, als stellvertretende Bezirksstaatsanwältin, hatte sich daran gewöhnt, bei jedem Fall eine gewisse Anzahl von Drohanrufen zu bekommen. Für gewöhnlich machten die Anrufer Bemerkungen über ihr Geschlecht (Fotze, Schlampe, Hure) oder ihre ethnische Abstammung (Cherokesenfotze, Halbblutschlampe, Indianerhure). Die Presse hatte jedoch ausführlich über den Whitman-Fall berichtet, und die Drohungen waren entsprechend angestiegen.

»Nicht ganz.« Jims Blick huschte von einer Person zur anderen, wie eine Mücke, die einen Platz zum Landen sucht. »Jetzt benutzen sie das B-Wort.«

Obwohl jeder Eingang zum Gerichtsgebäude von Deckard County mit einem Waffendetektor ausgerüstet war und die Sicherheitsmaßnahmen für diesen Prozess verdoppelt worden waren, merkte Mary an der Art, wie Jim an seinem dicken grauen Schnurrbart zupfte, dass er besorgt war. Das B-Wort bedeutete »Bombe« für die Polizei von Atlanta. Seit der Olympiade wurden solche Drohungen so ernst genommen, als käme die Warnung von Gott persönlich.

»Hey, Falkner, leihen Sie mir mal Ihr Taschentuch«, sagte sie.

Jim runzelte die Stirn, griff in seine Gesäßtasche. »Kriegen Sie eine Erkältung?«

»Ich muss meine Wynona abwischen.« Mary deutete auf die kleine Specksteinfigur. »Cal hat sie angespuckt.«

»Igitt.« Jim zog ein weißes Leinentaschentuch heraus. »Behalten Sie es. Oder, besser noch, werfen Sie es weg. Wer weiß, ob der schöne Cal nicht die Tollwut hat.«

Jim wandte sich ab und sprach mit einem Beamten vom Sicherheitsdienst, während Mary Wynona abtrocknete. Als sie das Taschentuch in den Papierkorb warf und Wynona in die Tasche steckte, erkannte sie an dem Lärm hinter sich, dass die Presse die verstörten und aufgelösten Whitmans interviewte. Vielleicht konnte sie auf diese Weise unbemerkt durch die Menge schlüpfen.

Sie schloss ihren Aktenkoffer, drehte sich um und bahnte sich den Weg zur Tür. Fernsehteams umlagerten die Whitmans wie hungrige Hunde, die auf einen Fleischbrocken warten. Calhoun Whitman senior stand bei seinem Anwalt und unterhielt sich leise mit ihm; neben ihm seine gramgebeugte Frau Cornelia, die sich die Nase mit einem zerknüllten Papiertaschentuch abtupfte. Als Mary den Mittelgang des Gerichtssaals erreicht hatte, fing sie Mitchell Whitmans finsteren Blick auf. Cals älterer Bruder gab einem Reporter von Kanal 9 ein Interview, ließ Mary dabei aber nicht aus den Augen. Mary hatte ihn hart ins Kreuzverhör genommen, als die Verteidigung ihn als Zeugen aufrief, und an seinem wütenden Blick war zu erkennen, dass er es nicht vergessen hatte.

»Natürlich legen wir Berufung ein«, verkündete er in das Mikrofon, das ihm der Reporter unter die Nase hielt. »Mein Bruder wurde reingelegt. Dieser Fall war politisch motiviert.«

»Und wer hat Cal reingelegt?«, fragten zwei Stimmen gleichzeitig über das Surren der Kameras hinweg.

Himmel, dachte Mary. Was für ein Theater. Sie wandte sich von Mitchell Whitman ab, drängte sich durch eine Traube von Reportern, die hektisch in ihre Handys brabbelten. Dann sah sie zwei vertraute Gestalten in der letzten Reihe des Gerichtssaals sitzen.

Mary lächelte. Die große, blonde Alexandra McCrimmon war seit dem ersten Jahr auf dem College ihre beste Freundin und hatte danach, weil sich ihr keine verlockendere Berufskarriere anbot, zusammen mit Mary Jura studiert. Während des Studiums hatten sie Joan Marchetti kennen gelernt, eine Italienerin, die zu klein war, um als Opernsängerin auftreten zu können, und sich deshalb nach Süden in ein Jurastudium geflüchtet hatte. Die drei hatten sich angefreundet, als sie feststellten, dass sie die einzigen Frauen im Kurs für Verfassungsrecht waren. Mary hatte sich sofort zu Joan als einer Außenseiterin wie sie selbst hingezogen gefühlt, während Alex von Joans lieblicher Stimme und ihrer draufgängerischen Art fasziniert war. Joan, die noch nie ein Cowgirl aus Texas oder eine Indianerin aus North Carolina kennen gelernt hatte, war begeistert, zwei Südstaatlerinnen zu finden, die nicht vor ihrem Brooklyn-Akzent zurückschreckten oder ihre Vorliebe, sich ganz in Schwarz zu kleiden, missverstanden.

Während der nächsten zwei Jahre waren sie unzertrennlich gewesen und hatten es mit zusammengebissenen Zähnen, Humor und Entschlossenheit geschafft, das Studium durchzuhalten. Danach, als sich Mary ganz auf Strafrecht verlegte, waren Alex und Joan zu Unternehmensrecht übergegangen und hatten sich auf Fusionen und Firmenübernahmen spezialisiert. Beide arbeiteten für eine große Anwaltskanzlei in einem der modernsten Hochhäuser Atlantas. »Da frisst ein Hund den anderen«, pflegte Alex zu sagen. »Aber sie zahlen außergewöhnlich gut dafür, dass wir die Scheißhaufen aufsammeln.«

»Hi, Mädels.« Mary ließ ihren Aktenkoffer auf einen freien Stuhl neben Joan fallen. »Wieso seid ihr hier? Öder Tag im Übernahmegeschäft?«

»Wir wollten sehen, wie du den schönen Cal alle machst.« Alex beäugte Marys schwarzes Kostüm, das ihr Markenzeichen war. »Und da du dein Killerkostüm ohne Bluse trägst, wussten wir, dass es dir ernst war.«

»Und, wie war ich?«

Joan zwinkerte ihr zu. »Mein Onkel Nick wäre stolz auf dich.«

»Ist das der Onkel Nick mit der Wahnsinnslasagne?«

»Nein. Das ist der Onkel Nick mit den Zementgaloschen.«

»Ah ja.« Mary lachte, genoss wie immer die komische Art, in der Joan von ihren italienischen Verwandten sprach. »*Der* Onkel Nick.«

»Ich hab mir ein bisschen Sorgen um dich gemacht, Mary«, neckte Alex und verfiel in ihren West-Texas-Akzent, den sie seit Jahren abzulegen versuchte. »Eine Sekunde lang dachte ich, der schöne Cal würde dich in Spucke ertränken.«

Mary rümpfte die Nase. »Ziemlich eklig, was?«

»Und dabei sieht er so gut aus«, seufzte Joan. »Der hat wahrscheinlich einen eigenen Smoking *und* tanzt gern.« Sie schüttelte den Kopf. »Was für eine Verschwendung.«

Jim Falkner trat zu ihnen. Er grinste Mary an, wobei sich sein Schnurrbart an den Ende nach oben bog. »Wollen Sie immer noch übers Wochenende abschwirren?«

Mary hatte zu Beginn der Endverhandlungen im Whitman-Fall gefragt, ob sie ein verlängertes Wochenende frei haben könnte. »Ich muss nach Hause«, hatte sie geheimnisvoll erklärt. »Ich hab da noch was zu erledigen.« Jim hatte sofort zugestimmt. Mary hatte eine Pause verdient. Sie war die beste junge Staatsanwältin, die ihm je begegnet war.

»Will ich«, bestätigte Mary jetzt. »Alex und Joan kommen mit.«

»Zum Zelten.« Joan verdrehte die Augen. »Ist das zu fassen? Ein nettes New Yorker Stadtkind wie ich?«

Jim lächelte die drei Frauen an. »Passt bloß auf, dass Mary nicht von einem Bär gefressen wird. Wir müssen immer noch ein paar andere Psychopathen hinter Gitter bringen.«

»Und ich wette, die heben Sie alle für mich auf.« Mary lachte, als sie nach ihrem Aktenkoffer griff, spürte aber, wie es ihr kalt über den Rücken lief. Zum ersten Mal seit zwölf Jahren kehrte Mary Crow nach Hause zurück.

»Was darf's denn sein, Schätzchen?«

Lou Delgado sah lächelnd zu der Kellnerin auf, deren linker Busen plus Bestellblock über seinem Ohr schwebten.»Das Übliche, Marge. Wie läuft's?«

»Die Gäste kommen rein, essen und geben mir manchmal sogar ein anständiges Trinkgeld.« Marge ließ eine Kaugummiblase platzen.

»Das war doch nicht auf mich gemünzt, oder?«

Kichernd zwinkerte Marge ihm zu und zog sich hinter den Tresen zurück. Lou machte es sich in seiner Ecke bequem und warf einen begehrlichen Blick auf das rhythmische Schubbern ihres Hinterns an der engen blauen Polyesteruniform. Alles in allem war der Copper Pot Diner gar nicht so übel als Treffpunkt mit Klienten. Der Tisch in der Ecke blieb in den späten Abendstunden leer, das grelle Neonlicht erlaubte ihm, die Eingangstür im Auge zu behalten, und die Kellnerinnen hielten den Mund, wenn Polizisten hier herumschnüffelten. Wirklich, nicht übel, wenn man das alles bedachte.

Er trommelte mit den Fingern auf den Tisch und sah auf die Uhr. Sein nächster Klient sollte jede Minute zur Tür hereinkommen. Ein junger Mann, nahm Lou an und dachte an das Telefongespräch mit Perry am Nachmittag. Perry war Anwalt und übertrug Delgado immer die schmutzigsten Jobs. Normalerweise sagte er ihm genau, was er wollte, aber heute war der alte Anwalt sehr verschlossen gewesen, hatte nur gesagt, sein neuer Klient sei jemand, »den Sie vielleicht kennen«. Lou fand Zurückhaltung genauso scheußlich wie eine Wurzelbehandlung, aber er hatte trotzdem zugestimmt, sich mit dem Mann zu treffen. Zum Teufel damit, dachte er. Er brauchte das Geld. Als Privatdetektiv war man in Dixie nicht gerade mit Reichtümern gesegnet.

Scheinwerfer huschten über das große Fenster zur Straße. Marge kam und stellte ihm einen Becher Kaffee und ein Stück Pecanpie hin. Delgado schob sich das erste Stück in den Mund, sah, wie sich die Tür eines schwarzen Porsche öffnete. Als der Mann ausstieg, ließ sich Lou genüsslich den warmen, süßen Bissen auf der Zunge zergehen und sah dann aufmerksam zur Tür.

Ein Mann in Khakihose und hellblauem Hemd mit angeknöpftem Kragen trat ein. Über einsachtzig groß, breite Schultern, dicker Hals. Hat in der Highschool Football gespielt, schätzte Delgado. Quarterback. Zu groß für einen Ringer. Nicht die richtige Hautfarbe für Basketball. Das dunkelblonde Haar war zurückgekämmt, die Hemdsärmel über den muskulösen Armen hochgekrempelt. Macht auch Kraftsport, entschied Lou. Der junge Mann sah sich im Lokal um wie einer, der gern Leute schikaniert, nickte dann Lou zu und kam zu seiner Ecke.

»Mr. Delgado?« Er streckte ihm die Hand hin.

»Genau der.« Lou bemühte sich, nicht zusammenzuzucken, als ihm der kräftige Händedruck fast die fleischigen Finger zerquetschte.

»Mr. Perry hat mich zu Ihnen geschickt.«

»Nehmen Sie Platz.« Lou nickte zur anderen Seite des Tisches.

Der junge Mann rutschte auf die gegenüberliegende Bank und zog ein Päckchen Camel aus der Tasche. Er schüttelte eine Zigarette heraus, zündete sie mit einem schweren, vergoldeten Feuerzeug an und steckte Päckchen und Feuerzeug zurück in die Tasche, alles mit präzisen, abgezirkelten Bewegungen. Er nahm einen tiefen Zug, als wolle er das Nikotin bis in seine Zehen befördern. Marge kam zurück, den Bestellblock in der Hand.

»Brauchen Sie die Speisekarte, Herzchen?«

Er sah sie kaum an. »Bringen Sie mir ein Glas Wasser. Mit viel Eis.«

Während Marge zum Tresen ging, betrachtete Lou den

jungen Mann. Er kam ihm bekannt vor, vielleicht einer dieser Schauspieler aus der Werbung im Spätprogramm. Der Porsche auf dem Parkplatz und die Rolex am Handgelenk sprachen von Geld, aber er war zu jung, um aus eigener Kraft so viel Reichtum angehäuft zu haben. Daddy hat die Kohle, entschied Lou. Junior ist in Schwierigkeiten, und Daddy liefert das Schmierfett für die Maschinerie.

»Also gut.« Lou begann mit seinem entwaffnenden Lächeln. »Sagen Sie mir, warum ein Kerl wie Sie einen Kerl wie mich braucht.«

»Ich muss was über die Gewohnheiten einer bestimmten Person herausfinden.« Er blies Lou eine Rauchwolke ins Gesicht.

Delgado grinste. „Haben Sie ein Mädchen, das fremdgeht?«

»Um damit fertig zu werden, bräuchte ich keinen Privatdetektiv, Mr. Delgado«, sagte der junge Mann kurz angebunden und zog einen Zeitungsausschnitt aus der Tasche. »Ich will alles über diese Frau wissen.« Er schob den Artikel über den Tisch.

Lou sah sich das Foto an. Die junge Frau, die das Gerichtsgebäude von Deckard County verließ, wirkte attraktiv, auf eine frische, geschäftsmäßige Weise. Lange Beine, hübscher Busen, doch das alles gedämpft durch ein teures schwarzes Kostüm und einen ledernen Aktenkoffer. Er erkannte sie, noch bevor der Junge den Zeitungsausschnitt losließ. Mary Crow. Lou kannte Leute, die diese Frau fast täglich verfluchten.

»Was hat Ihnen denn die berühmte Ms. Crow angetan? Doch nicht etwa all Ihre Strafzettel eingeklagt?« Lou sprach leise, da Marge gerade ein großes Wasserglas auf den Tisch stellte, in dem das Eis klimperte.

»Sie hat meinen Bruder des Mordes überführt.«

Lous Gesicht erhellte sich. Plötzlich passte alles zusammen. Er hatte den Kerl tatsächlich im Fernsehen gesehen. Nicht in der Werbung, sondern in den Nachrichten. Jeder Sender in Atlanta hatte ihn beim Prozess gegen seinen Bruder im Zeugenstand gezeigt, schwitzend wie ein Schwein. Er besaß nicht das Filmstar-Aussehen seines mörderischen Bruders, aber die Haare, die Augen und die Arroganz waren dieselben.

»Sie sind der Bruder von dem Whitman-Jungen«, sagte Lou.

Der junge Mann nickte. »Ich bin Mitchell Whitman. Sohn vom alten Cal, dem Baulöwen, und Bruder vom schönen Cal, dem Mörder.«

»Tut mir Leid.« Lou zuckte die Schultern. »Kam mir so vor, als gäb's an dem Fall nichts zu rütteln.«

»Das haben die so gedreht. Mein Vater hat in seinem Leben viel Geld verdient und sich eine Menge Feinde gemacht. Nur durch meinen Bruder konnten sie an ihn rankommen.«

»Und die Gefängnisse sind voll mit unschuldigen Männern.« Delgado seufzte. Wie oft hatte er das schon gehört? »Tja, und welche Rolle soll ich dabei spielen?«

Whitman trank sein Glas halb leer und stellte es ab. »Wie gesagt, ich will so viel über Mary Crow wissen, wie Sie rauskriegen können. Wohin sie geht, was sie tut, mit wem sie es tut.«

Lou rang sich ein ersticktes Lachen ab. »Hören Sie, Junge, ich sag Ihnen gleich, dass ich von allen Gerichtsbeamten die Pfoten lasse. Und ganz besonders von Mary Crow. Ich hab im Fernsehen gesehen, was Sie mit Ihnen gemacht hat. Hat Ihnen ganz schön die Eier zerquetscht.«

»Keiner verlangt, dass Sie sich die Pfoten dreckig machen.« Whitman ging nicht auf Delgados Eierbemerkung ein. »Ich bin nur an Informationen interessiert.«

Lou sah stirnrunzelnd auf den Artikel. »Und was tut sie Ihrer Meinung nach in ihrer Freizeit? Lässt sich für Pornomagazine ablichten? Schläft mit dem Bürgermeister?«

»Keine Ahnung, Mr. Delgado. Das sollen Sie ja für mich rausfinden.« Whitman ignorierte den Aschenbecher auf dem Tisch, schnippte seine Zigarette auf den Boden und trat sie auf dem Linoleum mit dem Absatz seines handgenähten Stiefels aus.

Lou ließ seinen Pecanpie stehen. Aus irgendeinem Grund gab ihm dieser Mitchell Whitman das Gefühl, neben jemandem zu sitzen, der Zündhölzer auf halb leere Benzinkanister schnippte. Besser, ich bring's hinter mich, dachte er, und hau hier ab. »Okay. Also, ich beschatte Ms. Crow. Und dann?«

»Dann berichten Sie mir. So was haben Sie doch bestimmt schon oft gemacht.«

Lou betrachtete Whitman eindringlich. Etwas sagte ihm, dass es hier um viel mehr ging, aber etwas anderes sagte ihm, dass er lieber nicht fragen sollte. Plötzlich hatte er eine Idee.

»Na gut«, sagte er selbstsicher, er wollte die Kontrolle über das Gespräch wieder an sich reißen. »Sie legen jetzt fünf Riesen auf den Tisch und kriegen mich für vierundzwanzig Stunden. Dann bin ich draußen, ein für alle Mal.« Lou grinste. Reiche waren die größten Geizhälse. Bei dem Preis würde der Junge sofort abwinken.

Stattdessen zückte Mitchell Whitman seine Brieftasche und zog einen Blankoscheck heraus. Ohne mit der Wimper zu zucken, schraubte er seinen Füller auf und setzte die Summe ein: fünftausend Dollar.

Lou sah sich den Scheck an, den Whitman ihm über den Tisch zuschob. Er war bereits von Bill Perry unterschrieben und auf das Konto von Perry & Hendrix ausgestellt. Dank Daddys Geld würde nie etwas auf diesen Jungen zurückfallen.

»Für jemanden, der so jung ist, kennen Sie sich in unserem Geschäft aber gut aus«, sagte Delgado.

»Ich habe einen Abschluss in angewandter Computertechnik von der Georgia Tech, Mr. Delgado. In sechs Wochen werde ich die Computersteuerung eines Staudamms auf einer kleinen, sehr hübschen Insel vor der Küste von Chile installieren. Ich habe die letzten drei Monate damit verbracht, meiner Familie durch diesen Scheißprozess zu helfen. Und ich würde fast alles tun, damit ich das Land verlassen kann, ohne mir um meinen Bruder und die übereifrige Mary Crow Sorgen machen zu müssen.«

Zum ersten Mal lächelte Mitchell Whitman. Lou versteifte

sich unwillkürlich. Whitman besaß eine Art kalter Heiterkeit, wie Lou sie bisher nur einmal erlebt hatte, bei einem alten Mann in Chicago, der behauptete, für den Führer persönlich Juden gehäutet zu haben. *Himmel*, dachte er. *Wer ist dieser Junge?*

»Wir sind uns also einig?«

»Kommen Sie am Samstagmorgen um acht Uhr wieder hierher. Dann kriegen Sie einen Vierundzwanzig-Stunden-Ausschnitt aus Ms. Crows Leben. Aber ich warne Sie, falls sie mich entdeckt oder einen meiner Leute, blas ich die Sache ab, und Sie und Perry sind Ihre fünf Riesen los.«

»Kein Problem.« Whitman schob sich von der Bank und stand auf. Delgado sah, dass Whitmans Oberschenkel baumdick waren und dass er seinen Blick durch das Lokal schweifen ließ, als ob er abschätzte, wieviel Feuerkraft er bräuchte, um den ganzen Laden in die Luft zu jagen.

»Samstagmorgen, Junge. Danach sind wir geschiedene Leute.«

Whitman ging hinaus in die Nacht, und im Neonlicht des Lokals hatte sein Nacken eine krankhaft grüne Farbe. Er sprang in sein Auto, die Scheinwerfer des Porsche gingen an, und Mitchell Whitman schoss mit quietschenden Reifen davon.

»Himmel.« Delgado schüttelte den Kopf. »Wenn Jungs wie der unsere Zukunft gestalten, können wir uns begraben lassen.«

»Meine Güte, Alex! Wir verbringen zwei Nächte im Nantahala National Forest und nicht auf dem K 2.«

Mary stand auf dem Parkplatz ihrer Eigentumswohnung und beäugte skeptisch Alex' voll gepackten roten BMW. Die strahlende Oktobersonne ließ die offene Kofferraumklappe glitzern, unter der sich ein prall gefüllter Rucksack zwischen einem zusammengefalteten Zelt, einer riesigen Kühltasche und einem Gaskocher häuften, der aussah wie ein früher russischer Satellit.

Alex schob das Zelt zur Seite. »Charlie hatte all dieses Zeug und bestand darauf, dass wir es mitnehmen. Ich wollte ihn nicht enttäuschen. Er hat uns sogar was zum Mittagessen eingepackt.«

Mary stellte ihren Rucksack auf die Stoßstange. »Charlie besitzt all diese schicken Sachen?« Charlie Carter, ein schlaksiger, geselliger Tierarzt, der den größten Teil des Appalachian Trail in ausgelatschten Turnschuhen bewältigt hatte, war Alex' Freund. Sie hatten sich kennen gelernt, als sie ihre Hündin Daisy zum Sterilisieren gebracht hatte, und bis Daisys Narbe verheilt war, galten Charlie und Alex bereits offiziell als Paar. Da Alex sich schon immer um jedes verletzte oder streunende Tier gekümmert hatte, fand Mary, dass Charlie der ideale Partner für ihre Freundin war. Sie hatte Alex mit einem Mann noch nie glücklicher erlebt.

Alex schob den Kocher zurecht. »Charlie hat das ganze Zeug gekauft, weil er mit seiner früheren Freundin zum Bryce Canyon wollte, aber sie hat Krämpfe gekriegt und konnte nicht mit.«

»Hat sie denn noch nie was von Tabletten gehört?«

Alex zwinkerte herüber. »Ich glaube, da ging's auch noch um was anderes.« Die Spitzen ihrer blonden Haare streiften den Kragen der orangefarbenen Sicherheitsweste, die sie über ihrem rotkarierten Lieblingshemd trug. »Stell dir vor, er hat uns sogar drei von diesen Westen gekauft, damit die Jäger uns nicht mit Rehen verwechseln.«

»Kein Mann kann einen größeren Liebesbeweis liefern, als seiner Liebsten eine Sicherheitsweste zu kaufen.« Mary hatte nicht das Herz, Alex zu sagen, dass sie viel zu hoch in die Berge wandern würden, um überhaupt Rehe zu sehen, ganz zu schweigen von Jägern. »Was macht Charlie, während du weg bist?«

»Er muss nächste Woche auf einem Tiermedizinerkongress in Toronto eine Rede halten.« Alex lachte. »›Neue Fortschritte bei der Flohkontrolle.‹ Charlie ist ein großer Experte, was Flöhe angeht.«

Mary lächelte, unterdrückte ein Gefühl der Einsamkeit und schob ihren Rucksack in den Kofferraum. Es war lange her, seit ein Mann bereit gewesen war, ihr eine Sicherheitsweste zu kaufen und Mittagessen für sie einzupacken. Die meisten ihrer Liebhaber zogen sich schnell wieder zurück – entnervt von den grausigen Beweisakten, die sich auf ihrem Esstisch stapelten, oder betrübt wegen der Familienfotos, die sie wie einen kleinen Schrein auf ihrer Schlafzimmerkommode aufgestellt hatte. Rob Williams, der letzte Mann, mit dem es ihr ernst gewesen war, hatte die richtigen Worte dafür gefunden, während er sie zwischen die Brüste küsste: »Tut mir Leid, Schatz. Aber in deinem gebrochenen Herzen ist einfach kein Platz für mich.«

Alex zog ihre Leuchtweste aus, warf sie auf den Campingkocher und entdeckte dann den kleinen Metallkasten, den Mary in der Hand hielt. »Hey, ist das nicht dein alter Malkasten aus dem College?«

Mary nickte. »Ich dachte, ich könnte vielleicht ein paar Skizzen machen.«

Sie stützte den Kasten auf der Stoßstange ab und ließ ihn aufschnappen. Drinnen lagen säuberlich geordnete Bleistifte, ein Palettenmesser, ein paar Tuben alter Ölfarbe und ein kleiner Skizzenblock. Dazwischen noch zwei verknickte Kinokarten für *Der mit dem Wolf tanzt* und ein Foto von vier strahlenden Collegemädchen, die grinsend vor einer knallroten Londoner Telefonzelle stehen.

»Guck mal!« Alex zeigte auf das Foto. »Das sind wir und die Wills-Zwillinge! Die hab ich schon seit Jahren nicht mehr gesehen ... der Malkasten hat schon viel erlebt.«

»*Wir* haben viel erlebt, Alex«, erinnerte Mary sie, schloss den Kasten und schob ihn zwischen das Zelt und den Schlafsack. »Ich weiß schon gar nicht mehr, wie viel verrückte Trips wir zusammen unternommen haben.«

»Apropos Trips.« Alex runzelte die Stirn. »Kannst du mir mal verraten, warum wir nach North Carolina zum Zelten fahren? Wir waren seit dem College nicht mehr zelten.«

»Warum denn nicht? Zelten ist wunderbar, wenn man Urlaub machen will.« Unbewusst strich Mary mit den Fingern über Wynona, die tief in der Tasche ihrer Jeans steckte.

»Mary, ich kenne dich. Ich weiß, was du am liebsten im Urlaub machst. Du gehst in Kunstgalerien und Buchläden und lässt dir den Kaffee vom Zimmerservice bringen. In all den Jahren, seit wir uns kennen, hab ich nie gehört, dass du dich danach sehnst, mit einem Skizzenblock in die Wälder von North Carolina zu ziehen.« Alex schlug den Kofferraum zu und sah Mary ins Gesicht. »Also. Was ist los?«

Mary sah zu ihrer ältesten Freundin auf, die ihre blauen Augen gegen die Sonne beschattete und sie mit diesem durchdringenden Blick betrachtete, den sie während des Jurastudiums perfektioniert hatte. Sie seufzte und wusste, dass sie vor dem einzigen Menschen stand, der bis in ihr Inneres sehen konnte. Mary holte tief Luft und sagte: »Ich will noch mal zum Little-Jump-Off-Laden.«

»Was?« Alex sah aus, als hätte man ihr einen Eimer kaltes Wasser ins Gesicht geschüttet. »Der Laden, in dem deine Mutter ermordet wurde?«

Mary nickte. »Ich muss ihn noch mal sehen.«

Einen Augenblick war Alex sprachlos, alle Freude war aus

ihrem hübschen Gesicht gewichen. »Aber warum?«, fragte sie schließlich. »Das ist doch alles schon so lange her.«

Mary zuckte die Schultern. »Ich muss es einfach tun, verstehst du? Ich hab das Gefühl, wenn ich damit nicht endlich fertig werde, komme ich einfach nicht weiter.«

Alex betrachtete die starke, selbstsichere Frau, die vor ihr stand, und dachte an die Mary Crow, die sie vor zwölf Jahren kennen gelernt hatte, als eine elegante ältere Dame in einem Leinenkostüm einen zitternden, mit Jeans bekleideten Teenager, der einen abgenutzten weißen Koffer in der Hand hielt, regelrecht in ihr Wohnheimzimmer im College geschoben hatte. »Hallo, meine Liebe«, hatte die alte Dame in ihrem weichen Südstaatendialekt gesagt, der von Geld und Macht und Wurzeln sprach, die bis in die Gründerzeiten Oglethorps zurückreichten. »Ich bin Eugenia Bennefield, und das ist meine Enkeltochter Mary Crow. Ihr beide seid jetzt Zimmerkameradinnen.«

O nein, sind wir nicht, hatte Alex gedacht. Zu dem Zeitpunkt hatte sie sich nicht vorstellen können, das Zimmer auch nur zehn Minuten mit dieser zitternden Mary Crow zu teilen. Heute konnte sie sich ein Leben ohne Mary nicht mehr vorstellen. Seit dem Augenblick im Wohnheim war Marys ruhige anspruchslose Erdverbundenheit für Alex eine emotionale Zuflucht gewesen, die sie regelmäßig aufsuchte.

»Hast du deiner Großmutter erzählt, wohin du fährst?«, wollte Alex mit erhobener Augenbraue wissen.

Mary schüttelte den Kopf. »Ich wollte Eugenia nicht aufregen. Sie liest zu viele Krimis. Außerdem will ich mich da nur umschauen, Alex. Nach meinem Besuch im Little Jump Off will ich nur noch Spaß haben, ganz bestimmt.«

»Versprochen?«

»Pfadfinderehrenwort.« Mary hob die rechte Hand.

»Na gut.« Alex seufzte, denn sie war sich nur allzu bewusst, wie dickköpfig Mary sein konnte. »Ich hab dich nie dazu bringen können, deine Meinung zu ändern, wenn du dich zu etwas entschlossen hattest.«

»Danke.« Mary lächelte.

»Kann ich dich noch was fragen?«

»Was denn?«

»Du hast doch nicht vor, irgendeinen alten Mordfall neu aufzurollen, oder? Joan ist wegen dieser Reise schon nervös genug. Sie wollte mit uns nach New York, damit wir uns *Tosca* ansehen.«

Mary lachte. »Ich habe einzig und allein vor, Cal Whitman zu vergessen und den Wald zu genießen.«

Sie fuhren zu einer der vielen Eigentumswohnungen rund um Atlanta, wo Joan Marchetti auf der Stoßstange ihres Autos saß und das Preisschild von einem neuen, schwarzen, mit Fleece gefütterten Allwetteranorak abschnitt. Ein ebenso neuer schwarzer Rucksack lag auf dem Boden neben ihren noch kaum eingelaufenen schwarzen Stiefeln, und am Handgelenk trug sie eine neue schwarze Outdoor-Uhr. Das Einzige an Joan, das sie seit mehr als zwei Wochen besaß, war die abgetragene schwarze Baseballkappe der New York Yankees, die ihre Augen vor der Sonne beschirmte.

»Sieh dir das an!« Alex hupte und brachte den BMW neben Joan zum Stehen. »New York geht in die Wildnis.« Sie stieg aus und sog hörbar die Luft ein. »Aber du riechst immer noch wie die Parfümabteilung von Saks.«

»Gott sei Dank.« Joan wischte Zigarettenasche von ihren schwarzen Jeans. »Ich hätte drei Paar neue Schuhe kaufen können für das Geld, das ich für diese Campingausrüstung ausgegeben habe.«

»Du siehst hinreißend aus, Joan, aber zum Zelten zieht man eigentlich seine ältesten Klamotten an«, sagte Mary. »Man geht nicht los und kauft sich neue.«

»Ach ja?« Joan rümpfte die Nase über Alex' abgetragenes Flanellhemd. »Tja, ich fürchte, meine Garderobe enthält keine solchen Klamotten.«

»Die Baseballkappe sieht ziemlich alt aus«, meinte Alex und schloss den Kofferraum auf.

»Das mag sein, aber sie ist mein Glücksbringer.« Joan hatte ihr schwarzes lockiges Haar unter die Kappe gestopft, was ihren schlanken, cremigweißen Hals zur Geltung brachte. »Mein Dad hat sie mir geschickt, als die Yankees zum ersten Mal die Braves geschlagen haben.«

»Klingt, als wärst du zum Zelten bereit.« Mary hievte Joans neuen Rucksack in den Kofferraum.

»Aber ich war nicht bereit, so viel Geld auszugeben.« Stöhnend kletterte Joan auf den Rücksitz und wedelte mit dem Preisschild. »Wehe, das Wochenende wird nicht toll, Mädels!«

»Wann waren unsere Ausflüge jemals nicht toll, Joan?« Lachend öffnete Alex das Verdeck des Kabrios. »Du bist viel zu häuslich. Wenn Mary und ich nicht wären, würdest du dich jedes Wochenende in deiner Wohnung verkriechen, Schriftsätze lesen und Lasagne machen.«

»Ich muss meine Schriftsätze lesen. Und ich mache gern Lasagne. Besonders, wenn Hugh Chandler zum Essen kommt!«, protestierte Joan aufgebracht, aber sie wusste, dass Alex Recht hatte. Obwohl sie seit fast neun Jahren in Atlanta wohnte, ließ sich Joan immer noch einschüchtern von der heißen, ausufernden Stadt, der langsamen, honigsüßen Südstaatensprechweise und den unzähligen Straßen, die alle Peachtree hießen. Wären die beiden Frauen nicht gewesen, hätte sie vermutlich die meiste Zeit bei Verdi und Puccini in ihrer eiskalten Wohnung verbracht.

»Du kannst Hugh Chandler ja nächste Woche einladen, Joan«, meinte Mary. »Dieses Wochenende ist ein Geschenk von Mutter Natur an Anwältinnen, die in den Salzminen des Gesetzes schuften!«

»Na gut.« Joan verdrehte die Augen. »Auf zum Zelten!«

Alex bog vom Parkplatz auf die Straße und fuhr nach Norden. Der Morgen war herrlich. Die heiße, schwüle Gewalt des Sommers hatte Atlanta aus ihrem Griff gelassen und war zu einer trockenen Wärme geworden, die anhalten würde, bis die erste Feuchtigkeit des Herbstes von Kanada herunterkam. Mit lauter Musik aus dem CD-Player fuhren die drei Frauen die kalkweiße Interstate entlang, bis sie zur US 19 wurde, der alten zweispurigen Straße, die die roten Lehmhügel im Norden Georgias mit den Bergen von North Carolina verband.

Alex und Joan schmetterten den Song von Lucinda Williams mit. Mary lächelte, lauschte Joans Stimme, die sich in die Höhe schwang, während Alex eher brummte und den Ton zu halten versuchte. Als es in ihren Ohren zu knacken begann und sie bei der kleinen Stadt Dahlonega einen steilen Hügel erklommen, endete die pastorale Landschaft ziemlich abrupt. Die Farmen mit den grünen Weiden und den dunkeläugigen Kühen wurden von blau schimmernden Bergen abgelöst, die sich vor ihnen auftürmten, verlockend und abweisend zugleich.

»Sind das unsere Berge?«, fragte Joan vom Rücksitz.

»Der Anfang«, erwiderte Mary. »Wir nennen sie die Alten Männer.«

»Ach, und ich dachte, die wären felsig und die Gipfel schneebedeckt«, sagte Joan. »Die hier sehen so verschwommen aus. Irgendwie sanft.«

Oh, da täuscht du dich, dachte Mary. Beim Anblick der so trügerisch aussehenden Berggipfel rann ihr derselbe kleine Schauer, den sie im Gerichtssaal gespürt hatte, kalt über den Rücken. *Die Alten Männer sind alles andere als sanft.*

Als die Straße durch einige der wenigen flachen Senken führte, entdeckte Alex eine schiefe Werbetafel am Rand einer kleinen Kuhweide.

»Hey, Joan.« Sie sah in den Rückspiegel. »Habt ihr so was in Brooklyn auch?«

Die Werbetafel fragte in flammend roten Lettern: *Wo wollt ihr die Ewigkeit verbringen? Im Himmel oder in der Hölle???* Wellenlinien waren um das Wort Hölle gemalt, um Hitze anzudeuten, und darunter stand ein passender Bibelspruch in kleinerer, ruhigerer Schrift.

Joan runzelte die Stirn. »Du meine Güte, und ich dachte, Schwester Mary Xavier sei bekloppt. Wer um alles in der Welt würde denn eine Werbetafel für das Leben nach dem Tod aufstellen?«

»Ach, dieselben Leute, die Strychnin trinken und Klapperschlangen küssen«, neckte Alex. »Hat Mary dich nicht gewarnt? Hier verspeisen sie Katholiken zum Abendbrot. Sie rösten sie hinter dem Haus am Spieß.«

Joan wollte protestieren, aber Mary drehte sich um und zwinkerte ihr zu. »Keine Bange, Joan. Die Leute hier essen schlimmstenfalls Opossums. Das heißt, wenn sie welche fangen können.«

»Ach ja? Da muss ich mir ja keine Sorgen machen. Wisst ihr, es ist noch nicht zu spät, einen Flug nach New York zu erwischen. Wenn wir jetzt umkehren, könnten wir um drei am Flughafen sein. Wir könnten heute Abend im Restaurant meines Vaters Calamari essen und uns morgen *Tosca* ansehen.«

»Nun mach dir mal nicht ins Hemd, Joan«, sagte Alex. »Du weißt, dass du dich schon immer nach einer Wanderung durch den Hillbilly-Himmel gesehnt hast. Denk doch nur, was du denen zu Hause alles erzählen kannst.«

»Klar doch.« Joan kramte in ihrer Tasche und zog eine weitere Zigarette heraus. »Ich hab tausend Dollar ausgegeben, um mit meinen beiden verrückten Freundinnen im Freien zu schlafen.« Sie zündete die Zigarette an und beugte sich vor. »Hey, Mary, zeig mir noch mal, wohin wir fahren. Ich hab heute Morgen meine Mutter angerufen und konnte mich nicht mal mehr an den Namen des Ortes erinnern.«

Mary holte eine Karte aus der Tasche und zeige auf einen winzigen Fleck an der Grenze zwischen North Carolina und Tennessee. »Da. Santoah.«

Wieder runzelte Joan die Stirn. »Ehrlich? Ich hab Mom gesagt, es hieße Nantook oder Nirwana oder so. Sie zündet bereits Kerzen für die Heilige Jungfrau an.«

»Das ist der Nantahala National Forest.« Mary deutete auf eine hellgrüne Fläche. »Dieses schraffierte Gebiet.«

»Aber der ist ja riesig.« Joan fuhr mit dem Finger die grüne Grenzlinie entlang. »Der erstreckt sich bis nach, äh, Tennessee.«

»Genau. Da heißt er Cherokee National Forest«, erklärte Mary. »Aber es ist alles derselbe riesengroße Wald.«

»Und da bist du aufgewachsen?«

Mary nickte. »Wir haben in Atlanta gewohnt, bis mein Vater in Vietnam gefallen ist, danach ist Mom nach Hause zurückgekehrt.« Sie versuchte sich ihren Vater vorzustellen, aber sie war erst vier gewesen, als er starb. Sie erinnerte sich an die straffe Haut seiner Wange, an einen Geruch von Wäschestärke und an seine Stimme beim Vorsingen eines Schlafliedes: *Black and bays, dapples and grays, all the pretty little horses ...*

Joan zog an ihrer Zigarette, den Blick immer noch auf die Karte gerichtet. »Fährst du oft da hin?«

»Nicht mehr seit dem Tod meiner Mutter.« Marys Worte hingen in der sonnenwarmen Luft. Sie schloss die Augen und konzentrierte sich mit aller Kraft auf den Mentholgeruch von Joans Zigarette. Als sie die Augen wieder öffnete, sah Joan sie fragend an.

»Ich glaube, du hast mir nie erzählt, woran deine Mutter gestorben ist, Mary.«

Schweigen entstand; dann erwiderte Mary langsam: »Meine Mutter ist nicht an einer Krankheit gestorben, Joan. Meine Mutter wurde vergewaltigt und ermordet.«

»O Gott.« Joan sackte auf den Sitz zurück. »Wie furchtbar. Ich weiß nicht, was ich sagen soll. Ich wusste ja nicht, dass ...«

»Ist schon gut. Das ist lange her.« Mary hielt den Blick starr geradeaus gerichtet.

»Hey, Mary. Erzähl uns doch noch mal, wohin wir gehen.« Die verlässliche Alex lenkte das Gespräch wieder in fröhlichere Bahnen.

Mary räusperte sich. »Zu einer Quelle namens Atagahi. Die kennen nur wenige Leute. Meine Mutter hat mich als Kind oft mit dahin genommen. Wir haben uns reingelegt wie in eine heiße Badewanne. Die Cherokee glauben, dass die Quelle nur für die sichtbar wird, die ihre Hilfe brauchen. Wenn man sich im Wasser von Atagahi wäscht, heilen alle Wunden.«

»Klasse«, sagte Alex. »Du springst einfach rein und vergisst alles über den Staat Georgia gegen Calhoun Withman junior.«

»Ich kann's kaum erwarten«, gab Mary zurück. Die hasserfüllten Gesichter von Cal Whitman und seinem Bruder Mitchell blitzen kurz vor ihr auf.

Die Luft war jetzt kühler und roch nach Kiefernnadeln. Die Hügel wurden steiler und Farmer im Overall standen am Straßenrand und boten von den Ladeflächen alter Pick-ups Bergäpfel und Sauerbaumhonig zum Verkauf an. Alex musste zweimal anhalten, weil Joan vom Autofahren übel wurde. Dann deutete Mary auf einen Schotterweg, der von der asphaltieren Landstraße abging. »Bieg links ab, Alex. Ich würde gern kurz da runter fahren.«

Alex tat ihr den Gefallen. Schotter spritzte gegen die Reifen des BMWs. Der Weg führte unten um einen Berg herum, überquerte einen flachen Bach und kam zu einer Wiese voller Goldrute. Am anderen Ende der Wiese stand eine kleine Holzkirche. *Horton's Chapel U.M.C.* stand auf einem handgeschriebenen Schild an der Eingangstür.

»Sieh dir das an!« Alex betrachtete die strahlend weiße Kirche vor der goldgelben Wiese und den dunkelgrünen Kiefern. »Sieht aus wie ein Bild von Norman Rockwell.«

»Park da drüben«, wies Mary sie an, »unterhalb des Friedhofs.«

Alex fuhr um die Kirche, parkte den BMW unter einer ausladenden Eiche mit einer Autoreifenschaukel an einem der niedrigsten Äste. Mary deutete auf einen Zaun ein Stück den Hügel hinauf. Er umschloss eine Reihe weißer Grabsteine, die wie schiefe Zähne aus dem dicken Gras ragten. »Da liegt meine Mutter begraben. Ich möchte gern zu ihrem Grab.«

Alex warf ihrer Freundin einen Blick zu, versuchte den Ausdruck in Marys rauchigen, haselnussbraunen Augen zu deuten. »Sollen wir mitkommen? Oder wärst du lieber allein?«

»Nein. Bitte kommt mit.« Mary lächelte. »Ich möchte, dass ihr beide es seht.«

Sie stiegen aus und gingen den Hügel hinauf. Joan und Alex

folgten Mary über einen Friedhof, der überall in Amerika hätte sein können und sich nur durch die Namen auf den Grabsteinen unterschied. Wo man sonst Jones' und Smiths und Johnsons fand, lagen hier Owles und Saunooks und Walkingsticks und Crows. Die drei jungen Frauen schritten zwischen den Gräbern hindurch. Bei einem schlichten Granitstein blieb Mary stehen.

Martha Joy Crow, lautete die Inschrift, *1948–1988*.

Joans Augen füllten sich mit Tränen. »O Gott, Mary. Deine Mutter war ja erst vierzig.«

Mary sah hinunter auf den Grabstein. Alex hatte die Geschichte tausendmal gehört, Joan nie. Mary schluckte und begann zu sprechen.

»Meine Mutter ist am Spätnachmittag des 11. April gestorben. Sie arbeitete im Laden von Norma Owle. Jemand kam rein und hat die drei großen Verbrechen begangen – Raub, Vergewaltigung und Mord.« Mary ratterte die offizielle Version vom Tod ihrer Mutter herunter. Schon vor langer Zeit hatte sie gemerkt, wenn sie es schnell genug sagte, war der Geschmack in ihrem Mund nicht so bitter. »Für den größten Teil Amerikas kein ungewöhnliches Verbrechen. Aber sehr ungewöhnlich für diese Gegend.«

»Hat man den Mörder je erwischt?« Joans Stimme war zu einem Flüstern herabgesunken.

»Nein. Die Berge wurden wochenlang durchsucht, aber der Mörder wurde nie gefunden. Man einigte sich schließlich darauf, dass es ein Landstreicher war, der Geld für Drogen brauchte. Niemand konnte mir je erklären, warum er dafür auch meine Mutter vergewaltigen und umbringen musste.« Marys Augen blitzten wütend auf. »Das meiste Geld war aus der Kasse gefallen und lag verstreut am Boden. Das Einzige, was wirklich fehlte, war ihr Medaillon des Heiligen Andreas.«

Joan sah sie fragend an. »Meinst du nicht den Heiligen Christopherus?«

»Nein. Den Heiligen Andreas. Das Medaillon gehörte meinem Vater. Sein Großvater hatte es ihm geschenkt, und Dad hat es die ganze Zeit in Vietnam getragen. Es kam mit seiner Leiche zurück. Ein Ritter, der mit einem Drachen kämpft. Kurz vor der Beerdigung hat meine Mutter das Medaillon umgebunden. Sie nahm es nie ab.«

»Gott, wie schrecklich.« Impulsiv legte Joan die Arme um Mary. »Das tut mir so leid. Ich kann mir nicht vorstellen, eine solche Hölle zu durchleben.«

Mary drückte Joan. »Es war entsetzlich«, stimmte sie leise zu, »aber jetzt ist es Geschichte.« Über Joans Schulter hinweg sah sie lächelnd zu Alex und dachte an die Nächte, die sie im Wohnheim wach gelegen hatten, während Mary tausendmal jede Einzelheit des Tatorts und der Jagd nach dem Mörder ihrer Mutter durchgegangen war und Alex mit grenzenloser Geduld und einem immer kleiner werdenden Berg Schokoriegel zugehört hatte. Mary wusste, dass sie ohne Alex die erste Woche in Emory nicht überstanden hätte, ganz zu schweigen von den folgenden zwölf Jahren.

Sie drückte Joan noch mal, löste sich dann aus der Umarmung. »Alex hat mir über die schlimmste Zeit hinweggeholfen.«

Aus ihrer Jeanstasche zog sie einen Plastikbeutel mit sechs glatten, gefleckten Steinen. »Die alten Cherokee ehrten ihre Vorfahren mit Dingen von der Erde«, erklärte sie. »Ich hab diese Steine an dem kleinen Bach gefunden, der hinter meiner Wohnung in Atlanta fließt.«

Mary kniete nieder und küsste jeden der kleinen Steine. Die glatte Kühle an ihren Lippen brachte die Erinnerung an jenen lang zurückliegenden Frühlingstag zurück – Reverend Hut, der aus der Bibel las, der Judasbaum, dessen winzige, magentafarbene Sternblüten sich vor dem dunklen Himmel abhoben, die Trauernden, die in ihren Regenmänteln um das feuchte Loch im Boden standen, das ihre Mutter für alle Ewigkeit aufnehmen sollte. Da war sie sich selbst wie eine Mörderin vorgekommen. Wenn sie an jenem Nachmittag direkt nach Hause gegangen wäre, dann wäre all das nicht passiert. Sie wäre dort gewesen. Sie hätte den Mörder aufgehalten. *Geh nicht, Mama,* schrie sie innerlich, als der schlichte Sarg in die Erde gesenkt wurde. *Bitte verlass mich nicht.*

Mary häufte die Steine unter dem Grabstein ihrer Mutter auf. *»Sudali,* Mama«, flüsterte sie. »Sechs. Sechs Steine für sechs Verurteilungen.« Für Hance Jordan, der seine junge Frau vergiftet hatte, um ihre Versicherung zu kassieren; für Wayne Creech, der seine Freundin erstochen hatte, weil sie keinen Büstenhalter trug; und für die Vier, die danach kamen. Noch einer, und sie konnte den siebten Stein auf das Grab ihrer Mutter legen. Sieben. Die Zahl, die ihr Volk als magisch betrachtete, erlösender als jede Baptistentaufe. Noch ein Stein, und Mary Crow würde Frieden finden.

Einen Augenblick lang betrachtete sie den Steinhaufen, dann stand sie auf und sah ihre Freundinnen an.

»Gut«, sagte sie. »Ich bin hier fertig.«

»Bist du sicher?«, fragte Alex. »Wir können noch bleiben, wenn du willst. Joan und ich können im Auto auf dich warten.«

»Nein.« Mary lächelte. Ihre Augen waren wieder klar. »Ich bin fertig. Kommt, lasst uns was essen, Ladys. Wir müssen vor Einbruch der Dunkelheit noch ziemlich hoch in die Berge kraxeln.«

Irgendwo in den Wäldern von Nantahala, Oktober 2000

Der Tod stinkt. Nach Blut und Sperma und dem Meer und dem sauren Geruch eines gedemütigten Menschen, der um sein Leben fleht. Man kriegt klebrige Hände, und wenn man die Finger in den Mund steckt und an ihnen saugt wie an Hühnerknochen, schießt einem all das süße Todesmark direkt ins Hirn, und man fühlt sich wie Gott.

Henry Brank lachte, als er das Messer aus dem Hals des Kaninchens zog. »Da haben wir echt Glück gehabt, Buster«, sagte er zu der Schlange, die aufgerollt in dem Sack lag, den er den ganzen Morgen über der Schulter getragen hatte. »Ich dachte schon, heut gäb's nur Maisbrot.«

Die Schlange reagierte nicht. Brank knüpfte die Hinterläufe des Kaninchens mit einem Rohlederband zusammen und schlang es sich, zusammen mit dem Sack und seiner Schrotflinte, über die Schulter. Er wischte das Blut vom Messer, steckte es in seinen Stiefel und kletterte weiter den glitschigen, mit Blättern und Kiefernnadeln bedeckten Serpentinenpfad hoch, der ihn irgendwann zum Gipfel der Cowcamp Range bringen würde. Er war seit Tagesanbruch nach Osten gewandert, und die wärmende Sonne war inzwischen hinter einer dicken grauen Wolkenbank verschwunden, die aus den Bergen aufzusteigen schien.

»Oben auf dem Grat werden wir sehen, wie das Wetter ist, Buster«, schnaufte Brank. Seine Beinmuskeln schmerzten von dem fast senkrechten Anstieg.

Sie erreichten den Kamm, und der Wind wurde stärker, blies ihm stechend ins Gesicht. Atemlos ließ Henry seine Sachen neben einem verrotteten Baumstamm fallen und blickte über die Wälder, die sich unter ihm ausdehnten. Nur die Spitzen der Kiefern ragten aus der dicken weißen Nebelsuppe.

»Verdammt. Ein Whiteout.« Er wandte sich nach Norden und hob die Nase in den Wind. Der scharfe Eisengeruch der Kälte kitzelte in seinen Nasenlöchern. Der Winter kam, und zwar bald. In ein paar Wochen würden sich die goldenen Wälder in ein düsteres Braun verwandeln, dann würde bleicher blauer Schnee sie wie Puderzucker bestäuben. Im Moment wirbelten aber die trüben, mit Wasser getränkten Wolken vom Himmel und verhüllten alles, die Bäume und sogar ganze Berggipfel.

Er hievte den Sack auf die andere Schulter. »Wir müssen bald einen Unterschlupf finden, Buster. Wir wollen uns doch nicht in der Hölle verirren.«

Seit dem Morgen war Brank am Rand von Godfreys Hölle entlanggewandert, einem ausgedehnten, immergrünen Dickicht, benannt nach einem Bärenjäger, der vor langer Zeit seinen Hunden in dieses monströse Gewirr gefolgt war und nie wieder gesehen wurde. Als Brank die Geschichte hörte, war es ihm nicht schwergefallen, sich vorzustellen, wie ein völlig verzweifelter Mann auf immer und ewig mit seinen Hunden durch dieses Labyrinth aus ineinander verschlungenen Blättern und Zweigen irrte, und seitdem zollte er der Hölle ganz besonderen Respekt.

Mit zusammengekniffenen Augen musterte er den Waldboden. Ein dünner Pfad führte in den Nebel, nicht viel mehr als eine dunkle Spur. Er folgte ihm vorsichtig, den Bergkamm zu seiner Linken, die Hölle zur Rechten. Wenn er nur eine Höhle finden würde oder einen Überhang, unter dem er sich verkriechen und ein Feuer anzünden konnte, würden er und Buster das schlechte Wetter einfach aussitzen.

Er trottete weiter. Brank konnte es nicht leiden, sich den Weg von einem Berg hinunter zu ertasten, wenn einem die feuchten Nebelschwaden eisig in die Knochen drangen und einen blind machten. Als er damals in die Berge kam, hatte er Whiteouts spaßig gefunden, so als würde man durch riesige

Berge von Zuckerwatte waten. Aber da war er noch jünger gewesen, und in einer Wolke zu verschwinden, war kein Problem, wenn Verschwinden das Wichtigste ist.

Plötzlich blieb er stehen. Ein Geräusch, von rechts, aus der Hölle. Brank kniete sich hin, das eine Bein angewinkelt, und legte die Schrotflinte an. Vielleicht war es Trudy. Er hatte sie den ganzen Weg von Nova Scotia her verfolgt, sah sie manchmal bei Einbruch der Dunkelheit, wenn sie sich wie ein gelbbrauner Schleier durch die Bäume bewegte und nachts wie ein kreischender Dämon schrie. Anhand dessen, was sie übrig ließ, war er ihr auf der Spur geblieben – abgenagte Kälber in Pennsylvania, zerfleischte kleine Ferkel in Kentucky. Dieser Tage hatte sie sich auf Rehkitze und Frischlinge verlegt. Aber wo auch immer er sie aufgespürt hatte, sie war zu schlau gewesen, um in die Spezialfalle zu gehen, die er angefertigt hatte, und es war ihm nie gelungen, sich ihr bis auf Schussweite zu nähern. *Mist*, dachte Henry angewidert und zielte in das weiße Nichts. *Du wanderst jetzt seit dreißig Jahren durch diese Berge und hast es immer noch nicht geschafft, Daddys kleines Mädchen zu erwischen.*

Er lauschte, blickte angestrengt in den Nebel, hörte aber nichts mehr. »Muss 'n Troll gewesen sein«, murmelte er und stand auf. Sofort dröhnte die Stimme seines Vaters durch seinen Kopf. *Der Kobold kommt und reißt dir die Augen aus, sagte er. Dann stieß er sein lautes, bierbäuchiges Lachen aus. Hohohoho. Armer kleiner Feigling Heinrich. So alt schon und immer noch Angst vor Kobolden.*

Brank schüttelte die spöttische Stimme ab. Sein Vater musste inzwischen längst tot sein. Seine Mutter auch. Alle Branks aus dem westlichen Pennsylvania waren tot. Alle, bis auf Trudy und ihn.

Vorsichtig ging er weiter den Berg hinunter, prüfte jeden Schritt, um nicht vom Pfad abzukommen und kopfüber in die Hölle zu stürzen. Vor ihm lichtete sich der Nebel ein wenig, und Henry entdeckte eine flache Kalksteinnische, die eine Quelle aus dem Fels gewaschen hatte. Drinnen würde er zwar nicht aufrecht stehen können, aber sie bot wenigstens Schutz vor dem kalten Wind.

»Wir haben's geschafft, Buster.« Er warf den Sack in den feuchten Spalt. »Ich mach uns Feuer, und wir braten uns Klopfer zum Mittagessen, statt bis abends zu warten.«

Es dauerte eine Weile, bis er genug trockenes Holz unter den feuchten Blättern gefunden hatte, aber bald darauf prasselte ein kleines Feuer auf dem Felsen.

Mit vier raschen Schnitten köpfte er das Kaninchen und weidete es aus. Er zog das Fell ab, schnitt sich dann einen grünen Hickoryzweig zurecht, den er neben der Quelle gefunden hatte, und hängte das Kaninchen über das jetzt glimmende Feuer. Kleine Fetttröpfchen bildeten sich auf dem Kaninchenfleisch. Brank grinste. Kaninchen war schon immer sein Lieblingsessen gewesen.

Er streckte die Beine aus und zog Buster aus dem Sack. Die schlammfarbene Schlange war etwa einen Meter lang und hatte ein Rückenmuster wie eine Klapperschlange. Wütend wand sie sich in Branks Hand, verärgert darüber, dass er sie aus der Wärme ihres Nestes gerissen hatte und der kalten Luft aussetzte. »Komm runter von deinem hohen Ross, Buster«, schnauzte Brank das sich schlängelnde Reptil an. »Du hast den ganzen Tag auf hundertsiebenundzwanzig erstklassigen Waschbärenfellen geschlafen. Das können nicht viele Schlangen von sich behaupten.«

Vom Feuer stieg dünner grauer Rauch auf, und es roch köstlich nach gebratenem Fleisch. Brank legte Buster wieder auf den Sack und zupfte sich geistesabwesend die Kletten von der Hose.

Morgen, wenn sich der Nebel verzogen hatte, würde er es bis zur Poststation Little Jump Off schaffen. Da würden ihm die Leute seine Felle abnehmen, sie nach Michigan schicken und ihm Kaffee und Zeitschriften verkaufen. Ein erwartungsvoller Schauder lief ihm über den Rücken.

Der Saft des Kaninchens tropfte ins Feuer. Bei dem Geruch krampfte sich Henrys Magen vor Hunger zusammen. Er lächelte. Kaninchen waren das Erste, was er im Wald zu töten gelernt hatte.

Mit sechzehn war er aus Pennsylvania hierher geflohen. Er hatte sich an den Rändern kleiner Bergstädte herumgedrückt, ausgehungert nach dem Klang menschlicher Stimmen, und nur wenig Trost in den neonerleuchteten Fenstern der Bars gefunden. Obwohl er eine Schrotflinte besaß, hatte er immer noch eine Mordsangst vor den Wäldern, und er lebte von durchweichten Pommes und halb abgenagten Steakknochen, die er aus den Mülltonnen der Restaurants fischte. Aber was er zu Hause zurückgelassen hatte, jagte ihm noch mehr Angst ein, und nachts zog er sich in die Wälder zurück, wo ihn niemand finden konnte. Er rollte sich unter einem Baum zusammen, und jedes Geräusch aus dem Wald ließ ihn vor Schreck erstarren. Meistens lag er nachts zitternd wach und betete, dass Gott ihm vergeben und ihn in die Zivilisation zurückkehren ließe.

Als er dann eines Morgens frierend neben einem Baumstamm auf der Nordseite vom Big Stone Gap gelegen hatte, war ein Mann aus einem Johannisbrothain aufgetaucht. Er trug einen zerknautschten Filzhut, den er über sein blindes rechtes Auge gezogen hatte, und über seiner Schulter hing eine Schrotflinte mit silberner Einlegearbeit am Schaft.

»Hallo, Junge«, sagte der Mann mit einem merkwürdigen Lächeln. »Du siehst aus, als ging's dir nicht sonderlich gut.«

So hatten sie sich kennen gelernt. Fate Lyons war ein Vietnamveteran aus West Virginia und brachte Henry Brank, im Gegenzug für gewisse Gefälligkeiten, alles über das Spurenlesen und Fallenstellen und noch tausend andere Dinge bei, die er zum Überleben in den Bergen brauchte. Obwohl Fates unersättlicher Appetit auf Jungs schließlich zu ihrer Trennung führte, dachte Brank noch oft und voller Dankbarkeit an ihn. Er bezweifelte, dass er ohne Fates Anleitung lange überlebt hätte.

Er zerrte an der Keule des Kaninchens. Sie löste sich sofort, goldbraun und glänzend. Henry zog das ganze Tier vom

Spieß, biss in das Schulterstück und warf auch Buster einen kleinen Fleischbrocken hin. Die winzige, gegabelte Zunge schnüffelte interessiert daran.

»Das Zeug ist gut, Buster«, sagte Brank und biss noch mal hinein. »Kaninchen à la Fate.«

Er aß alles auf, saugte die Knochen aus, warf das zarte Skelett ins Feuer und sah dann in die dicke feuchte Watte hinaus, die ihn umgab. Es hatte keinen Zweck, heute noch weiterzugehen. In zwei Stunden würde es dunkel sein. Wenn er weiter abstieg, könnte er kopfüber in der Hölle landen wie der arme Godfrey und seine Hunde. Das brachte zwar seinen Zeitplan durcheinander, aber es war trotzdem besser, hier zu warten, bis sich der Nebel verzog.

Mit einem tiefen Seufzer schnallte er seinen Gürtel ab und knöpfte sich das feuchte Hemd auf. Nebelfetzen strichen ihm eiskalt über die nackte Haut. Er breitete das Hemd nahe am Feuer zum Trocknen aus, griff dann mit nacktem Oberkörper in den Sack und zog eine mit einer klaren Flüssigkeit gefüllte Flasche heraus. Er schraubte sie auf und nahm einen großen Schluck. Wie immer kratzte der erste Schluck im Hals und trieb ihm Tränen in die Augen, aber bald darauf durchströmte ihn angenehme Wärme und er wurde fröhlicher, ja fast ausgelassener Stimmung.

»Verdammt, ist das gut«, flüsterte er, zog Stiefel und Socken aus, stand auf, schlüpfte aus seiner Hose und legte sie neben das Hemd. Sein Körper trug die Spuren jahrelangen entbehrungsreichen Lebens in den Bergen. Obwohl er seit damals einen halben Kopf größer geworden war, hatte er kein Gramm Fett auf den Knochen. Bleiche weiße Haut lag straff über dem sehnigen Körper; die Adern bildeten eine Art Relief auf seinen Händen und den muskulösen Armen. Narben von Bissen und Schnitten schmückten ihn wie Tätowierungen. Fünf Zähne waren ihm abgefault, und eine schlecht gespannte Bärenfalle hatte ihm in Maine fast das Bein abgerissen. An dem Tag hatte er gedacht, er müsse sterben, hatte sogar darum gebetet, aber er hatte es überlebt. Er hatte sein zerfetztes Schienbein verbunden und war davongekrochen, hatte ein paar Pillen geschluckt, die er einem Wanderer gestohlen hatte. Nach einem Monat voller Fieberträume, unterbrochen von entsetzlichem Durst, konnte er wieder gehen, aber nie mehr so gut wie vorher.

Henry hockte sich nackt ans Feuer, sein Penis war zusammengeschrumpelt von der kalten Luft. Er streckte die Arme in die dicke weiße Suppe, als wolle er den Nebel beschwören, sich zu verziehen. Im Feuerschein sah sein bleicher Körper wie ein plötzlich zum Leben erwachter Bergahornast aus, und seine beschwörenden Bewegungen verbanden ihn mit einer älteren Zeit, als noch alle Männer um Feuer gehockt und die Götter um Glück angefleht hatten.

Nachdem der Whiskey seine erstarrten Muskeln erwärmt und gelockert hatte, zog er ein weiteres Messer aus dem Sack. Vorsichtig plazierte er es nahe am Feuer auf einem Holzstück, dann spreizte er langsam, mit nach innen gerichtetem Blick, die Finger und tastete seine Schädelhaut und die Haut unter seinem dunklen, verfilzten Bart Zentimeter für Zentimeter ab. »Gut!«, knurrte er, als er die Spitze seines Kinns erreicht hatte. »Niemand zu Hause.«

Dann machte er dasselbe mit seinem Hals, seinen Schultern und seinem Brustkorb. Plötzlich hielt er inne, kurz unter seiner linken Brustwarze. »Ha!«, murmelte er und zerteilte das dichte Haar, das dort wuchs. »Hier haben wir ja so einen kleinen Dreckskerl, der an meinen Titten saugen will!« Die langen Daumennägel zusammengedrückt, schob er sie wie einen Keil unter die Stelle auf seiner Haut und quetschte eine Zecke von der Größe einer kleinen Münze raus. Er hielt sie hoch, leckte sie kurz ab und setzte sie auf die inzwischen warm gewordene Messerklinge. Die Zecke bewegte sich nicht.

Sorgfältig fuhr er mit der Prozedur fort, tastete beide Beine ab, steckte die Finger zwischen seine Zehen und landete schließlich in dem kräuseligen Haar um seine Genitalien. Er lehnte sich zurück und seufzte genüsslich, als seine Finger das feuchte, vertraute Gebiet durchsuchten. Fast hatte er geglaubt, dass er heute nur die eine finden würde, als seine rechte Hand einen Knubbel zwischen Penis und Hodensack spürte.

»Verdammt!«, sagte er entzückt. »Immer da, wo das Fleisch am süßesten ist!« Er holte tief Luft und riss die Zecke mit einem Ruck heraus. Dann setzte er sich auf und betrachtete seinen Schwanz. Ein kleiner Blutstropfen war ausgetreten.

Henry starrte auf das zappelnde Ding zwischen seinen Fingern. »Jetzt wirst du mit deinem Kumpel tanzen«, verkündete er, setzte sie neben die andere Zecke auf der Klinge. »Es gehört sich nicht, den Leuten Blut auszusaugen.«

Er legte sich ans Feuer und hielt die Klinge über die Flammen. Zuerst bemerkten die Zecken nichts, wie immer. Dann wurde die Klinge heiß, und sie krabbelten schneller und schneller, wollten weg von der glühenden Klinge, bis sie erkannten, dass ihr einziger Ausweg das Feuer war. Brank lachte leise, genoss die Show. Er liebte Zeckentänze und veranstaltete sie fast jeden Abend.

Als die Zecken schließlich zischend ins Feuer fielen, stopfte er Buster wieder in den Sack und wickelte sich in eine alte Wolldecke. Er fragte sich, ob er langsam zu alt wurde für diese feuchte Kälte. Sein Bein tat jede Nacht weh, und die Steifheit in seiner linken Schulter ging nicht mehr weg. Vielleicht war es Zeit, sich nach Süden aufzumachen. Er hatte gelesen, dass es sich in Florida leichter lebte, wenn es einem gelang, Disney World zu umgehen. Natürlich wimmelte es da von Alligatoren und Korallenschlangen, aber es war warm und meistens trocken, und in den Everglades gab es, soviel er wusste, keine Kälte und keinen Frost, und auch seine Schwester gespensterte dort nicht herum. Er seufzte. Wenn er doch Trudy nur ein für alle Mal töten könnte, würde er sofort nach Süden aufbrechen.

Er legte die Schrotflinte dicht neben sich, rollte sich am Feuer zusammen und starrte hinaus in den wattigen Dunst. Nicht sehen zu können, machte ihn nervös. Seine Nase und seine Ohren waren nie so gut wie die von Fate gewesen. Und wer wusste schon, was ihm Trudy oder die Trolle antun würden, wenn sie ihn überraschten? Er drückte die Flinte an sich und seufzte. Vielleicht konnten sie ihn auch nicht sehen. Und im Moment konnte er sowieso nichts dagegen tun.

„Handel dir keinen Ärger ein, wo's keinen gibt«, beschimpfte sich Henry Brank und machte sich zum Schlafen bereit. Diese Felle nach Little Jump Off zu bringen, ohne sich in der Hölle zu verirren oder von Trudy gefressen zu werden, würde schon schwierig genug sein.

»Sag mal, Mary, setzen dir Leute wie Cal Whitman vor Gericht eigentlich zu?« Joan saß träge auf der Schaukel, die in der Eiche hing, und sah Mary und Alex beim Essen zu.

»Oh, fang bloß nicht davon an«, nuschelte Alex, den Mund voll mit einem Bissen von Charlie Carters Spezialsandwich – Pute und Jalapeno. »Sie ist nicht davon überzeugt, dass sie den richtigen Mann drangekriegt hat.«

»Ehrlich?« Joan richtete sich auf. Dass Mary Zweifel an einer Verurteilung haben könnte, überraschte sie.

Mary trank einen Schluck Cola light, einen abwesenden Blick in den Augen. »Nicht vollständig.«

»Wieso das? Ich dachte, du hättest den Kerl von Anfang an festgenagelt.«

»Sein Schwanz hing aus der Hose, als die Polizei am Tatort eintraf«, erwiderte Mary. »Glaubst du nicht, ein Mann würde wenigstens den Hosenstall zumachen, bevor er einem Mädchen das Genick bricht?«

Alex schnaubte. »Nicht, wenn er sie vergewaltigt hat und sie beide stoned sind. Es wirkt merkwürdig, aber es ist nicht unmöglich.«

»Ja.« Joan drehte sich einmal mit der Schaukel. »Hat der Verteidiger nicht gesagt, Cal könne sich an nichts erinnern, was in der Nacht passiert ist?«

Mary nickte. »Das war angeblich der Grund, warum er ihn nicht in den Zeugenstand gerufen hat.«

»Tja, dann gib dich doch endlich mit der Verurteilung zufrieden.« Alex schob sich den letzten Bissen des Sandwich in den Mund. »Du brütest viel zu lange über solchen Sachen, Mary.«

»Ich weiß.« Mary sah zu den rostfarbenen Bergen hinüber, die die kleine Kirche und den ruhigen Friedhof umgaben. »Aber irgendwie hab ich ein ungutes Gefühl bei dem Fall.«

Joan zündete sich eine Zigarette an und fröstelte. »Ich beneide dich um deinen Mut. Ich verstehe nicht, wie du jeden Tag mit diesem Zeug fertig werden kannst.«

»Unsere kleine Mary ist zäh.« Alex beugte sich vor und klopfte Mary auf den Kopf. »Siehst du, wie hart dieser Schädel ist?«

»Nein, mal ehrlich«, beharrte Joan. »Denkst du nie daran, bei der Staatsanwaltschaft aufzuhören und so was zu machen wie Alex und ich? Wir treffen auch eine Menge widerlicher Kerle in den Unternehmen, aber wenigstens endet da keiner mit gebrochenem Genick.«

Mary schaute hinüber zum Grab ihrer Mutter. »Ich kann nicht, Joan«, sagte sie leise. »Wenigstens jetzt noch nicht.«

Sie sammelten ihren Abfall ein und stiegen wieder in den BMW. Die weiße Holzkirche und die gelbe Wiese verschwanden, als sie den Bach überquerten und auf die Hauptstraße zurückkamen. Diesmal fuhr Alex langsamer, unter dem glühenden, bronzefarbenen Dach der Buchen hindurch, das so hoch und erhaben wirkte wie das einer Kathedrale.

Die Straße schlängelte sich weiter in die Berge hinein. Rechts schäumte ein flacher Fluss über eisengraue Felsbrocken; Rhododendren säumten seine Ufer. Links erhoben sich die Berge mit den dunklen Kiefern, die wie Soldaten in Reih und Glied standen. Hoch über den Bäumen leuchtete die Sonne golden. Hier unten verdeckten die Berge das Licht, nur ab und zu tanzte es wie Goldmünzen durch die Blätter.

»Wisst ihr, aus der Nähe sehen die Berge überhaupt nicht mehr sanft aus«, sagte Joan und sah in den Wald hinaus, der jetzt die Straße zu beiden Seiten einschloss. »Und diese Bäume wirken richtig unheimlich.«

»Du bist einfach nicht an sie gewöhnt.« Alex grinste über die Schulter nach hinten. »Morgen um diese Zeit nennst du sie alle beim Namen.«

Sie kamen an einer breiten, mit Schotter bedeckten Lichtung vorbei, auf der ein ehemaliges Motel stand, das sich später, wie man auf einem verwitterten Schild lesen konnte, in den

»Teufelsschuppen – Ein Privatclub für anspruchsvolle Motorradfahrer« verwandelt hatte. Jetzt war es nur noch eine leere, mit Rost überzogene Hülle. Neben einem Holzschild mit der Aufschrift *Lassen Sie sich mit einem echten Vollblut-Cherokee fotografieren* stand eine einsame Gestalt, ein schlanker Mann mit demselben dunklen Haar und den hohen, indianischen Wangenknochen wie Mary, aber mit dem langen, aus Adlerfedern gefertigten Kopfschmuck eines Siouxhäuptlings auf dem Kopf. Mary sah, wie sich sein Gesicht zu einem erstaunten Lächeln verzog und er den Arm zum Gruß erhob, als der BMW vorbeizischte.

Joan reckte den Hals. »Wer war das? Und warum winkt er dir?«

»Himmel, ich glaube, das ist Billy Swimmer!« Mary lachte und winkte ihm aus dem Autofenster zu. Erstaunlich, wie wenig sich hier verändert hatte. »Ich bin mit Billy zur Schule gegangen.«

Nach einigen Kurven erreichten sie ein auf der rechten Seite zwischen Straße und Fluss gelegenes, langgestrecktes Gebäude in Blockhausbauweise. Die eine Hälfte war zweistöckig und hatte kleine, verschmierte Fenster, die zur Straße hinaus gingen. Der Rest passte sich dem Flussufer an, als hätten die Besitzer immer dann angebaut, wenn Zeit und Geld es ihnen erlaubten. Am hinteren Ende wurde der Parkplatz breit genug für eine Benzinpumpe und einen rostigen Müllcontainer. Marys Puls beschleunigte sich, als wäre sie eine Meile weit gerannt.

»Hier müssen wir anhalten, Alex«, sagte Mary. Sie spürte Alex' fragenden Blick, sah aber starr geradeaus.

»Hey, verkaufen die hier Zigaretten?«, fragte Joan, als Alex auf den Parkplatz bog.

»Ist dir eigentlich klar, wie oft wir halten müssen, damit du Zigaretten kaufen kannst, Joan?«, gab Alex zurück. »Ich dachte, Opernsänger sollten nicht rauchen.«

»Was glaubst du, warum ich nicht mehr singe?« Joans Stimme zitterte dramatisch. »An einem schrecklichen Abend wurde mir klar, dass ich mich zwischen Verdi und Virginia Slims entscheiden müsse. Das Nikotin gewann haushoch. Das gottlose Tabakimperium hatte seine Krallen in mich geschlagen. Ich wurde von der Bühne verbannt, war hoffnungslos der Sucht verfallen.«

»Hattest du nicht gesagt, du wärst zu klein für eine Opernsängerin?«, hielt Alex dagegen.

»Na ja, das auch«, gab Joan zu.

Lachend schüttelte Alex den Kopf. »Das liebe ich so an dir, Joan. Deinen untrüglichen Instinkt für Melodramatik.«

»Als Opernsänger wirst du melodramatisch.« Joan zuckte die Schultern. »Was soll ich machen?«

Alex parkte den BMW unter dem Schild der Poststation Little Jump Off, North Carolina, und stellte den Motor ab. »Seht euch bloß all das Holz an«, sagte sie und deutete auf die schlanken, aufrecht an der Wand lehnenden Hickorystämme auf der Veranda.

»Jemand scheint hier Bogen anzufertigen«, flüsterte Mary. Ihre Beine waren wie aus Stein.

Alex und Joan stiegen aus, aber Mary konnte sich nicht bewegen. *Ganz ruhig*, befahl sie sich und zwang sich, langsam zu atmen, damit sich ihr Herzschlag beruhigte. *Du wolltest herkommen.*

Joan ging in den Laden, aber Alex blieb stehen und sah zu Mary. »Bist du sicher, dass du da reingehen willst?«

»Nein«, erwiderte Mary leise, den Blick auf die mit Holz voll gestellte Veranda gerichtet. »Aber ich muss es versuchen.«

Alex schüttelte den Kopf und betrachtete sie sorgenvoll.

Mary stieg aus und folgte Alex die breiten Holzstufen hinauf. Eine Kuhglocke bimmelte, als Alex die Tür öffnete. Mary blieb kurz stehen und betrat dann den Laden. Der vertraute Geruch nach verbranntem Apfelbaumholz hatte sich in den alten Blockhauswänden festgesetzt. Wo früher der ausgestopfte Kopf eines Keilers über dem mit Stein eingefassten Kamin aufragte, hingen jetzt mehrere Bogen wie zarte Skulpturen von der Decke. Der *Farmer's Almanach*-Kalender an der

Wand zeigte das Jahr 2000, nicht 1988. Sonst hatte sich wenig verändert. Mary vermied es, in die hintere Ecke zu sehen. *Du brauchst nicht hinzusehen*, sagte sie sich. *Wenigstens jetzt noch nicht.*

Hinter dem voll gestellten Ladentisch saß ein dunkelhaariger Mann und las Zeitung. Er sah auf. Mary hielt die Luft an. Keine sechs Meter entfernt saß Jonathan Walkingstick, ihr ältester Freund und erster Liebhaber. Seine dunklen Augen blitzten auf, als er sie erkannte, nahmen aber gleich wieder einen unverbindlichen Ausdruck an, wie es sich für einen höflichen Cherokee gehörte.

»Jonathan.« Ihre für gewöhnlich selbstsichere Stimme klang plötzlich wie das Piepsen eines verängstigten Spatzen.

»Mary.« Er sprach ihren Namen genau so aus wie immer – als sei es ein Zauberwort, das ganz allein für ihn eine besondere Magie enthielte. Selbst jetzt spürte sie die Zärtlichkeit, die er hineinlegte.

Sie wurde rot. »Ich hatte keine Ahnung, dass du hier bist. Ich hörte, du wärst in der Armee. In England oder so.«

»War ich auch.« Jonathan lächelte und zuckte die Schultern. »Aber ich hab keinen Beruf draus gemacht.«

»Wann bist du zurückgekommen? Hat sich Norma Owle zurückgezogen?«

»Ich bin seit '94 wieder hier. Norma ist in dem Herbst gestorben.«

»Oh.« Mary wußte nicht, was sie sagen sollte. Ihre Mutter war tot, aber in ihrer Vorstellung lebten alle anderen von hier weiter, zeitlos, wie die Wiederholungen alter Fernsehserien.

»Tja, schön, dich wieder zu sehen. Ich würde dir gern zwei meiner Freundinnen vorstellen«, brabbelte sie dümmlich, als wäre sie nach zwölf Jahren den ganzen Weg hierher gefahren, nur um ihm Alex und Joan vorzustellen. »Wir wollen dieses Wochenende zelten.«

Sie ging auf ihn zu. Er trug das Haar länger, als sie es in Erinnerung hatte, mit einem Lederband zu einem Pferdeschwanz zusammengebunden. Die schlanke Sehnigkeit seiner Jugend hatte sich in den kräftigen Körper eines Mannes in den besten Jahren verwandelt. Eine Dienstmarke der Post hing schief an seiner alten Militärjacke, die er über einem verblichenen Jeanshemd trug. Auf dem Ladentisch lag ein halb gelöstes Kreuzworträtsel aus der *New York Times* neben einem Kaffeebecher, und der Knochengriff des Messers, das er Ribtickler, Rippenkitzler, nannte, ragte nach wie vor aus seinem Gürtel, in Reichweite seiner linken Hand. Kein Bauch wölbte sich über den Gürtel, und seine Mundwinkel bogen sich immer noch in einer breiten, sinnlichen Kurve nach oben. Rasch schaute Mary auf seine linke Hand. Kein Ring. Und er sah sie an wie früher, als hätte er etwas Geheimnisvolles an ihr entdeckt, das nur er sehen konnte.

Sie legte die Hand auf Alex' Arm, bemühte sich, ihrer Stimme dieselbe Kraft zu verleihen wie im Gerichtssaal. »Alex und Joan, ich würde euch gern einen alten Freund von mir vorstellen. Jonathan Walkingstick.«

»Hi.« Joan strahlte ihn an, ihre dunklen Augen voller Neugier. »Nett, Sie kennen zu lernen.«

»Hallo«, sagte Alex leise und streckte ihm die Hand hin. *Sie weiß genau, wer er ist,* dachte Mary. *Sie erinnert sich an jedes Wort, das ich über ihn gesagt habe.*

»Freut mich sehr.« Jonathan zeigte sein altes, schiefes Lächeln. In Marys Kopf schien sich das Blut zu stauen. »Wo wollt ihr denn heute hin?«

»Zu einer Quelle namens Atagahi«, erwiderte Alex.

»Da habt ihr noch einen ganz schönen Weg vor euch.« Er warf einen abschätzenden Blick auf Joans glänzende neue Stiefel und die steife Jacke. »Geht ihr oft zelten?«

Mary schüttelte den Kopf. »Wir lassen's langsam angehen. Ich will ein paar Skizzen machen, und die beiden wollen sich nur entspannen. Sonntagabend wollen wir wieder zu Hause sein.«

»Geht ihr durch die Ghosts?«

Mary lächelte. »Vielleicht.«

»Ghosts?« Joan sah Mary an. »Was meint er damit? Geister?«

»Nichts, nichts«, sagte Mary. »Nur ein etwas schwierigeres Stück auf dem Weg.«

Jonathan fragte: »Habt ihr Zelte und Schlafsäcke?«

Mary nickte. »Alex' Freund hat uns seine Ausrüstung geliehen. Alles nur vom Feinsten.«

»Tja, achtet auf das Wetter. Wir hatten schon Schnee, und es ist erst Oktober.«

Ein unbehagliches Schweigen entstand, dann fragte Joan: »Gibt's hier Virginia Slims?«

»Hinten, in der linken Ecke, neben den Zeitschriften.« Jonathan deutete auf die andere Seite des Ladens.

»Und Schokoriegel?« Alex stand am Regal mit den Kartoffelchips.

»Im mittleren Gang, über dem Öl für die Außenbordmotoren.«

Alex und Joan verschwanden zwischen den Regalen und ließen die beiden stehen.

Mary räusperte sich. »Ich glaube, ich hab Billy Swimmer unten beim Schuppen gesehen. Posiert der jetzt für die Touristen?«

Jonathan nickte. »Seit er seinen Job verloren hat. Billy macht alles, was er kriegen kann, und versucht genug Geld zusammenzukriegen, um seine Fiedel auszulösen. Er soll irgendwo mit einer Bluegrass-Band spielen.«

Mary lachte. »Hat er eigentlich jemals Tammy Taylor geheiratet?«

»Ja. Drei Monate, nachdem ihr Sohn Michael auf die Welt kam.«

»Und du bist hier der Postbote und der Bogenmacher?« Mary schaute zur hinteren Ladenwand, an der eine Reihe ungespannter Bogen hing. Langbogen, Flachbogen, Recurves, alle glänzend im trüben Licht, alle ein Beweis für die Kunstfertigkeit seiner starken Finger. Mary konnte sich an eine Zeit erinnern, als diese Finger so fachmännisch über ihre Haut strichen, wie sie Hickory und Ahorn bearbeiteten.

»Ja. Der Bogenmacher, der Pfeilemacher, der Kerzenmacher. Und an drei Tagen in der Woche bin ich auch der Postmann.« Er sah ihr ins Gesicht, als wolle er noch etwas anderes sagen, lachte dann und zog sich in Höflichkeitsfloskeln zurück. »Und du? Glücklich verheiratet, wette ich. Zwei Kinder und ein Volvo.«

Mary spürte, wie ihr die Röte erneut ins Gesicht schoss. »Nein, nichts dergleichen. Meine Arbeit hält mich ziemlich auf Trab. Ich bin stellvertretende Bezirksstaatsanwältin in Atlanta.«

»Lena Owle hat gelesen, dass du da unten zu einer Berühmtheit geworden bist. Sagte, sie nennen dich Killer Crow oder so.«

Mary lachte. »Lena sollte nicht alles glauben, was sie in der Zeitung liest. Und du? Zwei Kinder und ein Volvo?«

Er schüttelte den Kopf. »Ich war eine Weile verheiratet, in England, aber es hat nicht funktioniert.«

Ein Polaroidfoto, das an die Kasse geklebt war, fiel ihr ins Auge. Jonathan war darauf zu sehen, hatte den Arm um eine kleine, hübsche Frau mit durchscheinender Haut gelegt.

Mary deutete auf das Foto. »Ist das nicht ...«

»Jodie Foster«, sagte er stolz. »*Nell* wurde hier oben gedreht. Ich habe bei der Gerichtsszene am Ende mitgespielt.«

»Hey, herzlichen Glückwunsch.« Obwohl sie Jodie Foster mochte, hatte sich Mary den Film nicht angeschaut. Stereo und Technicolor brachten die Berge für ihren Geschmack zu nahe.

»Meine fünf Minuten im Rampenlicht.«

Er lachte, dann hallte Joans New Yorker Akzent durch den Laden. »Mary, komm mal her. Sieh dir das an.«

Mary drehte sich um. Joan stand vor einem großen Anschlagbrett aus Kork, an dem diverse Zettel und anderes aufgehängt waren – Fotos von Jägern neben ausgestopften Bären, Angebote für den Kauf von Jagdhunden, handgeschriebene Nachrichten von Wanderern. Mary trat neben sie.

Joan betrachtete zwei Fotos. Sie erinnerten an Steckbriefe, nur waren es keine Verbrecherfotos, sondern Aufnahmen von

Menschen, die im Wald verschwunden und nie wieder aufgetaucht waren. Fotos, die verzweifelte Angehörige aus Familienalben gerissen hatten – ein Highschool-Abschlussfoto eines Mädchens, das andere von einem kleinen Jungen mit Zahnlücke und mit einer Baseballkappe der Milwaukee Braves, der lachend eine Reihe Fische hochhielt. Mary hatte die vergilbten Bilder so oft gesehen, dass sie das Gefühl hatte, die Vermissten seien alte Freunde. Alice Andrews, 19, verschwand am 1. Oktober 1976, als sie sich von den Zelten ihrer Freunde entfernte. Ein Jahr später hatte Jimmy Reynolds, acht Jahre alt, die Hand seines Vaters auf Butler's Bald nur für eine Minute losgelassen und wurde nie mehr gesehen. Die meisten, die sich hier oben verliefen, wurden wieder gefunden. Doch diese beiden blieben verschwunden. Als Mary noch hier lebte, hatten die Bilder sie verfolgt, es war, als riefen sie ihr jedes Mal, wenn sie allein durch den Wald nach Hause ging, etwas zu.

Joan nahm ihre Sonnenbrille ab. »Die Wälder sind hier sehr dicht, oder?«

Mary zuckte die Schultern. »Manchmal finden die Leute nicht wieder raus. Aber meistens schon.« Sie lächelte Joan an. »Wir auf jeden Fall.«

Sie ging zurück zum Ladentisch, auf den Alex sechs Schokoriegel gelegt hatte.

»Sie halten wohl nichts vom Kalorienzählen.« Jonathan bediente die Tasten der alten Holzkasse.

»Heute nicht.« Alex reichte ihm einem Zehndollarschein. »Die Kalorien und ich sind getrennt in Urlaub gefahren.«

»Tja, das Leben ist viel zu kurz.« Er grinste und öffnete eine braune Papiertüte. »Und es gibt nur eine begrenzte Anzahl von Schokoriegeln.«

Joan kam mit drei Päckchen Virginia Slims und einer Packung roter Salmiakpastillen zurück. Sie hielt die Packung hoch. »Ich hab gehört, die täten gut beim Wandern.«

»Nur, wenn du sie sonst auch magst«, sagte Mary.

»Ach so.« Joan drehte die Packung unschlüssig in der Hand

und legte sie zurück ins Regal. »Gut, dann nehm ich bloß die Zigaretten.«

»Versuchen Sie mal die hier.« Jonathan griff nach einer Handvoll Müsliriegel und steckte sie zu den Zigaretten in die Tüte. »Die geb ich Ihnen gratis.«

Er tippte den Betrag ein. »Bevor ihr in die Wildnis aufbrecht«, sagte er und gab Joan das Wechselgeld, »kann ich den Damen anbieten, noch mal meine Toilette zu benutzen.«

»Oh, das wär klasse«, sagte Joan.

»Da drüben.« Er deutete auf einen Durchgang neben einer alten Eiscreme-Kühltruhe, in der jetzt Maden und Grillen als Fischköder aufbewahrt wurden.

Alex und Joan gingen zum Klo.

»Sollen wir auf die Veranda rausgehen?«, fragte er Mary, nachdem sich die Tür hinter den beiden Frauen geschlossen hatte.

Sie schaute zu den Fenstern, durch die die Sonne hereinströmte. Es wäre wie in alten Zeiten – Jonathan neben ihr im warmen Sonnenlicht. Mary lächelte, schüttelte aber den Kopf. »Danke, aber ich würde mich gern noch ein bisschen im Laden umsehen.«

»Gut.« Sein Lächeln verschwand, und sie wusste, dass auch er an jenen Nachmittag vor langer Zeit dachte. »Das versteh ich.«

Ein Mann in Jeans mit sandfarbenem Haar betrat den Laden und fragte Jonathan, wo man hier gut Forellen angeln könnte. Während die beiden sich unterhielten, schaute sich Mary um. Little Jump Off war noch genau so wie vor zwölf Jahren – einladend für Leute, die in die Berge wollten, mit einem guten, aber begrenzten Angebot von allem, was man so brauchte. Obwohl Jonathan jetzt einen Fernseher und einen Computer hinter dem Ladentisch hatte, wusste sie, dass sie draußen vor der Hintertür einen alten Brunnen und den Trog zum Auffangen von Schweineblut finden würde, und weiter hinten den kühlen, dunklen, nach Hickoryholz riechenden Schuppen, in dem die Bärenschinken vom letzten Herbst für

Weihnachten geräuchert wurden. Noch ein Stück weiter war die Stelle, an der sie sich an jenem entsetzlichen Nachmittag von Jonathan verabschiedet hatte. Unwillkürlich schloss sie die Augen. Manches ändert sich nie, auch wenn man es sich noch so sehr wünscht.

Langsam ging sie zu der hinteren Ecke, wo der Webstuhl ihrer Mutter gestanden hatte. Dort hatte Martha die Läufer und Wandbehänge gewebt, die von den Touristen als Souvenirs gekauft wurden. Obwohl inzwischen viele tausend Füße über die breiten Dielenbretter gegangen waren, konnte man die merkwürdige kleine Verfärbung im Holz immer noch sehen. Kaum zu erkennen, wenn man nicht danach suchte. Mary kniete nieder und bedeckte den Fleck mit der Hand. Genau hier, an diesem Punkt des Universums, hatte Martha Crows Herz zu schlagen aufgehört, und Mary Crow war für immer das Herz gebrochen.

Sie starrte auf den Fleck, bis sie Joan und Alex vom Klo kommen hörte. Da stand sie rasch auf und wandte sich ab.

Auch sie benutzte noch schnell die Toilette und genoss zum letzten Mal die Annehmlichkeiten von Klopapier und Wasserspülung. Dann ging sie zurück zu Joan und Alex, die Jonathans Schnappschuss mit Jodie Foster bewunderten.

»Bereit, Pfadfinder?«, fragte sie.

»Allzeit bereit.« Alex griff nach der Tüte mit den Schokoriegeln.

»Und ich hab meine Zigaretten«, fügte Joan hinzu.

»Viel Spaß beim Wandern.« Jonathan lächelte und winkte Mary zu. »Bis später«, sagte er leise. »Pass auf dich auf.«

»Wiedersehen.« Sie folgte ihren Freundinnen zur Tür, drehte sich aber noch mal zum Ladentisch um. »Sag mal, Jonathan, wer ist denn inzwischen hier oben Sheriff?«

»Stump Logan«, erwiderte er. »Derselbe alte Knacker wie damals, als deine Mutter ...« Er verstummte abrupt, entsetzt über die Worte, die ihm fast entschlüpft wären. »Er angelt oben am Grapevine Creek«, fügte er rasch hinzu.

»Danke. Vielleicht setz ich mich mal mit ihm in Verbindung.« Mary lächelte ihn an. »Schön, dich wieder gesehen zu haben.«

»Komm bald wieder«, lud er sie ein, mit erneuter Hoffnung in der Stimme. »Wir müssen uns doch nicht so fremd bleiben.«

Sie winkte, lief dann zum Auto, wo sie beinahe mit dem blonden Angler zusammenstieß, der mit einer neuen Forellenfliege zu seinem Auto zurückschlenderte.

»Sag mal, Mary, wer war denn der gutaussehende Kerl hinter dem Ladentisch?«, fragte Joan neugierig vom Rücksitz, als Alex den Wagen anließ. »Liegt da vielleicht eine kleine *historia* in der Luft, wenn du weißt, was ich meine?«

Mary sah zum Laden zurück, bis Alex vom Parkplatz bog. »Sie haben Recht, Frau Anwältin«, erwiderte sie schließlich. »*Historia* ist genau das, was Little Jump Off im Übermaß zu bieten hat.«

»Das gibt's doch nicht!« Jonathan Walkingstick lief zur Tür und sah dem roten BMW nach, der auf dem Schotter leicht ins Schleudern kam und dann auf die Straße bog. Der Wagen bremste nur kurz, bevor er hinter der nächsten Kurve verschwand. Das Haar der Blonden wehte wie Flachs im Fahrtwind.

Plötzlich hatte er das Gefühl, einen Tritt in die Magengrube bekommen zu haben. Nach zwölf Jahren war Mary Crow einfach wieder in sein Leben spaziert, und sie sah verdammt gut aus. Elegant wie eine Stadtfrau, aber auch verändert. Stark. Selbstbewusst. Jonathan seufzte und rieb an einem unsichtbaren Fleck auf der Fensterscheibe. Mary schien es gut zu gehen.

Vor einiger Zeit war er mal nach Atlanta gefahren, um sie zu sehen, hatte aber niemandem davon erzählt. Er hatte seine Freundin Lena Owle zu einem Lehrerkongress begleitet und war dann mit der U-Bahn zum Gerichtsgebäude von Deckard County gefahren. Als er durch die Tür trat, hatte er Mary sofort entdeckt. Schwarzes Kostüm, hochhackige Schuhe, der Rock gerade noch bis an die Knie. Ihre Brüste drückten sich gegen den tiefen V-Ausschnitt der Kostümjacke, und er hatte allein von ihrem Anblick einen Ständer gekriegt. Sie war eilig in einem Gerichtssaal verschwunden, und er hatte sich hinter ihr reingeschlichen und sich rasch in die hinterste Reihe gesetzt. Den restlichen Tag, oder zumindest, bis er sich mit Lena treffen musste, hatte er zugeschaut, wie Mary die Geschworenen bearbeitete. Ein Schäferhund hätte seine Herde nicht besser zusammentreiben können. Jonathan hatte gehen müssen, bevor der Fall entschieden wurde, hatte aber gewusst, dass der Angeklagte schon mit einem Fuß im Gefängnis stand. Danach hatte er ein schlechtes Gewissen gehabt und Lena in ein teures thailändisches Restaurant geführt, um es wieder gutzumachen.

Später, als sie sich geliebt hatten, hatte er alles getan, damit sie sich gut fühlte, nur die Augen schließen durfte er nicht. Denn jedes Mal, wenn er das tat, sah er nur noch Mary vor sich.

»Ich hab dir einen Platz freigehalten«, sagte er jetzt laut in den leeren Laden, ihr alter Spruch aus der Highschool. Damals hatte er geglaubt, sie würden immer zusammenbleiben, sich gegenseitig Plätze freihalten, bis der Leichenwagen kam und einen oder sie beide zum Friedhof brachte.

»Zu schade, dass du einen anderen Bus genommen hast«, murmelte er und ging zurück zum Ladentisch. Jonathan schloss die Augen und atmete tief ein. Er wollte ihren Geruch so lange wie möglich im Gedächtnis behalten. Als er die Augen wieder öffnete, blickte er finster auf die zusammengefaltete Zeitung und versuchte sich wieder auf das Kreuzworträtsel zu konzentrieren. Er brauchte ein Wort mit sechs Buchstaben für »Mitglied einer Nudistensekte«. Gerade hatte er angefangen, »Adamit« zu schreiben, als die Ladenglocke wieder bimmelte.

»Hey, Jonathan!« Billy Swimmer, der magere Mann, der beim Teufelsschuppen für Fotos posiert hatte, stand in der Tür, seinen Sioux-Kopfschmuck unter den Arm geklemmt. »Wie läuft's denn so im Little Jerk Off?«

»Gut, Billy«, erwiderte Jonathan, sah aber kaum von seinem Kreuzworträtsel auf. Er nahm an, dass Billy Mary und ihre Freundinnen gesehen hatte, als sie am Schuppen vorbeifuhren. Wie die meisten Einwohner kleiner Städte, konnte Billy Swimmer Klatsch riechen, wie ein Maultier einen aufkommenden Sturm spürte. Jetzt war er hier, wollte rauskriegen, ob Mary Crow irgendwelche saftigen Brocken zurückgelassen hatte. Billy schlenderte zum Ladentisch und schwang sich hinauf.

»Du hast nicht zufällig was davon gehört, dass irgendjemand bei irgendwas Hilfe braucht? Keiner will sich fotografieren lassen, und ich brauche immer noch zweihundert Dollar, um meine Fiedel auszulösen.«

Widerstrebend sah Jonathan von der Zeitung auf. »Zell Crisp war hier und hat gesagt, du würdest ihm auch noch zweihundert Dollar schulden.«

»Na ja, stimmt«, gab Billy mit einem hilflosen, schiefen Grinsen zu.

Jonathan schüttelte den Kopf. »Tut mir Leid. Wenn ich was höre, sag ich's dir.«

»Sag mal, war das nicht Mary Crow in dem roten BMW, den ich hier rauffahren gesehen habe?« Jetzt kam Billy mit seinem wahren Anliegen heraus, pulte dabei ein bisschen Dreck von einer weißen Stoppelfeder am unteren Ende seines Kopfschmucks.

»Ja.«

»Kommt sie zurück?« Jetzt flüsterte Billy fast, vergaß die Federn und starrte Jonathan eindringlich mit seinen dunklen Augen an.

Jonathan schüttelte den Kopf und überlegte, was 14 senkrecht sein konnte. Ein Wort mit sechs Buchstaben für den »Abkömmling von zwei Gameten«. »Nein. Sie will nur mit ihren Freundinnen zelten. Bei der Atagahi-Quelle.«

»Ach.« Billy war sichtlich enttäuscht. Seine Augenbrauen zogen sich zusammen. »Bist du sicher?«

»Das hat sie gesagt. Sie haben Zigaretten und Schokoriegel gekauft und das Klo benutzt. Für mich hört sich das nach Frauen an, die zelten wollen.«

»Ach was, Jonathan. Ich glaub einfach nicht, dass sie nur deswegen hergekommen ist.«

»Sie ist hier zu Hause, Billy. Warum sollte sie nicht herkommen?«

»Zum Zelten? In Georgia gibt's genug Campingplätze.«

Jonathan sah von seinem Kreuzworträtsel auf. »Lass gut sein, Billy«, warnte er mit leiser Stimme.

»Entschuldige. Ich find's nur so traurig, nach allem, was zwischen dir und ihr war ...«, meinte Billy linkisch.

»Ja.« Jonathan schrieb *Z-y-g-o-t-e* oberhalb von *Adamit*. »Ist es.« Er unterdrückte einen Seufzer. Alles, was Billy gesagt hatte, stimmte, aber was sollte er, Jonathan, dagegen machen? Mary war eine berühmte Staatsanwältin in Atlanta. Er führte nur den Gemischtwarenladen.

Wieder bimmelte die Glocke. Jonathan sah auf in der Hoffnung, dass Mary etwas vergessen hatte, aber in der Tür stand ein Mann, den er noch nie gesehen hatte. Der Fremde trug Jagdstiefel und über der Schulter eine Schrotflinte und einen abgewetzten Segeltuchsack. Hemd und Hose gehörten zu einem Militärtarnanzug, aber das Namensschild war verblichen und der Name der Einheit von den Ärmeln abgerissen. Der saure Geruch nach ranzigem Fett und ungewaschenem Körper drang in den Laden. Billy schniefte laut und brachte seinen Kopfschmuck hinter dem Ladentisch in Sicherheit.

»Hallo, mein Freund.« Das Wort *durchgeknallt* schoss Jonathan durch den Kopf. »Kann ich Ihnen helfen?«

Der Mann blähte die Nasenlöcher auf wie ein Hund, der fremdes Territorium roch. Er drehte sich langsam im Kreis, überprüfte den Laden und sah dann Jonathan an.

»Ich muss ein Paket verschicken.« Seine Stimme klang wie eine rostige Türangel.

»Das lässt sich machen.«

»Ich muss was nach Michigan schicken.«

Jonathan runzelte die Stirn. Er konnte sich nicht erinnern, je etwas nach Michigan verschickt zu haben. Unter dem Ladentisch suchte er nach seiner Gebührentabelle. »Ist es schon eingepackt?«

»Nein. Ich brauch noch einen Karton.«

Jonathan schob das Kreuzworträtsel unter die Kasse. »Dann zeigen Sie mal, was Sie da haben.«

Der Mann kam zum Ladentisch. Jonathan bemühte sich, ihn nicht anzustarren. Die Augen des Fremden waren seltsam. Tief eingesunken, hellgelb und wolfsartig glitzernd unter dunklen, finsteren Augenbrauen. Seine Nase war ein dünner Keil, und seine Haut hatte die Struktur verwitterter Baumrinde. Seine Fingernägel waren lang und schmutzig. Er hätte ebenso gut fünfunddreißig wie sechzig sein können. Der Mann warf Billy einen wütenden Blick zu, worauf der hastig vom Ladentisch rutschte. Dann ließ der seltsame Fremde seinen Sack zu Boden fallen und steckte den Arm bis zum Ellbogen hinein. Mit einem hinterhältigen Grinsen zog er etwas heraus, das wie ein Strich aussah, und ließ es auf den Ladentisch fallen.

»Ach du Scheiße!« Billy machte einen Satz zurück und warf dabei beinahe den Kartoffelchipständer um. »Das ist ja 'ne Klapperschlange!"

Die Schlange, die geschlafen hatte, entrollte sich rasch auf dem Ladentisch und blähte ihren Hals wie eine Kobra auf. Jonathan starrte sie bewegungslos an.

Der Mann lachte Billy höhnisch aus. »Mach dir bloß nicht in die Hose, Geronimo. Das ist nur 'ne kleine alte Hakennatter.« Er nahm die Schlange hoch und schmiegte sie sich unter das Kinn. »Die bewacht meine Felle, wenn ich unterwegs bin. Die meisten halten sie für 'ne Klapperschlange, genau wie du.« Verächtlich kräuselte er die Oberlippe, sah dann wieder zu Jonathan. »Und die meisten stecken ihre Hände auch nur einmal in meinen Sack.«

Immer noch lachend, stopfte der Mann sich die Schlange ins Hemd und griff erneut in den Sack. Trotz des Schrecks reckte Billy den Hals, um zu sehen, was der Mann als Nächstes herausziehen würde. Diesmal wühlte er ein bisschen herum und präsentierte dann fünf einwandfreie Waschbärenfelle.

Wie viele Bogenschützen betrachtete Jonathan Trapper und ihre kleinen Moschusfläschchen mit Geringschätzung, aber gute Arbeit erkannte er an. Die Felle waren beste Qualität und fachmännisch gegerbt. »Die werden ganz schön was einbringen, Buddy.«

»Weiß ich«, grummelte der Mann. »Also, haben Sie was, worin ich hundertsiebenundzwanzig von diesen Dingern nach Michigan schicken kann?«

Jonathan steckte sich den Bleistift hinters Ohr. »Da muss ich mal nachschauen.«

Er ging nach hinten ins Lager. Letzte Woche war eine Lieferung Wegwerfwindeln gekommen, und der große Karton, in dem sie verpackt gewesen waren, könnte gerade reichen für eine Ladung Waschbärenfelle. Der Lieferant hatte den Karton neben ein Fass mit Nägeln geworfen, und da lag er immer noch, offen und bereit für die nächste Ladung.

Jonathan trug den Karton in den Laden und stellte ihn auf den Boden. »Das ist der größte, den ich habe.«

Der Mann breitete das längste Fell aus und strich es glatt. Die Spitze des flauschigen Ringelschwanzes reichte nicht ganz bis zur Längsseite des Kartons.

»Ich glaub, das geht.« Der Mann legte ein weiteres Fell drauf, dann noch eins. Der Karton war breit genug, drei nebeneinander liegende Fellstapel zu fassen. Billy sah zu, wie der Mann ein dickes Fell nach dem anderen verpackte.

Nach zehn Minuten war er fertig. Jonathan verstärkte den Karton rundherum mit Klebeband und klebte ihn zu. Seine Paketwaage zeigte nur bis zu fünf Kilo an, also hob er den Karton hoch und schätzte das Gewicht. »Wird wohl an die dreizehn Kilo haben«, sagte er und warf ihn leicht hoch. Er reichte Billy den Karton. »Was meinst du?«

Billy hob ihn an und nickte. »Glaub ich auch. Aber vergiss nicht, für die Schlange was extra zu berechnen.«

Ohne auf Billys Bemerkung einzugehen, hievte Jonathan den Karton auf den Ladentisch. »Also gut, Buddy. Wohin soll das Paket geschickt werden?«

Der Mann zog ein abgegriffenes Stück Papier aus dem Lederbeutel um seinen Hals und gab es Jonathan. »Schicken Sie es da hin. Per Nachnahme.«

Jonathan schrieb die Adresse ab. »Und was soll ich als Absender angeben?«

»Schreiben Sie einfach Henry Brank. Und dann die Poststation hier, wie immer die heißt. Die schicken das Geld hierher.«

»In Ordnung.« Jonathan füllte den Adressaufkleber aus und klebte ihn auf den Karton. »Wollen Sie das Paket versichern?«

»Nee. Das Risiko geh ich ein.«

»Es geht am Montag raus.« Jonathan sah zu Henry Brank auf in der Hoffnung, dass damit alles erledigt war. »Kann ich sonst noch was für Sie tun?«

»Verkaufen Sie Patronen?«

Jonathan nickte.

»Geben Sie mir drei Päckchen drei-Nuller.«

Jonathan holte die Munition und schob sie über den Ladentisch. Er überlegte, ob er den Mann warnen sollte, dass die Jagdsaison erst in zwei Monaten anfing und die Jagdaufseher sowohl in Tennessee wie auch in North Carolina ihm Höchststrafen aufbrummen würden, wenn sie ihn mit einem illegal geschossenen Bären in den Wäldern erwischten, aber er hielt den Mund. Ein Trapper wie der musste das Gesetz kennen. Und wenn dieser ungewaschene Kerl sich eine Strafe von tausend Dollar für einen gewilderten Bären aufhalsen wollte, sollte er doch.

Der Blick des Mannes fiel auf das Polaroidfoto von Jonathan mit Jodie Foster. Er grinste und entblößte lange Zähne. »Ist das Ihre Frau?«

»Nein.« Obwohl Jodie Foster keine zehn Worte mit ihm gewechselt hatte, wollte sich Jonathan plötzlich am liebsten vor das Foto stellen und es vor den neugierigen Blicken des Mannes abschirmen. »Das ist eine Schauspielerin, die drüben in Fontana einen Film gemacht hat.«

»Jonathan hat in dem Film mitgespielt«, mischte sich Billy stolz ein. »Jodie hat ihn selbst darum gebeten.«

Jonathan erinnerte sich an die Scheinwerfer, das Kabelgewirr auf dem Boden und die Hollywoodleute, die alle leicht verwirrt aussahen, als seien sie auf dem Mars gelandet statt im ländlichen Westen von North Carolina. Obwohl ihn die eigentliche Filmarbeit ermüdet hatte, war die Bezahlung gut, und Jodie Foster war selbst zu so unbedeutenden Leuten wie ihm sehr nett gewesen. Es war der angenehmste Job, den er je gehabt hatte, und er wünschte sich, dass wieder ein großer Filmstar kommen und hier einen Film machen würde.

Der Mann zog einen zerknautschten Geldschein aus dem Lederbeutel. »Ich geb Ihnen fünf Dollar dafür.«

Billy kicherte. »Jonathan verkauft eher seine eigene Großmutter.«

Der Mann sah Billy an, als sei der ein kläffender Hund, den man mit einem Fußtritt zum Schweigen bringen musste. »Das mag ja sein, Geronimo, aber ich bin nicht an seiner Großmutter interessiert.«

Jonathan schüttelte den Kopf, bemerkte die Laus, die aus dem dichten schwarzen Bart des Fremden kroch. Er versuchte zu erraten, woher der Mann kam. Dieser Henry Brank sprach wie die Leute aus den Bergen, aber nicht mit dem Näseln der südlichen Appalachen. »Tut mir Leid. Das Foto ist unverkäuflich.«

Die gelben Augen blitzten kurz auf und richteten sich dann auf das Messer, das aus Jonathans Gürtel ragte.

»Ist das 'n Bowiemesser?«

Jonathan nickte.

»Sind Sie gut mit dem Ding?«

Von allem, worin Indianer angeblich gut sein sollten, hatte sich Jonathan Walkingstick nur das Bogenschießen und Messerwerfen angeeignet. Er hatte nie die Silbentabelle der Cherokee gelernt oder die Regeln für Stickball, aber er konnte weit und breit die besten Bogen machen und den Ribtickler genau dahin plazieren, wo er wollte.

»Ich hab schon ein paar Eichhörnchen gehäutet.« Unerschrocken sah Jonathan dem Mann voll ins Gesicht.

»Das sind gute Messer.« Der unheimliche, safrangelbe Blick glitt so schnell von ihm weg, wie er gekommen war. »Besser als Barlows.« Brank stapelte die Patronen aufeinander. »Ich brauch noch ein paar Sachen.«

Er schlurfte durch die Gänge, blieb nachdenklich vor den Vitamintabletten stehen, las sich die Aufschriften der Corneflakespackungen durch und landete schließlich vor dem Anschlagbrett.

Aufmerksam betrachtete er alles, was da hing, zuerst die Fotos der Jäger, die lachend über ihrer Beute standen, dann las er die Meldungen der Wanderer auf dem Appalachian Trail, die sich momentan irgendwo zwischen Springer Mountain, Georgia und Mount Kahtadin, Maine befanden. Sein

Mund zuckte auf und ab, während er jede einzelne Notiz genau las.

»Haben Sie die Waschbären in der Nähe von AT gefangen?« Billy schwang sich wieder auf den Ladentisch und fischte sich ein Kaugummi aus dem Bonbonglas, das Jonathan dort stehen hatte.

»Nee.« Der Mann lächelte das Foto von Alice Andrews an, die vor zwei Jahrzehnten verschwunden war.

»Wenn Sie ein Foto von sich und Ihrer Schlange haben, sollten Sie's da aufhängen. Vielleicht gewinnen Sie einen Preis für das abartigste Haustier.«

Der Mann wischte sich die Nase mit dem Handrücken ab. »Und ich dachte, du wärst das abartigste Haustier hier, Geronimo.«

Jonathan zog das Kreuzworträtsel unter der Kasse hervor. Billy verschränkte die Arme, kaute sein Kaugummi und beobachtete, wie der Fremde durch die engen Gänge streifte. Schließlich kam Brank mit Maismehl und Kaffee zum Ladentisch zurück, dazu eine Großpackung Multivitamintabletten, eine große Schachtel Schokoladenkekse und drei Zeitschriften – *Newsweek*, *Esquire* und *Field & Stream*.

Kein Zucker, bemerkte Jonathan, als er die Einkäufe des Mannes in die Kasse eintippte. Kein Schwarzbrenner. Vielleicht ein bisschen wirr im Kopf, aber nicht von seinem eigenen Whiskey. »Das macht neunundvierzig Dollar und einundvierzig Cent.«

»Vergessen Sie das Schlangenfutter nicht.« Billy hänselte ihn wie ein unverschämter Papagei.

Der Mann beachtete ihn nicht, zog ein schmieriges Bündel Geldscheine aus dem Beutel, der ihm um den Hals hing und blätterte es langsam durch. Dann legte er zwei Zwanziger und einen Zehner auf den Tisch. »Behalten Sie das Wechselgeld. Silber fass ich nicht an.«

Jonathan legte die Scheine in die Kasse und griff unter dem Ladentisch nach einer Papiertüte.

»Ich tu's hier rein.« Der Mann öffnete den Segeltuchsack,

in dem er die Felle gebracht hatte, und stopfte seine Einkäufe hinein. Dann warf er sich den Sack über die Schulter und schlurfte zur Tür.

Er blieb kurz stehen und sah zu Jonathan zurück. »In ein oder zwei Wochen hol ich mir mein Geld. Heben Sie's gut für mich auf.« Sein Mund verzog sich zu einem raschen, boshaften Grinsen, dann war er weg.

Billy wartete, bis er die Ladentür hinter sich geschlossen hatte, bevor er sich an Jonathan wandte. »Mann, hast du gerochen, wie der stinkt? Und hast du diese pissgelben Augen gesehen?«

Jonathan runzelte die Stirn. »Ja, hab ich. Außerdem hab ich einen Idioten im Indianerkostüm gesehen, der versucht hat, den Kerl zu einem Kampf aufzustacheln. Verdammt, Billy. Der hätte dir glatt deine restlichen Zähne ausschlagen können. Bist du denn völlig bekloppt, dich mit einem Mann anzulegen, der sich eine Schlange als Leibwächter hält?«

Billy schob die Hand in die Tasche seiner Wildlederhose. »Ach was, vor dem hab ich doch keine Angst. Und erst recht nicht vor seiner blöden Schlange. Der ist doch irgendwo aus 'ner Klapsmühle abgehauen, wenn du mich fragst.« Billy wölbte die Brust vor und blies eine blassrosa Kaugummiblase. Sein Blick wanderte zur Kasse, und ihm sackte der Unterkiefer runter. Er stopfte sich die Blase wieder in den Mund und sah Jonathan mit aufgerissenen Augen an. »Oh, oh«, sagte er. »Guck mal.«

Jonathan kam um den Ladentisch herum, um sehen zu können, worauf Billy zeigte. Das Foto von Jodie Foster war verschwunden.

»Verdammter Mist!« Jonathan rannte zur Tür und griff instinktiv nach seinem Messer. Er stürmte auf die Veranda, bereit, erst zu rufen und dann den Ribtickler zu werfen, aber der Fremde war verschwunden.

»Wo steckt der, zum Teufel?« Jonathan schaute in alle Richtungen, aber er sah nur die leere Straße, die sich durch den stillen grünen Wald schlängelte. Er drehte sich zu Billy um. »Wo ist er hin?«

Billy spähte mit zusammengekniffenen Augen in den Wald. »Keine Ahnung. Aber der scheint endgültig weg zu sein.«

Jonathan lief am Laden entlang, Billy hinter ihm her. Sie rannten bis zur Benzinpumpe und versuchten, zwischen den Bäumen einen Blick auf den Tarnanzug oder einen hin und her schlenkernden Segeltuchsack zu erhaschen, aber da war nichts. Kein Zweig, kein Blatt bewegte sich. Alles sah aus, als sei es in Stein gehauen. Wütend trat Jonathan gegen eine leere Öldose. »Der Drecksack ist verschwunden.«

Billy sah sich um und kratzte sich am Kopf. »Wie zum Teufel hat er es fertig gebracht, das Foto zu klauen? Ich hab den Kerl die ganze Zeit nicht aus den Augen gelassen.«

Jonathan hob die Schultern; erstaunlich, mit welcher Leichtigkeit der Mann das Foto gestohlen hatte und wie schnell er verschwunden war. »Frag mich was Leichteres.« Wieder versuchte er, den Fremden einzuordnen. Jonathan kannte alle Cherokee aus den Bergen und die meisten Weißen auch. Dieser Mann war aus dem Nichts aufgetaucht und genau so wieder im Nichts verschwunden.

»Ich sag dir was, Billy«, verkündete Jonathan und prüfte die Schneide des Messers mit dem Daumen. »Mr. Brank und ich werden einen kleinen Schwatz abhalten, wenn er wiederkommt und den Scheck abholt. Wenn er das Foto nicht rausrückt, wird er feststellen müssen, dass die Felle in der Post verloren gegangen sind.«

»Sag mir Bescheid, wenn du dir den Kerl vorknöpfst, Jonathan«, meinte Billy. »Da will ich vorher noch ein paar Wetten abschließen.« Wieder kratzte er sich am Kopf. »Warum der wohl so an dem Anschlagbrett interessiert war?«

Jonathan schob das Messer in den Gürtel zurück und schaute zu der Krähe hinauf, die auf dem Verandadach gelandet war. Heute schien alles an ihm vorbeizuziehen – erst Mary, dann das alberne kleine Foto von Jodie Foster und jetzt dieser merkwürdige Fremde. »Jeder bleibt davor stehen, Billy. Wie vor einer riesigen Punktekarte, die dir sagt, wer noch lebt, wer tot ist und wer demnächst von den Krähen gefressen wird.«

»Ha, du klugscheißerischer Cherokee-Drecksack. Wolltest mir das Foto von deiner Freundin nicht verkaufen, was?«

Brank hockte hinter einem strahlend gelben Zaubernussbusch und wedelte mit dem Foto. Er war gerade noch rechtzeitig in den Wald geschlüpft, um den Spaß mitzukriegen. Er hatte kichernd gesehen, wie der Indianer rausgestürmt kam, das Messer in der Hand, und vor dem Laden auf und ab rannte, sein kleiner Kumpel immer hinter ihm her. Brank schüttelte sich vor Lachen, als der Große zur Benzinpumpe lief und mit dem langen Bowiemesser herumfuchtelte, bereit, den Dieb wie einen Kürbis zurechtzuschnitzen, und nichts fand, in das er reinstechen konnte. Als die beiden Indianer schließlich aufgaben und in den Laden zurücktrotteten, verzog sich Brank tiefer zwischen die Zaubernüsse.

Brank lächelte. Diese Poststation hatte sich als großer Spaß erwiesen. Wegen Buster hatte sich der Kleine fast in die Hose geschissen, ihm selbst war es gelungen, den Schnappschuss des Cherokee zu klauen, und er hatte sich das Anschlagbrett in Ruhe ansehen können.

»Der Junge mit der Baseballkappe.« Verwundert schüttelte er den Kopf. »Und das Mädchen mit dem großen Ring.« Seit Jahren hatte er nicht mehr an sie gedacht, aber da waren sie gewesen, beide, und hatten ihn von dem Anschlagbrett angelacht. Er kicherte und tätschelte die Schlange, die zusammengerollt an seinem Bauch lag. »Tja, die zwei sind wohl endgültig weg, was, Buster?«

Noch immer hielt er das Foto umklammert, betrachtete es jetzt genauer. Der junge Indianer stand hoch aufgerichtet da, trug ein Jackett und eine Krawatte und hatte den Arm vorsichtig um eine schlanke Frau gelegt, als sei sie aus Glas. Sie wirkte gelassen, der lange weiße Hals so anmutig wie der eines

Schwans. Ihre kobaldblauen Augen hatten eine leicht schräge Form, und ihr verhaltenes Lächeln deutete auf Intelligenz, trotz der sinnlichen roten Lippen.

»Die würd ich gern mal ficken«, flüsterte Brank, griff sich in den Schritt und quetschte seine Eier leicht zusammen. Er blies ein Stäubchen von dem Foto und verstaute es dann sorgfältig in seiner Hemdtasche. Später würde er es wieder rausholen, wenn er Zeit hatte, sich ernsthaft damit zu befassen.

Er schob sich die Zaubernusszweige aus dem Gesicht und kroch lautlos unter den dicken grünen Blättern hervor. Wenn er sein Geld abholte, würde er sich mit dem Indianer wegen des Fotos einigen müssen, aber da würde ihm schon was einfallen. Vielleicht konnte er ihn damit in den Wald locken und zwingen, ihm zu verraten, wo das ganze Cherokee-Gold versteckt war. Brank lachte leise. Das wäre toll, aber es würde nicht klappen. Cherokee mochten zwar dumm und faul sein, Trottel waren sie jedoch nicht.

Mit zusammengekniffenen Augen sah er durch die Bäume hinauf und überprüfte den Stand der Sonne. Vielleicht sollte er eine Zeitlang nach Westen wandern und sehen, ob er Trudys Spur wieder fand. Wie schön wäre es, sich in Florida zu entspannen, ohne sich bei jedem Sonnenuntergang ihretwegen vor Angst ins Hemd zu machen. Noch einmal sah er nachdenklich zum Laden hinüber, dann schulterte er den Sack und trat aus dem Schatten heraus. Die Leute vom Laden hatten nichts zu befürchten. Heute war er auf der Jagd nach seiner Schwester.

Mit dem um dreizehn Kilo leichteren Sack glitt er wie ein Schatten durch den Wald und streifte kaum die Blätter. Vom Boden stieg der Geruch nasser Erde auf. Er überquerte die mit Zinnen versehenen Kämme, die von Little Jump Off wegführten und suchte nach Resten zerkauter Murmeltiere oder zerfleischter Füchse, die auf Trudys Anwesenheit hindeuten könnten. Doch er traf nur hin und wieder auf ein Eichhörnchen und eine Ansammlung leuchtender Bergfinken, die wie blaue Pfeile durch die goldenen Bäume schossen.

Am Nachmittag verspürte er Hunger. Auf einer hoch gelegenen Wiese fand er eine kleine Lichtung, auf der einst die Hütte eines Farmers gestanden hatte, und ließ sich im kühlen Schatten eines geschwärzten alten Schornsteins nieder.

Es tat gut, still zu sitzen und die Beine eine Weile ausstrecken zu können. Er rieb sich den Rücken am Schornstein und sah zu den Bäumen, die ihn umgaben. Obwohl die Sonne schien und der leichte Wind warm war, erschien ihm der Wald stiller als sonst, als hätte seine Anwesenheit die Vögel zum Schweigen gebracht und das schläfrige Sirren der Grillen verstummen lassen.

Brank band den Sack auf und holte die Kekse heraus. Seit Monaten hatte er keine Schokolade mehr gegessen. Er pulte einen der flachen Kekse aus der Zellophanverpackung und biss hinein. Eine köstliche, schwere Süße erfüllte seinen Mund und erinnerte ihn an den Weihnachtskuchen, den seine Mutter gebacken hatte. Seine Mutter. Manchmal dachte er an sie. Was hatte sie an jenem Nachmittag getan, als sein Vater in die Küche zurückgerannt kam, Trudy in den Armen, Henry nirgends zu finden? Brank hatte immer den Eindruck gehabt, dass sie ihn wenigstens ein bisschen liebte. Wahrscheinlich hatte sie geweint. Um ihre beiden Kinder geweint, sich dann darangemacht, Gurken und Sauerkraut einzulegen und all die anderen Dinge zu tun, die sie immer tat, während sein Vater Krieg gegen seinen Sohn führte.

Wieder biss er in den Schokoladenkeks. Plötzlich verdunkelten zwei lange Schatten den Himmel. Brank sah auf. Zwei große schwarze Vögel glitten in geringer Höhe mit weit gespannten Flügeln über seinen Kopf. Sie kreisten einmal über der Lichtung, ließen sich dann auf der Spitze einer abgestorbenen Ulme nieder. Brank hörte auf zu essen und lächelte.

»Cathares aura«, erinnerte er sich stolz an eine der lateinischen Bezeichnungen, die ihm Fate Lyons beigebracht hatte. Truthahngeier. Hässlich wie die Sünde. Die meisten Menschen verabscheuten sie, aber er sah in ihnen Vorboten großer Ereignisse. Oft folgte er ihnen und spürte mit ihrer Hilfe Totes und

Sterbendes auf. Für ihn waren die Vögel nur ein weiteres Bataillon in der riesigen Armee des Todes.

»Hallo, Jungs.« Brank nickte den großen Vögeln höflich zu. »Stirbt hier in der Nähe irgendwas?«

Sie legten ihre nackten roten Köpfe schräg und starrten ihn aus ihren Knopfaugen an. Die Flügel immer noch ausgebreitet, hockten sie auf dem Baum, als warteten sie auf ein inneres Zeichen, sich auf ihn zu stürzen und ihre Klauen in sein Fleisch zu schlagen.

Brank runzelte die Stirn und kaute weiter an der klebrigen Schokolade. Irgendwie merkwürdig. Geier flogen gewöhnlich nicht in Paaren und ließen sich auch nicht so nahe bei Menschen nieder, die noch aufrecht stehen konnten und gesund waren.

»Wollt ihr was abhaben?« Er brach zwei kleine Keksstücke ab und warf sie unter den Baum. Die Vögel blieben reglos sitzen, die böse funkelnden Augen direkt auf ihn gerichtet.

»Auch noch wählerisch, was?« Brank stopfte sich weitere Kekse in den Mund und kaute ausgiebig. Den Vögeln zwei Krumen hinzuwerfen, war schon übertrieben gewesen. Er dachte nicht daran, seine Schokoladenkekse an diese undankbaren Kreaturen zu verschwenden.

Ihr Blick wich nicht von seinem Gesicht. Seine Wangen wurden heiß, und er fühlte sich allmählich unbehaglich, als ob die Vögel etwas wüssten, er aber nicht. Er tätschelte den Lauf seiner Flinte.

»Vergesst ja nicht, wer hier die Knarre hat, Jungs«, murmelte er mit vollem Mund.

Der größere Geier faltete seine Flügel zusammen, starrte aber weiter, sein forschender Blick so scharf wie eine Messerspitze.

Brank wollte gerade einen Stein nach ihnen werfen, als etwas anderes seine Aufmerksamkeit erregte. Ein neues Geräusch aus dem Wald. Ein Schritt. Dann Pause. Dann ein schwaches Rascheln im Gras.

»Ahhhh.« Er redete weiter mit den Geiern, horchte aber

zum Wald hin. »Jetzt versteh ich. Ihr Jungs hockt hier rum, weil ihr denkt, gleich gibt's was zu fressen.«

Er hielt den Blick auf die Vögel gerichtet, steckte die Kekse zurück in den Sack und nahm die Flinte auf den Schoß. Rasch schob er zwei neue Patronen in die Kammern, drehte sich zentimeterweise nach rechts und sah angestrengt in den Wald. Bäume standen im Schmuck ihrer goldenen Blätter da, Ranken hingen wie Schlangen herab. Nichts Ungewöhnliches für einen milden Herbsttag. Alles ganz normal.

Dann hörte er es wieder. Tief zwischen den Bäumen, wie das lange, langsame Rollen einer Flasche über einen Dielenboden. Seine Nackenhaare stellten sich auf. Das Geräusch kannte er. Trudy war hier.

Branks Herz begann wie wild zu schlagen. Mit zusammengekniffenen Augen musterte er das Unterholz und versuchte, einen Blick auf ihre riesigen, bernsteinfarbenen Augen zu erhaschen. »Komm, komm Trudy, altes Mädchen«, lockte er sanft, den Finger am Abzug der Flinte.

Wieder hörte er das leise, bedrohliche Rumpeln. Er zog die Beine an, stützte die Flinte auf dem linken Knie ab und wartete darauf, dass sie etwas unternahm. War sie mutig genug, ihn bei Tageslicht anzugreifen? Sein Herzschlag kam ins Stolpern, und seine Hände wurden glitschig vor Schweiß. Wahrscheinlich nicht. Trudy zog es vor, genau wie die Trolle, ihn nachts zu belauern, wenn seine Augen die Dunkelheit nicht durchdringen konnten und seine Einbildung ihm Streiche spielte.

Brank bemühte sich, die Waffe auf seinem Knie ruhig zu halten. Ihm ging auf, dass diese beiden Geier vermutlich Trudy folgten, genau wie er es in der Vergangenheit mit anderen Geiern gemacht hatte, und auf die Reste warteten, die sie übrig ließ. Sein Magen krampfte sich zusammen, als er erkannte, dass er zum ersten Mal im Leben ganz unten in der Nahrungskette stand.

»Wenn du denkst, du kannst mich zum Mittagessen verspeisen, hast du dich getäuscht, Schwesterherz«, flüsterte er dem im Wald verborgenen Dämon zu.

Er hielt die Luft an und konzentrierte sich auf die Bäume. Vor ihm schimmerten die Blätter golden und rostrot und raschelten wie das Kleid einer Frau. Er saß starr da und wartete. Langsam, ganz langsam vergingen die Minuten. Schweiß rann ihm in die Augen. Sein Herz wummerte laut. Seine Hände umklammerten die Flinte so fest, dass sie zu zittern begannen. Als er gerade dachte, er hätte sich die ganze Sache eingebildet, bewegte sich das Gras unter einer gelb verfärbten Rosskastanie einmal heftig und ein Brüllen setzte ein, als käme ein Güterzug auf ihn zu. Mit einem Satz stand Trudy vor ihm, keine drei Meter entfernt.

Riesige Augen, jetzt mehr grün als bernsteinfarben, nagelten ihn am Boden fest. Sie war viel größer, als er sie in Erinnerung hatte. Sie duckte sich mit peitschendem Schwanz, schätzte die Entfernung zu ihm ab wie eine Hauskatze den Sprung auf den Küchentisch. Glänzende schwarze Lippen legten lange, gelbe Fangzähne frei. Brank begann zu zittern. Als er Trudy das letzte Mal erschossen hatte, war ihr Anblick längst nicht so furchterregend gewesen.

IIIAUUUUUUUUUU!

Ihr Schrei füllte das Universum, hallte durch seinen Kopf. Ihm blieb eine halbe Sekunde zum Schuss, bevor sie ihre Fangzähne in seine Kehle schlagen würde. Verrückt, verrückt, sie war so verrückt – er hatte sie vor so vielen Jahren getötet. Jetzt würde er sie wieder töten. Mit zitternden Händen zielte er auf ihre breite Brust, auf die Stelle, wo er das Herz vermutete, atmete tief ein und drückte ab.

Die Flinte hatte einen Rückschlag wie nie zuvor, der ihn gegen den Schornstein warf. Branks Kopf knallte gegen die sonnenwarmen Steine, Sand und Dreck stachen ihm in Gesicht und Augen. Eine Augenblick lang konnte er nichts sehen. Er rieb sich den Dreck aus den Augen und öffnete sie wieder. Trudy hätte ausgestreckt und blutend wie ein Sieb vor ihm liegen müssen, mit hängender rosa Zunge, die hässlichen schwarzen Lippen weit aufgerissen, aber da war nichts. Die Lichtung war genauso leer wie bei seiner Ankunft.

»Was zum Teufel?« Er sprang auf und ging zu der Stelle, wo Trudy gekauert hatte. Er musste sie doch verwundet haben. Bestimmt hatte sie auf der Flucht eine Blutspur hinterlassen. Er hatte ihr eine doppelte Ladung drei-Nuller Schrotpatronen aus kürzester Entfernung verpasst. Aber da war nichts. Eine leichte Vertiefung im langen Gras war das einzige Anzeichen dafür, dass Trudy jemals hier gewesen war.

Branks Flinte senkte sich, während er auf den Boden starrte. All die Jahre der Spurensuche. All die Nächte, in denen dieser schauerliche Schrei die Dunkelheit durchdrungen und ihn aus dem Schlaf gerissen, ihm den Magen umgedreht und die Därme verkrampft hatte. Immer war er aufgesprungen und mit der Flinte losgerannt, nur um mit leeren Händen zurückzukommen. Heute hatte sie sich ihm praktisch wie ein Geschenk präsentiert, und er hatte sie immer noch nicht töten können. Ihm wurde übel, als würde er innerlich verrotten. Er sah hinüber zur Ulme. Die Geier starrten ihn an und ließen offenbar enttäuscht die Flügel hängen.

»Was glotzt ihr denn so?«, brüllte er wutentbrannt. »War wohl nichts mit dem Fressen, was?«

Die Geier bewegten sich nicht.

»Hier.« Brank schob eine weitere Patrone in die Flinte und hob die Waffe an die Schulter. »Schaut mal, ob euch das schmeckt.« Er zielte auf den kleineren Geier und drückte ab. Die Ulme zersplitterte, und der Vogel zerbarst in einem Nebel aus Blut und Federn. Der andere Geier schwang sich in die Luft, öffnete die breiten Schwingen und verschwand über den Bäumen, bevor Brank noch einmal schießen konnte.

»Verdammte Dreckskerle«, schrie er, stapfte zurück zum Schornstein und holte seinen Sack. »Verdammte widerliche Scheißkerle!"

Er warf sich den Sack über die Schulter und verschwand im Wald. Trudy würde ihm jetzt um einiges voraus sein, durch die Bäume schlüpfen, ihn beobachten und darauf warten, wann er sich das nächste Mal eine Blöße gab. Er würde sich einfach doppelt so viel Mühe geben müssen, sagte sich Brank. Seine

Beine begannen zu zittern, Schweiß lief ihm über das Gesicht und blieb wie Regentropfen in seinen Bartspitzen hängen.

»Ich krieg dich, ehe ich hier abhaue«, rief er beschwörend, bevor er sich durch das Rhododendrondickicht davonschob. »Bei Gott, das werde ich.«

Mary schaute aus dem Autofenster. So also sieht Little Jump Off jetzt aus, dachte sie und starrte auf die Wälder, die wie ein verschwommener dunkler Fleck an ihnen vorbeirauschten. Derselbe Kamin, dieselbe Kühltruhe für Angelköder, derselbe Fichtenholzboden, auf dem ihre Mutter gestorben war. Nur dass jetzt ihr Exliebhaber der Besitzer war, *und du noch genauso verrückt nach ihm bist wie damals*. Die Worte fegten ihr durch den Kopf wie Wind durch vertrocknetes Gras. So sehr sie sich auch danach sehnte, alles in Ruhe zu verarbeiten, musste sie es doch auf später verschieben. Sie hatte Alex versprochen, dass sie nach Little Jump Off nur noch Spaß haben würden, und sie hatte noch nie ein Alex gegebenes Versprechen gebrochen.

»Hier müssen wir abbiegen.« Mary befreite sich aus Jonathans Umklammerung und deutete auf eine verwittertes Schild mit der Aufschrift »War Woman Road«.

Alex bog nach links auf den Schotterweg, der zu einem kleinen, unbefestigten Aussichtspunkt führte, wo sie neben einem Busch wildem Geißblatt anhielt. Rechts zweigte ein schmaler Fußweg ab, der bis ans Ende der Welt zu führen schien.

Die drei Frauen stiegen aus und gingen zu der verfallenen Mauer am Rand des Aussichtspunktes. Alex sprang auf das Mäuerchen, legte die Hände in die Hüften und betrachtete die Weite, die sich unter ihr ausbreitete.

»Meine Güte!«, rief sie. Der Klang ihrer Stimme trieb über die Berge wie eine Flasche, die man ins Wasser wirft.

Meilenweit war nichts als ein wogendes Meer aus Bäumen zu sehen, in den tieferen Regionen noch grün, weiter oben rot und golden und braun, bis es in der Ferne malvenfarbig und dann lila wurde. Schließlich löste es sich am Horizont in einem dunstigen blauen Nichts auf. Zwei Habichte glitten auf der warmen Luft dahin, und das einzige Geräusch, das sie umgab, war der Atem des Waldes. Kühl und unerschütterlich trug er den Geruch von Wachstum und Verfall zu ihnen hinauf und ließ ihnen die feinen Härchen auf den Armen zu Berge stehen.

»Großer Gott«, murmelte Joan und stellte sich neben Alex. »Und ich dachte, der Central Park sei was Tolles.« Sie kramte den Wegwerf-Fotoapparat heraus, den sie in ihrer Tasche verstaut hatte. »Davon muss ich ein Bild machen.«

Mary sah ihr beim Knipsen zu. Aus Erfahrung wusste sie, dass die Fotos enttäuschend sein würden – die Farben flach, der Ausschnitt weniger majestätisch. Das Ergebnis war immer frustrierend. Nur die Bilder, die man im Kopf festhielt, blieben frisch und die Farben unverwässert.

»Könnt ihr euch vorstellen, was die Pioniere empfunden haben, als sie all das zum ersten Mal sahen?« Alex breitete die Arme aus, als wären die vielen Hektar unter ihr ein wildes Reich, das nur ihr gehörte.

Mary lächelte. Alex' Vorstellungskraft wurde stets von der kleinsten Anregung in Gang gesetzt, führte sie zurück in die Vergangenheit oder nach vorn in eine verrückte Zukunft. Wenn dadurch auch interessante Gespräche entstanden, kam sich Mary manchmal neben Alex wie ein Holzklotz vor.

»Wenn wir uns verirren, können wir dann den Stromleitungen folgen?« Alex deutete auf die Leitungen, die sich über die Bäume spannten wie ein gigantisches Spinnennetz.

Mary betrachtete die Leitungen, die den Cheoah-Damm mit dem Calderwood-Damm verbanden. »Ich denke schon, wenn wir auf einen Baum klettern können, der hoch genug ist, um sie zu entdecken. Aber von Mast zu Mast ist man sicherlich einen ganzen Tag unterwegs.«

Mit gerunzelter Stirn starrte Joan in die unendliche Weite. »Bist du sicher, Mary, dass du zwischen all den vielen Bäumen diese einzelne kleine Cherokee-Quelle finden kannst?«

»Wenn das hier New York wäre, könntest du uns nach Coney Island bringen?«

»Kein Problem.«

»Okay«, sagte Mary. »Dann stell dir das hier einfach als mein Manhattan vor.«

»Na toll, aber wenn man mit der U-Bahn nach Coney Island fährt, braucht man sich nur Sorgen um Taschendiebe und Straßengangs und die üblichen New Yorker Verrückten zu machen. Hier hast du dieses Riesengebiet, in dem sich Gott weiß was alles hinter den Bäumen versteckt.« Joan schob ihre Yankees-Kappe zurück. »Ich weiß nicht, ob ich dazu bereit bin, Mädels. Ich rauche, erinnert ihr euch? Ich kann einen Fuchs nicht von einem Frettchen unterscheiden, und ich jogge nicht jeden Tag wie ihr zwei.«

»Ich war seit sechs Monaten nicht mehr joggen«, sagte Alex. »Außerdem pass ich auf dich auf. Am Dienstag bist du wieder im Büro und schwärmst allen vor, was für einen Spaß du hattest.«

Joan sah sie finster an. »Wenn ich ohnmächtig werde, machst du dann die Wiederbelebung?«

»Aber klar.« Alex' Lachen klang herzhaft und ehrlich. »Ich schwöre dir, du wirst das hier genießen.«

»Na gut.« Joan seufzte. »Aber vergesst nicht, dass ich nächsten Sonntag Hugh Chandler zum Essen einladen will. Dann will ich kein gebrochenes Bein haben oder Ausschlag von Giftsumach.«

»Du wirst nur aufregende Geschichten von deinem Ausflug in die Appalachen zu erzählen haben«, versicherte ihr Mary. »Hugh wird denken, er speist mit Superwoman.«

Joan warf Mary einen zweifelnden Blick zu, folgte ihren beiden Freundinnen aber zum Auto. Alex schloss den Kofferraum auf.

»Meine Güte!«, rief sie, hievte Joans Rucksack raus und stellte ihn auf den Boden. »Was um alles in der Welt hast du denn eingepackt? Hanteln?«

»Nein.« Joan wurde rot vor Verlegenheit. »Nur meine Sachen. Kleidung. Make-up. Wein. Was zu lesen.«

Alex schüttelte den Kopf. »Fühlt sich an wie die halbe Bibliothek aus der Kanzlei. Mach den Rucksack auf und hol alles raus, was du nicht unbedingt zum Überleben brauchst.«

Grummelnd hockte Joan sich hin und öffnete den Rucksack. Sie zog zwei Paar Jeans, zwei Wollpullover, fünf Dosen Suppe, eine Sturmlampe, zwei Flaschen Chianti, zwei Paar Ersatzschuhe und eine gebundene Biographie von Beverly Sills heraus.

Alex begann zu lachen. »Da hab ich ja schon weniger Zeug in einem Umzugwagen gesehen. Die Hälfte davon musst du hierlassen.«

»Die Hälfte?«, rief Joan. »Was ist mit der Hälfte von deinem Zeug? Dein Kofferraum sieht nicht gerade leer aus, Alex.«

»Ihr zwei klingt genauso wie vor drei Jahren, als ihr euch das Büro teilen musstet«, erinnerte Mary sie. »Warum lassen wir nicht alle die Hälfte von unseren Sachen zurück? Dann können wir alles in zwei Rucksäcke packen, und eine von uns braucht abwechselnd nichts zu tragen.«

»Gut, ich mach's, wenn sie es macht«, stimmte Joan widerwillig zu. »Aber hättest du heute Abend nicht gern ein Glas Wein?« Sie hielt eine der Chiantiflaschen hoch.

Mary schüttelte den Kopf, packte einen dicken Pullover aus ihrem Rucksack aus. »Nein, nicht wenn ich ihn den ganzen Tag bergauf tragen muss. Außerdem hab ich ein bisschen Brandy in einer Plastikflasche mitgebracht.«

Sie sortierten alle die Hälfte ihres Gepäcks aus, dann half Alex Joan dabei, ihre Sachen wieder einzupacken. Als Mary das Zelt an einem der Tragegestelle befestigte und den Campingkocher an dem anderen, hielt Joan ein kleines Handy hoch.

»Sollten wir das nicht mitnehmen? Für den Notfall?«

Alex lächelte. »Brauchen wir nicht. Charlie hat eins in den Rucksack gesteckt.«

»Darf ich damit telefonieren?«

»Selbstverständlich.«

»Toll«, sagte Joan. »Ich werd meine Mutter anrufen, sobald wir da sind, und sagen: ›Hey, Ma, ich bin mitten in Nantootlah!‹«

»Nantahala«, verbesserte Mary.

»Gut, gut, wo auch immer.«

Als alles verpackt war, schloss Alex den BMW ab und steckte den Schlüssel tief in ihre Tasche. Sie schulterte den schwersten Rucksack. Mary nahm den anderen und überließ Joan die erste leichte Schicht. Die drei Freundinnen grinsten sich an wie Kinder, die einen ganz besonderen Streich gespielt hatten. Dann führte Mary sie in das belaubte grüne Meer.

Zu Marys großer Erleichterung war der Wanderweg, der in Little Jump Off begann, der Aufmerksamkeit der Holzbarone genauso entgangen wie der neuesten Generation von Cherokee-Teenagern. Die uralten Eichen waren nicht gefällt und zu Couchtischen verarbeitet worden, und keine weggeworfenen Kondome und plattgetretenen Bierdosen verschmutzten den Pfad. Der Weg führte noch genauso holprig und uneben durch die Berge wie damals, als sie ihn zum ersten Mal mit ihrer Mutter gegangen war. Zu der Zeit hatte sie nichts mit dem Wald zu tun haben wollen. Sie fand es schrecklich hier, unter all diesen fremden Menschen, die solche Sachen wie Bohnenbrot aßen und Worte benutzten, die Mary nicht verstand. Sie vermisste ihren Vater und Pommes frites und fragte sich, warum sie nicht nach Fort Bragg zurückkehren und bei den Andersons wohnen konnten. Die Andersons hatten es ihnen angeboten. Aber ihre Mutter hatte abgelehnt. *»Manchmal müssen wir mutig sein, Baby«, hatte sie ihr zugeflüstert und sie an sich gedrückt. »So sehr wir auch stehen bleiben wollen, manchmal müssen wir vorwärts gehen.« Dann hatte ihre Mutter gelächelt und Mary in ihre Jacke geholfen. »Hol deine Malstifte. Ich bring dich zu einem magischen Ort, wo wir ein paar schöne Bilder malen können.«*

»Hey, Mary. Was ist deiner Meinung nach mit den Vermissten von dem Anschlagbrett passiert?«

Joan stieß die Frage zwischen kurzen Atemzügen hervor. Der Weg von der Straße hatte zwischen wildem Ingwer in einer Talsohle geendet, und sie waren jetzt am Anfang eines Pfades, der sich unter hohen Styraxbalsambäumen steil nach oben schlängelte, der Aufstieg zu einem der kleineren Unicoi Mountains. Joan und Alex hatten Schweißtropfen auf der Stirn, und Mary konnte an ihrem schleppenden Gang erkennen, dass sie bereits den Anstieg in den Beinen spürten.

»Keine Ahnung.« Sie blieb stehen, nahm ihren Rucksack ab und setzte sich unter einen Baum, damit ihre Freundinnen wieder zu Atem kamen. Alex warf den Rucksack ab und ließ sich unter einen anderen Baum sinken, während Joan in ihrer Tasche nach den Zigaretten fummelte.

»Haben sich verlaufen, nehm ich an. Das passiert leicht.« Mary öffnete ihren Malkasten und holte den Skizzenblock und ein Stück Zeichenkohle heraus. »Sieh dir doch bloß an, wie dicht diese Wälder sind. Wenn ich nur drei Meter von diesem Pfad entfernt wäre, würdest du mich vermutlich nicht mehr sehen.«

»Darum werd ich dich auch nicht für eine Sekunde aus den Augen lassen.« Joan streckte sich neben Alex aus, die Zigarette beim Sprechen im Mundwinkel. »Betrachte uns als an der Hüfte zusammengewachsen, bis wir wieder in Atlanta sind.«

Mary sah auf ihren Skizzenblock. Bei der Vorstellung von zwei an der Hüfte zusammengewachsenen Menschen musste sie wieder an Jonathan Walkingstick denken. Eine Frau in England. Sie versuchte sich die Hände der Frau vorzustellen, ihren Mund. Was hatte sie für Jonathan gekocht? Wie hatten sie sich geliebt? Hör auf, schimpfte sie sich, als sie spürte, wie ihr der Atem stockte. Denk jetzt nicht daran. »Stillsitzen, Alex«, befahl sie, griff nach der Zeichenkohle und begann zu malen.

»Kein Problem.« Alex saß an den Baumstamm gelehnt. »Mal, so lange du willst. Schaff ein Meisterwerk.«

Mit einem plötzlichen Schrei sprang Joan auf, als hätte sie auf einer Nadel gesessen. »Ist das Giftsumach?« Sie zeigte auf eine dürre grüne Ranke, die sich um den Baumstamm wand.

»Hat sie drei Blätter?«

»Nein.« Joan sah genauer hin. »Fünf.«

»Dann brauchst du dir keine Sorgen zu machen. Ist wahrscheinlich wilder Wein.«

»Du nimmst mich doch nicht auf den Arm, oder?« Joan zog die Augenbrauen zusammen, als Alex kicherte.

»Mein Indianerehrenwort«, versicherte ihr Mary. »Dieser Teil des Waldes wird dir nichts antun.«

Joan verschränkte die Arme und sah sich nervös um. »Weißt du, ich glaube, ich hab noch nie in meinem Leben so viele Bäume gesehen. Ich find's unheimlich – fast als ob sie lebendig wären.«

Mary lachte. »Die sind lebendig, Joan. Sie atmen ständig Kohlendioxyd ein.«

»Das hab ich eigentlich nicht gemeint«, flüsterte Joan und musterte die Schatten.

Alex veränderte ihre Position und brach eine stachelige braune Styraxnuss auf. »Sag mal, Mary, hat deine Mutter dir Sachen über den Wald und Kräutermedizin und so was beigebracht?«

»Ein bisschen«, erwiderte Mary, über ihre Zeichnung gebeugt. »Welche Pflanzen giftig sind und wie man einen verstauchten Knöchel schient.« Sie zuckte die Schultern. »Damals empfand ich dieses ganze Indianerzeug als ziemlichen Hokuspokus. Jetzt wünschte ich mir, ich hätte sie genauer befragt.«

Joan sog gierig den Rauch ihrer Zigarette ein. Ein gelbes Ahornblatt trudelte anmutig zu Boden. »Meine Großtante in Sizilien hat oft ziemlich verrückte Heiltrünke zusammengebraut. Ich frag mich aber, ob diese ganze Naturmedizin nicht nur Wunschdenken ist.«

Mary sah von ihrer Skizze auf. »Keine Ahnung. Meine Mom und ich haben nur Aspirin genommen.«

Sie tauschten die Rucksäcke und stiegen höher. Die Laubfarben wurden intensiver – rote Sauerbäume mischten sich unter goldgelbe Pappeln und karmesinrote Tupelobäume und hoben sich in ihrer Farbenpracht vor dem leuchtend saphirblauen Himmel ab. Die Frauen machten oft an Bächen Halt, Joan rauchte, Alex ließ ihre nackten Füße in das eiskalte Wasser baumeln, und Mary legte sich in das weiche, moosige Galax zurück, die alten vertrauten Gerüche und Geräusche des Little-Jump-Off-Ladens noch im Kopf. Nachdem sie einen der höheren Kämme erstiegen hatten, gabelte sich der Weg in zwei Richtungen. Mary blieb stehen und setzte den Rucksack ab.

»Also gut, ihr Pfadfinder, wir müssen eine Entscheidung treffen.« Sie deutete auf den rechten, steil ansteigenden Pfad unter Ahornbäumen, die in ihrem strahlenden Orange aussahen, als ständen sie in Flammen.

»Das ist der offizielle Little Jump Off Trail, der über den Chestnut Knob führt. Er ist steil, anstrengend, wurde aber vor siebzig Jahren von der Babcock Lumber Company markiert.«

Joan kratzte sich an einem Mückenstich. »Was meinst du mit markiert?«

»Sie haben einen Weg durch den Wald geschlagen und Markierungen an den Bäumen angebracht.«

»Okay«, schnaufte Joan, Schweißperlen auf der Oberlippe. »Ein anstrengender, aber markierter Weg. Was liegt hinter der zweiten Tür?«

Mary wandte sich nach links, zu einem weniger ausgetretenen Pfad, der unter zwei Reihen dunkler Hemlocktannen mit niedrigen Ästen wie ein Tunnel verlief. »Der wird uns über ebeneres Gelände zu dem Platz bringen, wo wir zelten wollen. Aber es gibt etwas, das ihr wissen solltet.«

»Was?« Alex' Gesicht war rot vor Anstrengung.

»Er führt durch die Ghosts.«

»Die Ghosts?« Joans Stimme wurde schrill. »Das Ding, von dem Jonathan gesprochen hat?«

Mary nickte. »Ich weiß nicht genau, wie ich die Ghosts beschreiben soll. Als wir Kinder waren, glaubten wir, dort würden sich die alten toten Cherokee rumtreiben. Jetzt denke ich, es muss eine Art warme, unterirdische Quelle sein, die einen Berggipfel erodiert hat. Es ist ein bisschen unheimlich. Ich hab so was sonst noch nirgends gesehen.«

»Du meinst, es spukt da?«

»Nein, aber es ist ständig nebelig. Die einzige Gefahr ist, voneinander getrennt zu werden.« Mary sah ihre Freundinnen an. »Wenn wir den markierten Weg nehmen, müssen wir langsam gehen. Wenn wir durch die Ghosts gehen, müssen wir vorsichtig sein.«

Joan sah Alex an. »Ist das nicht typisch Mary? Nehmt den Weg, und ihr verlauft euch. Nehmt den anderen, und ihr kriegt einen Herzanfall. Wir hätten ihr nie erlauben dürfen, sich auf Strafrecht zu spezialisieren, Alex.«

Alex, immer noch atemlos, grinste bloß und wischte sich mit dem Handrücken über die Stirn. »Da meine Lunge brennt und sich meine Beine wie schlaffe Spaghetti anfühlen, stimme ich für alles, was nicht bergauf geht.«

»Aber wir wollen uns nicht verlaufen«, fügte Joan hinzu. »Besonders nicht im Nebel.«

»Wir gehen im Gänsemarsch«, schlug Mary vor. »Ich als erste. Und ihr beiden braucht mir nur zu folgen.«

»Bist du sicher, dass das funktioniert?«, fragte Joan skeptisch.

Mary nickte. »Ich bin da schon früher durchgegangen.«

Sie ruhten sich noch ein wenig aus, beobachteten einen Schwarm Schwarzmeisen, der zwitschernd durch die Bäume flatterte, schulterten ihre Rucksäcke und stapften weiter. Als sie den durch die überhängenden Bäume gebildeten Tunnel betraten, wurde die Luft kalt und kühlte sofort den Schweiß auf ihrer Haut ab. Sie bekamen ein winterliches Gefühl und die Bäume rochen nach Weihnachten, dabei wirkte der Wald nach den ersten Bäumen seltsam lebendig, als würden unsichtbare Augen sie beobachten.

»Wann fangen diese Ghosts an?«, fragte Joan flüsternd.

»Ungefähr hier«, erwiderte Mary und wies zum Ende des Tunnels. Sie konnte es bereits erkennen – oder eher den Mangel an allem, was auch nur entfernt an einen Wald erinnerte. Dichter weißer Nebel wallte vom Boden auf, nur gelegentlich durchbrochen von einem aufragenden Baumstamm. Jonathan hatte die Ghosts immer gehasst, erinnerte sie sich. *»Als hätte* *jemand den Stöpsel rausgezogen und die ganze Farbe der Welt auslaufen lassen.«* Sie hatte vergessen, wie sehr er Farben liebte.

Am Ende der Hemlocktannen verschwand der Pfad in der weißen Suppe. Die drei Frauen blieben stehen und starrten in die milchige Leere.

»Das erinnert mich an letzten Sommer, als wir in San Francisco waren und der Nebel plötzlich aus dem Nichts aufzog.« Joans Stimme hatte eine gezwungene Fröhlichkeit. »Erinnert ihr euch? Ihr habt euch gerade ein Schaufenster in Chinatown angeschaut, und im nächsten Moment hab ich nur noch weiße Watte gesehen.«

»Ja«, schnaubte Alex. »Und dann kam dieser hinreißende Schriftsteller aus Australien, und wir haben *dich* drei Tage lang nicht gesehen!«

»Peter«, erinnerte sich Joan mit einem koketten Lächeln. »Was soll ich sagen? Er war verrückt nach alten italienischen Büsten.«

Mary lachte. »Hier.« Sie drehte sich zu Joan um. »Halt du dich und deine alte italienische Büste an diesem Gurt fest. So bleibst du mit mir verbunden. Alex, du hältst dich an dem Gurt von Joans Rucksack fest, dann bist du mit ihr verbunden. Wir gehen im Gänsemarsch. Wenn eine von euch den Gurt verliert, brüllt sie, und ich bleibe stehen.«

»Wir Cowboys aus Texas nennen das Maultierkolonne«, grummelte Alex und griff nach Joans Rucksack.

»Und wir Indianer aus North Carolina nennen das Gänsemarsch. Allerdings schätze ich, dass wir inzwischen in Tennessee sind.« Mary bemerkte, wie bleich Joan war. »Keine Bange. Ich weiß, dass es unheimlich aussieht, aber es ist wirklich halb so schlimm.«

»Bist du sicher, dass du den Weg kennst?«

Mary fragte sich kurz, ob sie nicht verantwortungslos handelte – die meisten Leute kamen hier durch zu großes Selbstvertrauen um. Aber sie war tausendmal mit Jonathan durch die Ghosts gewandert, und der Wald kam ihr allmählich wieder vertraut vor. Sie konnten es schaffen. Außerdem waren es nicht die Ghosts, die sie hier draußen erschreckten. »Stell dir einfach vor, wir wären in der U-Bahn nach Coney Island«, riet sie Joan lächelnd.

Mit Alex und Joan angeleint hinter sich, holte Mary tief Luft und trat in das wabernde Weiß, das sich katzenartig um ihre Schienbeine legte. Der Boden unter ihren Stiefeln war schwammartig. Moos bedeckte die Baumstämme, und das einzige Geräusch, das an ihre Ohren drang, waren die gedämpften Schritte ihrer Freundinnen. Dünne Nebelfinger streichelten die dunklen Bäume, und Mary fragte sich, ob das mit der unterirdischen Quelle wirklich stimmte. Vielleicht hatten Jonathan und sie mit ihrem Geisterglauben doch Recht gehabt.

»Das ist wirklich gruselig«, murmelte Alex.

»Ich kann gerade noch meine Nase sehen. Zwischen den Bäumen könnte alles Mögliche sein und uns beobachten.« Joans Stimme klang dünn und hoch.

»Denk nicht daran«, erwiderte Mary. »Mach die Augen zu, wenn dir das hilft.«

»Nein, es geht schon.« Joan lachte nervös. »Idealer Ort für eine Halloween-Party!“

Sie gingen weiter und schoben sich entschlossen durch die weiße Stille. Mary fiel auf, dass sie seit einiger Zeit nichts von Alex gehört hatte. »Hey, Alexandra, alles in Ordnung?«

»Ich genieße die Aussicht.« Alex’ dumpfe Stimme kam aus dem Nichts. »Die entweder aus einer dicken Wolke oder Joans Hintern besteht.«

»Hast du was gegen meinen Hintern?«

»Nein, aber wenn du einen fahren lässt, bin ich tot.« Obwohl sie alle lachten, hörte Mary die Anspannung in Alex’ Stimme. Für jemanden, der unter dem porzellanblauen Himmel von Texas aufgewachsen war, musste diese Wanderung durch die suppige weiße Watte sehr beunruhigend sein.

»Wieviel haben wir noch vor uns?«, rief Alex.

»Vielleicht eine halbe Meile.«

»Tja, wenigstens ist es hier meistens flach.«

Schweigend gingen sie weiter, als wollten sie unbemerkt an

allem vorbeischleichen, was ihnen vielleicht im Nebel auflauerte. Flüstern hallte hier wie Donner, leise Worte klangen wie Schüsse. Alex begann zu pfeifen, aber ihre fröhliche kleine Melodie klang leicht verzweifelt durch die stille Luft, und schließlich gab sie es auf und trottete weiter, nur begleitet von dem leisen, schmatzenden Geräusch ihrer Schritte auf dem Moos und den vermoderten Blättern.

Dann, so plötzlich, wie sie angefangen hatten, endeten die Ghosts. Der Pfad führte auf eine breite Lichtung, in der zwei Spechte eifrig Maden aus den sonnenbeschienenen Papawbäumen klopften.

»Junge«, sagte Joan, als die warme Sonne ihr den Schweiß im Nacken trocknete. »Bin ich froh, dass wir das hinter uns haben.«

Sie rasteten, genossen den scharfen, harzigen Duft, der zu ihnen herüberwehte, und gingen dann weiter, immer noch bergauf. Als sie den Kamm des Unicoi Mountains erreichten, von dessen Fuß sie am frühen Nachmittag aufgebrochen waren, senkte sich die Sonne über den Bäumen im Westen. Bei einem hohen Hickorybaum entdeckte Mary den Pfad, der nach oben zu der Stelle führte, die sie unverändert wieder zu finden hoffte – eine breite, aber flache Höhle, die etwa drei Meter in den Big Fodderstack Mountain hineinreichte. Die Höhle war tief genug, um ein Zelt aufzustellen, und würde ihnen von drei Seiten Schutz geben. Außerdem hatte man von hier eine fantastische Aussicht auf die darunter liegenden Berge. Falls nicht ein Bär die Höhle in Beschlag genommen hatte, wäre sie der ideale Ort zum Übernachten.

Mary schnallte den Rucksack fester und führte ihre Freundinnen die letzten dreißig Meter den Pfad hinauf. An seinem Ende fand sie alles so vor, wie sie es in Erinnerung hatte – ein weites, dreieckiges Loch in der Felswand.

»Da wären wir.« Sie lächelte die anderen an. »Unser Zimmer für die Nacht.«

»Da drin sollen wir zelten?« Joan spähte zweifelnd in die Höhle.

»Allerdings, falls sie nicht besetzt ist.« Mary holte ihre Taschenlampe aus dem Rucksack und leuchtete ins Halbdunkel. Sie sah nur Steine und Geröll, suchte sich aber zur Sicherheit noch einen langen Fichtenzweig und stocherte damit am hinteren Rand der Höhle herum. Nichts schlug mit der Tatze nach dem Zweig oder setzte knurrend zum Angriff an.

»Niemand hier außer uns«, verkündete sie, richtete sich auf und tätschelte die kühle, raue Decke der Höhle.

»Wird das nicht zu kalt?« Joan musterte die unebenen, staubigen Felsen.

»Mit all dem Zeug, das Charlie uns mitgegeben hat, könnten wir sogar einen Schneesturm auf dem Mount McKinley überstehen.«

Alex schnaubte. »Lacht ihr nur, aber morgen früh werdet ihr mir dankbar sein, wenn ihr warm und kuschelig aufwacht und auf meinem Spezialkocher schon der Kaffee blubbert.«

Rasch errichteten sie das Lager. Jedes Stück von Alex' Ausrüstung erwies sich als eines der technischen Wunder des Weltraumzeitalters. In zwanzig Minuten war das blauweiße Zelt aufgestellt und die drei Schlafsäcke nebeneinander auf Isomatten ausgebreitet. Alex baute vor der Höhle den Kocher zusammen und schwor, sie könne darauf ebenso gut gefriergetrocknete Lasagne wie Brownies zubereiten. Während sich Alex mit einem widerspenstigen Bein des Kochers abmühte, ging Mary ein Stück den Pfad hinunter, um Holz für ein traditionelles Feuer zu sammeln.

»Machst du das mit Feuerstein an wie im Kino?« Joan folgte ihr wie ein Hündchen, sah zu, wie Mary ihren Armvoll Reisig am anderen Ende der Höhle ablud.

»Ich denk nicht dran.« Mary wischte einen kleine Kreis am Höhlenboden frei und schichtete in der Mitte trockene Blätter und Zweige auf. Dann nahm sie einen chemischen Feueranzünder aus ihrem Rucksack, zündete ihn an und schob ihn unter das Anmachholz. Sofort schoss eine Flamme hoch. Sie legte ein paar Fichtenzapfen nach, dann das Reisig, das sie gesammelt hatte, und das Lagerfeuer begann zu knistern.

»Siehst du? Feuer von Cherokee-Frau brennt ganze Nacht. Alex' Kocher nur gut für Nachtisch.«

Joan sah sie ehrfurchtsvoll an. »Ich wusste ja schon immer, dass du cool bist, Mary Crow. Aber ich hatte keine Ahnung, dass du *so* cool bist.«

Nachdem ihr Feuer jetzt brannte, ging Mary zum Rand der Felswand, setzte sich und ließ die Beine ins Nichts baumeln. Es tat gut, still zu sitzen. Ihre Schenkel und Schultern schmerzten bereits. Morgen, das wusste sie, würden sie alle mit bleischweren Füßen und knackenden Knien aufwachen, aber sie konnten den Tag damit verbringen, sich in Atagahis heißem Wasser zu entspannen und ihre Schmerzen loszuwerden. Einen Moment lang beobachtete sie Joan, die aus einer Flasche Wasser in einen Topf goss, und Alex, die ihre Brownie-Backmischung umrührte, dann wandte sie sich wieder den Bergen zu.

Heute waren die Alten Männer freundlich gewesen, entschied sie, und die Namen, die ihre Mutter ihr beigebracht hatte, kamen ihr in den Sinn – *Dakwai*, *Ahaluna*, *Disgagistiyi*. Sie hatten ihr erlaubt, ihre beiden besten Freundinnen durch den Wald zu führen, ohne dass ihnen etwas zugestoßen war. *Danke*, dachte sie stumm, als ein plötzlicher Windstoß ihr über die Wange fuhr. Diesmal habt ihr mir das Gefühl gegeben, willkommen zu sein.

»Okay, Buster, nur noch eine Meile, und wir sind da.« Brank rückte den Sack auf seiner Schulter zurecht. Die letzte Stunde lang hatte er sich durch ein endloses grünes Dornengebüsch stetig bergauf gekämpft, und selbst der fast leere Segeltuchsack drückte schwer auf seine Schulter.

»Vielleicht machen wir 'ne kleine Party, wenn wir Simpson's Bald erreicht haben.« Er schnaufte. »Oder wir setzen uns einfach hin und erholen uns vom Aufstieg.«

Brank bahnte sich den Weg durch ein Büschel Gelbwurz, das auf dem Pfad wuchs. Seltsam, so ein Flachlandgewächs hier oben zu finden, aber in diesen Bergen war vieles seltsam. Vögel, die nach Maine gehörten, nisteten in Tennessee; Bäume, die sonst die Felsen von Nova Scotia bedeckten, wuchsen in Georgia. Simpson's Bald, auf den er wollte, war am seltsamsten – ein kahler Berggipfel, der seinen Namen angeblich einem Nordstaaten-Spion verdankte. Der Mann soll an der einsamen Eiche, die dort oben stand, gehängt worden sein.

Die Erde innerhalb der Reichweite ihrer Äste wirkte krankhaft grau, und die Leute aus den Bergen ängstigten ihre Kinder mit Geschichten über Hexen und Kobolde, die dort oben grausige Zeremonien abhielten.

Brank fand Simpson's Bald jedoch erholsam. Er war an das einsame, kraftlose Gespenst gewöhnt, das hier spukte, und keiner kam ihm da oben in die Quere. Vom Gipfel aus konnte man das ganze Gebiet rundherum überblicken, und die gewaltigen Wurzeln des alten Galgenbaums waren so dick und tief eingekerbt, dass man zwischen ihnen liegen und einen Schneesturm über sich hinwegziehen lassen konnte, ohne nass zu werden. Dort oben war es einsam, sicher, und es war noch dazu der einzige Ort, den er kannte, wo ihm nichts das Schussfeld auf seine Schwester versperrte.

»Scheiße!«, fluchte er, als er sich den Zeh an einem unter dem Gelbwurzbüschel versteckten Stein stieß. In letzter Zeit fluchte er immer mehr auf Deutsch, der Sprache seiner Kindheit. Obwohl er seit dreißig Jahren kein deutsches Wort mehr gehört hatte, stiegen sie in seinem Gedächtnis wieder auf wie Korken an einer Angelschnur.

»Scheiße bedeutet *shit*«, erklärte er Buster im Weitergehen. »Esel bedeutet *stupid*. Und Wiesel, das war ich.«

Er trottete höher hinauf. Die Gelbwurz machte dürren Weymouthskiefern Platz, die wiederum von noch dürreren Rhododendronbüschen abgelöst wurden. Offenbar ging dem Grünzeug hier oben der Saft aus; all das, was in niedrigeren Lagen in das Wachstum gesteckt wurde, reichte hier oben nur noch zum schieren Überleben. Er mühte sich über ein letztes Stück flechtenbedeckter Felsen, dann war er da.

Im schwindenden Tageslicht schimmerte der Berggipfel in einem bleichen Grün. Die einsame Eiche streckte sich wie eine knochengelbe Hand dem Himmel entgegen, als würde sie um etwas bitten. Brank nahm an, dass die meisten Menschen diesen Baum unheimlich finden würden, aber er bewunderte dessen dickköpfigen Trotz und den kargen Schutz, den ihm die Eiche gab.

»Fate Lyons hätte sich über diese dämlichen Hillbillys totgelacht, Buster«, kicherte Brank. »Auf Simpsons Kahlkopf landen doch nur die Hexen mit ihren Besen.«

Er ging über den Berggipfel und warf seinen Sack unter den knorrigen Baum. Seine Schultern und Beine brannten vom letzten Stück des Anstiegs, und seine Augenlider fühlten sich von dem kalten Wind, der über den Berg pfiff, an wie Sandpapier. Mit knappen, geübten Bewegungen faltete er seine Decke auseinander und legte sie in die tiefe Höhlung zwischen den dicksten Wurzeln. Dann klopfte er den fast leeren Sack zu einem Kopfkissen zurecht und kuschelte sich in die Höhlung. Die harte Erde unter seinem Rücken empfand er als angenehm, und eine Weile lag er nur da und genoss es, sich nicht zu bewegen. Er würde Feuer machen, aber erst später. Jetzt wollte er nur still daliegen.

Als der fast volle Mond aufging, stand er auf und langte nach ein paar der tieferen Baumäste. Abgestorben und fast pulvrig, brachen sie mit einem Laut ab, der eher einem Stöhnen als einem Knacken glich. Ein paar Minuten später waren sie aufgeschichtet, und orangefarbene Flammen leckten an ihrer Unterseite. Brank kauerte sich nahe an das bisschen Wärme und Licht, das die alten Äste abgaben, und starrte ins Feuer. Obwohl er heute Trudy verfehlt hatte, war der Tag doch keine totale Pleite gewesen. Er hatte seine Felle verschickt, und es hatte Spaß gemacht, das Foto des Cherokee zu klauen. Versonnen tätschelte er seine Hemdtasche und lächelte. Heute Nacht hatte er seinen eigenen kleinen Filmstar, hier drinnen, der nur auf ihn wartete.

Als das Feuer zu roter Glut herabgesunken war, griff Brank in seinen Sack und holte die Schokoladenkekse, den Whiskey und die Vitamintabletten heraus. »Zehntausend Einheiten Vitamin A«, las er im Feuerschein laut von der Packung ab. »Zweitausend Einheiten Vitamin C. Jedes bekannte Antioxydans unter der Sonne.« Kichernd öffnete er das Fläschchen, schüttelte drei rote Tabletten heraus und spülte sie mit einem Schluck Whiskey runter. »Mann!« Er schüttelte den Kopf über die starke Mischung. »Schätze, jetzt bin ich antioxidiert.«

Dann lehnte er sich an den Baum, aß zwei Kekse und betrachtete die grellen Anzeigen im *Esquire*. Fate wäre stolz darauf, wie Brank auf sich achtete und sich auf dem Laufenden hielt. Als er genug gegessen und gelesen hatte, schien das Feuer der einzige orangefarbene Fleck in der Mitte eines stahlblauen Universums zu sein. Brank legte die Zeitschrift weg, trank mehrere Schlucke Whiskey und wartete begierig darauf, dass die Wärme die steifen Muskeln in seinem Gesäß und den Oberschenkeln erreichte. Guter Whiskey ist wie ein langsamer Fick, dachte er, und ihm fiel das Foto wieder ein. Er knöpfte die Hemdtasche auf und betrachtete Jodie Fosters silbriges Gesicht.

»Schön«, murmelte er auf Deutsch, fuhr mit dem Finger über ihren Hals. »Und heute Nacht gehörst du ganz allein mir.«

Er drehte sich zur Seite und lehnte das Foto an einen Knubbel in der Baumwurzel. Gerade hatte er den Reißverschluss seiner Hose geöffnet, als er ein Knarren hörte, hoch über seinem Kopf. Er meinte zu wissen, was es war, aber es war nicht ratsam, auf Simpson's Bald unvorsichtig zu werden. Brank griff zu seiner Flinte und steckte das Foto in die Tasche zurück. Er blieb am Feuer sitzen und wartete.

Es dauerte nicht lange. Dann kam es auf ihn zu, glitt wie immer vom Baum herab, die blaue Uniform zerfetzt. Eine Schlinge baumelte von seinem Hals. Sein grüner Kopf wackelte von einer Seite zur anderen und blinzelte Brank aus bodenlosen scharlachroten Augenhöhlen direkt an.

»Hallo, Bruder.« Brank nickte. »Bist deine Krawatte immer noch nicht los, was?«

Die Erscheinung sah ihn jämmerlich an, zerrte dann an ihrem Hals, als wolle sie sich bei der Anstrengung, die Schlinge loszuwerden, den Kopf abreißen.

Brank schaute mürrisch, plötzlich genervt von der geisterhaften Unterbrechung. Das dämliche Gespenst zog jedes Mal dieselbe Show ab, wenn Brank hier heraufkam. Offenbar fiel ihm nichts Neues mehr ein.

»Weißt du denn nicht, dass der Krieg vorbei ist? Ihr habt gewonnen. Die Nordstaaten haben nichts mehr zu befürchten. Geh zurück in die Hölle und feier schön.«

Das Gespenst sah ihn überrascht an, als wolle es etwas sagen, aber dann weiteten sich plötzlich die roten Augenhöhlen und die Erscheinung wurde größer, dehnte sich bis in den Baumwipfel aus und dann noch darüber hinaus. Brank bekam eine Gänsehaut. So was hatte das verrückte Ding noch nie gemacht. Es war immer neugierig gewesen, aber kontrollierbar. Als es an die zwanzig Meter über ihm aufragte, schoss Brank.

Das tiefe Dröhnen der Schrotflinte zerriss die nächtliche Stille. Das Gespenst schrie – ein entsetzlicher Schrei, der Brank durch Mark und Bein ging, dann schrumpfte die grausige Erscheinung zu einem schimmernden roten Gasball zusammen, keine dreißig Zentimeter von Branks Kopf entfernt. Einen Augenblick lang blieb das Ding glitzernd in der Luft hängen und pulsierte in einem scharlachroten Licht wie ein verrückter Herzschlag, bevor es zu einem eisblauen Stecknadelkopf zusammenschrumpfte und verschwand.

»Großer Gott!«, flüsterte Brank und blinzelte in den Nebel, in dem sich das Gespenst noch Sekunden zuvor über ihm aufgetürmt hatte. »Der Kerl hat was Neues eingeübt.« Branks Herz klopfte laut, und er wartete, die Finger immer noch am Abzug der Flinte. Minuten vergingen, aber es geschah nichts mehr. Brank legte die Flinte in den Schoß, und die traurige, seufzende Leere des Berggipfels kehrte zurück.

Als sich sein Atem beruhigt hatte, wollte er wieder in die Hemdtasche greifen, besann sich aber eines anderen. Das würde nur das Gespenst wieder anlocken, um Brank abzulenken, und den Filmstar hatte er noch zwei Wochen lang. Stattdessen nahm er noch einen Schluck Whiskey und rollte sich in seine Decke in der Hoffnung, langsam und leicht in den Schlaf zu gleiten. Er atmete tief durch und schloss die Augen, erlaubte den nächtlichen Geräuschen, die andere wach halten würden, ihn in den Schlaf zu lullen. Seine Muskeln entspannten sich, wurden warm und schwer. Dunkle Farben tanzten vor seinen geschlossenen Augen. Er war fast eingeschlafen, als er plötzlich aufschrak und in die Dunkelheit starrte.

Er vernahm etwas – ein Geräusch, das nicht hierher gehörte, das nicht hierher passte. Nicht Trudys tiefes Knurren, nicht das dumme Quasseln des Gespensts. Das hier war ganz anders. Sein Herzschlag beschleunigte sich, während er in die Dunkelheit lauschte. Hatte er geträumt? Nichts war zu hören, außer dem Rauschen des Windes auf der Bergkuppe. Brank lauschte weiter angestrengt. Da. Er hörte es wieder.

Schnell wie ein Schatten war er auf den Füßen, die Flinte in der Hand. Er lief hinüber zur Westseite der Kuppe und spähte zu den Bergen unter ihm. Die Nacht drängte sich wie eine Wand gegen sein Gesicht. Er sah in die dichte Schwärze, hörte wieder nichts mehr, so lange, bis er sich zu fragen begann, ob ihm das Gespenst einen neuen Streich spielte.

Dann kam das Geräusch wieder. Wenn er seinen Kopf nach Nordwesten drehte, in den Wind, konnte er es hören, klar wie einen knackenden Zweig. Frauen. Lachende Frauen.

Er zupfte sich am Ohr. Das war doch nicht möglich. Frauen hier in dieser Wildnis, Meilen von jeder Zivilisation entfernt, Hunderte von Metern oberhalb der nächsten Siedlung. Das konnte nur ein verrücktes Fernsehsignal sein, das hier rumschwirrte. Er starrte hinaus in die Dunkelheit und zwang seine Augen dazu, sich für alles zu öffnen.

Zuerst sah er nur eine Million dunkler, schlafender Bäume und die Nachttiere, die zwischen ihnen herumhuschten. Dann, etwas links von seinem Gesichtsfeld, entdeckte er es. Ein winziges Flackern, das zwischen dem Wald und dem Himmel hing.

Sofort wusste er, was es war. Frauen zelteten in der Höhle am Big Fodderstack Mountain.

Sein Herz schlug wie wild. Frauen. Trudy zu fangen war eine Sache, Frauen zu fangen eine ganz andere.

Er schluckte, öffnete die Augen für das wabernde Licht. Gleich darauf erschienen sie, wirbelten vor ihm, schimmernd wie Loreleys. Ihre Haut war bleich, ihre Augen reflektierten das Orange des Feuers, ihre Lippen waren feucht und rot. Sie warfen die Köpfe zurück, ihre Brüste schüttelten sich vor Lachen, das aus ihren Kehlen perlte. Er sah das Blut durch ihre Adern fließen, die pulsierenden Herzen, die das Blut pumpten, und weiter unten die Eingeweide – den Inhalt ihrer Mägen, den Kot in ihren Gedärmen, die Eier, die in den Eierstöcken darauf warteten, reif zu werden.

Speichel füllte seinen Mund, als hätte er eine Zitrone ausgelutscht. Er senkte die Flinte, als weiteres Lachen zu ihm hochdrang, und starrte auf das flackernde Licht. Frauen waren was anderes als Schwestern. Nicht so aufregend zu verfolgen, aber viel befriedigender, wenn man sie erwischte. Er lachte leise, drehte sich um und ging zurück zu seinem Schlafplatz unter dem Baum. Was für ein Geschenk! Fate schien immer noch über ihn zu wachen.

Grinsend blickte er in den Nachthimmel. In ein paar Stunden würde der Morgen strahlendes Sonnenlicht bringen und die Frauen und vielleicht sogar Trudy. Jetzt sollte er besser schnellstens schlafen. Wer weiß, welche Beute er morgen machen würde?

»Erinnerst ihr euch an den Tag, an dem wir uns kennen gelernt haben?« Joan betrachtete Mary und Alex im Feuerschein. Im flackernden Licht der Flammen sah ihr Gesicht wie ein schauriger Kürbis aus.

»Ich schon.« Mary saß am Rand der Höhle. Hinter ihrer rechten Schulter hing gelb und riesig der fast volle Mond. »Verfassungsrecht bei Dr. Walker. Montags um neun.«

»Du hast neben diesem Blonden aus Indiana gesessen, der immer in Anzug und Krawatte kam.« Alex grinste. »Hast dir dauernd seine Mitschriften geborgt. Mary und ich haben uns gefragt, ob du was mit ihm hattest.«

»Nein«, sagte Joan. »Der war schwul.« Sie warf Alex einen finsteren Blick zu. »Aber ich hab mich immer gefragt, ob du mit Mark Holcomb geschlafen hast.«

»Mark Holcomb?« Alex rümpfte die Nase. »Der dämliche Mark Holcomb? Da wär ich doch lieber mit einem Vibrator ins Bett gegangen.«

»Und hättest bestimmt mehr Spaß gehabt«, kicherte Mary.

»Was mich zu dir bringt, Mary Crow«, sagte Joan und rückte näher ans Feuer. »Ich möchte dich was fragen.«

»Gut«, erwiderte Mary. »Was denn?«

Joan zog die Knie an die Brust, als ob Mary ihr gleich eine Gutenachtgeschichte erzählen würde. »Erzähl mir von dir und Jonathan Walkingstick.«

Alex räusperte sich laut, als wolle sie Joan bedeuten, den Mund zu halten, aber Joan achtete nicht darauf und hielt den Blick auf Mary gerichtet.

Mary wirbelte den Brandy im Becher herum und ließ sich den süßen, kräftigen Duft in die Nase steigen. »Da gibt's nicht viel zu erzählen, wirklich. Ringe, Abschlussbälle, die übliche

Highschool-Liebelei.« Sie sah zu Alex, die sie mit einem unsicheren Lächeln betrachtete.

»Ach, komm schon«, drängte Joan. »Meine *amore*-Gene fangen Schwingungen auf. Da muss viel mehr gewesen sein als nur eine Highschool-Liebelei.«

»Joan!« Diesmal funkelte Alex Joan über das Feuer hinweg an, aber Joan ignorierte sie erneut.

Mary sah ins Feuer, wo ein verkohlter Tannenast zu Glut zerfiel und glühende Funken versprühte. Bisher hatte sie nur Alex die Geschichte anvertraut, aber Joan war ihr seit langem eine gute Freundin. Vielleicht war es an der Zeit, auch sie einzuweihen.

»Jonathan war hier mein erster Freund. Die Mädchen in der Grundschule fanden mich sonderbar – helle Haut, keinen Vater, eine Mutter, die einen reichen Weißen geheiratet hatte, als Witwe zurückkam und für den Lebensunterhalt Bilder malte. Sie nannten mich verrückte Krähe. Alte Krähe. Scarecrow, Vogelscheuche.

Jonathan kümmerte sich nicht darum, dass die anderen Kinder mich aufzogen. Er wohnte ein Stück den Berg hinauf. Wir beide spielten jeden Tag mit Billy Swimmer. Unser Spielplatz waren die unendlichen Wälder. Wir markierten Pfade, schwangen uns an Ranken durch die Bäume und hielten uns für Robin Hood und Tarzan.«

»Habt ihr nie Cowboy und Indianer gespielt?« fragte Joan erstaunt.

Mary schüttelte den Kopf und nahm einen Schluck Brandy. »Keiner wollte Cowboy sein. Na ja, und als wir dann auf die Highschool kamen, fingen Jonathan und ich an, miteinander zu gehen. Wir waren als Paar genauso glücklich, wie wir es als Freunde gewesen waren. Wir gingen nie mit anderen aus.«

An dem Tag im Schulbus hatte er sie anders angesehen. Mit neuen Augen – hungrigen, fragenden Augen, die sie erforschten, als sei sie ein neues Wesen, das an diesem Morgen für ihn geschaffen worden war. Ihre Hände wurden feucht. Einerseits ängstigte es sie. Andererseits wollte sie für immer bei ihm sein. »Halt mir den Platz frei«, hatte er geflüstert, als er aufstand, um sich von jemandem das Naturkundebuch zu leihen. Sie hatte nie vergessen, wie diese Worte in ihrem Kopf widerhallten.

»Und was ist passiert?« Joan beugte sich gespannt vor. »Warum habt ihr euch getrennt?«

Mary hielt den Becher mit Brandy an ihre Wange und schloss die Augen. *Jetzt kommt der schwierige Teil,* dachte sie.

»Jonathan und ich waren an dem Nachmittag zusammen, als meine Mutter ermordet wurde.« Sie starrte auf den dünnen grauen Ascherand an einem geschwärzten Holzstück. »Wir haben zum ersten Mal miteinander geschlafen – das erste Mal, dass ich überhaupt mit jemandem geschlafen habe.«

Es ist Dienstagabend, und sie schlendern nach der Probe mit der Band nach Hause, nicht bereit, den berauschenden Aprilabend drinnen bei langweiligen Geometriehausaufgaben zu verbringen. Sie sitzen auf einem alten, bemoosten Baumstamm, lachen über Mr. Mooney, den Leiter der Band. Jonathan zieht sein Hemd aus. Sein Brustkorb ist wohlgeformt und haarlos und erinnert Mary an den Hermes-Torso aus ihrem Geschichtsbuch. Obwohl sie weiß, dass sie es nicht tun sollte, streckt sie die Hand aus und berührt ihn. Seine Haut ist straff und warm; sie spürt den raschen Schlag seines Herzens. Plötzlich ist seine Hand unter ihrer Bluse, ein Stromschlag durchläuft sie, und dann sind sie hinter dem Baumstamm, erforschen einander in der weichen Aprilluft. Sie reden nicht. Er ist warm und schwer und riecht so sauber wie frisches Gras. Beim ersten Mal zuckt sie vor Schmerz zusammen. Beim zweiten Mal findet sie heraus, wie sie sich ihm entgegenstrecken kann, und gemeinsam vergessen sie Zeit und Raum.

»Ich kam höchstens eine Minuten nach dem Mord an meiner Mutter in den Laden zurück«, fuhr Mary fort. *Du hast Schritte gehört und konntest dich nicht mal aufraffen, zum Fenster zu laufen und zu sehen, wer da wegging.* Die alte Litanei von ihrer Feigheit hallte wieder in ihrem Kopf. Nach all den Jahren hatte sie nicht die Kraft verloren, Mary zu verdammen. Plötzlich spürte sie, wie sie zusammenschrumpfte, wie ihre starken Muskeln erschlafften.

»O Gott!« Joans Augen wurden im Feuerschein zu dunklen Tümpeln. »Wie entsetzlich.«

»Ich hab mir eingebildet, es wäre nichts passiert, wenn ich an dem Nachmittag gleich zurück in den Laden gegangen wäre.« Mary bemühte sich, ihre Stimme nicht zittern zu lassen. »Manchmal glaube ich das immer noch.«

Joan streckte die Hand aus und drückte Marys Knie. »Lass es sein – wenn du das denkst, wirst du irgendwann verrückt.«

Mary sah wieder ins Feuer, dachte an die aufgehäuften Steine vor dem Grabstein ihrer Mutter und an die sechs Männer, die sie so rigoros des Mordes überführt hatte. »Manchmal frag ich mich, ob ich nicht schon verrückt bin.«

»Hör auf damit, Mary«, sagte Alex. »Du bist nicht verrückter als wir.«

»Hast du Jonathan heute zum ersten Mal seit dem Tod deiner Mutter wieder gesehen?« Joans Stimme wehte über das Feuer wie ein Ascheflöckchen.

»Nein, ich hab ihn bei der Beerdigung gesehen. Er war genauso entsetzt wie alle anderen. Billy Swimmer und er haben eine Woche lang die Schule geschwänzt und nach dem Mörder gesucht.« Mary beugte sich vor und schob ein halb verkohltes Stück Holz tiefer ins Feuer. »Ich hab ihn nur noch einmal allein gesehen, dann kam meine Großmutter und nahm mich mit nach Atlanta.« Sie sah auf. »Was hätte ich denn auch zu ihm sagen sollen? ›Hey, Cherokee, wenn wir's nicht miteinander getrieben hätten, wär meine Mom vielleicht noch am Leben‹?«

Plötzlich zerriss ein donnerndes Krachen die Stille, gefolgt von einem hohen, durchdringenden Schrei, der kaum menschlich klang.

»Großer Gott!« Joan sprang auf. Ihr Plastikbecher fiel zu Boden, Brandy spritzte über die Felsen. »Was zum Teufel war das?«

Auch Mary stand auf und starrte in die Dunkelheit. Das erste Geräusch hatte sie erkannt – der tiefe Knall einer Schrotflinte. Den Schrei jedoch konnte sie nicht einordnen. Kein

Tier, das sie je hier oben gehört hatte, gab einen solchen Laut von sich.

»Ach, wahrscheinlich nur ein paar besoffene Jäger, die sich gegenseitig Angst einjagen wollen.« Sie ließ ihre Stimme beruhigend klingen.

»Was sollen die denn in der Dunkelheit jagen?« Die Flammen vertieften die Schatten unter Joans Wangenknochen.

»Bären vielleicht. Oder das waren Wilderer, die hinter Wölfen her sind. Die Forstverwaltung hat hier wieder Wölfe ausgesetzt, und viele Leute haben was dagegen.«

»Ist es nicht verboten, nachts zu jagen?« Alex schaute zu ihr hoch.

»Nicht unbedingt.« Mary zuckte die Schultern. »Und wer sollte sie hier oben schon dabei erwischen?«

»Die werden uns doch nicht etwa hören und denken, wir seien Wölfe, oder?« Joan rieb sich die Arme, als sei ihr kalt.

»Nein. Wölfe sind zwar klug, aber sie sitzen nachts nicht am Lagerfeuer und trinken Brandy.« Als Joan nicht lachte, ging Mary ernsthafter auf die Frage ein. »Die sind wahrscheinlich meilenweit weg. Geräusche verbreiten sich hier oben auf merkwürdige Art.«

»Alles ist hier oben merkwürdig, wenn du mich fragst.« Joan fummelte in ihrer Tasche nach den Zigaretten.

Sie kauerten sich ums Feuer, diesen nächtlichen Trostspender, für die Cherokee ein lebendiger Geist, der ihre Geheimnisse bewahrt und ihre Träume enthüllt. Als die niedrigen, tanzenden Flammen sie wieder erwärmt hatten, sagte Joan: »Tut mir leid, Mary, dass ich das alles hochgezerrt habe. Kommt mir so vor, als würde unter jedem Stein, den man in diesem Wald umdreht, was Hässliches hervorkrabbeln.«

Mary sah ins Feuer und dachte an die Alten Männer. »So ist das in den Bergen. Wenn sie dir was geben, erwarten sie immer eine Gegengabe.«

Brandy wurde nachgeschenkt, dann nahm Alex zu Ehren von Mary eine Jogastellung namens Krähe ein.

Mary lachte, als Alex' lange Arme und schlaksige Beine wie

Strohhalme hochragten, aber selbst beim Lachen lauschte sie in den Wald. Der Schrei hatte sie mehr verstört, als sie zugeben wollte. Wenn irgendetwas Unbekanntes da draußen herumschlich, wollte sie es noch vor den anderen hören. Sie spähte an Alex vorbei in die Dunkelheit und wartete darauf, dass das Wesen noch einmal schrie, aber alles blieb ruhig. Ihre Stimmen waren das einzige Geräusch in der schwarzen Stille der Herbstnacht.

Sie redeten weiter, und das vertraute Plaudern ihrer Freundinnen beruhigte Mary. Alex nörgelte, dass es in Atlanta nur drei Frisöre gab, die einem vernünftig die Haare schnitten; Joans New Yorker Akzent wurde ausgeprägter, als sie sich darüber beschwerte, dass Saks im Ausverkauf fast nie Schuhe in ihrer Größe hatte. Als das Feuer fast ganz heruntergebrannt war, hatte Mary ihre Ruhe zurückgewonnen. Der Schuss und der seltsame, unmenschliche Schrei waren zu einer weiteren, merkwürdigen Erinnerung an eine Nacht im Wald geworden.

Sie stand auf. »Ich hau mich in die Falle, Mädels.«

»Was machst du?«, rief Joan entsetzt.

»Ich geh ins Bett.« Mary lachte und zog ihr Sweatshirt aus. »So reden sie hier in den Bergen. Ich weiß nicht, wie es euch geht, aber ich bin total erledigt.«

»Ich auch«, sagte Joan. »Meine Beine fühlen sich wie Zement an.«

»Warte erst mal bis morgen«, warnte Alex. »Dann werden sie sich wie Zement unter Wasser anfühlen.«

Die Höhle war dunkel und roch nach trockenem Staub. Im Zelt zog sich Alex bis auf die lange Unterhose aus und kuschelte sich in Charlie Carters Daunenschlafsack. Joan streifte nur ihre Stiefel ab und verschwand in ihrem brandneuen Schlafsack. Mary legte sich in ihrem alten Flanellschlafsack zwischen sie.

»Muss noch jemand pinkeln?«, fragte Alex, die Hand am Schalter der Lampe.

»Nicht so nötig, dass ich das Zelt verlassen wollte«, erwiderte Joan. »Das ist mir zu weit und kalt im Dunkeln.«

»Ich muss auch nicht, Alex«, sagte Mary.

Alex wollte die Lampe ausknipsen, grinste dann und zog eine Grimasse. »Wie wär's mit einer Gespenstergeschichte? Ich kenn ein paar gute.«

»Nein, Alex. Das fragst du jedes Mal, wenn wir im selben Zimmer schlafen. Keiner will Gespenstergeschichten hören. Die Nacht mit dir in dieser Höhle zu verbringen, ist schon gespenstisch genug.« Joan zog sich den Schlafsack über den Kopf. »Bis morgen, Mädels.«

»Gute Nacht, Alex.« Mary lachte, als sie sah, wie geknickt Alex dreinschaute.

»Gute Nacht«, stöhnte Alex gespielt und knipste das Licht aus. »Und träumt schön. Wenigstens die, die es verdient haben.«

Dunkelheit umgab sie wie ein Handschuh; dann spürte Mary ein sanftes Rucken an ihrem Schlafsack.

»Mary?«, flüsterte ein Stimme. »Bist du noch wach?«

»Ja.« Mary lächelte in die Dunkelheit. Joan hob sich die schwierigsten Fragen immer bis zuletzt auf.

»Glaubst du wirklich, dass die Jäger meilenweit weg sind?«

»Ganz bestimmt.« Mary kuschelte sich in ihren Schlafsack und sog tief den vertrauten Geruch von Wald und Zedernholz ein. »Wenn sie aus der Gegend stammen, wissen sie, dass sie den Weg hier rauf nicht bei Nacht schaffen können. Wenn sie von auswärts kommen, könnten sie den Weg nachts nicht finden, auch wenn sie wollten. Keine Bange. Wir sind hier sicher.«

»Das hoffe ich sehr.« Joan gähnte. »Also, gute Nacht.«

»Gute Nacht.« Mary drehte sich auf die Seite und schloss die Augen. Zuerst sah sie nichts. Dann tauchten Cal Whitmans Gesicht und der hingestreckte Körper ihrer Mutter vor ihr auf. Schritte hallten, entfernten sich. Ein Schauder überlief sie. Zu schade, dass Joan Alex daran gehindert hatte, eine Gespenstergeschichte zu erzählen. Ein Fantasiemonster wäre den echten vorzuziehen gewesen, die ihre Träume bevölkerten.

Lou Delgado hatte sich gerade den zweiten Bissen seines warmen Pecanpies in den Mund geschoben, als ein Schatten über den von der Sonne beschienenen Tisch fiel. Kaffee schwappte über den Rand des Bechers. Jemand ruckelte am Tisch. Lou sah auf. Mitchell Whitman rutschte auf die Bank ihm gegenüber.

Whitman tippte auf die Rolex an seinem Handgelenk. »Es ist acht Uhr, Samstagmorgen, Mr. Delgado.«

Lou schluckte an seinem Bissen, der ihm plötzlich süß und durchweicht am Gaumen klebte. »Ich hab das, was Sie wollten.«

Whitman faltete die Hände und wartete, als würden ihm gleich die besten Karten bei einer Pokerpartie ausgeteilt werden. »Und?«

Lou griff nach einem braunen Umschlag, der neben ihm auf der Bank lag, und schob ihn über den Tisch. »Kommt frisch aus der Dunkelkammer.«

Whitman öffnete den Umschlag. Er enthielt einen Kontaktabzug – sechsunddreißig kleine Schwarzweißfotos auf einem Bogen Fotopapier. Mitch sah sich die Bilder an.

Drei Frauen, die eine Campingausrüstung im Kofferraum eines BMW verstauten, das Auto auf einer Schotterstraße, die drei, wie sie aus einem ländlichen Gemischtwarenladen kamen. Das letzte Foto zeigte den BMW, irgendwo im Wald geparkt.

Er sah zu Lou. »Mary Crow ist also zelten gefahren?«

»Genau das. Zwischen Irgendwo, North Carolina, und Nirgendwo, Tennessee. Wo genau, steht auf der Rückseite.«

Whitman drehte den Abzug um. »Little Jump Off Trail?«

»Hillbilly-Land.« Lou zwinkerte Paula zu, die an diesem Morgen bediente und ihm Kaffee nachschenkte. »Wo die Bundespolizei die Anwohner so genervt hat, weil sie diesen Rudolph nicht erwischen konnten.«

Whitmans Blick schoss zu Delgado. »Wen?«

»Eric Rudolph. Der Kerl, der angeblich die Abtreibungsklinik in Birmingham in die Luft gejagt hat. Er hat sich in den Bergen verkrochen, und die Cops haben seither nicht ein Fitzelchen mehr von ihm gesehen.« Delgado lachte leise.

Whitman zuckte uninteressiert mit den Schultern, widmete sich wieder den Fotos. Als er aufsah, hatte er dieses schreckliche Lächeln im Gesicht. »Sie haben mir gerade völlig neue Möglichkeiten eröffnet, Mr. Delgado.«

»Ach ja?« Lou lehnte sich zurück und rührte seinen Kaffee um. »Möglichkeiten für was?«

»Wie ich schon sagte. Mary Crow weiß zu viel. Ich werde dafür sorgen, dass sie nichts mehr mit der Verfolgung dieses Falls zu tun haben wird.«

»Hören Sie, Junge, Sie scheinen da was nicht zu kapieren. Das Büro des Staatsanwalts funktioniert wie ein Baseballteam. Wenn Mary Crow auf die Bank geschickt wird, tritt ein anderer Staatsanwalt auf den Plan. Mary Crow auszuschalten, wird den Fall nicht aufhalten. Ihr Bruder ist bereits für schuldig befunden worden.«

»*Sie* kapieren was nicht. Wir sind schließlich die Whitmans, verdammt noch mal ...«

»Spielt keine Rolle, selbst wenn Sie Jesus Christus wären. Sie geben einem Kerl eins auf die Rübe, und die stürzen sich auf Sie.«

Mitchell knirschte mit den Zähnen. »Dann betrachten Sie es als eine persönliche Angelegenheit. Etwas zwischen Mary Crow und mir, das ausgeräumt werden muss.«

Delgado runzelte die Stirn. Er hatte das Gefühl, etwas sehr Schlimmes in Bewegung zu setzen. »Und wie gedenken Sie, diese persönliche Angelegenheit auszuräumen?«

Whitman spreizte die Finger der rechten Hand und betrachtete seine Handfläche. »Hab mich noch nicht entschieden.«

»Sie denken doch nicht etwa daran, ihr in diese Wälder zu folgen?«

»Und wenn?«

»Weil mein Mitarbeiter sagt, das sei 'ne ziemlich rauhe Gegend.«

Whitmans Finger ballten sich zur Faust. »Ich habe während des Studiums jedes Semester taktische Übungen mit Reserveoffizieren durchgeführt. Und mein Dad und ich haben überall im Land gejagt. Alaska. Maine. In den kanadischen Rockys. Ich glaube nicht, dass die Smoky Mountains eine allzu große Herausforderung für mich darstellen würden.«

»Da irren Sie sich.«

Whitman zog die Augenbrauen zusammen. »Wieso?«

Delgado beugte sich vor. »Selbst wenn Sie der General Patton Ihrer Reserveeinheit wären und jeden Elch in Maine abgeknallt hätten, wären Sie nicht berechtigt, Anwälte im Dschungel zu jagen. Glauben Sie mir, Junge. Wenn Sie das tun, sitzen Sie dick in der Tinte. Diese Mary Crow ist wie ein bissiger Hund mit einem großen Knochen. Die lässt man besser in Ruhe.«

Zum ersten Mal warf Whitman den Kopf zurück und lachte lauthals, wobei er eine Reihe ebenmäßiger weißer Zähne entblößte. »Sie glauben tatsächlich, ich sollte *Angst* vor ihr haben?«

»Sie hat Sie im Zeugenstand ganz schön fertig gemacht oder? Die ganze Stadt lacht darüber.«

Whitmans Lächeln verschwand, und sein Blick wurde eisig.

Delgado schüttelte den Kopf. »Junge, Sie haben einen alten Herrn, der mit seiner Kohle dafür sorgen kann, dass Ihr Bruder im Berufungsverfahren frei kommt. Gut, dieses Küken von der Staatsanwaltschaft hat Sie im Fernsehen wie einen Dussel hingestellt. Die Leute lachen ein bisschen darüber, und dann kommt der nächste Trottel daher. Gehen Sie los, bumsen Sie mit Ihrer Freundin. Bauen Sie Ihren Staudamm in Südamerika. Damit sind auf Dauer alle besser bedient.«

Whitman grinste Delgado an, als hätte er ihn im Fadenkreuz seines Visiers und steckte den Kontaktabzug zurück in den Umschlag.

»Danke, Mr. Delgado.« Er versetzt Lou einen festen Schlag auf den Rücken und stand auf. »Sie haben keine Ahnung, wie sehr Sie mir geholfen haben.«

Mitch Whitman bog vom Parkplatz des Copper Pot Diners auf die Straße und fuhr nach Süden, zur Technischen Universität Georgia. *Mary Crow hat Sie im Zeugenstand ganz schön fertig gemacht.* Delgados Stimme hallte durch seinen Kopf. *Die ganze Stadt lacht darüber.* Er verdrängte den Gedanken und überholte einen schwankenden Laster, der Hühner zum Markt fuhr.

Camping, dachte er und warf einen kurzen Blick auf die Fotos auf dem Beifahrersitz. *Die verdammte Schlampe lässt uns alle am ausgestreckten Arm verhungern und geht dann seelenruhig zelten.* Er hatte angenommen, dass sie am Wochenende dasselbe machen würde wie die meisten Karrierefrauen in Atlanta – Einkaufen bei Phipps, Dinner in den Virginia Highlands, dann Drinks in Buckhead. Er dachte, Delgado würde ihm eine Liste von Restaurants und Nachtclubs bringen, dazu den Namen eines Liebhabers, und Mitch hätte sich ihrer an einem Ort entledigen können, wo sie sich zu Hause fühlte.

Aber Camping. Das war ja viel besser, als er erwartet hatte. Er lachte laut, als er vom Highway abbog und den Porsche zu Mincys Sportladen lenkte. Zum ersten Mal, seit sein kleiner Bruder die Windeln abgelegt hatte, sah die Welt wieder freundlich aus. Mit ein wenig sorgfältiger Planung würde er es schaffen, ein schönes Herbstwochenende in den Wäldern zu verbringen, und gleichzeitig dafür sorgen, dass Mary Crow niemandem mehr an die Eier ging.

Drei Stunden später stand Mitch Whitman zu Hause in seinem alten Zimmer. Obwohl er seine Wohnung in der Nähe der Uni behalten hatte, war er nach Cals Verhaftung wieder ins Haus seines Vaters gezogen und hatte den größten Teil seiner Sachen mitgenommen. Seine Mutter war zu der Zeit völlig durcheinander, und sein Vater hatte ihn gebeten, nach Hause zu kommen und »ihr Gesellschaft zu leisten«.

»Ihre dämlichen Freundinnen rufen sie nicht mehr an«, hatte er Mitch erzählt. »Du könntest sie ein bisschen ablenken.«

Mitch war zwar der Meinung, dass der Jack Daniels, den seine Mutter von mittags bis nach der Oprah-Winfrey-Show trank, sie von fast allem ablenkte, aber er folgte dem Wunsch seines Vaters. Nur wenige Menschen, war ihm aufgefallen, widersetzten sich einer direkten Bitte von Calhoun Whitman senior.

Jetzt stand Mitch in Jeans und einem gelben T-Shirt von der Georgia Tech vor seinem Bett und betrachtete die Ausrüstung, die er darauf ausgebreitet hatte. Neben seinem Schlafsack und dem Campingkocher lag eine ungewöhnliche Auswahl an Hightech-Gegenständen. Ein Nachtsichtgerät, ein tragbares Funkgerät, ein satellitengestütztes Ortungssystem, dazu ein Colt-Light-Gewehr mit Zielfernrohr. Eine 9-Millimeter-Beretta glänzte stumpf daneben, zwischen drei verschiedenen Survival-Messern und einem Dutzend Schachteln mit Munition. Mitch lächelte. Mit dieser Ausrüstung konnte er jedes Tier im Südwesten der Vereinigten Staaten zur Strecke bringen.

Mach dich auf alles gefasst. Mitch erinnerte sich an die Ermahnung seines Vaters vor jedem Jagdausflug, den sie zusammen unternommen hatten. *Und erwarte das Schlimmste.* Mitch wünschte, er hätte sich das an jenem Abend in Sandra Mannings Wohnung zu Herzen genommen, aber daran war jetzt nichts mehr zu ändern.

»Kannten Sie Sandra Manning, bevor sie umgebracht wurde, Mr. Whitman?« Dank des dämlichen Anwalts seines Bruders, der ihn als Leumundszeugen aufgerufen hatte, war diese Frage der Anfang der schlimmsten Stunde seines Lebens gewesen. Mary Crow hatte sich beim Kreuzverhör an den Zeugenstand gelehnt und stand so nahe, dass er die dünne Vene an ihrem langen Hals pulsieren sah.

Ihr Herz hatte sehr ruhig geschlagen, während seines wie eine Trommel in seiner Brust dröhnte.

»Nein.« Diese Lüge war sein erster Fehler.

»Wirklich?« Mary Crow war zu ihren Tisch gestöckelt, die Gehfalte in ihrem schwarzen Kostümrock hatte den Blick auf wohlgeformte Beine freigegeben. »Warum um alles in der Welt geht dann aus Sandras Telefonaufzeichnungen hervor, dass sie seit sechs Monaten jeden Tag in Ihrer Wohnung angerufen hat?« Mary Crow hielt einen dicken Papierstapel hoch.

Sein Mund erstarrte, war nicht mehr fähig, Worte zu formen. Wie hatte er nur die verdammten Telefonaufzeichnungen vergessen können? Mary Crow kam zum Zeugenstand zurück.

»Wen hat Sandra Manning dort Ihrer Meinung nach angerufen, Mr. Whitman? Ihre Mitbewohner?« Mary Crow blätterte in den Aufzeichnungen. »Und warum hat Sandra fünfzehn, zwanzig, dreißig Minuten lang mit denen gesprochen?«

»Na ja, vielleicht hab ich sie doch gekannt«, hatte er mit hochrotem Gesicht zugegeben. Die Reporter hinten im Gerichtssaal hatten aufgehorcht. Sie schauten zu ihm herüber, tuschelten und kritzelten etwas auf ihre Notizblocks, während er sich wand.

»Miststück«, murmelte Mitch und zielte mit dem Gewehr auf sein Spiegelbild. »Bevor ich mit dir fertig bin, wirst du dir wünschen, mich im Gericht erledigt zu haben.«

Wütend warf er das Gewehr aufs Bett und setzte sich an den Schreibtisch, der ihm als Arbeitsplatz gedient hatte, seit er mit vierzehn seinen ersten Computer bekam. Über den Plänen für den Staudamm in Veracruz de Calbuco lagen drei Fotos von Mary Crow. Eins zeigte sie, wie sie einer blonden Frau die Möse leckte; auf einem anderen ritt sie einen Schwarzen. Das dritte war ein Nacktfoto von Mary allein, ihre Beine weit gespreizt, lag sie ausgestreckt auf einem Ledersessel. Mitch betrachtete die Bilder und griente. Natürlich waren es keine Fotos der echten Mary Crow, nur ihr Kopf auf Pornofotos montiert, die er aus dem Internet runtergeladen hatte. Früh am Morgen hatte er sich mit ein paar raschen Mausklicks und dem Webnamen irgendeines französischen Typen eingeloggt und die Aufnahme von Mary und dem Nigger per E-Mail an alle im Justizapparat von Georgia verschickt. Er lachte leise. Sein kleines elektronisches Meisterwerk würde sie ganz schön in Verlegenheit bringen. Zu schade, dass sie dieses Wochenende nicht überleben würde.

Er blätterte die Papiere auf seinem Schreibtisch durch, bis er einen rosa Zettel mit Mary Crows sämtlichen Angaben fand – Sozialversicherung, Führerschein, Adresse, Telefon, Kreditkarten. Gestern Nachmittag hatte er ihre Visakarte überzogen und ihren Kredit gesperrt. Heute Morgen hatte er sie mit dem Pornofoto gedemütigt. Morgen würde er ein für alle Mal Schluss mit ihr machen, und seine Tarnung war perfekt. Wenn sie am Montag nicht zur Arbeit käme, würden die Leute denken, die Aufdeckung ihrer Affäre mit dem schwarzen Bock wäre ihr zu peinlich. Wenn dann noch der Kreditkartenskandal bekannt würde, müsste man annehmen, dass die untröstliche und in Ungnade gefallenen Mary Crow ihre Flügel ausgebreitet hatte und auf Nimmerwiedersehen davongeflogen war. Nichts in Mitchs Leben war bisher so glatt gelaufen.

Er steckte die Fotos und Marys persönlichen Angaben in eine Mappe und ordnete sie in der untersten Schublade seines Schreibtisches ein. Aus derselben Schublade nahm er eine Mappe mit der Aufschrift »Alternativen« und schlug sie auf. Darin lagen, jeweils mit Büroklammern zusammengeheftet, Papiere für vier verschiedene Personen – Führerscheine, Kreditkarten, Militärausweise, bei einem sogar ein Mitgliedsausweis für einen Blockbuster-Videoladen.

»Mal sehen«, Mitch blätterte die Karten durch. »Wer will ich denn heute sein?« Er entschied sich schließlich für Mitchell Keane, ein eingetragenes Mitglied der Republikaner und der Rotarier aus Athens, Georgia. Mitch zog seinen Geldbeutel aus der Gesäßtasche und steckte Mitchell Keans Papiere hinter seine eigenen. Dann verschloss er die anderen wieder in der Schublade.

Mit geübten Griffen verstaute er die Ausrüstung in einem großen Rucksack und griff nach dem Gewehr. Außer einem

Tarnanzug hatte er auch Lebensmittel und Vorräte für eine ganze Woche eingepackt. Wenn er sein Vorhaben nicht innerhalb dieser Zeit erledigen konnte, würde er vielleicht vorzeitig nach Chile fliegen und gar nicht erst nach Hause zurückkommen.

Unten dröhnte die Stimme seines Vaters aus der Bibliothek, verlangte Antwort auf eine rechtliche Frage. Mitch verstaute sein Gepäck in dem dunklen Schrank am Ende des Flurs und ging zu der Doppeltür, die in die Bibliothek führte. Er öffnete sie einen Spalt breit. Irgendein idiotischer Anwalt bekam gerade den geballten Zorn seines Vaters ab. Mitch hoffte, dass es derselbe inkompetente Drecksack war, der ihn in den Zeugenstand gerufen hatte. Calhoun Whitman senior stand an seinem wuchtigen Schreibtisch, den Telefonhörer ans Ohr geklemmt, und stieß mit dem Finger immer wieder auf einen Paragraphen in einem dicken Gesetzbuch. Mitch war froh, dass er nicht am anderen Ende der Leitung war.

»Ich sag Ihnen, sie dürfte überhaupt nicht Teil des Rechtssystems von Georgia sein«, brüllte Cal Whitman. »Sie ist eine gottverdammte Cherokee. Laut dem Vertrag, den mein eigener verdammter Vorfahre aufgesetzt hat, besitzt sie kein Staatsbürgerrecht. Sie sollte drüben in Oklahoma sein und Brot für die Touristen rösten.«

Mitch trat vor, während sein Vater der Antwort lauschte. »Hi, Dad. Ich wollte dir nur sagen, dass ich übers Wochenende nach Washington fliege ...«

Sein Vater hielt den Hörer an die Brust, ohne auf die Stimme zu achten, die immer noch aus dem Telefon kam. »Dein Bruder ist gerade des Mordes überführt worden, und du willst nach Washington?«

Mitch spürte, wie sich sein Magen verkrampfte, wie immer, wenn er mit seinem Vater sprach, aber er ignorierte es und stellte sich breitbeinig hin.

»Ich muss mich mit ein paar Jungs vom Staudammprojekt treffen«, erwiderte er. »Nächste Woche bin ich zurück.«

Big Cal betrachtete seinen strammen Erstgeborenen für einen Moment und hob dann die Hand zum Abschiedsgruß. »Sei spätestens Mittwoch wieder da. Und sag deiner Mutter, wohin du fliegst.«

»Ja, Sir«, sagte Mitch auf dem Weg zur Tür. »Vielleicht bring ich dir ein Geschenk mit, Dad. Etwas, das dir dabei hilft, nachts besser zu schlafen.«

Cal senior antwortete nicht.

Mitch drehte sich um und ging zurück durch den Flur ins Wohnzimmer. Seine Mutter und Lucille, das Hausmädchen, saßen zusammen, schälten Pecannüsse und sahen sich einen weinenden Mann in der Jenny-Jones-Show an. Das Tagesprogramm im Fernsehen war zu ihrer größten Ablenkung geworden. Seit Cals Verhaftung hatten sie bestimmt genug Talkshows gesehen und genug Pecannüsse geschält, um jeden drogensüchtigen, Frauen prügelnden, bisexuellen Transvestiten in Amerika mit Pies zu versorgen.

»Mom, ich fliege für ein paar Tage nach Washington.«

»Schön, mein Lieber.«

»Es geht um den Staudamm.«

»Schön, mein Lieber.«

»Ich komm bald zurück.«

Er wartete nicht auf das dritte »Schön, mein Lieber“. Stattdessen machte er kehrt, ging zum Flurschrank und überlegte, was sie wohl geantwortet hätte, wenn er mit seinem wahren Vorhaben herausgerückt wäre.

»Mom«, hätte er gesagt. »Ich werde Mary Crow töten.«

»Schön, mein Lieber. Viel Spaß.«

»Los, sieh aus dem Fenster«, befiehlt die Stimme. »Du kannst jetzt nichts mehr für deine Mutter tun. Sieh aus dem Fenster!«

Mary schaut von der Leiche ihrer Mutter auf. Sie kann sich nicht bewegen. Ihre Füße sind wie am Boden festgenagelt.

»Das Fenster«, beharrt die Stimme, dann hört Mary etwas anderes. Ein dumpfes Pochen, das lauter wird. Schritte. Langsam. Methodisch. Näher, immer näher. Diesmal ist sie dran.

»Mary! Wach auf!«

Mary öffnete die Augen. Strahlende Helligkeit umgab sie. Jemand kniete neben ihr und redete auf sie ein.

»Mary?« Alex' Stimme schwebte über ihr, das Gesicht und die blonden Haar noch etwas verschwommen. Sie runzelte die Stirn, die blauen Augen zusammengekniffen, als würde sie durch ein Mikroskop schauen. »Alles in Ordnung?«

Mary setzte sich auf, atmete schwer. »Jemand hat mich verfolgt.«

Alex legte ihr den Arm um die Schulter. »Du hast geträumt, Schätzchen. Niemand ist hier, nur Joan und ich.«

Mary schloss die Augen und sog den beruhigenden, erdigen Salbeigeruch von Alex' Flanellhemd ein. »Alex, ich hab die Schritte wieder gehört«, sagte sie mit trockenem Mund. »Das ist mir seit dem College nicht mehr passiert ...«

Alex drückte Marys Schulter und ließ ihre Hände in langsamen Kreisbewegungen über Marys Rücken gleiten. Vor dem Zelt zwitscherten Vögel, und das sanfte, buttrige Sonnenlicht strömte durch die offene Zeltklappe herein.

»Weißt du, Mary, vielleicht sind die Berge doch nicht das richtige für dich. Wie wär's, wenn wir zusammenpacken und von hier verschwinden? Wir werfen unser Zeug in den Wagen und fahren zurück nach Atlanta. Heute Abend gehen wir schön essen und vergessen den Rest dieses Trips.«

»Nein.« Mary zitterte immer noch. »Wir hatten es so geplant. Wir sind fast da, und ich möchte, dass ihr Atagahi seht.«

Seufzend hockte sich Alex hin. »Schätzchen, du kannst nicht einfach herkommen, den Tatort vom Mord an deiner Mutter besichtigen und so tun, als sei das nur ein Ausflug aufs Land. So was nimmt einen doch mit. Lass uns nach Hause fahren und ein andermal wiederkommen. Ich begleite dich auch.«

»Nein, Alex. Jetzt sind wir schon hier, und Atagahi ist wirklich etwas Besonderes. Eine Tasse Kaffee, und mir geht's wieder gut. Versprochen.« Mary spähte durch die Zeltklappen. »Wo ist Joan?«

Alex schnaubte. »Bei ihrer Morgentoilette. Sonnenmilch. Feuchtigkeitscreme. Das ganze Gedöns.« Alex verdrehte die Augen. »Joan ist genauso schlimm wie meine Mutter.« Als der kleine Kessel auf dem Campingkocher zu pfeifen begann, kroch sie rasch rückwärts aus dem Zelt. Lachend wedelte sie mit einem Päckchen Pulverkaffee. »Wo du dich nun schon entschlossen hast, hier oben zu bleiben, möchtest du dann wenigstens eine schöne Tasse frischen Kaffee von dem Kocher, über den du dich gestern so lustig gemacht hast?«

»Bitte.« Mary rieb sich die Augen, wollte alle Spuren ihres Albtraums loswerden. Vielleicht zahlten die Berge es ihr heim. Man schnüffelt ein bisschen herum, wagt einen Aufschlag, und die Alten Männer reagieren mit einem kleinen psychotischen Return. Wie beim Tennis.

Sie kroch aus dem Zelt. Alex schenkte ihr Kaffee ein. Über Nacht war Nebel vom Waldboden aufgestiegen, und Alex sah aus, als würde sie gleich in eine Wolkenbank purzeln. Mary saß im Schneidersitz am Feuer und nahm ihr den Becher ab. Es war zwar nicht ihr üblicher, frisch gebrühter französischer Kaffee, aber der kleine Koffeinstoß würde ihr helfen, den Tag zu beginnen. Sie hatte gerade den ersten Schluck probiert, als Joan aus dem Nebel auftauchte, Make-up Beutel und Wasserflasche in der Hand.

Sie sang eine vage vertraute Opernarie, und ihre helle Sopranstimme klang durch die feuchte Luft.

»Guten Morgen, Joan.« Mary lächelte, plötzlich dankbar für Joans grau geschminkte Augenlider und den Parfümgeruch, den sie verströmte. Die Tatsache, dass eine von ihnen aufgestanden war und Opernarien sang, half Mary dabei, ins Hier und Jetzt zurückzukehren, weg von dem manischen Wirrwarr ihrer Träume. »Du scheinst deine erste Nacht im Wald ja gut überstanden zu haben.«

Joan hörte auf zu singen und ließ die Schultern kreisen. »Bist du verrückt? Meine Füße fühlen sich wie versteinertes Holz an. Meine Oberschenkel brennen. Ich hab furchtbare Schmerzen in der rechten Schulter und gerade drei Excedrin gegen Kopfschmerzen geschluckt. Und als ob das nicht schon genug wäre, hat Alex auch noch die ganze Nacht geschnarcht.«

»Hab ich nicht!«, blaffte Alex. »Ich schnarche nie.«

»Tja, dann muss es ein Bär gewesen sein, der neben unserem Zelt geschlafen hat«, gab Joan zurück. »Oder vielleicht war es das Gespenst, von dem du uns so liebend gern erzählt hättest.«

Mary genoss die Kabbelei der beiden und streckte die Beine aus. In der frischen Morgenluft schien ihr Albtraum weit weg und dumm zu sein, nichts, vor dem sich eine erwachsene Frau fürchten musste.

»Sag mal, Mary«, fragte Alex, »wann brechen wir zu der Quelle auf?«

»Sobald sich der Nebel verzogen hat.« Mary schaute hinaus in die dicke weiße Suppe, die direkt vor dem Höhleneingang waberte. Nur die Bergspitzen ragten aus den wirbelnden Wolken. Der Anblick erinnerte sie wieder an San Francisco, bloß dass hier die Berge die Wale waren – dunkle Formen in dem weißen Nebelmeer.

Joan ließ sich neben sie plumpsen. »Heißen die Berge wegen all dieses Nebels Smoky Mountains?«

»Shaconage«, sagte Mary, ohne nachzudenken.

»Wie bitte?«

»Das ist Cherokee und bedeutet ›Land des blauen Rauchs‹.

Obwohl wir eigentlich«, fuhr Mary fort, sich die Finger am Kaffeebecher wärmend, »in den Unicoi Mountains sind, was von dem Cherokee-Wort *Unaka* abstammt.«

»Und das bedeutet?«

»Weiße Berge.«

Joan lachte. »Du bist ja ein regelrechter Thesaurus, Mary.«

»Freu dich nicht zu früh. Noch zehn Worte, und mein Cherokee-Vokabular ist erschöpft.«

Alex servierte ihnen Haferflocken mit Rosinen zum Frühstück, dann warteten sie, dass der Nebel sich verzog. Bis sie das Zelt abgebaut und ihre Sachen gepackt hatten, tauchten rostfarbene Berge auf und das weiße Nebelmeer löste sich auf. Der Himmel ging von Weiß in ein strahlendes Blau über, und der leichte Wind roch nach Äpfeln und feuchter Erde. Es versprach, einer dieser einmaligen, herrlichen Herbsttage zu werden, für die die Appalachen so berühmt sind. Mary lachte ihre beiden Freundinnen an und war plötzlich ganz ausgelassen. »Seid ihr bereit für die Bezwingung von Atagahi?«

»Ich bin für jede Art heißer Badewanne bereit«, erwiderte Joan. »Egal, ob elektrisch, solar oder thermonuklear. Diese alten Knochen wollen so rasch wie möglich eingeweicht werden.«

Alex lachte. »Joan, du bist doch erst dreißig.«

»In Atlanta schon. Hier oben fühle ich mich wie hundert.«

Sie löschten das Feuer, schulterten ihre Rucksäcke und folgten Mary auf dem Weg hinunter.

Jeder Schritt abwärts auf dem steilen Pfad jagte ihnen Schmerzschauer durch die Schienbeine. Die Rucksäcke, die sie am Tag zuvor so unbeschwert getragen hatten, scheuerten jetzt an verkrampften Muskeln und verspannten Sehnen, und selbst die Luft schien gegen sie zu sein, angefüllt mit kleinen, fast unsichtbaren Mücken, die um ihre Augen schwebten und sie ins Gesicht stachen.

»Wie weit noch?«, keuchte Joan, als sie am Blacksnake Creek Rast machten.

»Nicht mehr weit«, erwiderte Mary, selbst ziemlich kurzatmig. »Der Anstieg ist steil, dauert aber nicht länger als eine halbe Stunde.«

»Das hast du schon vor zwei Stunden gesagt«, knurrte Alex, rückte den Rucksack zurecht und wischte sich den Schweiß von der Stirn. »Von mir wird nicht mehr viel übrig sein, wenn diese verdammten Viecher mit mir fertig sind.«

Sie kämpften sich weiter voran und schleppten sich den steilen Pfad hinauf, der von rotem Sumach gesäumt war. Der Wald zu ihrer Linken schien aus dem hüfthohen, knallgrünen Farnteppich emporzuwachsen. Weiche Kiefernnadeln streiften ihre Wangen wie zarte Finger, und an einem rauschenden Bergbach deutete Alex auf eine Traube dicker schwarzer Beeren, die an einem Kermesbeerenstrauch hingen. »Sieht aus wie in einem dieser Science-Fiction-Filme, wo die Erde mit Atomwaffen zerstört wurde, die Pflanzen zehn Meter hoch sind und die Menschen so klein wie Ameisen.«

»Red nicht so viel, Alex«, sagte Joan missmutig, das Gesicht rot wie ein Stoppschild. »Zuhören ist viel zu anstrengend.«

Sie stiegen höher, das Rauschen des Baches wurde immer leiser, bis sie ihn nur noch als stummen Silberblitz weit unten liegen sahen.

»Wie weit ist es jetzt noch?«, keuchte Joan und nahm im Gehen einen Schluck aus ihrer Wasserflasche.

»Nur noch dieser Kamm«, versprach Mary. »Dann sind wir da.«

Sie trotteten weiter, blieben aber nicht mehr an Bächen stehen oder lauschten auf die Vögel, sondern setzten nur noch einen Fuß vor den anderen, entschlossen, endlich ans Ziel zu kommen. Sie überwanden den Kamm, dann führte Mary sie um die knorrigen Wurzeln eines riesigen, rot verfärbten Ahornbaums.

»Da.« Sie lächelte triumphierend und deutete nach unten. »Atagahi.«

Hundert Meter entfernt, umgeben von großen Felsblöcken, glitzerte ein klarer, grüner Teich im Sonnenlicht, schillernd wie eine Libelle. Das ruhige Wasser schimmerte wie ein prächtiger Smaragd am Finger eines Zaren.

Alex schnappte nach Luft. »Großer Gott! Das sieht ja eher wie Acapulco aus, nicht wie die Appalachen.«

»Hier riecht's sogar anders.« Joan sog die Luft ein. »Mehr nach Blumen als nach Wald. Und diese widerlichen Mücken sind weg!«

Aber Mary brachte kein Wort heraus. Atagahi war noch schöner als in ihrer Erinnerung. Fast meinte sie, das Lachen ihrer Mutter zu hören, wie es über das Wasser perlte, während sie sich beide auf dem Rücken liegend hatten treiben lassen und die weißen Wolken am Himmel beobachteten.

Jetzt hatten die drei Frauen es plötzlich eilig; sie suchten sich einen Weg zwischen den Felsbrocken hindurch zur Quelle und ließen die Rucksäcke unter die tief herabhängenden Zweige einer Weide fallen. Schmerzen und Beschwerden waren in der Aufregung vergessen, ihr Ziel erreicht zu haben. Dort, wo die Felsen am niedrigsten waren, knieten sie sich hin und tauchten die Hände ins Wasser.

»Das ist ja warm!« Joan sah Mary erstaunt an. »Du hast keinen Witz gemacht.«

»Wie tief ist es?« Alex spähte in die leuchtende grüne Tiefe.

»Ich kenne niemanden, der je den Boden erreicht hat.« Mary setzte sich und schnürte die Stiefel auf. »Aber ich werde es gleich versuchen.«

Sie zog sich aus und legte ihre Kleider in einem Haufen auf die Steine. Einen Moment lang stand sie nackt in der warmen Sonne; ihre Haut schimmerte bronzefarben. Dann trat sie an den Rand des Teichs und sprang kopfüber hinein. Sekunden später tauchte sie drei Meter entfernt wieder auf, das schwarze Haar angeklatscht und glänzend.

»Es ist unglaublich!«, rief sie begeistert. Sie wölbte den Rücken, atmete aus, ließ sich treiben und merkte, wie sich ihre müden Arme und Beine im warmen grünen Wasser entspannten.

»Hast du den Boden erreicht?«, rief Alex und fummelte an ihren Hemdknöpfen.

»Nein. Das überlass ich dir.«

»Meinst du, dass uns hier auch bestimmt keiner sieht?« Joan, die sich schon bei Bloomingdales im Umkleideraum unbehaglich fühlte, sah sich ängstlich um.

»Nur dieser schießende Wolf, den wir letzte Nacht gehört haben«, erwiderte Alex. »Und natürlich das Gespenst, das neben unserem Zelt geschlafen hat.«

»Ach, sei doch still, Alex!«

Mary schloss die Augen und lächelte, während die Stimmen ihrer Freundinnen durch die Luft tanzten. Sie konnten schwimmen oder nicht, ganz wie sie wollten. Mary war es zufrieden, sich hier für den Rest ihres Lebens treiben zu lassen. Doch Augenblicke später hörte sie ein *Jippii!* und wurde nass gespritzt. Alex schwamm neben ihr, und gleich darauf auch Joan.

Der Körper ihrer Mutter ist geschmeidig wie der eines Otters. Martha lächelt in die Sonne und springt kopfüber in die Quelle, als seien im tiefen grünen Wasser Diamanten verborgen. Ihr Kopf durchbricht die Oberfläche, und sie ruft Mary zu: »Komm rein, Schätzchen. Hab keine Angst. Hier tut dir niemand was!« Mary zieht sich bis auf ihren Badeanzug aus und springt ins Wasser, längst nicht so anmutig wie ihre Mutter. Sie sinkt hinunter, kleine Luftblasen nibbeln an ihren Zehen wie winzige Fische. Sie schaut nach oben, sieht die Sonne golden durch das Wasser scheinen, stößt sich kräftig ab und taucht hinauf in die honigsüße Luft.

Sie schwammen eine Stunde lang, tauchten, planschten, lachten und fühlten, wie das warme Wasser die Anstrengung der letzten beiden Tage hinwegwusch. Joan trällerte eine Arie aus *Rigoletto*; Alex versuchte zu jodeln. Erst als ihre Finger schrumplig wie Backpflaumen wurden, stiegen sie aus dem Wasser und legten sich in die Sonne.

»Du hast was gut bei mir, Mary. Ich hab ja so meine Zweifel gehabt, aber das hier war jeden schweißtreibenden Schritt wert«, verkündete Alex und streckte sich auf einem der sonnenwarmen Felsen aus.

»Da kann ich nur zustimmen.« Joan wühlte in ihren Sachen

und zog ihren Slip an. »Nur schade, dass man so weit laufen muss, um hierher zu kommen.«

Alex betrachtete sie stirnrunzelnd. »Warum ziehst du dich an? Ich beweg mich nicht einen Zentimeter, bevor die Sonne untergeht.«

»Mädchen von Misericordia sitzen nicht nackt im Wald herum«, antwortete Joan steif. »Schwester Mary Xavier würde der Schlag treffen.«

»Ich zieh mich auch an«, sagte Mary. »Ich will ein Stück den Weg raufgehen und den alten Ahornbaum malen.«

»Heißt das, ich bin die einzige, die sich hier *au naturel* auf den Felsen sonnt?«

»Sieht ganz so aus«, meinte Mary.

»Macht doch, was ihr wollt.« Alex seufzte zufrieden. »Ich werde in diesen Wäldern so lange nackt bleiben, wie ich kann. Dienstag kommt schnell genug, und dann – bäh! – zurück zu Kostümen, Stöckelschuhen und Strumpfhosen.«

Besorgt sah Joan zu, wie sich Mary die Jeans anzog und rasch ihre Stiefel zuband. »Du bleibst doch nicht lange weg, oder?«

»Nein. Der Baum ist gleich da oben, hinter den Felsen. Meine Mutter und ich haben oft unter ihm gesessen und gemalt.« Sie deutete auf den Bergkamm hinter ihnen. »Ich will nur ein paar Skizzen machen. Mehr als eine halbe Stunde sollte das nicht dauern.«

Alex lag flach auf dem Rücken, ein Bein angewinkelt, den Arm unter dem Kopf. Ihr Haar glänzte golden, und die Sonne ließ ihre Haut schimmern wie die Blütenblätter einer Lilie. Mit zusammengekniffenen Augen sah sie zu Mary hoch. »Hey, wirf mir einen Schokoriegel rüber, bevor du gehst, ja?«

»Und mir die Zigaretten«, fügte Joan hinzu.

Mary kramte den Schokoriegel und die Zigaretten aus Alex' Rucksack und warf sie den beiden zu.

»Danke.« Alex grinste. »Wir rühren uns hier nicht von der Stelle und stopfen uns mit Nikotin und Zucker voll. Ruf, wenn du uns brauchst.«

»Mach ich.« Lächelnd betrachtete Mary ihre Freundinnen. Wie sie da lagen, die Gesichter der Sonne zugewandt, sahen sie aus wie Göttinnen, die von der Jagd heimgekehrt waren. *Danke*, sagte sie tonlos zu den Alten Männern, deren Gipfel sich in der Ferne erhoben, und begann ihren Aufstieg zu dem Ahornbaum. *Wieder wart ihr freundlich zu mir.*

Mitch Whitman grinste wie ein Schuljunge und trat an den US-Airways-Schalter. »Hi«, sagte er und schob sich ein Kaugummi in den Mund. »Mein Name ist Mitchell Whitman. Flug 646 nach Washington. Meine Reservierung sollte in Ihrem Computer sein.«

Eine magere junge Schwarze mit langen, lila lackierten Fingernägeln sah in ihrem Computer nach. »Sie haben heute Morgen online reserviert und zahlen mit Kreditkarte?«

»Stimmt.« Mitch Whitman grinste immer noch.

»Ich brauche eine Identifikation.«

Mitch zog seinen Führerschein aus dem Geldbeutel und reichte ihn der jungen Frau. Sie sah ihn kurz an und tippte dann weitere Zahlen in ihren Computer ein.

»Wo würden Sie gerne sitzen?«

»Am Gang, möglichst vorne, wenn da noch was frei ist. Ich hab gern Platz für meine Beine.«

»Geben Sie Gepäck auf?«

»Nein. Die passt in die Gepäckablage.« Mitch hielt eine auffallende, goldfarbene Sporttasche von der Georgia Tech hoch, als sei sie eine Bowlingtrophäe. Die Frau kicherte.

»Haben Sie die Tasche selbst gepackt?«

»Ja. Und ich hab sie auch nicht unbeaufsichtigt gelassen, und niemand hat mich gebeten, ein Päckchen für ihn mitzunehmen.«

»Sie scheinen sich ja auszukennen.« Die junge Frau lächelte Mitch schüchtern an.

»Ich bin schon das eine oder andere Mal geflogen.«

»Gut, Mr. Whitman, ich wünsche Ihnen einen angenehmen Flug.« Sie reichte Mitch die Bordkarte. »Terminal A, Gate 7. Abflug ist um 15 Uhr 5.«

»Vielen Dank.« Mitch schenkte ihr ein letztes Lächeln.

»Sie waren sehr freundlich. Vielleicht schreibe ich einen Brief an Ihren Chef.«

Wieder kicherte die Frau. Mitch zwinkerte ihr zu, griff nach seiner Sporttasche und ging in Richtung des Gates. Sobald er außer Sichtweite war, steckte er die Bordkarte in seine Gesäßtasche und fuhr mit der Rolltreppe nach unten. Dort mischte er sich unter eine Gruppe laut schnatternder Araber und schlenderte hinüber zu den Mietwagenschaltern.

»Hi«, sagte er zu einer anderen jungen Schwarzen am Avis-Schalter. »Ich brauche einen Mietwagen übers Wochenende.«

»Führerschein und Versicherungskarte bitte«, sagte die Frau mechanisch und ließ ihren Lippenstift in eine Schublade gleiten.

Lächelnd zog Mitch wieder den Geldbeutel heraus und legte ihr einen ganzen Stapel von Ausweisen hin. »Der Führerschein ist oben drauf. Was Sie sonst noch brauchen, ist auch dabei.«

Die Frau überprüfte den Führerschein und begann, ein Formular auszufüllen. »Mitchell Keane«, las sie vor und tippte den Namen in den Computer ein. »Athens, Georgia.«

Eine Stunde später, nachdem er sich sein Alibi verschafft hatte, stellte Mitch Whitman seinen Porsche in einer dunklen Ecke des Parkplatzes ab und fuhr in einem neuen weißen Taurus in Richtung der Berge, Ausrüstung und Gewehr im Kofferraum verstaut.

Er raste, soweit man in einem gemieteten Ford rasen kann, über den Highway 441 nach Norden. Obwohl ein paar Wölkchen am blauen Himmel vorbeisegelten, war die Luft träge und schwer, eher wie im August als wie im Oktober. Mitch kurbelte das Fenster herunter und fuhr schneller, während ihm der Fahrtwind das Haar zerzauste. Sein Herz schlug schnell. Er hatte Elche erlegt und einen Schwarzbären, aber das hier würde anders sein. Sein erster Mord.

»Zu dumm, dass ich das nicht in meinen Lebenslauf schreiben kann«, sagte er laut, dachte plötzlich an seine Freunde von der Georgia Tech, die bald nach Veracruz fliegen würden, um die Vorarbeiten für seinen Staudamm zu erledigen. Obwohl sie alle zugesehen hatten, wie Mary Crow ihn im Gerichtssaal auseinander nahm, hatte keiner ein Wort darüber verloren. Zweifellos lachten sie hinter seinem Rücken über ihn. Bei dem Gedanken wurde ihm übel, und sein Zorn wallte wieder auf. Wenn er mit Mary Crow fertig war, würde keiner mehr über ihn lachen.

»Und das alles nur wegen meines dämlichen Scheißkerls von Bruder«, murmelte Mitch und beschleunigte noch mehr. Cal war von Geburt an zu nichts gut gewesen. Mit neun hatte er einem Jungen aus seiner Pfadfindergruppe die abstehenden Ohren mit Sekundenkleber angeklebt. Mit vierzehn war er aus der Tennismannschaft der Schule geflogen, weil er einem Linienrichter Obszönitäten an den Kopf geworfen hatte. Als er sechzehn war, hatte man ihn beim Drogenverkauf erwischt. Sein Vater hatte ihn gegen Kaution vor der Jugendstrafanstalt bewahrt, und seine Mutter hatte seinetwegen eine ganze Latte von Psychiatern konsultiert. Medikamente wurden verschrieben, mehr sportliche Aktivitäten angeraten; ein idiotischer Seelenklempner hatte vorgeschlagen, Cal Boxunterricht nehmen zu lassen. Was natürlich das Einzige war, was er annahm. Als er Mitch auf die Georgia Tech folgte, war er schon wieder drogenabhängig, hatte einen furchterregenden rechten Haken und geriet bei jeder Kleinigkeit in Rage. Sein Vater hatte wer weiß wie viel Geld ausgegeben, Leute bestochen und Anwälte reich gemacht, damit Cal nicht ins Gefängnis musste. Mitch seufzte. Auch er hatte seinem Bruder immer wieder geholfen, aber jetzt hatte er die Nase voll davon. Die Zeit war gekommen, das große, abgrundtiefe Loch, zu dem das Leben seines Bruders geworden war, endgültig zuzuschütten.

»Du bist als Nichtsnutz geboren, Cal. Und du wirst auch als Nichtsnutz sterben«, verkündete er und schaltete das Radio ein. »Wenn ich mit Mary Crow fertig bin, bist du dran.«

Am Nachmittag erreichte er Ramon County. »Thaddeus Whitman County«, sinnierte Mitch laut. Sein ganzes Leben lang hatte sein Vater sich über ihren Vorfahren, den großen Thaddeus Whitman ausgelassen. Wie Thaddeus damals im 19. Jahrhundert von Charleston auf einem Maultier hierher geritten war und dicke Goldnuggets in einem Fluss gefunden hatte, der zum Territorium der Cherokee gehörte. Schließlich war er mit einem Trupp weißer Männer aus Georgia nach Washington geritten und hatte Andrew Jackson davon überzeugt, dass es von Vorteil für das gerade flügge werdende Amerika wäre, die friedlichen Cherokee in eine so weit wie möglich von dem Gold entfernte Gegend umzusiedeln. Jahrelang hatte Thaddeus' alte Muskete über dem Kamin in der Bibliothek von Mitchs Vater gehangen. Jetzt besaß Mitch eine eigene Muskete und war im Begriff, eine weitere Cherokee umzusiedeln. Mitch lächelte. Das musste was mit Karma zu tun haben.

Er fuhr weiter und kam durch eine Reihe heruntergekommener Ortschaften, die zusammen mit Zäunen und Bäumen voll rankender Kletterpflanzen den Highway säumten. Als ihm der scharfe Geruch reifenden Tabaks in die Nase stieg, stellte er sich Thaddeus auf seinem Maultier vor. Wie hatte dieses Land ausgesehen, als der alte Knacker sein Vermögen entdeckt hatte? Bestimmt nicht so Mitleid erregend wie jetzt, dachte Mitch und hielt an einer Tankstelle mit nur ei-ner Benzinpumpe an. In dem schmierigen Kassenhäuschen, dessen Wände mit Hunderten eingedellter Radkappen geschmückt waren, konnte man Cola und Lotterielose kaufen. Mitch legte einen Zwanziger auf die Theke, an der ein alter, zahnloser Mann döste. Nein, bestimmt nicht so Mitleid erregend.

Er schraubte den Tankdeckel zu und fuhr wieder auf den Highway. Die Berge lagen vor ihm wie Riesen, die unter einer Decke aus orangeroten Bäumen schlummerten. Als ihm die kühlere Luft über den Nacken strich, wurde Mitch plötzlich wieder in den Gerichtssaal zurückversetzt, und Mary Crow nahm ihn in die Mangel.

»Stehen Sie Ihrem Bruder nahe, Mr. Whitman?«, hatte sie gefragt. Leichte Röte stieg aus dem Ausschnitt zwischen den Aufschlä-

gen ihres schwarzen Kostüms auf. Sie trug keine Bluse. Teufel, vielleicht trug sie nicht mal einen BH.

Er spürte, dass alle ihn ansahen. Sein Hemd war durchgeschwitzt; er fühlte die kalten, durchweichten Flecken unter den Ärmeln seines Jacketts. Mary Crow drosch seit fast einer Stunde auf ihn ein, aber sie schwitzte nicht, ihre Augen leuchteten noch genauso wie am Anfang. Himmel, musste sie denn niemals pissen oder essen oder was trinken?

»Könnte man so sagen.« Seine Stimme krächzte.

»Würden Sie ihm eine Krawatte leihen, wenn er sie bräuchte?«

Was sollte denn die Frage? Cal eine Krawatte zu leihen, war doch unwichtig. »Ja«, antwortete er.

»Ein sauberes Hemd?«

»Ja.«

»Sie haben also die Angewohnheit, Ihre Sachen mit Ihrem Bruder zu teilen?« Sie lächelte ihn an, ihr Blick so unschuldig wie der einer Taube.

Er schluckte, angewidert von der Art, wie diese Frau ihn dazu brachte, sich zu winden. »Kann schon sein.«

»Gut, da wir nun bereits festgestellt haben, dass Sie Sandra Manning kannten und mehr als einmal mit ihr ausgegangen sind, dürfen wir dann auch annehmen, dass Sie sogar Sandra Manning mit Ihrem Bruder geteilt haben?«

»Einspruch!«, rief der Verteidiger, während sich eine Welle des Argwohns wie leiser Donner im Gerichtssaal ausbreitete.

Mitch blinzelte und lockerte den Griff um das Lenkrad. Seine Knöchel waren weiß geworden, und seine Fingerspitzen prickelten. Er atmete tief durch und bewegte die Hände. Das musste aufhören. Er konnte nicht dauernd wieder diese schreckliche Stunde durchleben, er konnte es wirklich nicht gebrauchen, sich die Demütigung durch Mary Crow erneut vor Augen zu führen. Jetzt musste er überlegen, was er tun konnte, wenn er Mary Crow in den Wäldern von Angesicht zu Angesicht gegenüberstand.

Mitch rollte die Schultern, um die Anspannung im Nacken

loszuwerden. Am besten wäre es, ihr eine Kugel in den Kopf zu jagen, wenn sie von den beiden anderen getrennt war, und dann wieder im Wald zu verschwinden. Aber wenn sich das nicht ergab? Die meisten Frauen gingen nicht mal allein aufs Klo. Im Wald würden sie wahrscheinlich noch mehr aneinander kleben. Wenn er sie mit dem Gewehr erwischte, würden sie wie Hühner auseinander stieben. So ging das nicht. Er musste sich etwas anderes ausdenken.

Während er mit den Fingerspitzen auf dem Lenkrad trommelte, damit wieder Gefühl in sie kam, fiel es ihm ein. Warten, dachte er. Abwarten, bis sie schlafen. Wahrscheinlich schlafen sie alle im selben Zelt. Du brauchst das Gewehr gar nicht. Schlüpf einfach aus dem Wald, und dann plop, plop, plop mit der Beretta, und Mary Crow nimmt keinen mehr in die Mangel. Bis man ihre Leiche findet, liegst du längst in Veracruz in der Sonne.

Er fuhr weiter, bis er an eine Tankstelle kam, an der bunte, handgenähte Quilts hinter einem Schild mit der Aufschrift »Angel- und Campingausrüstungen« hingen. Er bog scharf ab und hielt an.

Mitch schloss den Taurus ab und ging in den Laden. Hinter dem Ladentisch saß ein dickes blondes Mädchen, das irgendwas Hellblaues trank und sich Ringen auf einem Minifernseher ansah. Trotz ihres Übergewichts und dem viel zu dicken Make-up hatte sie etwas an sich, das ihn an Sandra Manning erinnerte. Eine plötzliche Traurigkeit überkam ihn. Auch ich hab jetzt Dreck am Stecken, dachte er. Und das verdanke ich Cal.

Alles, was den Leuten ausgehen konnte – Motoröl, Klopapier, Babynahrung –, stapelte sich auf den Regalen neben dem Kühlschrank fürs Bier. Zuerst fand er nicht, wonach er suchte, aber dann, zwischen Glühbirnen und Sicherungen fürs Auto, entdeckte er es. Isolierband – große Rollen von dem grau-silbrigen Zeug, mit dem man vorübergehend fast alles reparieren konnte.

Rasch nahm er drei Rollen herunter und fand dann noch zwei Pakete Wäscheleinen. Nicht diesen Nylonmist, der rutschen konnte, sondern die aus Hanf, die sich beim Nasswerden zusammenzogen. Auf dem Weg zur Kasse fügte er noch eine Stange Camel und eine Packung Kaugummi hinzu. Kann genauso gut hier alles einkaufen, was ich brauche, entschied er. Im Indianerland gibt's bestimmt keine Läden.

Er legte die Sachen auf den Ladentisch. Mit einem tiefen Seufzer riss das Mädchen seinen Blick von den winzigen Ringern auf dem Fernsehschirm los und betrachtete Mitchs Einkäufe.

»Ist Ihre Wäscheleine kaputt?«, fragte sie mit einem nervösen Lachen. Ihre schwarzen Augen glitzerten wie Murmeln unter den grün geschminkten Lidern.

»Kann schon sein.« Mitch schob die Sonnenbrille höher.

Sie tippte alles in die Kasse. »Fünfunddreißig zweiundsiebzig mit den Zigaretten.«

Er zog einen Fünfziger aus der Tasche. Sie zählte ihm das Wechselgeld in die Hand und berührte ihn dabei mit ihren Wurstfingern.

»Schönen Tag noch«, zirpte sie und schloss die Kassenschublade. »Hängen Sie bloß keinen auf.«

Im ersten Augenblick blieb ihm die Luft weg. War er so leicht zu durchschauen? Konnte diese Landpomeranze in seinen Gedanken lesen wie in einem offenen Buch? Wenn sie wusste, was er vorhatte, konnte sie ihn an die Polizei verraten. Plötzlich spürte er die Beretta ganz deutlich unter seinem linken Arm. Sollte er ihr eine Kugel in den Kopf jagen, bevor sie zum Telefon griff?

Er sah ihr ins Gesicht. Ihre Mundwinkel waren aufwärts gebogen und zitterten ein wenig, als hoffte sie, er würde sie witzig finden. Wieder dachte er an Sandra.

»Bestimmt nicht«, lachte er, als ihm klar wurde, dass sie nur einen müden Witz gemacht hatte. »Bis dann.«

Mit raschen Schritten ging er hinaus zum Wagen. Als er die Tür aufschloss, schaute er zurück zum Laden. Der leere Blick des Mädchens hatte sich wieder dem Fernseher zugewandt, der Strohhalm ihres blauen Getränks klemmte zwischen ihren

Lippen. Sie hatte überhaupt kein Interesse daran, was Mitch tat.

»Glück gehabt, Dickerchen«, murmelte Mitch und ließ den Motor an. »Dämlich zu sein, hat dir gerade das Leben gerettet.«

Als sich der Morgennebel verzog, war Henry Brank schon mehrere Meilen von dem Gespenst auf Simpson's Bald entfernt. Er war vor dem Morgengrauen aufgewacht, sein Herz leicht wie eine Feder, und schritt jetzt im hellen Sonnenlicht munter aus. Den Sack mit den Vitaminen über der Schulter, sang er in freudiger Erwartung auf das, was der Tag ihm bringen würde.

»Luder und Flittchen, Lesben und Huren.« Er erfand den Text beim Gehen. *»Im Wald kommt ihr alle schnell auf Touren.«*

Er überlegte, während er unter den Bäumen dahin wanderte, was für Frauen er hier oben antreffen würde. Studentinnen, die mit ihren Verbindungsschwestern zelteten? Oder härtere Frauen mit Schaftstiefeln und Lederklamotten, die es miteinander trieben? Beides hatte er hier schon erlebt. Studentinnen flirteten zuerst meist mit ihm und hofften, damit das Unausweichliche abwenden zu können. Die Lesben schlugen um sich, ungestüm wie junge Männer, zielten aber meist nur mit ungeschickten Tritten auf seine Eier. Hatten ihre dusseligen Karatelehrer sie nicht davor gewarnt, wie leicht es war, ein erhobenes Bein zu packen und es zu verrenken, bis sie vor Schmerz schrien? Er lachte leise, als vor ihm eine blauschwänzige Eidechse wie ein flüssiger Saphir von einem sonnenwarmen Stein glitt. Ihm war es egal, was es für Frauen waren. Mit allen machte es eine Weile lang Spaß, aber sie endeten alle auf dieselbe Weise.

Doch der Gedanke an die Frauen ließ ihn schneller gehen. Er atmete schwerer, als er den Bergrücken überquerte, den er erst vor zwei Tagen erstiegen hatte. Der Pfad schlängelte sich um Felsbrocken, die aus den Eingeweiden der Berge selbst heraufgeschleudert zu sein schienen. Obwohl das schnelle Gehen durch die warme, schwere Luft seinen Rücken und sein verkrüppeltes Bein belastete, behielt er das Tempo bei, wie ein Hai, der Blut gerochen hat.

Er blieb erst stehen, als er den alten Tupelobaum erreichte, an dem der Weg zur Big Fodderstack-Höhle abzweigte. Rasch ließ er den Sack fallen, drückte sich flach gegen die schuppige braune Rinde, atmete schwer und lauschte. Keine Stimmen wehten von der kleinen Höhle herab; keine Töpfe klapperten bei der Vorbereitung fürs Mittagessen. Brank nickte. Er hatte die Lage richtig eingeschätzt: Die Frauen hatten das Lager aufgelöst und waren weiter gewandert. Wahrscheinlich konnte er draufgängerisch wie John Wayne da hochmarschieren. Trotzdem zog er das Messer aus dem Stiefel, bevor er hinter dem Baum hervorkam. Bei Frauen konnte man nie vorsichtig genug sein.

Leise schlich er den Pfad hinauf und lauschte aufmerksam nach Geräuschen anderer Menschen. Obwohl auf dem felsigen Pfad kaum Spuren zu sehen waren, fand er doch einen frischen Fußabdruck an einer schlammigen Stelle. Er maß die Tiefe mit dem Finger ab und lächelte. Jemand nicht allzu Schweres war hier vor kurzem in brandneuen Stiefeln hochgestiegen.

Der Wind trug ihm keine menschlichen Gerüche zu, also kroch er hinauf zu einem hohen Heidelbeerbusch, der an der Stelle wuchs, an der sich der Pfad zum Felsvorsprung weitete. Lauschend hockte er hinter dem Busch. Nichts. Vorsichtig stand er auf und schlich zum Felsvorsprung. Genau, wie er erwartet hatte – eine Granitplatte vor einer Höhle, vorgeschoben wie eine schmollende Unterlippe, und alles menschenleer. Der einzige Hinweis darauf, dass hier vor kurzem jemand gezeltet hatte, war der kleine, geschwärzte Kreis eines fachmännisch angelegten Feuers. Brank hockte sich hin und berührte ihn mit der Handfläche. Der Boden war noch warm.

Er steckte das Messer zurück in die Scheide und kroch in die Höhle. Er rieb seine Wange an einem Spalt in der Wand, der nach Zigaretten und Parfüm roch. Hier drinnen hing noch ihr Geruch in der Luft. Deodorant, Zahnpasta, Brandy, Kaffee. Und was noch besser war: Nichts roch nach einem Mann.

Brank schloss die Augen und stellte sich vor, die Frauen wären noch hier, unter ihm, schlangen die Beine um ihn, während er in sie eindrang. Wie gut sich das anfühlen würde. Heiß und weich wie frisch gebackenes Brot.

Er kehrte zu seinem Sack zurück, fischte einen Schokoladenkeks heraus und steckte ihn sich in den Mund; gleichzeitig suchte er den Wald nach weiteren Spuren der Frauen ab. Die waren nicht schwer zu finden. Wie die meisten Wanderer hatten sie sich nicht bemüht, ihre Spuren zu verwischen, und der Weg, den sie genommen hatten, war anhand des niedergetretenen Grases so leicht zu erkennen, als hätte das Verkehrsamt ihn markiert. Brank leckte sich die Schokoladenkrümel von den Fingern. Viel Mühe würde es ihn nicht kosten, aber er würde sehr viel Spaß haben.

»Die hab ich in einer Stunde eingeholt«, sagte er laut, schwang sich den Sack über die Schulter und stapfte los.

Die Frauen hatten es sich allerdings nicht leicht gemacht. Sie waren an einem so steilen Bergrücken hochgestiegen, dass er meinte, seine Lunge würde bersten, bevor er den Gipfel erreichte. Schon nach der Hälfte des Weges war sein Hemd nass und klebte ihm an der Haut, und er setzte sich zum Ausruhen auf einen schattigen Baumstamm. Sie wollten an einen besonderen Ort, entschied er. Niemand würde bis hier hinauf klettern, nur um sich die Laubfärbung anzusehen. Aus einer plötzlichen Laune heraus öffnete er den Sack und griff nach den Vitaminen. Er machte das Fläschchen auf, schüttelte ein halbes Dutzend Pillen auf seine Handfläche. »Ich könnte noch ein bisschen mehr Vitamin C vertragen«, murmelte er und dachte an Fates ständige Ermahnung, sich vor Krankheiten zu schützen. »Man weiß ja nie, auf was für Bazillen man stoßen könnte.«

Er schob die Vitamintabletten wieder in den Sack und entdeckte Buster, der sich eng um die verbliebenen Kekse gerollt hatte. Während sich Brank mit einer Hand das Hemd aufknöpfte, hob er mit der anderen die Schlange aus dem Sack.

»Wie geht's dir, alter Kumpel?« Er blickte der Schlange in die schwarzen Knopfaugen.

Die Schlange züngelte in seine Richtung. Sie schien weder hungrig zu sein noch Schmerzen zu haben. Brank schmiegte sie sich unters Kinn.

»Gleich werden wir viel Spaß haben«, versprach er der Schlange, die sich auf der Suche nach Wärme um seinen Arm wand. »Wenn du mir hilfst, kriegst du was besonders Leckeres zu fressen.«

Die Schlange wand sich noch enger um seinen Arm.

»Braver Junge.« Brank machte das Reptil von seinem Arm los und steckte es in sein Hemd. »Du brauchst nur noch ein kleines bisschen länger still zu liegen.«

Die Schlange fühlte sich kühl auf seiner Haut an. Er schnürte den Sack wieder zu und kletterte weiter.

Als er schließlich den Bergkamm erreichte, blieb er in einem schulterhohen Holundergebüsch stehen. Er lauschte und schaute hinab auf die Hunderte von Bergen, die sich unter ihm erstreckten. Zuerst trug ihm der Wind nichts zu bis auf das Echo eines Goldspechts, der auf einen Baum einhackte, aber dann, auf einmal, ein kleiner Windstoß aus Westen, und er hörte dieselben Stimmen wie am Abend zuvor.

Sie waren so deutlich, dass man fast verstehen konnte, was sie sagten. Worte, Lachen, dann hörte es sich an, als würde jemand singen. Plötzlich wusste er genau, wo sie waren – Slickrock Springs, ein versteckter Ort, der den Indianern heilig war. Von hier aus leicht zu erreichen. Brank grinste und schob sich aus dem dichten Gebüsch. Slickrock Springs war schlechte Medizin für den weißen Mann, aber heute würde der Große Manitu mal eine Ausnahme machen müssen.

Brank watete durch ein Gewirr wilder Fuchsreben und durchquerte leise im Zickzack das dichte Laubwerk. Nach zwanzig Minuten hatte er den Rand der Quelle erreicht. Außer Atmen sah er hoch.

Slickrock hatte ihn immer an einen kleinen Vulkan erinnert – ein breiter Wall aus riesigen Sandsteinblöcken, die fünfzehn

Meter hoch aufragten und die heiße Quelle in ihrer Mitte umschlossen. Noch immer konnte er die Stimmen der Frauen hören, schwächer jetzt, als würden sie über seinem Kopf schweben. Ziemlich weit oben entdeckte Brank einen Felsvorsprung. Wenn er es schaffte, da hinaufzuklettern, konnte er sehen, was ihn erwartete, ohne entdeckt zu werden.

Er versteckte den Sack und die Flinte unter einem Weißdornbusch und begann den Aufstieg. Mit Stiefelspitzen und Fingern tastete er nach Felsspalten und zog sich hoch wie eine Eidechse an einer Wand. Aber die Felsen boten nur wenig Halt; einmal glitt sein Fuß aus einem Spalt, und er krachte geräuschvoll gegen den Fels. Voller Panik drückte er sich gegen den Stein und betete, dass die Frauen ihn nicht gehört hatten. Lange hielt er die Luft an, bis sie ihr Gespräch fortsetzten. Er kletterte weiter, Schweiß lief ihm von der Stirn. Direkt unter dem Vorsprung balancierte er auf den Zehen, streckte sich zu voller Länge und griff nach oben, bis sich seine Finger um den Rand des Vorsprungs klammerten. Dann zog er sich hinauf. Jeder Muskel in Rücken und Schultern brannte, aber mit einer letzten Anstrengung schwang er die Beine hoch und landete mit dem Bauch voran auf dem Vorsprung, keuchend und schweißüberströmt.

Als sein Herz nicht mehr wie wild raste, drehte er sich um und richtete sich auf. Wenn er sich auf die Zehenspitzen stellte, konnte er über den Felsrand schauen und sehen, was da unten vorging. Höher und höher reckte er sich, bis er schließlich alles erkennen konnte.

»Ach du Grundgütiger«, flüsterte er, und plötzlich war die ganze Welt um ihn in Gold getaucht. »Das ist ja Trudy. Und eine ihrer Kumpaninnen.«

Zwei Frauen lagen auf den Felsen neben dem Teich. Eine hatte dunkle Haare und trug ein Sweatshirt und einen Slip. Trudy jedoch – und das nahm ihm den Atem – lag nackt da. Sie hatte eine blonde Mähne, die wie Gold glänzte. Sie hatte ihre Arme hinter dem Kopf verschränkt, und ihre Brüste reckten sich ihm entgegen. Die rosigen Brustwarzen ragten in die

Luft. Ihr Bauch war flach und endete in dem kleinen Hügel über ihrer Möse, die unter einer Matte dunklerer blonder Haare verborgen war. Sie besaß die längsten Beine, die er je gesehen hatte und aß einen Schokoriegel. Ihre Freundin rauchte eine Zigarette. Die eine lachte, und die andere stimmte mit ein. Der Klang hing in der Luft wie das leise Klimpern eines Windspiels. Er beobachtete sie, bis er es nicht mehr aushielt. Sein Penis war hart wie Stahl, und er hockte sich auf den Vorsprung und erleichterte sich mit drei raschen Stößen.

»Ooooh, Gott«, stöhnte er, und das Herz schlug ihm bis zum Hals.

Zitternd sackte er auf dem Felsvorsprung zusammen, bis das Feuer in ihm zu Glut heruntergebrannt war. Er musste herausfinden, ob sie wirklich allein waren. Vorsichtig richtete er sich wieder auf. Die Frauen lagen noch genau so da, glücklich und zufrieden. Keine Gewehre oder Angelruten in ihrer Nähe, zurückgelassen von männlichen Begleitern, die auf Entdeckungstour gegangen waren. Wenn man von dem Häufchen ausgezogener Kleider und den beiden Rucksäcken unter einem Baum absah, könnte man meinen, seine Schwester und ihre kleine Freundin seien nur zu seinem eigenen Vergnügen vom Himmel herabgefallen. Er beobachtete, wie Trudy ihre Position ein wenig veränderte, dann hockte er sich wieder auf den Vorsprung.

Brank sah zum Himmel hinauf. Kanadagänse zogen in einem breiten V durch das strahlende Blau, und die Sonne fühlte sich auf seiner Stirn wie warmer Honig an. Ein verrücktes, irrwitziges Summen erfüllte seinen Kopf, während er seine Stiefel aufschnürte.

»Endlich«, flüsterte er und dankte den Göttern, die ihm an diesem Tag seine rechtmäßige, lang erwartete Beute zugeführt hatten. »Trudy, altes Mädchen, in ein paar Minuten gehörst du endlich mir.«

Joan spürte den Schatten als Erste. Ein kleiner, dunkler Keil schob sich vor das Sonnenlicht, das ihr Gesicht gewärmt hatte. Eine Wolke, dachte sie. Aber es blieb kühl. Widerstrebend öffnete sie die Augen, um zu sehen, was das Licht blockierte, das sie gerade noch so genossen hatte. Ein Riese stand über ihr. Sein Gesicht verdeckte die Sonne, und Joan konnte nur eine dunkle Gestalt erkennen, die von einer Korona blendenden Lichts umgeben war.

»Mary?«, fragte sie zögernd, bevor sie nach unten sah und erkannte, dass die Gestalt barfuß war. Dunkle Haare bedeckten die Oberseite seiner Füße; die Zehennägel waren dick wie Klauen. Ein kleiner, hellgrüner Grasschnipsel hing an einem der dreckigen Zehen. Joan öffnete den Mund, wollte etwas sagen, aber der Fuß bewegte sich. Schnell, als wolle er eine Küchenschabe zermalmen, trat er ihr auf den Hals und quetschte ihre Stimmbänder zusammen. Als sie den Mund wieder öffnete, konnte sie nur noch nach Luft schnappen und sich an den dünnen Faden klammern, der sie noch mit dem Leben verband.

»Ein Ton, und ich lass meinen kleinen Freund auf dich los.« Das heisere Flüstern eines Mannes. Er hielt eine lange, sich windende Schlange in der Hand. Joan starrte sie an, unfähig, den Blick von der zuckenden, hervorschnellenden Zunge zu lösen.

»Hast du was gesagt?« Alex' fragende Stimme kam von irgendwo rechts neben ihr.

Joan wand sich unter dem Fuß, wollte antworten, Alex warnen, aber schneller als jeder Schläger, den sie je in der U-Bahn gesehen hatte, kniete der Mann neben ihr und drückte ihr die Klinge eines Jagdmessers flach gegen die Kehle. Die Klinge war eisig kalt unter ihrem Kinn.

»Ein Wort und dieser Fels sieht aus, als wär hier ein Schwein geschlachtet worden.«

»Was?« Joan hörte die Überraschung in Alex' Stimme. Sie wand sich und sah, wie sich Alex auf dem Ellbogen aufrichtete. Dann erkannte auch Alex, was los war. »Was zum Teufel ...«, setzte sie an.

Der Mann drehte sich plötzlich um und ließ die Schlange über Alex baumeln. Ihre blauen Augen weiteten sich, und sie schnappte nach Luft, als sei sie gerade vom Grund der Quelle hochgekommen.

Er steckte das Messer in die Scheide und plazierte die aufgerollte Schlange auf Joans Brustkorb. Das Reptil richtete sich auf wie eine Kobra und starrte Joan aus kalten schwarzen Augen an. Panik stieg in ihr auf. »Beweg dich ja nicht«, sagte der Mann. »Ich hätt's gar nicht gern, wenn sie dich beißt.«

Der Mann zog einen Lederriemen und ein Halstuch aus seinem Hemd und drückte Alex das Halstuch mit Gewalt zwischen die Kiefer. Er knotete es hinter ihrem Kopf zusammen, drehte sie, ohne dass sie Widerstand leistete, auf die Seite, zog ihr Arme und Beine nach hinten und fesselte sie mit dem Riemen. »Beweg dich ja nicht!«, befahl er auch ihr. Alex starrte ihn sprachlos und entsetzt an, den Rücken durchgebogen wie ein umgedrehtes Schaukelpferd.

Er zog den Riemen fester um Alex' Arme und Beine und tätschelte dabei ihre Hüfte, als hätte er gerade einen Wettkampf beim Rodeo gewonnen. Dann leckte er den Zeigefinger an und streckte ihn nach Alex' Brustwarze aus.

»Nein!«, schrie Joan, bevor sie merkte, was sie getan hatte. Der Mann zuckte zusammen und drehte sich zu ihr um. Seine Augen loderten, und sie sah, wie sich seine Finger zur Faust ballten. Die Faust hob sich, kam wie ein Blitz vom Himmel geschossen und krachte gegen Joans Nasenbein. Knochen brachen, und ihr Gesicht brannte heiß vor Schmerz.

»Du hast mir gar nichts zu sagen«, brüllte der Mann. »Du magst zwar Trudys Partnerin sein, aber sag nie wieder nein zu mir.«

Der Mann sah zu ihr hinunter. Sein Gesicht verdüsterte sich zu noch größerer Wut, dann lächelte er leicht, als sei ihm gerade eine gute Idee gekommen. Er drückte Joans Kiefer auseinander. Seine Hände stanken, und das Tuch, das er ihr in den Mund schob, schmeckte nach Öl. Er zog ihren Kopf an den Haaren hoch und verknotete das Tuch am Hinterkopf. Ihre Zunge schwoll an, schien doppelt so dick, dreimal so dick zu werden. In ihrem Mund war nicht genug Platz für das Tuch und die Zunge. Joan versuchte, mehr Luft einzusaugen, aber es ging nicht. *So wirst du sterben*, erkannte sie. *Du wirst nicht erstochen. Du wirst nicht von der Schlange gebissen. Du wirst einfach sterben, während du nach Luft ringst.*

Der Mann legte sich die Schlange um den Hals und hob Joans Arme über ihren Kopf. Dann zog er ihr das Sweatshirt hoch. Die Luft fühlte sich kalt auf ihren nackten Brüsten an, der Fels hart und rau unter ihrem Rücken. Sie konnte nichts als den schwarzen Stoff ihres Sweatshirts sehen. Verzweifelt rang sie weiter nach Luft, als sie spürte, wie seine Hände ihren Slip nach unten über die Beine zogen.

»Gegrüßet seist du, Maria, voll der Gnade«, begann sie im Kopf zu wiederholen und stellte sich die hübschen, rosafarbenen Perlen ihres Rosenkranzes vor, den sie wo gelassen hatte? In ihrem Schmuckkasten? In der Badezimmerschublade neben den Antibabypillen? Sie durfte nicht vergessen, ihre Pille zu nehmen; in ein paar Tagen hatte sie eine Verabredung mit Hugh Chandler.

Die Hände zerrten ihre Beine auseinander und quetschten ihre Scham zusammen, als wollten sie Saft aus einer Orange pressen. Es brannte höllisch, und Joans Beine zuckten wie nach einem Stromschlag.

»Du bist gebenedeit unter den Weibern …«

Die Hände wanderten über ihren Bauch zu ihren Brüsten, kniffen ihre Brustwarzen mit scharfen Fingernägeln zusammen. Joan stöhnte vor Schmerz auf, aber dann verschwanden die Finger, wurden von einem heißen, nassen Mund ersetzt, der an ihrer rechten Brust sog, bis sie gefühllos war. Joan zappelte, um von ihm wegzukommen, mit dem Fels zu verschmelzen, aber die Hände packten ihre Hüften und rissen sie hoch. Sie griffen nach ihren Oberschenkeln und drückten ihre Beine so weit auseinander, dass Joan fürchtete, sie würden wie Äste abbrechen. *Ich bin nicht feucht*, dachte sie, *das wird nicht funktionieren*, und sie versuchte, von ihm frei zu kommen, wollte zurück in den Wald, zwischen die Felsen oder sogar in die grüne Tiefe von Atagahi. Aber sie konnte sich nicht bewegen. Ein schweres Gewicht drückte ihre Beine flach auf den Boden, und etwas versuchte sich Zutritt zu verschaffen.

Gebenedeit ist die Frucht deines Leibes, Jesu. Er stieß härter zu; sie erinnerte sich nicht mehr an den Rest des Rosenkranzes, den sie doch schon mit vier Jahren auswendig gekonnt hatte. Sie dachte an den Times Square und die Weihnachtsdekorationen in der Fifth Avenue und an ihre Tante Clara, die ehemals bei den Rocketts war. Tante Claras Beine würden nicht einfach abbrechen. Sie würde ihre Steppschuhe anziehen und die Eier dieses Mannes in Hackfleisch verwandeln und dabei die ganze Zeit lächeln. *Un vero angelo*, lachte ihre Mutter immer, wenn sie von Tante Clara erzählte. Joan dachte an ihre Mutter und die Küche, in der die Sonne schräg auf den roten Linoleumboden fällt und die Wände nach Knoblauch und Zitrone und Hefeteig riechen. Renata Tebaldi, die Lieblingssopranistin ihrer Mutter, tönt aus der Stereoanlage. *Giovanna*, ihre Mutter ruft sie mit ihrem italienischen Namen. Joan wünschte sich aus ganzem Herzen, wieder in dieser hellen, warmen, unendlich sicheren Küche zu sein. Wenn sie dahin zurückkönnte, würde sie nie mehr fortgehen.

Er drang in sie ein, stieß fester und fester zu, bis schließlich das Gewebe nachgab und riss. Der Fremde hatte von ihr Besitz ergriffen.

Die Zeit blieb stehen. Joan spürte den Anfang und das Ende von jedem Stoß. Sie ließ es über sich ergehen und dachte nicht daran, wann es enden würde, sondern wusste nur, dass sie sterben würde, wenn das Würgen in ihrer Kehle sich mit dem Feuer vereinte, das in ihrer Vagina loderte. Diese Gnade würde Gott ihr doch sicherlich zuteil werden lassen. Als sie gerade beschlossen hatte, nicht mehr weiter zu atmen, spürte sie, wie sich etwas in sie ergoss, und es war vorbei. Er zitterte kurz in ihr und zog sich dann zurück. Die Hände ließen ihre Hüften los, Kühle hüllte sie ein.

Dann ließ auch Joan los. Sie flog zu einem weit entfernten Ort, wo sich ihre Großmutter mit Mrs. Cannanero darüber stritt, wer die besten Tomaten verkaufte, wo die Nonnen nach Lavendel dufteten und ihr Geplauder wie das endlose Gurren der Tauben klang, und wo man, an einem Nachmittag wie diesem, einen Hot Dog und eine Eiscreme bekam und das Gefühl hatte, dass einem die ganze Welt gehörte.

Seufzend folgte Mitch Whitman dem uralten Dodge Pick-up, der vor ihm her holperte. Obwohl das rechte Rücklicht seit zwanzig Minuten blinkte, war der Wagen an jeder Abzweigung vorbeigefahren und tuckerte mit eierndem Hinterreifen weiter vor ihm in die Berge hinauf.

Mitch zwang sich, ruhig zu bleiben und die öligen Schwaden zu ignorieren, die aus dem rappelnden Auspuff kamen. Mehrmals war er versucht gewesen, das Fahrzeug mit hochgerecktem Mittelfinger zu überholen, aber irgendwas hielt ihn zurück. Auf der zerbeulten Stoßstange des Dodge klebten zwei Flaggen der Konföderierten, und hinter der Rückscheibe des Führerhauses hing eine tödlich aussehende Pumpgun. Der kräftige Arm des Fahrers warf in regelmäßigen Abständen Budweiserdosen aus dem Fenster, und von Zeit zu Zeit tauchte der mit einem Cowboyhut bedeckte Kopf des Beifahrers auf und sah nach, ob Mitch ihnen noch folgte. Zwischen den beiden Männern konnte Mitch die kleineren Umrisse einer blonden Frau erkennen, die eine schwarze Lederjacke mit hochgeschlagenem Kragen trug.

Ob das wohl Brüder sind? dachte er. *Zu wem mag die Frau gehören, zum Fahrer oder dem anderen?*

Er verzog das Gesicht, als eine weitere Bierdose aus dem Fenster flog. Wahrscheinlich zu keinem, entschied er. Wahrscheinlich stammten sie alle aus demselben Wurf. Läuft das hier oben nicht so?

Als er gerade an den Rand fahren wollte, um den Biertrinkern mehr Vorsprung zu geben, bogen sie plötzlich auf einen schmalen Schotterweg ab, der steil den Berg hinunter führte. *Und was haben sie jetzt vor?* dachte er, während er den verschwindenden Rücklichtern des Dodge nachsah. *Wahrscheinlich vögeln und sich dann prügeln.* Mitch merkte, wie sich sein

Magen hob. *Wie war das wohl, wenn man es mit der eigenen Schwester trieb?*

Er wandte den Blick von den hüpfenden Rücklichtern ab und beschleunigte, zum ersten Mal froh, dass er außer Cal keine Geschwister hatte, mit denen er sich abplagen musste. Doch mit dem Beschleunigen war es bald wieder vorbei. Die Straße schlängelte sich wie ein Strang verdrehter Spaghetti nach oben, und die Automatikschaltung des Wagens hatte Schwierigkeiten damit, sich zwischen dem zweiten und dritten Gang zu entscheiden. Als er höher hinaufkam, wurde der Wind, der durch die Bäume rauschte, so kalt, dass Mitch das Fenster schließen und die Heizung anstellen musste. Er konnte sich nicht vorstellen, wie es wäre, diese Berge zu Fuß zu erklimmen.

»Vielleicht hat sich der alte Thaddeus sein Gold ja doch verdient«, sagte er und zog eine Grimasse bei dem Gedanken, ein Maultier in diese unwirtliche, düstere Wildnis hinaufzerren zu müssen.

Eine Stunde lang folgte er der brüchigen Asphaltstraße, die sich durch die Berge wand. Laut seiner Karte sollte hier oben der Little Jump Off Trail beginnen, aber Mitch sah keine Wanderwege, die vom Highway abgingen, und auch kein Hinweisschild für irgendwas, das Little Jump Off hieß. Frustriert hielt er am Rand einer breiten Kurve und entfaltete die geologische Übersichtskarte, die er in Atlanta gekauft hatte. Hellgrüne Wirbel, die wie riesige Fingerabdrücke aussahen, kennzeichneten Berge und waren mit Höhenangaben versehen; dunklere Linien folgen den Staatsgrenzen. Landstraßen waren in rotweiß gestreiften Linien angegeben, Wege für Forstfahrzeuge waren schwarz gestrichelt und Wanderwege punktiert. Laut dieser Karte lag der Little Jump Off Trail in der oberen rechten Ecke des Blattes; eine punktierte Linie, die von der rotweiß gestreiften, sich durch die ausgedehnte Unicoi-Bergkette schlängelnden abzweigte. Mitch überprüfte den Kompass und das Ortungsgerät. Nach all diesen Angaben sollte der Wanderweg genau dort sein, wo Mitch jetzt stand.

»Verdammte Scheiße«, sagte er laut. »Weiß denn selbst die US-Regierung nicht, wo dieses Drecksloch ist?«

Finster schaute er auf die Karte und fragte sich, ob Lou Delgado vielleicht doch Recht gehabt hatte. Mary Crow aus dem Verkehr zu ziehen, würde möglicherweise die gegen Mitch laufenden Ermittlungen nicht beenden. Aber es konnte trotzdem sein, dass sie die Einzige war, die das alles zusammensetzen konnte. Die Einzige, die die Leidenschaft besaß, alles zusammenzusetzen. Das hatte er im Zeugenstand gespürt.

»Mr. Whitman, nachdem wir jetzt festgestellt haben, dass Sie die Verstorbene nicht nur flüchtig kannten und dass Sie, falls sich die Notwendigkeit ergab, Ihren Bruder an dem Zusammensein mit ihr beteiligt hätten, wie würden Sie dann jetzt Ihre Beziehung zu Sandra Manning beschreiben?«

»Ich bin mir nicht sicher, ob ich Ihre Frage verstanden habe.« Obwohl er erschöpft war, ließ er sich nicht davon abbringen, sich so dumm wie möglich zu stellen. Mitch dachte gar nicht daran, es dieser Mary Crow leicht zu machen. Er sah seinen Bruder neben dem Verteidiger sitzen und blöde grinsen. Cal genoss es tatsächlich! Und Mitch saß schwitzend hier oben und versuchte, ihre Ärsche zu retten.

»Ich meine, würden Sie Ihre Beziehung zu Sandra Manning als platonisch beschreiben? Romantisch? Intim?«

Mitchs Gehirn war wie blockiert. Er wusste, dass alle Augen im Gerichtssaal auf ihn gerichtet waren, aber er konnte nur Mary Crow ansehen und seinen Mund auf- und zuklappen wie ein Fisch.

Dann wirbelte sie plötzlich herum, wie eine Katze, die sich auf einen Vogel stürzt. »Hatten Sie nicht ein intimes Verhältnis mit Sandra Manning?«, fragte sie scharf. Ihre Stimme knallte wie eine Peitsche.

»Ich ... ich bin mir nicht sicher, was Sie meinen.« Er hatte das Gefühl, wie eine Maus zu quieken.

»Intim bedeutet sexuell, *Mr. Whitman«, sagte sie ihm direkt ins Gesicht, mit harter Stimme. »*Sexuell *bedeutet, dass Sie beide Geschlechtsverkehr hatten. Ich nehme an, dass Sie wissen, was Geschlechtsverkehr ist, Mr. Whitman. Wenn nicht, bin ich gerne bereit,*

eine Pause einzulegen, damit Ihr kleiner Bruder Sie aufklären kann.« Sie lächelte ihn an, ihr Blick hart wie Stein, während der ganze Gerichtssaal vor Lachen brüllte. Seine Freunde, die Reporter, sogar Stacy Lamb, ein Mädchen, das er von der Uni kannte. Cal wollte sich ausschütten vor Lachen, selbst sein aschfahler Anwalt lächelte, und die Richterin ließ ihren Hammer auf den Tisch donnern.

»Du verdammte Schlampe.« Plötzlich hätte er am liebsten die Fotos von ihr in Fetzen gerissen. »Wenn ich dich finde, wirst du mir dafür bezahlen. Und das nicht zu knapp!«

Ja klar, dachte er. *Aber erst mal musst du sie finden.*

Mitch nahm sich die Karte erneut vor und beschloss, ganz von vorne anzufangen, bei dem Laden mit der dicken Blondine. Offenbar war er irgendwo falsch abgebogen. Er startete den Taurus und fuhr, wie es ihm vorkam, stundenlang durch die Berge. Manches wirkte bekannt, aber dann ließen ihn die kahlen, vom sauren Regen entlaubten Bäume denken, er befände sich auf einem anderen Planeten. Er kniff die Augen zusammen, merkte, dass sein Kopf unerträglich zu schmerzen begann. Kurz vor Sonnenuntergang kam er an eine Kurve, an der ein abgeblättertes weißes Betongebäude stand, das wohl einst ein Motel gewesen war. Auf dem mit Unkraut überwachsenen Parkplatz stand eine einsame Gestalt in langer Lederhose und Indianerkopfschmuck neben einem Schild mit der Aufschrift »Lassen Sie sich mit einem echten Vollblut-Cherokee fotografieren«. Ein magerer Jagdhund saß zu Füßen des Indianers und ließ die lange rosa Zunge aus dem Maul hängen. Mitch hielt an. Vielleicht konnte ihm dieser Vollblut-Cherokee sagen, wo sich der Little Jump Off Trail befand.

»Hallo!« Der Indianer schien aufzuwachen, als der glänzende weiße Ford neben ihm anhielt. Er sprang auf und kam zur Fahrertür, der Hund war ihm dicht auf den Fersen.

Der Kriegsschmuck saß auf dem Kopf eines kleinen, dünnen Mannes, in dessen Unterkiefer mehrere Zähne fehlten. Er lachte Mitch an. »Wollen Sie sich mit einem echten Vollblut-Cherokee fotografieren lassen?«

Mitch unterdrückte ein Lachen. Obwohl die scharfen Gesichtszüge des Indianers zimtbraun waren, war sein Verhalten unterwürfig und sein Akzent erinnerte eher an einen typischen Südstaatler als an Sitting Bull.

Gerade wollte Mitch den Kopf schütteln, als ihm plötzlich eine Idee kam – unverhofft, aber überzeugend und wunderbar. Ein Goldnugget, das aus dem Schoß des alten Thaddeus Whitman gefallen war. Die Idee mochte zwar einen weiteren Mord nach sich ziehen, aber was zählte das schon, nach zwei Morden?

Mitch schob die Sonnenbrille höher und sah den Indianer streng an. »Kennen Sie sich hier in der Gegend aus?«, fragt er, die Kommandostimme seines Vaters nachahmend.

»Kann man so sagen«, erwiderte der Vollblut-Cherokee. »Hab mein ganzes Leben hier verbracht.«

Mitch stellte den Motor ab. »Kennen Sie einen Wanderweg namens Little Jump Off Trail?«

»Klar. Fast an der Grenze zu Tennessee. Wenn Sie den suchen, haben Sie sich aber ganz schön verfahren.«

Mitch zog seinen Geldbeutel heraus, zückte den Studentenausweis von Mitchell Keane und hielt ihn dem Indianer unter die Nase. »Mein Name ist Keane. Ich arbeite für das Büro des Sheriffs von Deckard County. Ich muss dringend eine unserer Staatsanwältinnen finden, die angeblich am Little Jump Off Trail zeltet.«

Der Indianer grinste breit. »Meinen Sie Mary Crow?«

Einen Moment lang war Mitch sprachlos. Er hatte nicht erwartet, dass dieser federgeschmückte Trottel Mary Crow tatsächlich kannte. »Kann sein«, sagte er vorsichtig. »Können Sie sie beschreiben?«

»Ungefähr so groß.« Der Indianer hielt die Hand in Augenhöhe. »Zu dürr, für meinen Geschmack. Aber hübsch. Und hat was auf dem Kasten.«

»Sie kennen sie?«

»Klar. Bin mir ihr aufgewachsen, bis ihre Großmutter sie nach Atlanta entführt hat.«

»Hören Sie, ich bin mit dieser Gegend nicht vertraut. Wenn Sie mich zu Mary Crow führen können, sind für Sie tausend Dollar drin.« Mitch zog fünf Hundertdollarscheine aus dem Geldbeutel. »Die Hälfte jetzt, die andere Hälfte, wenn ich sie gefunden habe.«

Der Indianer machte große Augen, als hätte er im Leben noch nie so viel Geld gesehen. Er schluckte. »Ich hole Jonathan Walkingstick«, sagte er. »Der ist ein echter Fährtenleser. Mary und ihre Freundinnen wollten hoch zur Atagahi-Quelle. Jonathan und ich können Sie da in null Komma nichts hinführen.«

»Je mehr Fährtenleser, desto weniger Geld«, sagte Mitch nachdrücklich. »Wenn Sie Ihren Kumpel mitbringen, gibt's nur die Hälfte.«

Der Indianer nahm den Kopfschmuck ab, unter dem schlecht geschnittenes, vom Schweiß angeklatschtes schwarzes Haar zum Vorschein kam. Enttäuscht zuckte er die Schultern. »Na gut. Ich kann Sie auch allein da rauf führen. Wie wär's, wenn wir morgen bei Tagesanbruch aufbrechen?«

»Wir sollten sofort aufbrechen«, beharrte Mitch. »Wie gesagt, es ist dringend.«

»In ein paar Stunden wird es dunkel.«

»Mein Angebot gilt nur heute. Morgen gibt's weniger Geld.« Mitch blieb hart.

»In den Klamotten können Sie nicht da rauf.« Der Indianer beäugte Mitchs dünnes gelbes T-Shirt und die Jeans. »Da oben ist es kalt.«

»Meine Ausrüstung ist im Kofferraum«, erklärte Mitch. »Ich kann in fünf Minuten fertig sein.«

»Gut, aber ich muss erst noch nach Hause. Mich umziehen und mein Zeug holen.«

Mitch löste den Sitzgurt. »Bis Sie zurückkommen, bin ich zum Abmarsch bereit.«

»Okay. Ich brauch 'ne halbe Stunde.«

Mitch sah dem Indianer nach, der zu seinem alten Pick-up lief. Der Hund trottete hinter ihm her und sprang auf die Ladefläche. Mitch kratzte sich am Kopf, verblüfft darüber, wie leicht der Indianer zu überzeugen gewesen war. Kein Wunder, dass der alte Thaddeus es geschafft hatte, diese Schwachköpfe nach Oklahoma umzusiedeln. »Hey, wie heißen Sie?«, rief er ihm nach und erwartete halbwegs, dass der Kerl Crazy Horse sagte.

»Billy Swimmer«, erwiderte der Indianer, stieg in den Wagen und tuckerte davon, um seine Sachen zu holen.

Mary warf noch einen letzten Blick auf den dicken Ahornast, während sie die letzten Schattierungen auf ihrer Skizze vornahm. Mit acht war ihr dieser Baum riesengroß vorgekommen. Oft hatte sie mit ihrer Mutter auf den bankbreiten Wurzeln gesessen – Mary hatte gezeichnet und ihre Mutter gemalt, beide glücklich, im sonnengesprenkelten Schatten des großen Baumes zu sitzen. Manchmal hatte ihre Mutter mit wehmütigem Blick eine alte Melodie gesummt. Dann hatte sie vermutlich an Jake Bennefield gedacht, den gut aussehenden jungen Ehemann und Vater, den sie beide nur viel zu kurz gekannt hatten. Oder sie hatte sich vielleicht gewünscht, dass die Quelle ihre Wunden heilen und ihr wieder jemanden bringen würde, den sie lieben konnte. Aber falls ihre Mutter sich das gewünscht hatte, war sie enttäuscht gestorben.

Mary konnte sie fast vor sich sehen, mit ihrem schwarzen Haar, das in der Sonne bläulich schimmerte. Sie runzelte die Stirn. Ihre Mutter würde inzwischen über fünfzig sein. Wie würde sie aussehen? Rundlich und zuckerkrank wie so viele Cherokee? Oder bloß eine ältere Version der hübschen, schlanken Frau mit dem ansteckenden Lachen? Der Tod, so kam es Mary jetzt vor, bot einem eine kleine Entschädigung für den Schmerz. Er entriss einem diejenigen, die man liebte, hinterließ sie aber makellos in der Erinnerung. Sie verrieb einen letzten vergessenen Schatten mit der Spitze ihres kleinen Fingers und schloss den Malkasten.

Mary stieg von den Ahornwurzeln herunter und horchte nach den Stimmen ihrer Freundinnen. Für gewöhnlich trug Atagahis sanfte Brise Worte wie Löwenzahnsamen mit sich, aber im Riedgras zwischen den Felsen, die Atagahi umgaben, war nur der heisere Chor der Zikaden zu hören. Wahrscheinlich waren Alex und Joan eingeschlafen, dachte Mary. In den letzten zwei Tagen hatten sie sich wie die Bärenjäger durch die Wälder geschlagen, und dabei waren sie doch nur drei Anwältinnen aus Atlanta, die solche Anstrengungen überhaupt nicht gewohnt waren.

Sie begann, einen Felsen nach dem anderen hinaufzuklettern. Der Sandstein fühlte sich unter ihren Händen wie warmer Bimsstein an, und sie erklomm die Felsen, wie sie es als Kind getan hatte – hüpfte von einem zum anderen, behende wie ein Ziege. Mit einem letzten Sprung erreichte sie den obersten und richtete sich lächelnd auf, begierig darauf, Atagahi in voller Schönheit unter sich liegen zu sehen. Plötzlich gefror ihr Lächeln. Obwohl das hellgrüne Wasser immer noch einladend schwappte, sonnten sich die beiden Frauen nicht mehr auf dem Felsen. Alles war leer. Niemand war zu sehen.

Mary blinzelte. Der warme Wind zerzauste ihr Haar. *Die wollen mir einen Streich spielen*, sagte sie sich, die plötzliche Stille ignorierend. *Das ist typisch Alex. Sie haben sich versteckt und wollen sehen, was ich mache.*

»Sehr komisch, Alex und Joan!«, rief sie. »Ihr zwei seid die reinsten Komödiantinnen.«

Niemand kam hinter den Felsen hervor. Kein unterdrücktes Kichern war zu hören.

»Also gut«, rief sie, jetzt lauter. Meistens gefiel ihr Alex' verdrehter Sinn für Humor, aber diesen Jux fand sie nicht komisch. »Es hat funktioniert. Ich hab mich ganze zwei Sekunden lang echt gefürchtet.«

Wieder fielen ihre Worte in die Stille.

Mary starrte auf die verlassenen Felsen, ohne etwas zu begreifen; dann stieg Furcht in ihr auf. *Irgendetwas stimmt nicht*, spürte sie, und ihr Herz begann zu rasen. *Irgendetwas Schreckliches ist passiert.*

»Joan? Alex?«, rief sie und schrammte sich das Schienbein an den Felsen auf, als sie in größter Eile hinunterrutschte und verzweifelt darauf hoffte, Alex' Witzeleien zu hören.

Keine Antwort. Der Malkasten glitt ihr aus den Fingern und fiel klappernd den steilen Abhang hinunter. Wie im

Traum umrundete Mary die Felsen – jeder wie ein stummer Wächter, der nichts von Atagahis uralten Geheimnissen preisgab.

»Joan! Alex!«

Nur der Wind fuhr als Antwort seufzend durch die Bäume. Panisch versuchte sie nachzuvollziehen, was sie gemacht hatten. Da drüben waren sie ins Wasser gesprungen, bis dorthin geschwommen, hier waren sie rausgeklettert und hatten sich dort auf dem Felsen gesonnt. *Da.* Mary konzentrierte sich auf den einen glatten Felsen. Konnte der dunkle Fleck da Blut sein?

Sie rannte hinüber, dann blieb ihr das Herz stehen. Da lag jemand, ausgestreckt am Boden, das Gesicht mit einem schwarzes Sweatshirt bedeckt.

Joan. Schlanke Beine, ein kleines goldenes Kreuz zwischen den Brüsten. Schlammstreifen auf den Oberschenkeln. Blutige Bissspuren um die eine Brustwarze. *Vergewaltigt.* Das Wort dröhnte in Marys Kopf. *Genau wie Mama.*

»Nein!«, schrie sie. Die Felsen warfen ihren Protestschrei zurück, verspotteten ihre Wut.

Sie kniete sich hin und riss Joan das Sweatshirt vom Gesicht. Ein blutgetränktes Tuch verzog ihren Mund zu einem starren Lächeln; die zarte weiße Haut war blau verfärbt. Ihre einst hübsche Nase war nur noch ein blutiger roter Klumpen. Mary legte die Hand auf Joans Wange. Sie war kalt. Joan war tot.

»Nein«, schrie Mary. »Nicht noch mal!«

Sie zerrte das Tuch aus Joans Mund. Was tat man, wenn Menschen nicht mehr atmeten? Die Nase bedecken und Mund-zu-Mund-Beatmung machen? Aber wenn es keine Nase mehr gab? Mist, sie hatte so was nur mal im Fernsehen gesehen. Mary öffnete Joans Mund und drückte die Zunge mit dem Daumen runter. Dann holte sie tief Luft, legte ihren Mund auf die Lippen der Freundin und blies.

Ein scharfer Blutgeschmack drang ihr in den Mund. Mary lehnte sich zurück und starrte auf Joans Gesicht. Nichts. Joan blieb regungslos, ihre Haut bleich wie Wachs. Mary versuchte es ein zweites Mal, blies, als wolle sie einen schlaffen Ballon mit Luft füllen. Wieder nichts.

»Komm schon«, forderte sie. Erneut füllte sie ihre Lunge, spürte, wie ihr schwindlig wurde, blies, so fest sie konnte, damit auch jedes kleinste Sauerstoffatom in Joans Körper drang. Keine Reaktion.

»Joan!« Sie packte sie an den nackten Schulter und schüttelte sie mit aller Kraft. »Atme, verdammt noch mal!«

Joan blieb immer noch reglos, eine Ewigkeit lang, wie es Mary vorkam, dann zuckte ihr Brustkorb plötzlich, als hätte sie Schluckauf. Ihr Bauch hob sich, und roter Schleim floss ihr langsam von den Lippen. Ihre Lider flatterten, und sie kam hustend zu sich, als hätte jemand sie kurz vor dem Ertrinken aus dem Wasser gezogen.

»Oh, bitte, atme weiter.« Mary nahm sie in die Arme und drückte sie an sich. »Bitte …«

Sie hielt Joan lange umschlungen, wollte ihre eigene Körperwärme und Kraft auf sie übertragen. Allmählich wurden die bleichen Wangen rosig. Mary lockerte die Umarmung und sah sie an. Joans Augen waren geöffnet, aber auf eine unendlich ferne Welt hinter Marys Schulter gerichtet. Ihr Atmen roch nach Galle und Blut.

»Joan?« Mary strich ihr das verschwitzte Haar aus der Stirn. Joan starrte weiter geradeaus, schien sie nicht wahrzunehmen. »Joan, ich bin's, Mary. Kannst du mich hören?« Sie reagierte nicht. Mary drehte sich um und sah zu dem Felsen, auf dem Alex gelegen hatte. Keine Kampfspuren oder Blutflecken wie nach einer Vergewaltigung. Nichts, gar nichts. Vielleicht hatte Alex dort noch vor zehn Minuten gelegen, aber vielleicht war Alex auch nur ein Trugbild, das sie sich beide eingebildet hatten. Mary wandte sie wieder an Joan und fragte, so ruhig sie konnte: »Joan, weißt du, wo Alex ist?«

Joan blinzelte und versuchte zu sprechen, aber es kam nur ein Krächzen aus ihrer Kehle.

Mary sah Joan in die Augen, als wollte sie sie zwingen, Verbindung mit ihr aufzunehmen. Obwohl sie am liebsten geschrien und die Worte aus ihr herausgeschüttelt hätte, atmete sie noch einmal tief durch und sagte leise: »Joan, du musst mir sagen, was mit Alex passiert ist.«

Joan schluckte und zuckte vor Schmerz zusammen. »Ein Mann ... kam«, brachte sie schließlich mit dünner Altweiberstimme heraus. »Barfuß. Er hat ihr die Hände gefesselt. Dann hat er mir eine Schlange auf die Brust gelegt und meinen Slip runtergezogen.« Ihre Worte kamen stockend, als sei Englisch plötzlich eine Fremdsprache für sie.

Mary runzelte die Stirn. Das klang absurd. Ein Mann, barfuß, mit einer Schlange? Sie drückte Joan an sich, würde die Antworten aus ihr herauspressen, wenn es sein musste. »Aber was ist mit Alex passiert?«

Joan schüttelte den Kopf. Ihr Körper zuckte, als stände sie unter Strom. »Er hat sie gefesselt. Er hat mir die Schlange auf die Brust gelegt. Danach ... oh, Mary, ich weiß es nicht!«

Joans Stimme wurde zu einem hohen Wimmern. Mary wiegte sie in den Armen, wiederholte ihren Namen und versuchte sie zu besänftigen wie eine Mutter ihr Baby. Ein Mann hatte die beiden gefunden. Er hatte Joan vergewaltigt. Aber was hatte er mit Alex gemacht? Wut stieg in ihr auf. Das durfte nicht sein. Nicht noch mal.

»Ich muss Alex finden, Joan.«

»Nein!« Schluchzend klammerte sich Joan an Marys Hals wie ein verängstigtes Kind. »Lass mich nicht allein. Geh nicht weg! Er hat mir weh getan!«

»Ich muss, Joan. Vielleicht liegt Alex irgendwo, gefesselt und verletzt.« Mary befreite sich aus Joans Griff und stand auf. »Bleib hier sitzen. Ich suche die Gegend rund um die Quelle ab. Du kannst mich die ganze Zeit sehen.«

Joan wollte sie festhalten und wimmerte weiter, aber Mary lief los, rund um die Quelle, wie ein gehetztes Tier. Sie suchte nach einem Stiefel oder Blut oder auch nur nach der Verpackung eines Schokoriegels, aber das Wasser gab nichts preis, und auf den Felsen waren keine Spuren zu sehen.

Bitte, flehte sie die Alten Männer an. *Macht, dass ich sie nicht so finde wie Mama. Ich kann alles ertragen, nur das nicht.*

Joans Wimmern verfolgte sie, als sie auf die Felsen kletterte und auch dort nichts fand. Sie schaute über die Felswände, die Atagahi auf zwei Seiten umgaben, voller Angst, dass Alex da unten liegen könnte, mit gebrochenem Rückgrat, aber auch da war alles leer. Keine Spuren, keine Hinweise. Joans Wimmern wurde leiser, und Mary kämpfte sich durch das stachelige Unkraut, das nördlich und östlich von Atagahi wuchs. Nicht weit von der Weide, unter der sie ihre Sachen gelassen hatten, fand sie den Malkasten, der ihr bei ihrem hastigen Abstieg aus den Fingern geglitten war, und Joans Slip, zerknittert im Dreck.

Mary rang nach Luft, der Atem brannte ihr in der Kehle. Sie musste stehen bleiben. Nachdenken. Sie sah hinüber zu Joan, die jetzt nicht mehr weinte, aber verwirrt dasaß, wie ein frisch geschlüpfter Vogel, der aus dem Nest gefallen ist, das Gesicht nass von Tränen und Blut. Mary hob die Hand, winkte ihr zu, bückte sich dann unter die tief herabhängenden Zweige der Weide. Sie würde Joan eine Zigarette holen. Danach würde die Arme sich besser fühlen. Himmel noch mal, vielleicht würde sie selbst sogar eine rauchen. Mary sah sich um. Ihr Magen krampfte sich zusammen. Dort, wo ihre Rucksäcke gelegen hatten, war alles leer. Die Kleidung, die Lebensmittel, die Ausrüstung, alles war verschwunden. Entsetzt schnappte Mary nach Luft. Die Nacht würde kalt werden, und Joan und sie saßen hier mitten im Wald fest. Nur Mary war vollständig bekleidet. Und da draußen trieb sich ein Verrückter herum und wartete darauf, erneut zuzuschlagen.

Mary spähte in den Schatten hinter der Weide. Zuerst sahen die dunkelgrünen Kiefern und das dürre, gelbe Gras nicht anders aus als jedes beliebige Waldstück, aber dann fiel ihr etwas ins Auge. Wenn sie den Kopf in einem bestimmten Winkel neigte, war eine schwache Spur aus niedergetretenem Gras zu erkennen, die nach Westen führte, in die Berge hinauf. Sofort begann ihr Herz laut zu klopfen, wie eine Kesselpauke. Jetzt wusste sie, was passiert war. Der barfüßige Mann hatte eine Trophäe mitgenommen, und diese Trophäe war Alex.

»Nein, nicht das«, flehte sie laut, ihre Stimme klang so hohl, als käme sie aus einem Glas. »Bitte macht, dass es nicht das ist.«

Sie stand auf, taumelte, flehte die Alten Männer um ein anderes, annehmbareres Szenario an. Aber nichts geschah. Wie immer wahrten die Berge ihre Distanz und ließen sich von Marys Qual nicht rühren. Als der kalte Wind ihr nichts zutrug als das Stöhnen einer Million von Bäumen, wandte sie sich von der Weide ab und kehrte zu Joan zurück.

Joan saß zitternd da, das Sweatshirt fest über die Knie gezogen. Ihr Blick war nach innen gerichtet, als versuchte sie, den Sinn des Horrorfilms zu begreifen, der in ihrem Kopf ablief. Mary setzte sich neben sie.

»Wie geht's dir?« Sie legte den Arm um Joans Schultern.

»Mir ist kalt.« Joan klapperte mit den Zähnen. »Wo ist Alex?«

»Ich weiß es nicht.«

»Was soll das heißen, du weißt es nicht?« Joans Mund verzog sich überrascht. »Du hast solche Dinge zu wissen, Mary. Du weißt doch immer alles.«

»Ich weiß nicht, wo Alex ist, Joan. Von der Weide führt eine

Spur nach Westen.« Mary schüttelte den Kopf. »Ich glaube, der barfüßige Mann hat Alex mitgenommen.«

Joan gab ein ersticktes Geräusch von sich, das sowohl ein Lachen wie auch ein Schrei sein konnte.

»Er hat auch unsere Ausrüstung mitgenommen.« Mary bemerkte Joans zarte kleine Zehen, die unter dem Sweatshirt hervorragten. »Uns bleibt nur das, was wir auf dem Leib haben.«

»Du hast eine Menge an«, kicherte Joan mit brüchiger Fröhlichkeit. »Und du hast deine Malfarben.« Ihr Kichern wurde boshaft. »Und meinen Slip!«

»Stimmt.« Mary berührte den dreckigen weißen Slip, der neben dem Metallkasten auf dem Boden lag. »Mehr haben wir nicht. Außer einer tollen Zeichnung von einem Ahornbaum.«

Joan lachte weiter, als hätte Mary gerade den besten Witz aller Zeiten gemacht.

Mary legte den Kopf auf die Arme. In diesem Augenblick hasste sie Joan. Hasste den Akzent und das Jammern. Hasste die Warze auf Joans Oberschenkel und den Geruch nach Parfüm und Tabak. Sie konnte sich kaum beherrschen, ihr nicht eine zu knallen, rauf in die Berge zu laufen und wie eine Wahnsinnige nach Alex zu brüllen.

Hör auf, befahl sie sich und grub die Fingernägel in die Handflächen. *Denk jetzt nicht an so was. Konzentrier dich aufs Überleben. Denn wenn du das nicht tust, werden wir alle sterben.*

Sie wandte ihr Gesicht der Nachmittagssonne zu, dem heißen orangefarbenen Ball, der durch den blauen Himmel glitt. Die Sonnenwärme mochte noch zwei Stunden anhalten, dann wurde es dunkel. Und was würde die Dunkelheit bringen? Frost? Bären? Die Rückkehr des barfüßigen Mannes, der sich noch ein bisschen mehr Spaß gönnen wollte?

Mary sah zu Joan. Ihr manisches Lachen hatte aufgehört. Sie saß still da und pulte an einer getrockneten Blutkruste auf ihrem Bein. Ein dünner Rotzfaden hing ihr aus der Nase. Joan weinte, ohne einen Laut von sich zu geben.

Mary rieb sich die Augen und sagte sanft: »Komm, wir waschen uns. Das warme Wasser wird uns beiden gut tun.«

Joan blieb reglos sitzen, als sei sie taub. Mary wiederholte ihre Aufforderung, stand schließlich auf und zog Joan hoch. Den Arm fest um ihre Taille gelegt, führte Mary sie zur Quelle. Joan bewegte sich steif und vornübergebeugt. Als sie Atagahi erreichten, drückte sie die Knie zusammen wie ein störrisches Gör und weigert sich weiterzugehen.

»Komm, Joan, es sind nur noch ein paar Schritte. Das Wasser wird dir gut tun«, wiederholte Mary.

»Nein!« Joan starrte sie an, als hätte sie Mary noch nie gesehen, als seien sie nicht schon seit acht Jahren eng befreundet. »Du kannst mich nicht zwingen, da rein zu gehen!«

»Aber das ist doch bloß Wasser.« Mary kniete sich hin und spritzte sich Wasser ins Gesicht. »Ach, ist das gut.«

»Lass das!« Joan schüttelte entsetzt den Kopf. »Wer weiß, was er da reingeschüttet hat!«

Joans zitternd hervorgebrachte Worte erstaunten Mary derart, dass sie aufhörte, sich zu bespritzen, und das Wasser von ihrem Kinn tropfen ließ. Sie starrte Joan an und erkannte endlich, was passiert war. Joan stand zwar da, aber sie war es nicht. Die echte Joan war weggeflogen, zu einem Ort, an dem es keine Quelle gab und der barfüßige Mann und sogar Mary keinen Zutritt hatten. Das Wesen, das vor Mary stand, war nur die kleine, verängstigte Hülle von Joan. *Du musst dich um sie kümmern*, sagte sich Mary und wischte sich das Wasser aus den Augen. *Und hoffen, dass die echte Joan zurückkehrt.*

»Vielleicht hast du Recht, Joan«, sagte sie ruhig. »Vielleicht ist waschen keine so gute Idee. Aber warum ziehst du deinen Slip nicht wieder an? Dann wird dir wärmer.«

Joan stand wie erstarrt da, den Blick immer noch aufs Wasser gerichtet. Ihr Gesicht war voller Blutergüsse, das eine Auge zugeschwollen. Blut lief ihr aus der Nase. Mary griff nach dem Slip und hielt ihn ihr hin. Gehorsam hob Joan erst den einen, dann den anderen Fuß, aber Mary musste ihr den Slip über die Hüften hochziehen.

»Die auch.« Mary zog ihre Jeans aus. »Du brauchst sie mehr als ich.«

»Was ist das?« Joan holte Wynona aus der Hosentasche, während Mary ihr die Jeans zuknöpfte.

»Nur die kleine Statue, die meine Mutter für mich gemacht hat.« Mary streckte die Hand danach aus. Joan hatte Wynona mindestens fünfzig-, wenn nicht sogar hundertmal gesehen. »Nichts, worüber du dir Sorgen machen musst.«

»Was machen wir jetzt?« Joan schwankte ein wenig. Rasch steckte Mary Wynona in die Tasche ihres Sweatshirts.

»Wir müssen einen sicheren Platz für die Nacht finden.« Sie beugte sich vor und krempelte Joan die Hosenbeine hoch, da sie über zehn Zentimeter kleiner war als Mary. »Nach Sonnenuntergang wird es kalt.«

Joan schwieg.

Mary sah sich an der Quelle um. Wenn der barfüßige Mann zurückkam, saßen sie hier in der Falle. Besser, sie versteckten sich im Wald, aber da würde es viel kälter sein und die Gefahr größer, sich zu verlaufen. Mary überlegte. Dann entdeckte sie die Krone des alten Ahornbaums, dessen rote Blätter über den höchsten Atagahi-Felsen ragten.

»Komm, wir gehen rauf zu dem Ahorn. Da oben ist die Erde weicher, und der Baum ist groß genug, um uns vor dem Wind zu schützen. Da hören wir auch besser, wenn sich jemand an uns ranschleicht.«

Joans offenes Auge rollte wie das eines Pferdes, das gleich mit einem Satz die Flucht ergreifen wird. »Wer sollte sich denn an uns ranschleichen?«

»Nur ein Tier«, log Mary, bückte sich und hob ihren Malkasten auf. »Sollte ein Stinktier beschließen, uns einen Besuch abzustatten, wäre ich gerne rechtzeitig gewarnt.« Sie lächelte.

Das brachte Joan zum Schweigen, und sie folgte Mary widerspruchslos zum Ahornbaum hinauf. Schon jetzt war die Luft unter dem Baum viel kälter als um die Quelle herum. Mary wusste um die Gefahr der Unterkühlung, an der Joan sterben konnte, und um diese Jahreszeit konnten sie von Glück sagen, wenn die Temperatur bei über fünf Grad blieb. Sie schüttelte den Kopf. Joan war zusammengeschlagen worden und hatte eine Vergewaltigung überlebt. Und jetzt musste Mary eine Möglichkeit finden, sie vor einer einfachen Unterkühlung zu bewahren. Sie öffnete den Malkasten und leerte ihn aus. Ölfarben, Zeichenstifte und ein kleiner Skizzenblock fielen zu Boden. Der Kasten und das Palettenmesser waren die einzigen Werkzeuge, die sie zum Überleben hatten.

»Fühlst du dich stark genug, dich auf diese Baumwurzel zu setzen und Wache zu halten, Joan?«

»Wache? Weswegen?« Joans Blicke schossen herum, als würden sich gleich mehrere Panther aus dem Wald anschleichen.

»Wegen der Stinktiere. Waschbären. Opossums. Bleib einfach da sitzen und sag mir Bescheid, wenn so ein Vierbeiner auftaucht.«

»Gut.« Vorsichtig ließ Joan sich nieder und musterte aufmerksam den Wald.

»Ich werde mit dem Kasten einen Graben ausheben«, erklärte Mary. »Wir polstern ihn mit Kiefernnadeln aus, damit es weich wird. Dann bepacken wir uns mit Blättern, legen uns rein und häufen noch mehr Blätter als Decke über uns. So werden wir es über Nacht warm haben.«

Mary benutzte die Ecke des Metallkastens und begann zu graben. Joan sah mit starrem, leerem Blick in den Wald.

Später, als die kühle Abendluft durch die welken Blätter raschelte, saßen sie neben dem kleinen, mit Kiefernnadeln ausgelegten Graben. Mary hob ihr schweißnasses Haar im Nacken hoch; ihre Schultermuskeln brannten von der Anstrengung. Für die Arbeit, die mit einer Schaufel zwanzig Minuten gedauert hätte, hatte sie mit dem Malkasten zwei Stunden gebraucht.

»Das sieht ja aus wie ein Grab.« Joan näselte wegen ihrer dick angeschwollenen Nase.

»Ich weiß«, erwiderte Mary und sog die feuchte Erdluft

und den Geruch der Kiefernnadeln ein. »Aber es hält den Wind ab.«

Sie sahen die zinnoberrote Sonne hinter den tintenblauen Bäumen versinken. Joan berührte ihre Nase, wimmerte und begann wieder zu weinen. Mary reichte ihr zwei weiche Weidentriebe von dem Baum in der Nähe der Quelle. »Kau das hier«, wies sie Joan an. »Danach geht's dir besser.«

»Machen das die Cherokee so?« Joan lutschte an den Trieben, als wäre es ein Lolli.

Mary nickte. »Meine Mutter sagte immer, die Leute hätten Weidenrinde genommen, bevor es Aspirin gab.«

Plötzlich nahm Joan die Triebe aus dem Mund und fing an zu singen. Obwohl die Melodie schön war und die Töne stimmten, klangen sie verzerrt wie eine Glocke mit einem kaputten Klöppel.

»Das ist Puccini«, verkündete Joan stolz, als sie fertig war. Tränen hatten das Blut auf ihrem Gesicht verschmiert. »Wie findest du es?«

»Klingt gut, Joan.« Mary lächelte. »Wunderschön.«

»Lügnerin.« Joans Oberlippe kräuselte sich verächtlich. »Es klingt Scheiße, und du weißt es.«

Sie nuckelte wieder an den Weidentrieben und gähnte. »Ich will jetzt schlafen«, maulte sie.

»Gut.« Mary stand auf und ging zu dem Haufen gelber Ahornblätter, die sie gesammelt hatte. »Dann wollen wir dich mal fürs Bett zurecht machen.«

Joan folgte Mary zu dem Blätterhaufen, jetzt fügsam wie ein Lamm.

»Ich stopf dir die Blätter unter den Pullover«, erklärte Mary ihr sanft. »Die werden dich warm halten.«

Sie füllte Joans Sweatshirt im Rücken mit Blättern, dann die Ärmel und das Vorderteil. Schließlich zog sie die Kapuze hoch und band sie unter Joans Kinn zu. »Siehst du.« Sie lächelte. »Jetzt bist du bestens isoliert.«

Mary sammelte die restlichen Blätter zusammen und kniete sich neben den Graben. »Welche Seite willst du?« witzelte sie.

Joan zuckte die Schultern. Steif ließ sie sich in den Graben hinunter und rollte sich eng zusammen. Mary legte sich neben sie und häufte Blätter und Kiefernnadeln über sie beide. Sie schob sich eng an Joans Rücken und legte die Arme um sie, um sie noch mehr zu wärmen. Nicht gerade eine Thermodecke, dachte sie, aber es musste für die Nacht genügen. Zumindest hoffte sie das.

Die Blätter raschelten, als Joan Mary das Gesicht zuwandte. »Du schläfst doch nicht, oder?«, fragte sie ängstlich. Ihre Stimme zitterte wieder.

»Nein. Ich bleibe wach und wärme dich«, versprach Mary.

»Die ganze Nacht?«

»Ja.«

»Glaubst du, dass der barfüßige Mann wiederkommt?«

»Nein. Ich glaube, der ist schon weit weg.« *Und hat Alex mitgenommen.* Mary schlang die Arme fester um Joan.

Das schien Joan zufrieden zu stellen. Sie wandte sich ab und sagte nichts mehr. Mary spürte, wie die Anspannung langsam aus dem kleinen Körper wich, wie sich ihre Arme und Beine in erschöpftem Schlummer entspannten. »Schlaf gut, Joan«, flüsterte sie.

Lange hielt sie die Augen in der Dunkelheit geöffnet, die Freundin in ihre Arme geschmiegt, und hielt Wache, während der Mond über den sternenübersäten Himmel segelte. Die Ungewissheit um Alex versetzte ihr schmerzhafte Stiche, begleitet von einem Chor der Schuldgefühle. *Wie konntest du das geschehen lassen?*

»Ich hab es nicht gewollt«, sagte sie. Aber so gesehen, hatte sie nie etwas gewollt. Sie hatte an jenem Nachmittag nicht mit Jonathan schlafen wollen. Sie hatte nicht gewollt, dass ihre Mutter unverteidigt starb. Sie hatte nicht malen wollen, als ihre Freundinnen sie am meisten brauchten. Und trotzdem hatte Mary sie alle im Stich gelassen.

Sie schloss die Augen und schmiegte sich enger an Joan. Wynona drückte ihr als harter Klumpen auf den Magen.

»Mach mich stark wie den Adler«, flüsterte sie, das alte Vogelgebet wiederholend, das ihr ihre Mutter beigebracht hatte. »Schnell wie den Falken und gewitzt wie die Krähe. Und lass mich morgen wieder aufwachen.« Als persönlichen Schlusssatz fügte sie hinzu: »Und sag mir, was zum Teufel ich machen soll.«

»Ich frag mich, ob ich nicht zurückgehen und das Mädchen ein für alle Mal erledigen sollte, nur um ganz sicher zu gehen.«

Die Stimme des Mannes rumpelte über Alex' Kopf wie Donner. Sie verzog das Gesicht, als einer seiner Stiefel sie im Nacken traf und ihre Wange in den stacheligen Teppich aus Kiefernnadeln drückte. Alex lag bäuchlings auf der Erde. Der fest verknotete Knebel verzerrte ihre Mundwinkel zu einem starren Lächeln, und ihr Herz hämmerte laut.

»Wenn ich sie richtig alle machen würde, wäre mir wohler«, sinnierte der Mann und steckte sich ein Stück Kautabak hinter die Unterlippe. »Aber bis ich wieder bei Slickrock bin, ist es schon eine Stunde lang dunkel.« Er knöpfte sein Hemd auf und zog die Schlange heraus, legte sie sich auf den Schoß und streichelte nachdenklich die Unterseite ihres stumpfen Kopfes. »Manchmal, Buster, ist es schwer rauszufinden, was das Beste ist.«

Alex wandte den Blick von dem vertraulichen Gespräch zwischen dem Mann und der Schlange ab. Die abgestorbenen Kiefernnadeln unter ihr rochen wie Terpentin und stachen sie in die Wange. Obwohl sie geknebelt war und er ihr die Hände auf dem Rücken gefesselt hatte, überlegte sie, ob jetzt nicht der richtige Moment sei, wild um sich zu treten, zu schreien und einen ausgewachsenen Wutanfall zu bekommen. Alles zu tun, damit dieses Monster den Gedanken vergaß, zur Quelle zurückzukehren. Sie durfte nicht zulassen, dass er zurückkehrte und Joan noch mehr antat. Andererseits konnte es ihn auch so wütend machen, dass er aus schierem Trotz den Berg wieder hinunterhastete.

»Könnte aber auch reine Zeitverschwendung sein, noch mal hinzugehen. Die ist vermutlich schon längst hin.« Wieder drückte sein schwerer Stiefel gegen Alex' Nacken. Er hustete, würgte und spuckte irgendetwas aus; ein Klumpen dunkelbrauner Schleim landete direkt vor ihrer Nase auf dem Boden.

»Was meinst du, Trudy? Kann deine kleine Kumpanin sich genauso in Luft auflösen wie du?«

Alex spürte, wie er höhnisch auf sie herabschaute und auf ihre Antwort wartete. Vergeblich bewegte sie die Kiefer, um etwas herauszubringen, und sein Fuß drückte ihren Kopf brutal auf den Boden.

Der Mann lachte. »Klar, natürlich kann sie das nicht. Keiner ist so gut wie du. In was verwandelt sie sich, wenn du den Puma machst? Wahrscheinlich in ein Stinktier. Hinten und vorne schwarzer Pelz und dazwischen weiße Haut.«

Sie war Opernsängerin, protestierte Alex schweigend, während der Mann über seinen Witz lachte. Sein Lachen erinnerte sie an einen Esel; es war gleichzeitig wiehernd und schnaubend.

»Zum Teufel, sie ist anständig gefickt und von einem Felsen geworfen worden, und sie hat nichts zum Anziehen als das kleine Sweatshirt und das Höschen. Die meisten Frauen sterben von so was ziemlich schnell.« Wieder lachte er. »Dir zu Ehren, Trudy, geh ich nicht zurück. Ich lass sie einfach da liegen, wie du das mit den armen, halb gefressenen Kälbern in Virginia gemacht hast. Morgens waren sie von der Kälte alle hin. Genauso wird es ihr ergehen.«

Da sie die Endgültigkeit seiner letzten Bemerkung spürte, schloss Alex die Augen. Sie hatte beschlossen, alles zu tun, damit er hier blieb. Sich auf dem Boden zu wälzen, ihn durch die Bäume mitzuzerren oder sich auf ihn zu stürzen, trotz der Fesseln. Wenn sie ihn von der Quelle fernhalten konnte, würden Mary und Joan es vielleicht schaffen, lebend davonzukommen. Sie selbst würde vermutlich bald tot sein, aber die beiden hatten immer noch eine Chance. Bevor der Mann sie fortzerrte, meinte Alex noch gesehen zu haben, dass Joan sich bewegt hatte. Selbst wenn Joan schwer verletzt war, würde Mary es schaffen, sie in die Zivilisation zurückzubringen.

Er nahm den Fuß von ihrem Nacken, verstaute die Schlange wieder in seinem Hemd und grinste zu Alex runter. »Außerdem müssen wir sehen, dass wir ein paar Meilen Abstand zwischen uns und Slickrock bringen.« Er hielt Marys Rucksack hoch. »Den muss ich unterwegs irgendwo loswerden.«

Alex' kleines Hoffnungsflämmchen, dass es bald vorüber sein würde, flackerte auf und verlosch dann wieder. Sie würde nicht schnell sterben, solange sie noch die Kraft und den Mut hatte, sich zu wehren. Ihre Zeit würde erst später kommen, wenn er sie körperlich ausgelaugt und ihre Entschlossenheit gebrochen hatte. *So sieht es aus*, begriff sie, schluckte schwer und unterdrückte den Schrei, der aus ihrer Kehle aufsteigen wollte. *Ein langsamer Tod in irgendeiner feuchten, schimmeligen Berghöhle, dank dieses Wahnsinnigen und seiner Schlange.*

Er stand auf und ruckte an dem langen Riemen, der sie miteinander verband. Der Riemen hatte sich bereits in einem tiefen, roten Striemen um ihre Taille eingeschnitten. »Steh auf«, befahl er, jetzt ohne den geringsten Humor in der Stimme.

Was würde passieren, wenn sie sich einfach weigerte? Alex wusste, dass Entführte eine bessere Chance hatten, davonzukommen, wenn sie gleich zu Anfang handelten. Vielleicht sollte sie es hier ein für allemal mit ihm ausfechten. Sie war fast so groß wie er; es würde ihm schwer fallen, sie sich über die Schulter zu werfen und wie einen Sack Mehl durch die Berge zu schleppen.

»Steh auf, hab ich gesagt!« Er ruckte heftig an dem Riemen, die ihr wie ein heißes Messer in die Haut schnitt. Trotzdem bewegte sie sich nicht.

»Trudy!«, blaffte er.

Aus den Augenwinkeln sah sie, dass er mit den Fuß ausholte, dann schoss ihr der Schmerz durch den Körper. Unwillkürlich wurde die Luft aus ihrer Lunge gepresst, als sich die Schmerzwelle in ihrem Brustkorb ausbreitete.

Wieder zerrte er an dem Riemen. »Steh jetzt auf, oder soll ich dir noch ein paar Rippen eintreten?«

Sie hob die Hand, zum Zeichen, dass sie sich ergab, kniff die Augen zusammen und wehrte sich verzweifelt gegen die aufsteigende Übelkeit. Als sie wieder atmen konnte, stützte sie sich auf den Armen hoch und zog die Beine unter sich. Ihre ganze rechte Seite pulsierte wie eine Feuerwand. Rippen, hatte er gesagt. Sie hatte sich nie klar gemacht, wie viel Schmerz von dem Knochengerüst ausgehen konnte, das Herz und Lunge umschloss. Alex unterdrückte ein Wimmern und stand auf. Ihre Beine wackelten, als hätte sie zu viel Tequila getrunken. Er lachte, als sie hinfiel, und stieß sie mit dem Fuß an.

»Das war für gestern Nachmittag, als du mich mit den Geiern reingelegt hast. Aber damit will ich's auch gut sein lassen, Trudy. Wichtig ist nur, dass du nicht vergisst, wer hier das Sagen hat, auch wenn du älter bist als ich. Nicht Papa. Nicht Mama. Ich. Der kleine Heinrich, und meine Regeln lauten so: Wer sich widersetzt, wird bestraft. Das nächste Mal wirst du *gehorchen*, wenn ich dir sage, dass du aufstehen sollst.«

Gehorchen? Alex blinzelte verwirrt. Was war denn das für eine Sprache? *Gehorchen* klang nicht wie das Spanisch, mit dem sie in Texas aufgewachsen war, und auch nicht wie Französisch, das ihr im College so schwer gefallen war. Ein weiterer Ruck schnitt ihr ins Zwerchfell, und sie kämpfte sich benommen und schwankend wieder hoch.

Der Mann zog sich Joans Yankees-Kappe tief in die Stirn, griff nach seinem Sack, schwang die Flinte über die Schulter und zog Alex tiefer in den Schatten der Bäume hinein.

Sie stolperte hinter ihm her, die Hand auf die schmerzenden Rippen gepresst, Gallegeschmack im Mund. Seine Tarnkleidung verschmolz mit den Farben des Waldes. Alles war so schnell gegangen. Sie hatte auf dem Felsen gelegen, hatte Joan »Mary?« sagen hören und hatte die Augen geöffnet, seinen hungrigen gelben Blick gesehen. Dann die Schlange und die Faust, die Joans Nase zu Brei geschlagen hatte. Als seine Hände wie Krebse über Joans Körper krochen, hatte Alex die Augen geschlossen, mit dem verrückten Gedanken, es würde nichts passieren, wenn sie es nicht sah. Aber sie konnte ihre Ohren nicht vor Joans leisem Schmerzenswimmern und dem rhythmischen Aufklatschen ihres Pos auf den Steinen verschließen. Es hatte ewig gedauerte, dann hatte sie Scharren auf den Felsen gehört, einen gedämpften Aufprall, dann Stille.

Sie hatte darauf gewartet, dass seine Hände über sie kriechen würden. Stattdessen war der Riemen um ihre Füße gelockert worden. Er hatte sie an den Haaren gepackt und hochgerissen.

»Komm, Trudy!« Der Mann hatte sie vom Felsen und hinüber zu der Weide gezerrt. Zu ihrer Schande hatte sie gehorcht wie ein unartiges Kind, das für eine Tracht Prügel ins Badezimmer geführt wird, zu verängstigt, um mehr als einen raschen Blick auf Joan zu wagen.

»Welcher von den beiden ist deiner?« Mit der Flinte hatte er auf die beiden Rucksäcke gezeigt. Sie nickte zu dem grünen hin. Der Mann hatte ihn ihr auf den nackten Rücken geschnallt, ihr die Hände wieder nach hinten gezogen und gefesselt, so dass ihre Brüste vorragten und auseinander gedrückt wurden.

»Saftig«, hatte er gegluckst und mit seinem dreckigen Fingernagel ihre Brustwarze gestreichelt. Er hatte ihre Füße in Socken und Stiefel gezwängt und dann eine lange Lederschnur aus seinem Sack genommen. »Diesmal hab ich dich endlich erwischt«, hatte er lachend gesagt und das eine Ende des Riemens um ihre Taille gebunden, das andere Ende um seine.

Er hievte sich Marys Rucksack auf die Schulter und zog dann Alex in den Wald, als würde er ein Maultier führen. Sie reckte den Hals, wollte noch einen letzten Blick auf Joan oder Mary erhaschen. Einmal meinte sie, etwas durch eine kleine Lücke zwischen den Bäumen zu sehen, aber es war genauso schwer zu erkennen wie alles hier in den Bergen, und bald verschwand die Quelle hinter dem Gewirr goldener Blätter.

Jetzt stolperte sie ständig, während sie versuchte, mit ihm Schritt zu halten. Wer war dieser Mann? Wer waren Mama und Papa? Er redete in einer Sprache, die Alex nicht kannte, und nannte sie Trudy. Offenbar schien er zu glauben, dass eine gemeinsame Geschichte sie verband. Konnte er ein durchgedrehter Umweltfreak sein, dem die von Alex betreute Papiermühlenfusion den Rest gegeben hatte? Nein. Umweltfreaks ketteten sich an Bäume oder sabotierten Kettensägen. Sie verfolgten keine Anwälte wie Jäger ihre Beute. Und Umweltfreaks trugen keine Schlangen auf der bloßen Haut. Solche abgedrehten Typen waren Marys Gebiet.

Mary. Bei dem Gedanken an Mary wurde ihr die Kehle eng. Was um alles in der Welt war mit Mary passiert? Saß sie immer noch da oben und machte Skizzen von einem Baum? Oder hatte der Mann sie als erste gefunden und sie ohne einen Laut umgebracht? Die Erkenntnis traf sie wie ein Tritt in den Magen. Mary war tot. Er musste sich an sie rangeschlichen und sie entweder erstochen oder erwürgt haben. Sonst hätte sie die anderen irgendwie gewarnt. Mary. Killer Crow. Das freundliche, stille, gequälte Mädchen, das Alex liebte, seit sie beide achtzehn waren. Die Frau, mit der sie jeden Sonntagmorgen Racketball spielte, bei Bo-Thais Zitronengrassuppe aß und der sie ganze Samstage durch die Buchhandlungen folgte. Als sie das letzte Mal bei Borders waren, war sie ungeduldig mit Mary geworden, hatte sie einen hoffnungslosen Bücherwurm genannt, der lieber über Sex las als Sex praktizierte. Alex blinzelte gegen die Tränen an. Jetzt würde sie Mary Crow liebend gern huckepack zu allen Buchläden Amerikas tragen, wenn sie nur die Chance dazu hätte.

Noch etwas fiel ihr ein. Ihr Entführer war im richtigen Alter, und er war kräftig genug. Und er kannte sich in diesen Wäldern aus. Die Wahrscheinlichkeit war gering, aber nicht völlig ausgeschlossen. Das Herz hämmerte ihr in der Brust. Konnte es sein, dass dieser Schlangenbeschwörer derselbe Mann war, der Martha Crow ermordet hatte?

Alex sah in den kristallklaren Himmel hinauf und bemühte sich, ihren Kopf von allen Emotionen zu befreien. Sie konnte sich den Luxus von Furcht oder Wut oder Trauer nicht leisten. Ihre Gefühle würden sie auffressen, wenn sie es zuließ. Im Moment musste sie sich um andere Dinge kümmern.

Sie nahm die Schultern zurück und marschierte ein bisschen flotter hinter ihm her. Obwohl ihr jede Bewegung

Schmerzwellen durch den Körper jagte, begann sie den Knoten zu testen, der ihre Handgelenke zusammendrückte. Der Riemen war aus Rohleder, fest verknotet. Er gab nicht nach, und wenn Alex mit den Händen wackelte, schien er sich noch fester zuzuziehen. *Da ist nichts zu machen*, dachte Alex und wandte ihre Aufmerksamkeit dem Riemen zu, die sie mit dem Mann verband. Auch aus Rohleder, nur dicker. Ein komplizierter Knoten saß direkt über ihrem Nabel; das andere Ende war um die Taille des Mannes geschlungen. Ganz unmöglich, den Knoten aufzukriegen, solange ihre Hände auf dem Rücken gefesselt waren, und die Schnur war zu dick, um sie allein mit ihrem Gewicht zu zerreißen.

Verdammt, dachte sie und berührte den schmierig schmeckenden Knebel mit der Zunge. *Das Arschloch hat an alles gedacht*. Eine Moment lang geriet sie in Panik und meinte, sich übergeben und an dem Erbrochenen ersticken zu müssen. *Besinn dich*, dachte sie, dachte an das eine, was sie in den vielen Jogakursen gelernt hatte. *Besinn dich auf deine Mitte. Flieg auf deinem Atem.*

Sie gab sich die größte Mühe. Obwohl ihr jeder Atemzug Schmerzen bereitete, konzentrierte sie sich auf den grün gefleckten Mann vor sich und versuchte, über dem Schmerz zu schweben.

Also gut, Sarah Alexandra McCrimmon. Mag sein, dass du hier nicht lebend rauskommst. Aber bevor du stirbst, wirst du es diesem Dreckskerl heimzahlen, wirst Rache nehmen für Mary und Joan und vielleicht auch für Martha Crow. Er wird sich wünschen, dass er an diesem Samstag Blumen gepflückt hätte statt Frauen.

Billy Swimmer nahm die scharfe Kurve der Bear Willow Road mit quietschenden Reifen. Homer, sein Jagdhund, stützte sich an der Seitenwand der Ladefläche ab und drehte seine Nase in den Wind, der seine Ohren wie kleine Flügel flattern ließ. Billy schaltete in den dritten Gang und saß den Rest der Strecke über das Lenkrad gebeugt, als könne er damit die alte Karre beschleunigen. Ein ungeduldiger Fremder wartete mit tausend Dollar auf ihn, aber wie lange noch? Billy rechnete sich aus, dass er fünfzehn Minuten Zeit hatte, seine Sachen zu packen und Tam über sein Vorhaben zu informieren.

Er bog in die steile, mit Unkraut bewachsene Einfahrt zu ihrem Wohnwagen und hielt vor der Vordertür an. Ihm war keine Zeit geblieben, sich auszudenken, wie er es Tam schonend beibringen konnte, also würde er einfach die Wahrheit sagen. Er schnappte sich den Federkopfschmuck vom Beifahrersitz und rannte zur Tür, Homer dicht auf den Fersen.

»Billy!« Tam sah überrascht auf, als die beiden zur Tür hereinkamen. Sie saß mit gekreuzten Beinen auf dem verblichenen Fernsehsessel, der sich wie ein ramponiertes Seerosenblatt vor dem Fernsehgerät breit machte. Rosa Lockenwickler bedeckten ihren Kopf, und sie war dabei, goldfarbenen Lidschatten aufzutragen, während die Dame vom Einkaufssender gurrend ein unechtes Diamantarmband anpries. »Wieso bist du schon zu Hause?«

»Es ist was passiert.« Billy legte den Kopfschmuck auf den kleinen Kartentisch, den sie als Esstisch benutzten. Homer trottete sofort zu seiner Wasserschüssel in der Küche; seine Krallen klapperten auf dem Linoleum.

Tamaras blaue Augen nahmen einen furchtsamen Ausdruck an. »Zell Crisp hat doch nicht wieder versucht, dich wegen dem Geld zu verprügeln, das du ihm schuldest?«

»Nein, das nicht.« Billy holte tief Luft. Himmel, das würde nicht leicht werden. Tam hatte diesen Abend seit Monaten geplant. Er ging zu ihr und kniete sich neben den Sessel.

»Tam, ich muss dir was erzählen, und es ist die reine Wahrheit, das kannst du mir glauben. Vor ein paar Minuten kam ein Mann vorbei und hat mir tausend Dollar geboten, wenn ich ihn zu Mary Crow führe.«

Tam schnaubte. »Ja, klar doch, Billy. Und Dick Clark war gerade hier, mit Luftballons und dem Hauptgewinn aus der Lotterie.« Sie überprüfte das frisch geschminkte Auge in ihrem Make-up-Spiegel.

»Nein, Schatz, es ist wahr. Ich schwör's dir.« Billy setzte sich auf den Boden und legte die Hand versuchsweise auf Tams Fuß. »Der Mann ist aus Marys Büro in Atlanta. Sie brauchen sie wegen eines Notfalls. Wahrscheinlich ist ein Verbrecher geflohen, und sie muss helfen, ihn wieder einzufangen.«

»Was macht Mary Crow denn hier oben? Ich dachte, sie lebt in Atlanta bei dieser reichen alten Großmutter.«

»Sie ist mit zwei Freundinnen zelten gegangen.« Billy zuckte mit den Schultern. »Ich hab heute Nachmittag mit Jonathan gesprochen.«

»Und warum überlässt du es dann nicht Jonathan? Der ist doch der tolle Fährtenleser. Und dem ist ja jede Ausrede recht, um hinter Mary Crow herzurennen.«

Billy sah schuldbewusst zu Boden. »Nein. Der Mann sagte, je mehr Fährtenleser, desto weniger Geld.«

»Na und?« Tam verteilte Feuchtigkeitscreme unter ihrem linken Auge.

»Der Kerl ist kurz vorm Ausflippen, muss Mary so schnell wie möglich finden. Ich führe ihn allein nach Atagahi hinauf.« Billy hustete. »Also werden wir heute Abend nicht ausgehen können.«

Tamara wandte die Augen vom Spiegel ab und starrte ihn an. »Was?«

Billy sah immer noch auf den Boden. »Wir können nicht ausgehen. Wenigstens heute Abend nicht.«

»Billy, heute ist unser Hochzeitstag! Wir waren seit Monaten nicht mehr aus. Meine Schwester kommt extra aus Robbinsville, um auf Michael aufzupassen.«

»Ich weiß, Tam, aber ist dir klar, was wir mit tausend Dollar alles anfangen können? Ich könnte meine Fiedel auslösen und die Schulden bei Zell bezahlen. Dann bräuchte ich diesen dämlichen Kopfschmuck nicht mehr tragen und könnte mit der Musik endlich anständig Geld verdienen. Wir könnten sogar mit Michael nach Dollywood fahren.«

Tamara sah ihn finster an. »Billy, wenn das nur eine Ausrede ist, damit du noch mehr Geld bei Zell Crisp verwetten kannst, bring ich dich um!«

»Nein. Ich schwör's dir. Der Kerl kam mit diesem brandneuen Taurus angebraust, als ich da unten neben der Fotobude stand. Er ist groß und stark, aber er redet genau wie ein Anwalt. Jetzt wartet er da unten auf mich.« Billy ließ seine Hand an Tams Bein hochgleiten.

Sie blinzelte gegen die Tränen an. »Könntest du ihm nicht einfach sagen, wie er zur Atagahi-Quelle kommt? Wir könnten eine alte Papiertüte nehmen und ihm mit Michaels Buntstiften eine Karte malen.«

Billy schüttelte den Kopf. »Ich glaube nicht, dass er mir tausend Dollar für eine Karte auf einer alten Papiertüte zahlt.«

»Oh, Billy.« Tam wischte sich mit dem Handrücken über die Augen und verschmierte dabei den goldenen Lidschatten. »Musst du wirklich gehen?«

»Mir tut's ja auch leid, Schatz,« sagte Billy flehend. »Ich mach's wieder gut, das schwör ich. Wenn er mir die tausend Dollar gibt, geben wir die ersten hundert für uns aus. Nur für uns.«

»Versprochen?« Tams Stimme klang wie das Maunzen eines Kätzchens.

»Hand aufs Herz.« Billy legte sich die Hand auf die Brust.

»Versprichst du mir, dass du kein Geld mehr bei Zell Crisp Footballwetten setzt? Nie wieder?«

»Nie wieder«, schwor Billy. »Diesmal habe ich was draus

gelernt.« Er stand auf und küsste sie. Zuerst presste sie die Lippen zusammen, dann wurden sie weich, und Tam vergab ihm einmal mehr.

»Tja«, sagte er schließlich und machte sich nur widerstrebend von ihr los. »Ich sollte wohl besser packen.«

Tam runzelte die Stirn. »Sei aber leise, Billy, Michael hat wieder Ohrenschmerzen und ist gerade eingeschlafen.«

Billy ging auf Zehenspitzen ins Schlafzimmer. Der zweijährige Michael lag in der Mitte des Bettes, ein kleiner Knubbel, zugedeckt mit einer roten Wolldecke. Billy beugte sich vor und betrachtete das schlafende Kind. Der Junge lag zusammengerollt auf dem Bauch, mit offenem Mund, eine grüne Rotzkruste an der Nase.

Billy musste daran denken, wie sie das letzte Mal mit ihm in der Klinik waren und in dem muffigen Wartezimmer gesessen hatten mit all den anderen Indianern. Die alte Frau neben ihm hatte sich die Finger an einem heißen Kessel verbrannt; der Mann auf der anderen Seite hatte Lungenentzündung. Sie hatten stundenlang gewartet, Michael hatte geweint, an seinen Ohren gezupft und schließlich fiebrig und schlaff in Tams Armen gelegen.

»Das Kind hat eine chronischen Mittelohrentzündung«, hatte ihnen der junge Doktor mitgeteilt, als sie endlich drankamen, und strafend hinzugefügt: »Wenn Sie ihm Röhrchen in die Ohren hätten einsetzen lassen, wär der Junge all seine Probleme los.« Billy und Tam hatten sich nur ansehen können, rot im Gesicht vor Wut und Scham. Sie konnten sich Michaels Antibiotika kaum leisten, hatten einfach nicht das Geld, ihm die Röhrchen implantieren zu lassen. Bevor noch andere helläugige Ärzte ihnen mit guten Ratschlägen kamen, hatten sie dem Jungen die Jacke wieder angezogen und waren aus der Klinik geeilt. Bei der Erinnerung daran hatte Billy immer noch einen bitteren Geschmack im Mund. War dem Arzt denn nicht klar, dass Billy Röhrchen für Michael kaufen würde, wenn er könnte?

»Vielleicht klappt's diesmal, tapferer Krieger.« Billy beugte sich vor und küsste den kleinen Jungen auf das dichte schwarze Haar. »Nach diesem Job wird alles anders, das weiß ich.« Michael lächelte im Schlaf, steckte den Daumen in den Mund und schnarchte weiter.

Billy zog den Wildlederanzug aus und hängte ihn in den Schrank, neben Tams altes Abschlussballkleid. Vielleicht, dachte er, ist dieser Job wirklich ein Wendepunkt. Die Freight Hoppers hielten einen Platz für ihn frei, falls es ihm gelang, seine Fiedel auszulösen. Ihre Musik war bei allen beliebt, und sie verdienten richtig gut Kohle. Billy befingerte die Fransen an dem Indianerkostüm und seufzte. Wenn es diesmal endlich gut lief, würde er den dämlichen Kopfschmuck vielleicht nie wieder aufsetzen müssen.

Er zog Jeans an und das Tennessee-Kapuzensweatshirt, das ihm Tam vor drei Jahren zu Weihnachten geschenkt hatte. Dann zog er vorsichtig seinen Schlafsack unter dem Bett hervor, damit die Matratze nicht wackelte und sein Sohn aufwachte. Nachdem er seine Stiefel zugeschnürt hatte, nahm er noch die Mundharmonika von der Kommode und ging wieder ins Wohnzimmer zu Tam.

»Hör mal, Tam, da deine Schwester sowieso kommt, könntest du doch heute Abend mit Lena Owle ausgehen.« Er zog zwei fünf Dollarscheine aus dem Schweißband des Kopfschmucks. »Hier, das hab ich heute verdient. Fahrt runter nach Robbinsville und spielt Bingo. Vielleicht gewinnst du den Hauptpreis.«

Tam schniefte laut. »Du weißt, dass ich nie Glück habe, wenn du nicht dabei bist.«

Billy kniete sich neben den Sessel und lächelte. »Aber ich wette, heute Abend hast du Glück. Ich spüre das, seit der Mann aufgetaucht ist.«

»Wann kommst du wieder?«

»Übermorgen, nehm ich an. Bis Atagahi sind es anderthalb Tage.«

»Und dann kriegst du wirklich tausend Dollar?«

Billy nickte. »Das hat der Mann gesagt.« Er beugte sich vor

und küsste sie. Ihr Atem roch nach Pfefferminz, und ihre Zunge schmeckte süß.

»Du wirst mir fehlen«, flüsterte er.

»Du mir auch.«

»Ich muss los.« Er stand auf. »Bevor der Kerl jemand anderen findet, der ihn führt. Haben wir irgendwas zum Essen im Haus, was ich mitnehmen kann?«

»Da ist noch Maisbrot und Huhn von Donnerstagabend. Ich dachte, wir würden morgen einkaufen.«

»Ist schon gut«, sagte Billy. »Das langt mir.« Er ging in die Küche, wickelte ein Stück altes Maisbrot und ein Hühnerbein in ein zerschlissenes Geschirrhandtuch und steckte es vorne in sein Sweatshirt. Dann griff er nach seinem Schlafsack und ging zur Tür.

»Nimmst du Homer nicht mit?«, fragte Tamara. Der Hund saß an der Vordertür, die Augen fragend auf Billy gerichtet.

»Eigentlich wollte ich ihn hier lassen.«

»Ach, nimm ihn doch mit, Billy.« Tamara stand vom Sessel auf und legte ihm die Arm um den Hals. »Schau nur, wie er dich ansieht. Der hält sonst bloß Michael und mich die ganze Nacht mit seinem Jaulen wach.«

»Na gut.« Billy lächelte. »Komm, Homer.«

Beim Klang seines Namens schlug der Schwanz des Hundes gegen die Tür. Billy küsste Tam ein letztes Mal. »Bis später. Mach dir einen schönen Abend mit Lena.«

»Sieh du nur zu, dass du mit den tausend Dollar heimkommst, Billy Swimmer«, sagte Tam lächelnd, als Billy den Hund und seinen Schlafsack zusammensammelte. »Finde Mary Crow und komm nach Hause. Und gib ja keinen Penny von dem Geld aus, bevor du hier wieder hereinspazierst.«

»Keine Chance, Liebling«, sagte Billy, zwinkerte ihr zu. »Nicht die geringste.«

Brank zerrte Alex weiter in die Wälder hinein. Immer bergauf, ohne ein Wort. Manchmal warf er ihr über die Schulter einen Blick zu, aus funkelnden Augen unter der Yankees-Kappe. Nach einer Weile schien er nicht mehr zu fürchten, dass sie zu fliehen versuchte. Von da an drehte er sich öfter um und beäugte ihre Brüste mit heruntergesunkenem Kinn, als hätte er noch nie ein weibliches Wesen gesehen. Zuerst fühlte sie sich gedemütigt, dann wurde sie wütend. Am Spätnachmittag wünschte sie sich, ihre Brustwarzen anspitzen und ihm damit die Augen ausstechen zu können.

Nachdem sie sich den Weg durch dicht wachsende Kastanien und Zuckerahorn gebahnt hatten, erreichten sie eine Art ehemaligen Fahrweg. Hüfthohes Unkraut und Zedernschößlinge überwucherten den größten Teil, aber das Kiesbett war noch schwach zu erkennen. Alex dachte sich, dass es wahrscheinlich zwecklos war, begann aber, ihre Füße beim Weg durch das hohe Gras nachzuschleifen, um eine Fährte zu hinterlassen. Ihre Brüder wären stolz auf sie, dachte sie, und stellte sich die drei vor, während sie verstohlen die dornigen Stängel einer Distel umtrat. Alexandra würde zwar ins Gras beißen, aber sie hatte dabei eine Superfährte gelegt.

Doch dann wurde sie plötzlich ganz aufgeregt. Wie hatte sie nur so dumm sein können? Sie besaß eine Waffe! Sie hatte etwas, wovon der Schlangenmann nichts wusste! Hier, auf ihrem nackten Rücken, im Rucksack – das kleine Handy, das ihr Charlie eingepackt hatte. Wenn sie irgendwie durchhielt, bis der Wahnsinnige eingeschlafen war, würde sie Hilfe herbeirufen können. *Okay*, sagte sie sich, während sie weiter Disteln mit den Füßen umtrat. *Nur dreißig Sekunden allein mit dem Telefon, und diese kleine Entführung ist zu Ende.*

Als sich der Horizont im Westen fuchsienrot verfärbte,

hielten sie auf einem Bergkamm an. Zehn Meter weiter unten floss ein schäumender Bergbach. Der Mann ließ seinen Sack und die Flinte zu Boden fallen, löste aber den Lederriemen nicht, der sie beide verband. Er kam auf Alex zu und grinste. »So, nun wollen wir mal sehen, was du da alles in deinem Rucksack hast.«

Er packte sie an den Schultern, drehte sie um und öffnete den Rucksack. *Nicht das Handy*, flehte sie tonlos und zuckte zusammen, als die Gurte an ihrem mit Blasen bedeckten Rücken scheuerten. *Bitte, lass ihn nicht tief genug wühlen, nicht bis zum Handy ...*

»Hey!« Sie erstarrte.

Er zog eine Handvoll Schokoriegel und mehrere Päckchen gefriergetrockneter Mahlzeiten heraus. »Wir haben Schokolade, Lasagne, Hühner-Irgendwas. Meine Güte, Trudy, du hättest hier oben ja gespeist wie eine Königin.«

Genau das, dachte Alex und hielt die Luft an, als er tiefer im Rucksack herumkramte. *Ein Fünf-Sterne-Menü im Freien.*

»Hier haben wir noch ein paar Unterhöschen und ein bisschen Schminkzeug und – sieh mal einer an! Was ist das denn?« Seine Hände verschwanden tiefer im Rucksack. Alex schloss die Augen.

»Oh-oh«, sagte er mit einer Singsangstimme. »Sieh mal, was ich gefunden habe!«

Sie öffnete die Augen. Das kleine rote Handy baumelte vor ihrer Nase.

Ein tiefer Seufzer entrang sich ihr, als er das Telefon aufklappte.

»Tut mir Leid«, kicherte er, hielt sich das Handy ans Ohr, ahmte eine Unterhaltung nach. »Trudy ist nicht da. Ich weiß nicht, wo sie ist, aber sie wird für sehr lange Zeit nicht zurückkommen.«

Hör auf, wollte sie ihn anflehen. *Lass mich nur einen Anruf machen. Damit ich meiner Mom auf Wiedersehen sagen kann.* Aber er nahm das Handy vom Ohr, beugte den Arm zurück wie ein Baseballwerfer und schleuderte es in Richtung des Baches. Es fiel raschelnd durch die Blätter, dann hörte sie nichts mehr bis auf ihren eigenen Atem, als sei sie der letzte lebende Mensch auf der Welt.

Er band ihre Hände los, riss ihr den Rucksack herunter, entknotete den Lederriemen um ihre Taille und nahm ihr den widerlichen Knebel aus dem Mund. »Tja, Trudy.« Sein Bart kitzelte sie an der Wange, sein Atem war heiß an ihrem Ohr. »Du kannst zwar nicht mehr mit deinem hübschen Apparat telefonieren, aber du kannst schreien, so laut du willst. Hier oben hört dich niemand außer den Streifenhörnchen und den Feldmäusen. *Verstehen?*« Er fesselte ihre Fußgelenke. Natürlich verstand sie das. Sie konnte schreien, aber niemand würde sie hören. Sie konnte weglaufen, aber nur mit hoppelnden Schritten, was sie nicht weit bringen würde.

Alex ließ sich zu Boden sinken, während der Mann immer noch in ihrem Rucksack wühlte. Nachdem er Marys Feueranzünder gefunden hatte, trug er einen Kiefernast und ein paar Zweige zusammen, und bald darauf schlugen helle Flammen in die kühle blaue Luft. Obwohl das Harz im Ast feurige Funken hochjagte und wie kleine Raketen explodieren ließ, rutschte Alex so nahe wie möglich ans Feuer, damit die Wärme die feuchte Kälte aus ihren Knochen vertrieb. Er fummelte an dem Campingkocher herum, blickte auf und sah, wie sie zitterte.

»Hier«, sagte er, nahm ihre Jeansjacke aus dem Rucksack und warf sie ihr zu. »Die sollte dich genug wärmen.«

Dankbar schlüpfte sie hinein, zog die Knie eng an die Brust und vergrub ihr Kinn im Kragen. Die Jacke roch nach dem Zedernholzschrank unter der Treppe ihrer Mutter, und plötzlich war sie wieder in Texas, in dem alten Haus am Rand des Pappelhains, wo die weiße Erde flach wie ein Pfannkuchen war. Sie meinte, deutlich das Lärmen ihrer Familie an einem Frühlingsabend zu hören: ihre Mutter, die am Herd mit den Töpfen klapperte, während Jacinta, der Kakadu, lautstark Kommentare zu den Fernsehnachrichten kreischte. Die Fliegentür knallte zu, und ihr Vater stapfte in die Küche, seine

Stallstiefel mit Staub bedeckt. Draußen ratterte der trockene Wüstenwind, der vom fernen Mexiko heraufblies, an den Fensterläden und trug das Gebrüll ihrer Brüder beim Footballspielen herein. »Wirf einen langen Pass, Jack!«, brüllte David. »Lang und über die rechte Seite!« Alex lächelte. Das alles kam ihr so fern vor wie ein Märchen. Tränen traten ihr in die Augen, und sie zog die Jacke fester um sich. Obwohl sie als Erwachsene lange Zeit versucht hatte, den gelben Staub von Texas abzuschütteln, würde sie in dieser Minute alles geben, nur um wieder dort zu sein, die trockene Luft einzuatmen und ihnen allen zu sagen, wie sehr sie sie liebte.

»Du kriegst heute Abend Spaghetti, Trudy.« Der Mann warf ihr den heißen Beutel zu und setzte sich neben sie. »Ich krieg Lasagne. Iss, bevor es kalt wird.«

Sie aßen zum Klang des knisternden, knackenden Feuers. Der Mann schaufelte sich die Lasagne regelrecht in den Mund. Alex aß langsam mit den Fingern und zwang kleine Bissen hinunter.

Nachdem sie fertig waren, trank der Mann etwas, das sie für Selbstgebrannten hielt, er bot ihr die Flasche mit einem Zwinkern und einem Grinsen an, bei dem seine gelben Schneidezähne zum Vorschein kamen.

Alex schüttelte den Kopf und sagte: »Ich möchte Wasser.« Ihre Stimme krächzte wie eine rostige Türangel.

»Na, sieh mal an, Trudy!« Seine Augenbrauen hoben sich überrascht. »Du kannst ja sprechen. Und ich dachte, du wärst für immer verstummt.« Er zog die Wasserflasche aus ihrem Rucksack und gab sie ihr. Sie schraubte sie auf und trank. Das Wasser kühlte ihre ausgetrocknete Kehle und ließ sie plötzlich klarer denken, als sei sie vom Schlaf erwacht. Vielleicht war jetzt der richtige Zeitpunkt für eine kleine Zeugenbefragung, dachte sie. Um die Wahrheit herauszufinden, damit sie wusste, womit sie es zu tun hatte. Sie senkte die Wasserflasche und räusperte sich.

»Wer sind Sie eigentlich?« Die unverblümte Frage ließ sie zusammenzucken, aber sie konnte die Worte jetzt nicht mehr zurücknehmen.

»Wer ich bin?« Der Mann grinste. »Du weißt, wer ich bin. Wir haben Pennsylvania am selben Tag verlassen. Und du hast meine Spur dreißig Jahre lang verfolgt. Natürlich hattest du die meiste Zeit vier Beine und große Zähne statt diese großen Titten.«

Schizophren, dachte Alex. *Vollkommen verrückt.* Aber sie machte weiter. »Dann hilf mir auf die Sprünge«, sagte sie und rang sich ein Lächeln ab. »Sich ständig von einer Spezies in die andere zu verwandeln, hat seinen Preis. Dabei gehen eine Menge Gehirnzellen drauf.«

»Kann ich mir denken!«, gluckste er. »Erstaunlich, dass überhaupt noch welche übrig sind.«

Alex nahm noch einen Schluck Wasser. »Du sagst, wir haben in Pennsylvania gelebt?«, fragte sie zögernd.

Der Mann nickte. »Papa war der Metzger von Herrn Fleischmann.«

»Sind wir Deutsche?«

»Papa war Kriegsgefangener. Er hat den größten Teil des Krieges damit verbracht, in Alabama Schweine zu schlachten.«

»Ich kann mich nicht an unseren Nachnamen erinnern.«

»Brank«, erwiderte der Mann. »Papa hieß Rudy, Mama hieß Anna. Und du Gertrude, aber wir haben dich Trudy genannt. Erinnerst du dich, wie du mich genannt hast?«

»Wie denn?«

»*Esel. Dumpfbacke. Blödmann.* Du dachtest, all die Namen wären zum Schreien komisch. Weißt du, was ich dachte?«

»Nein.«

Brank lachte leise. »Ich zeig dir, was ich dachte«, versprach er mit anzüglichem Grinsen. »Später.«

Sie wollte ihn nach Martha Crow fragen, aber er sprang plötzlich auf. »So, jetzt machen wir was anderes.«

Er warf die Wasserflasche auf den Kleiderhaufen und riss ihr die Jacke von den Schultern. Langsam, ohne ihren Blick loszulassen, zog er sich aus. Erst die Stiefel und Socken, dann die Hose, dann holte er die Schlange aus dem Hemd.

Das ist keine Giftschlange. Diese Erkenntnis kam ihr, als er das Reptil zurück in den Sack steckte. *Er hat Joan und mich reingelegt. Hat uns mit einem harmlosen Viech, das man im Garten findet, in Angst und Schrecken versetzt.*

Schließlich stand er nackt vor ihr, das Messer in der rechten Hand.

Ihr Herz flatterte wie ein Kolibri. Jetzt war sie dran. Er würde sich für alles rächen, was diese Trudy ihm je angetan hatte.

Brank drückte sie zurück ins Gras und zog sie mit den Füßen voran ans Feuer. Dann balancierte er das Messer auf einem Stein aus, so dass die Klinge über dem glühenden Holz lag. Die Haut über seinem Bart schimmerte wie eine alte Bronzemaske.

»Jetzt«, sagte er leise. »Heb die Arme über den Kopf. Und versuch keinen von deinen Tricks, Trudy. Ich schlitz dir die Kehle schneller auf, als dir Fangzähne und ein Schwanz wachsen.«

Alex starrte ihn wie gebannt an, unfähig, sich zu bewegen.

»Arme hoch, hab ich gesagt!« Er riss ihr die Arme über den Kopf. Die Blasen auf ihrem nackten Rücken brannten wie tausend kleine Feuer.

»Siehst du«, murmelte er, als er sie zu seiner Zufriedenheit zurechtgerückt hatte. »Schon besser.« Er setzte sich rittlings auf sie, ließ sein ganzes Gewicht auf ihrem Bauch ruhen. Sein Hodensack fühlte sich wie feuchtkalter Teig an ihrem Bauch an, und sein schmieriger, ungewaschener Geruch ließ sie würgen.

Er lächelte. »Du fängst dir bestimmt eine Menge von diesen Dingern ein, wo du doch ständig in den Bäumen lebst und so.« Er drückte die Daumen aneinander und breitete die Finger aus wie einen Fächer. Dann legte er die Fingerspitzen an ihren Haaransatz und strich damit langsam über ihren Schädel, hielt einmal am Scheitelpunkt inne, und ließ die Finger dann nach unten zu ihrem Nacken wandern. Alex kniff die Augen zusammen und unterdrückte einen Schrei.

»Keine da!«, verkündete er. Er fuhr ihr mit den Fingern

über das Gesicht, dann an ihrem Hals hinunter, an den Schlüsselbeinen entlang, durch die bleichen Stoppeln in ihren Achseln. Hinunter an ihren Armen und wieder hinauf zu den Schultern. Als er ihre Brüste erreichte, rutschte er tiefer, so dass er jetzt rittlings auf ihren Hüften saß.

Sie öffnete die Augen, sah zu, wie er mit den Fingern über ihre Haut strich. Grinsend starrte er ihre Brüste an, abgetaucht in eine innere Fantasiewelt. »Gute alte Trudy«, flüsterte er. »Das wollte ich schon so lange tun.«

Er rollte sich von ihr runter, arbeitete sich die Beine hinab bis zu den Zehen vor, dann wieder auf der Innenseite ihre Oberschenkel hinauf. Sie spürte seinen Atem an ihrer Scheide, dann erforschten seine Finger ihr Schamhaar. Alex biss die Zähne zusammen und erwartete, dass sein Penis in sie eindrang, aber das geschah nicht. Stattdessen ließ er von ihr ab, streckte sich auf der anderen Seite des Feuers aus und wiederholte die ganze Prozedur bei sich selbst. Endlich setzte er sich enttäuscht auf.

»Kein Zeckentanz heute«, sagte er wehmütig.

Alex wagte es, die Arme zu senken. Was auch immer er da gemacht hatte, war offenbar beendet. Sie behielt ihn im Auge, setzte sich auf und legte sich die Jacke wieder um. Die Arme um die Knie geschlungen, beobachtete sie Brank, der ins Feuer starrte; schließlich konnte auch sie sich den tanzenden, hypnotisierenden Flammen nicht mehr entziehen.

Sie dachte an den gestrigen Abend – wie gereizt sie gewesen war, als Joan Mary wegen Jonathan ausquetschte, und wie glücklich, als Mary ihnen beiden die ganze Geschichte erzählt hatte. Wie viele Leben war das her? Wenn sie die Augen schloss, konnte sie das fröhliche, vom Brandy erwärmte Lachen hören, gestern, am Lagerfeuer, als sie noch unverletzt und sicher waren und keine Ahnung hatten, dass dieses Brank-Monster überhaupt existierte. Plötzlich hätte sie beinahe laut aufgelacht. Bevor sie schlafen gegangen waren, hatte sie ihnen *Gespenstergeschichten* erzählen wollen. Nicht zu fassen.

Brank stand auf und stolperte zu ihrer herüber. »Brauchst du noch was?«

Sie schüttelte den Kopf.

»Dann mach ich dich für die Nacht fertig.« Grinsend band er ihre Fußgelenke fester zusammen und fesselte ihre Hände vor dem Bauch. »Siehst du, was für ein guter Bruder ich bin?« Er warf die Jacke über sie.

»Morgen reden wir weiter.« Mit erhobenen Augenbrauen sah er sie an und lachte leise. »Ich fände es furchtbar, wenn irgendjemand denken würde, zwischen uns hätte es ernsthafte Geschwisterrivalität gegeben.«

Alex sah ihm nach, als er auf die andere Seite des Feuers ging und sich in sein Bettzeug wickelte. »Lieber Himmel«, sagte sie leise, »steck ich aber in der Tinte.«

Marys Augen öffneten sich mit einem Ruck. Sie lag flach auf dem Rücken im Graben, zitternd in ihrem Sweatshirt und dem Slip. Die ganze Nacht hatte sie gegen den Schlaf angekämpft und auf das Knacken eines Zweiges oder das Rascheln der Blätter gelauscht, aber die Erschöpfung hatte sie schließlich in ein angstvolles Niemandsland zwischen Wachen und Schlaf befördert, wo sie einerseits ins dunkle Nichts fiel, gleichzeitig jedoch das Gefühl hatte, dass ihr dicke schwarze Spinnen die Beine hinaufkrabbelten.

Jetzt war sie hellwach, konnte sich aber nicht überwinden, Joan anzusehen. Mary hatte Angst, wieder versagt zu haben, sie befürchtete, dass die lebendige, atmende Frau, die sie letzte Nacht zu wärmen versucht hatte, nun eine Leiche sein würde – ein totes Ding, dessen Seele von der tiefen Kälte des Waldes aufgesogen worden war. *Und was machst du dann, Mary Crow?*, schienen die Alten Männer zu murmeln.

Sie holte tief Luft und streckte die Hand aus. Ihre Finger raschelten durch die Blätterdecke und ertasteten Joans Schulter. Die Haut war noch warm. Vorsichtig berührte sie Joans Arm. Ein Muskel zuckte, fast unmerklich.

Gott sei Dank. Wie angeschlagen Joan auch sein mochte, sie lebte wenigstens noch.

Mary stand leise auf, schüttelte die verkrampften Arme und Beine und machte sich auf den Weg hinunter zur Quelle. Sie wollte sich vergewissern, ob die Spur, die sie gestern gesehen hatte, nicht reines Wunschdenken gewesen war. Als sie Atagahi erreichte, humpelte sie hinüber zu der Weide und spähte in den Wald. Im Morgenlicht war das niedergetretene Gras deutlich zu erkennen; es führte wie ein Band den Berg hinauf. Ihr Herz machte einen Satz. Alex' Spur. Mary war sich so sicher, als hätte jemand ein Schild mit einem Pfeil daneben gestellt.

Bedrückt ging Mary zur Quelle zurück und setzte sich ans Wasser. Sie musste nachdenken. Dass Joan so schnell wie möglich in die Zivilisation zurück musste, war klar. Sie brauchte dringend ärztliche und psychologische Betreuung. Aber was war mit Alex? Wenn Mary Joan jetzt nach Litte Jump Off zurückbrachte, würde es mindestens achtzehn Stunden dauern, bis eine offizielle Suchaktion in Gang gesetzt war, und Mary wusste bereits, wie solche Suchaktionen meist endeten. Eines wurde ihr mit plötzlicher, eiskalter Gewissheit klar. Wenn sie sich jetzt intensiv um Joan kümmerte, würde sie Alex nie wieder sehen.

»Das darf nicht passieren«, sagte sie laut. Alex war immer für sie da gewesen. Immer. Mary konnte Joan nicht einfach nach Little Jump Off zurückbringen und Alex hier oben allein lassen.

Aber andererseits, wenn Joan heute in derselben entsetzlichen Verfassung war wie gestern Abend, was würde Mary anderes übrig bleiben? Was sollte sie mit jemandem machen, der kaum fähig war, sich die Unterhose hochzuziehen?

Mary sah hinauf zu den Bergen. Sie hatten jetzt die Farbe staubiger Pflaumen angenommen und schienen sich über sie lustig zu machen. *Diesmal ist die kleine Mary Crow wirklich in der Klemme.* Hier saß sie, mitten in diesen unendlichen Wäldern, die eine Freundin körperlich abwesend, die andere geistig. Konnte es ihr gelingen, beide zu retten? *Die kleine Mary Crow*, schienen die Alten Männer höhnisch zu feixen, *wird wohl eher keine von ihnen retten.*

Die Sonne stieg jetzt über den höchsten der Felsen rund um Atagahi. Es würde schwer sein, vielleicht sogar unmöglich, aber Mary hatte ihre beiden Freundinnen hierher gebracht. Sie war dafür verantwortlich, Joan und Alex wieder heimzubringen. »Beide«, schwor sie, funkelte die Alten Männer an und stand auf. »Ich werde sie beide retten.«

Sie trank ein paar Schlucke Wasser und stieg dann wieder zu dem Ahorn hinauf. Joan schlief immer noch; sie hatte sich nicht gerührt. Sie atmete mit offenem Mund, die Nasenlöcher mit Blut verkrustet. Ihr rechtes Auge war zugeschwollen, das linke mit getrocknetem Schleim bedeckt. Mary berührte Wynona, damit sie ihr Glück brachte, kroch näher und flüsterte Joans Namen.

»Joan?«

»Aufhören!« Joan krümmte sich im Graben, als wollte sie sich von jemandem befreien.

»Joan ...«, flüsterte Mary noch mal.

»Aufhören!«, kreischte Joan. Sie schlug auf Mary ein und fuchtelte wild mit den Armen.

»Joan.« Mary packte ihre Hände. »Wach auf. Du hast einen bösen Traum.«

Joan riss sich los, wandte Mary das Gesicht zu und versuchte, die Augen zu öffnen. »Ich kann nichts sehen!«, schrie sie, setzte sich auf und betastete ihr Gesicht. »Meine Augen! Er hat was mit meinen Augen gemacht!"

»Ist schon gut«, besänftigte Mary sie. »Halt still, Joan.« Sie zog das Bündchen ihres Sweatshirts hoch, spuckte darauf und wischte Joan vorsichtig den Schlaf aus dem gesunden Auge. Langsam öffnete sich das Augenlid und gab die Pupille frei.

»Was ist mit meinen Augen?« Joans Schrei war herzzerreißend.

»Nichts.« Mary streichelte ihr die Wange. »Dein rechtes Auge ist zugeschwollen, weil deine Nase wahrscheinlich gebrochen ist. Dein linkes Auge war mit Schlaf verkrustet.«

»Bist du sicher?«

»Ja. Mit deinen Augen ist alles in Ordnung.«

Joan kroch von ihr weg und kauerte sich zitternd an den Rand des Grabens, ein Häuflein Elend. »Diese Blätter kratzen. Mir ist kalt.«

Mary beugte sich vor und zupfte Joan ein Blatt aus dem verfilzten Haar. »Komm, wir gehen hinunter zur Quelle«, schlug sie vor. »Wir können uns waschen. Davon wird uns wärmer. Und du wirst dich viel besser fühlen.«

Joan protestierte nicht, sondern kletterte aus dem Graben. Mary half ihr, die Blätter aus dem Sweatshirt zu schütteln, und führte sie dann wie eine gebrechliche alte Frau zwischen den Felsen hindurch nach unten.

Von Atagahi stiegen Dampfwölkchen in die kalte Morgenluft auf. Mary hörte das vertraute Trillern eines Teichrohrsängers und, weiter entfernt, das Krächzen einer Krähe.

»Ich wasch mich jetzt«, sagte sie zu Joan und zog ihr Sweatshirt aus. »Vielleicht willst du dich auch waschen.«

Mary kniete sich hin und wusch sich Gesicht und Hals, während sie Joan beobachtete. Ihre Freundin rührte sich nicht.

»Komm.« Mary stand auf und griff nach Joans Sweatshirt. »Ich helf dir.«

»Das kann ich selber machen«, blaffte Joan. Sie zog das Sweatshirt über den Kopf, ließ sich auf die Knie sinken und spritzte sich unbeholfen Wasser über den Hals und die Arme. Mary bemerkte, dass rote Striemen von den Bissen an Joans Brust ausgingen. Der barfüßige Mann hatte sie gezeichnet.

»Man sagt, Atagahi heilt alle Wunden, die man im Kampf erhalten hat«, sagte Mary, während sich Joan unter den Armen wusch.

Joans Lachen klang wie splitterndes Glas. »Ich sag's dir ja nur ungern, Mary, aber ich glaube, das ist eine Lüge.«

Joan tastete ihr Gesicht ab und befühlte vorsichtig die neue Form ihrer Nase. Das einst kecke Näschen war jetzt ein verschwollener roter Klumpen, der über dem lila verfärbten Bluterguss aufragte, der den größten Teil des Kinns und der Kehle bedeckte. Sie sah Mary an.

»Wie schlimm ist es?«

»Es fühlt sich wahrscheinlich schlimmer an, als es aussieht«, log Mary und kam sich wie eine übermäßig optimistische Krankenschwester in einem Feldlazarett vor.

Joans blutunterlaufenes Auge funkelte. »Mary, sag mir die Wahrheit.«

»Es sieht bös aus.« Diesmal war Marys Antwort ehrlich, aber sie sagte Joan nicht, dass es eigentlich noch viel schlimmer war, dass sie aussah, als hätte ein Feldspieler ihrer geliebten Yankees ihr Gesicht mit einem Fastball verwechselt. »Aber es lässt sich wieder richten.«

»Na klar doch.« Joans Kinn begann zu zittern. »Mit genug Schönheitschirurgie könnte ich eines Tages vielleicht wieder einigermaßen menschlich aussehen.«

Joan streifte sich das Sweatshirt über. Mary beobachtete sie und suchte nach tröstlicheren Worten. Alles, was ihr einfiel, klang so unzureichend. *Meine Worte sind immer nur Waffen*, erkannte sie. *Sie verdammen. Sie verurteilen. Trost ist kein aktiver Teil meines Wortschatzes.*

»Ich hab Hunger«, verkündete Joan, während sie in die Quelle starrte.

»Trink Wasser.« Auch Mary zog sich an. »Das füllt dir den Magen.«

Joan schaute skeptisch in den Teich. »Ist das denn trinkbar?«

»Kann sein, dass wir Durchfall bekommen.«

»Na, super.«

Während Joan mit den Händen Wasser schöpfte und trank, betrachtete Mary den Felsen, auf dem Alex gelegen hatte. Er gab genauso wenig preis wie gestern. Atagahi würde ihr keine weiteren Hinweise geben, aber die Spur war etwas anderes. Als sie sich umdrehte und wieder zu dem niedergetretenen Gras schaute, das sie in den Wald lockte, schlug ihr Herz schneller. Plötzlich wusste sie, was sie tun musste.

Entschlossen drehte sie sich um. »Joan, ich muss dir was sagen.«

»Was denn?«

»Ich gehe Alex suchen.« Sie platzte damit heraus, als würde sie etwas Beschämendes gestehen.

Joan sah auf. Wasser tropfte ihr von der Hand. »Was hast du gesagt?«

»Ich gehe Alex suchen. Es gibt eine Spur. Der kann ich folgen. Ich mach dir da drüben unter dem Felsen ein Nest zurecht. Da bist du in Sicherheit, bis ich zurückkomme.«

Joan kniff das gesunde Auge zusammen. »Das ist nicht witzig, Mary. Der Mann, der Alex mitgenommen hat, wird dir was antun. Er wird dir das Gesicht zu Brei schlagen und dich dann töten.«

»Ich mach keine Witze«, versicherte Mary. »Und ich nehme einen Stein oder einen Stock mit, den ich als Waffe benutzen kann.«

»Klar, da wird er vor Angst zittern«, kicherte Joan. »Mary Crow und ihr großer böser Stein.«

Mary wurde rot. Ihre Worte klangen lächerlich. Frauen mit Steinen überwältigten keine mit Messern bewaffneten Männer. »Die Waffe spielt keine Rolle. Ich werde vorsichtig sein.«

»Du wirst *vorsichtig* sein?« Joans Augenbrauen hoben sich. »Da bin ich aber froh, Mary. Es wäre mir ein schrecklicher Gedanke, wenn dir was passiert.«

Der plötzliche Sarkasmus ließ Mary blinzeln. Gestern war Joan noch ein zitterndes, verwirrtes Opfer gewesen, das Mary in ihren Armen gewärmt hatte. Über Nacht hatte sie eine schneidende Feindseligkeit entwickelt, die sie wie eine Sense schwang. Mary hatte das Gefühl, mit einer Fremden zu sprechen.

Joan brach das angespannte Schweigen. »Kann ich dir noch eine Frage stellen, bevor du gehst?«

»Sicher.«

»Was ist mit mir? Ich bin verletzt. Ich hab seit gestern nichts gegessen und die ganze Nacht in diesem Blättergrab gezittert, das nicht mal gut genug für eine Ratte war. Besteht die Chance, dass ich zu einem Arzt komme?«

»Ich bring dich zu einem, wenn ich zurück bin.«

»Aber ich brauche jetzt einen!«, schrie Joan. Tiefe Röte breitete sich vom Hals über ihr Gesicht aus. »Ich brauche was zu essen. Ich brauche was anzuziehen. Ich will in einem Bett aufwachen, in einem Zimmer, dessen Tür man abschließen kann.« Sie vergrub die Hände in ihrem dicken, verfilzten Haar. »Ich will nach Hause!«, jammerte sie.

»Wenn ich dich jetzt zurückbringe«, sagte Mary, »sehen wir Alex nie wieder.«

Joan hob den Kopf, ungläubig blinzelnd. »Alex ist von einem Wahnsinnigen entführt worden, Mary. Du scheinst nicht zu verstehen ...«

»Nein!«

»Mary, sie ist bereits tot! Sie war wahrscheinlich schon tot, bevor gestern die Sonne untergegangen ist.«

»Halt die Klappe!« Mary hob die Hand, als wolle sie einen Schlag abwehren. Wenn diese Worte sie berührten, könnten sie Realität werden. »Das spielt keine Rolle, Joan. Ich werde sie trotzdem suchen.«

»Und was soll ich machen, während du fort bist?«

»Dich hier ausruhen. In drei Tagen werden sie dich im Büro vermissen, und Jonathan weiß, wohin wir wollten. Jemand wird herkommen und nach uns suchen. Und außerdem komme ich zurück.« Sie sah in Joans zerstörtes Gesicht. »Ich würde das nicht vorschlagen, wenn ich nicht überzeugt wäre, dass es funktioniert.«

»Natürlich würdest du das nicht«, höhnte Joan. »Glaubst du, ich wüsste nicht, dass Alex die Einzige ist, auf die es dir ankommt?«

»Das stimmt nicht, Joan.«

»Doch. Alle reden davon.«

»Aber ...«

»Ihr zwei seid wie ein altes Ehepaar.« Joans Mund verzog sich zu einer bösartigen Grimasse. »Ihr seid widerlich.«

»Tut mir Leid, dass du das so empfindest.« Mit brennendem Gesicht beugte sich Mary vor und band ihre Schnürsenkel fester zu.

»Du bindest dir also einfach die verdammten Schuhe zu und haust ab?« Joans Hohn war voller Wut.

Mary konzentrierte sich auf ihre Stiefel. »Tut mir Leid, dass du verletzt bist. Tut mir Leid, dass es dir nicht gut geht. Aber im Moment musst du hier bleiben. Und ich muss Alex finden.«

»Nein!«, kreischte Joan, die Hände zu Fäusten geballt. »Ich bleib nicht hier! Sieh doch, was das letzte Mal passiert ist, als du mich allein gelassen hast! Wenn du das nicht getan hättest, wäre das alles nicht passiert!«

Die Bäume, die Berge, das Universum – alles schien von Joans Worten widerzuhallen. Wäre es eine Lüge gewesen oder auch nur eine Übertreibung, hätte Mary sie abschütteln können. Aber sie wusste zu gut, wie wahr sie waren, und das Gewicht dieser Wahrheit legte sich wie Klammern um ihr Herz.

»Du bürdest mir da eine schwere Last auf, Joan«, brachte sie schließlich heraus.

»Ach ja?« Joan betastete ihre gebrochene Nase. »Tja, warum versucht du nicht, für eine Weile mein Gesicht zu tragen? Zu merken, was *das* für eine Last ist?«

Mary sog die Luft ein. »Na gut.« Sie funkelte Joan an und versuchte, die Wut zu unterdrücken, die sie plötzlich erfüllte. »Ich schlag dir was vor. Ich mach mich auf die Suche nach Alex. Du kannst entweder hier bleiben, wo du in Sicherheit bist, oder du kannst mitkommen. Es wird die ganze Zeit bergauf gehen, durch Gelände, das viel unwegsamer ist als das hier. Du wirst noch mehr frieren und hungriger werden, und es kann sein, dass du dem grausigen barfüßigen Mann wieder begegnest, aber wenn dir das lieber ist, soll's mir recht sein.«

»Lieber würde ich mit gebrochenem Rücken in der Hölle schmoren, als noch eine Sekunde länger hier zu bleiben«, zischte Joan.

»Hervorragend«, knurrte Mary. »Also, dann los.«

Sie machten sich auf den Weg, Joan in ihrem Sweatshirt und Marys Jeans, Mary nur mit Sweatshirt, Slip und Wanderstiefeln bekleidet. Bevor sie losgingen, hatten sie mit Zeichenkohle Nachrichten auf einen der Atagahi-Felsen gekritzelt. Mary erklärte, was passiert war und wohin sie gehen würden; Joan schrieb einen merkwürdigen, wirren Brief, halb auf Italienisch, verabschiedete sich von ihren Eltern in Brooklyn, ihrem Bruder in Chicago und ihrer Schwester in Washington.

»Hier.« Mary öffnete den Malkasten und reichte Joan eine kleine silberne Tube. »Ich hab eine Aufgabe für dich.«

»Das sieht ja wie Zahnpasta aus.« Joan schraubte die Tube auf und drückte eine Klecks hellgelber Farbe heraus.

»Das ist Ölfarbe«, erwiderte Mary. »Hellgelbes Kadmium. Ich möchte, dass du damit im Vorbeigehen die Bäume markierst.«

»Häh?« Joan verzog die Nase, als würde die Farbe stinken.

»Drück im Gehen einen Tupfen davon auf die Bäume.« Mary hielt das offene Ende der Tube an die Rinde einer Kiefer. »Falls wir uns verlaufen sollten, finden wir dadurch wenigstens hierher zurück.«

»Aber ich dachte, du würdest dich nie verlaufen, Mary.« Die Feindseligkeit war rasch zurückgekehrt. »Ich dachte, du kennst dich in diesen Wälder aus, wie ich in Manhattan.«

»Nicht in allen Teilen.« Erneut unterdrückte Mary ihre Gereiztheit. »Hör mal, wenn du das nicht machen willst, dann sag es.«

»Nein.« Joan griff nach der Tube. »Ich mach's. Gott bewahre, dass ich nicht dabei helfe, deine kostbare Alex zu finden.«

Sie folgten der Spur, die von der Quelle weg tief in die Berge führte. Mary ging voraus, Joan dicht hinter ihr; sie maulte und schimpfte auf Mary, bis sie einen Waldweg erreichten, der sich durch ein Zederngehölz schlängelte. Tief unten zu ihrer Rechten glitzerte Atagahi durch die Bäume. Mary blieb kurz stehen, als wollte sie sich von einem alten Freund verabschieden, drehte sich dann um und spähte in den Wald. Sie war davon überzeugt, dass Alex noch lebte und irgendwo da oben war. Aber wer oder was war bei ihr?

»Geh leise«, warnte sie Joan, als sie sich an den Aufstieg machten. »Du weißt nicht, wie nahe sie vielleicht sind. Und pass auf, dass du nicht auf was Scharfes trittst.«

»Wenn er uns erwischt, tut er mir wieder weh«, nörgelte Joan. »Und dir auch.«

Mary schloss die Augen. »Ich weiß«, sagte sie müde.

Schweiß rann ihnen zwischen den Brüsten herab. Der Weg wand sich in Serpentinen nach oben. Obwohl Mary sich fast lautlos durch den Wald bewegte, trampelte Joan laut hinter ihr her, humpelte zu den Bäumen neben dem Weg, um ihren Farbklecks anzubringen, und keuchte dabei, als hinge sie an einem Sauerstoffgerät. Jedes Vogelzwitschern, jeder knackende Zweig ließ sie zusammenschrecken, und manchmal schrie sie auf.

»Wie sah er aus, Joan?«, fragte Mary leise, setzte sich auf einen umgestürzten Wallnussbaum. Vielleicht würde Joan nicht mehr so viel Krach machen, wenn sie wieder zu Atem gekommen war.

»Wer?«

»Der Mann, der dir wehgetan hat.«

Joan ließ sich neben sie sinken, rang mit offenem Mund nach Luft. »Groß. Dreckige schwarze Haare und ein verfilzter Bart. Alte Armeeuniform. Eklige Fingernägel.« Ein Schauder überlief sie. »Er stank wie verwestes Fleisch.«

Mary runzelte die Stirn. »Was meinst du mit alter Armeeuniform?«

»Diese grün gefleckten Anzüge, die sie im Dschungel tragen.«

»Trug er sonst noch was?«

Joan stieß ein dünnes Lachen aus. »Nur seine zahme Klapperschlange.«

»Das ist unmöglich.« Mary wischte sich den Schweiß von der Stirn. »Niemand hält sich eine Klapperschlange als Haustier.«

»Der schon. Das Ding hatte ein rautenförmiges Muster auf dem Rücken. Und es blähte sich auf wie ein Kobra.«

Clever, dachte Mary. *Der Barfüßige hatte Joan und Alex mit einer Hakennatter in Schach gehalten, einem harmlosen Wesen, dessen Hauptverteidigung in seiner Ähnlichkeit mit der giftigen Klapperschlange bestand.* »Hat er irgendwas gesagt?«

»Er sagte: ›Das reicht jetzt‹. Dann hat er mir die Nase eingeschlagen.«

»Hat er was zu Alex gesagt?«

Joan lachte, als hätte Mary einen Witz gemacht. »Tut mir Leid, Mary. Ich hab sie nicht belauscht. Ich hatte zu viel damit zu tun, am Leben zu bleiben.«

Eine nach Kiefernnadeln duftende Brise kühlte ihre Gesichter, während ihnen die Sonne heiß auf den Schädel brannte. Je höher sie kamen, desto schwerer und feuchter wurde die Luft, und Schweißtropfen hingen wie Tau an ihren Haarspitzen. Obwohl Joan weisungsgemäß Farbflecken an den Bäumen anbrachte, trampelte sie immer noch lautstark durch den Wald, manchmal in sich gekehrt und verdrossen, manchmal ausgelassen italienische Lieder trällernd.

Wir machen Krach wie ein ganzer Trupp Pfadfinder, dachte Mary. *Hoffentlich ist der Barfüßige nicht irgendwo hier in der Nähe.*

»Es brennt scheußlich beim Pinkeln«, weinte Joan, als sie an einem Bach Halt machten. »Der Mann hat mir da unten ziemlich wehgetan.«

»Vielleicht finden wir einen Bach, der tief genug ist, dass du dich ein paar Minuten reinsetzen kannst«, meinte Mary. Was wohl die Cherokee-Medizin gegen schmerzende Vaginas war? Ihre Mutter hätte sich bestimmt nie träumen lassen, dass Mary darüber Bescheid wissen müsste.

Langsam kamen sie höher. Mary überließ sich ihrem Instinkt, wenn die Spur schwer zu erkennen war; Joan lachte bei jedem Farbfleck, den sie an einem Baum anbrachte. Am Nachmittag entdeckte Mary ein Büschel Austernpilze, die auf einem abgefallenen Ast wuchsen.

»Oh, sieh mal!«, rief sie und riss die Pilze von der Rinde. »Slicks!“

»Bäh.« Joan roch an der zarten rosa Unterseite des Pilzes, den Mary ihr gegeben hatte. »Wie hast du die genannt?«

»Slicks«, erwiderte Mary mit vollem Mund. »Austernpilze. Schmecken köstlich.«

»Sind die nicht giftig?«

Mary schüttelte den Kopf. »Das ist der einzige Pilz, für den ich absolut garantieren kann. Probier mal. Die tun dir nichts.«

Joan nahm einen winzigen Bissen. *»Funghi trifolati«*, verkündete sie und lachte wieder.

Als sie alle Pilze gegessen hatten, die sie finden konnten, tippte Joan Mary auf die Schulter. »Glaubst du, dass wir die richtige Spur verfolgen?«

»Das ist die einzige frische hier oben«, erwiderte Mary und musste an ein Spiel denken, das sie und Jonathan sich ausgedacht hatten. Suchen und Zerstören, hatten sie es genannt. Einer von ihren lief in den Wald und versteckte sich dort. Der andere musste ihn dann eine halbe Stunde später anhand der Spuren finden. Jonathan war immer viel besser gewesen als sie, aber schließlich hatte auch Mary gelernt, die fast unsichtbaren Zeichen zu erkennen, die ein Mensch beim Vorbeigehen hinterließ.

Joan lachte leise. »Weißt du, was ich immer noch nicht kapiere?«

»Was denn?«

»Warum er mich nicht umgebracht hat.«

Mary sah in Joans zerstörtes Gesicht. »Vielleicht dachte er, er hätte das bereits getan«, sagte sie leise.

Sie gingen weiter, wateten durch einen Bach, auf dem gelbe Buchenblätter schwammen und sich strahlend von dem dunklen Wasserspiegel abhoben. Mary deutete auf eine Stelle weiter oben an der Buche. Lange Rindenstreifen waren abgerissen worden. »Hier sind Bären gewesen. So schärfen sie ihre Krallen.«

»Na, prima«, knurrte Joan. »Jetzt müssen wir uns zu allem anderen auch noch wegen der Bären Sorgen machen.«

»Das glaube ich nicht«, meinte Mary. »Die haben sich schon zum Winterschlaf zurückgezogen.«

Als sie auf eine Anhöhe kamen, griff Joan nach Marys Arm.

»Hast du das gehört?«, fragte sie, das gesunde Auge weit aufgerissen und voller Entsetzen.

»Was?«

»Alex!«, rief Joan. »Ihr Cowboyschrei. Der barfüßige Mann kommt! Versteck dich!« Sie wirbelte herum und suchte Schutz hinter den Bäumen.

Mary bewegte sich nicht. War Alex entkommen? Lief sie so schnell wie möglich zurück zur Quelle, verfolgt von dem Barfüßigen? Sie lauschte aufmerksam, stundenlang, wie es ihr vorkam, während Joan verängstigt hinter einem Baumstamm kauerte. Aber Mary hörte nichts, was auch nur im entferntesten nach Alex' berühmtem Jippii klang. Schließlich wurde ihr klar, dass Joan von den Bergen ausgetrickst worden war – der ferne Schrei eines Habichts oder sogar nur die hohen Zweige einer Platane, die sich im Wind aneinander rieben.

»Komm raus, Joan. Alex ist nicht hier.«

»Sie ist ganz bestimmt hier, Mary«, beharrte Joan nachdrücklich. »Ich hab ihren Cowboyschrei gehört. Den würde ich überall erkennen.«

»Wenn du das sagst«, lenkte Mary ein, denn sie erkannte, dass Joan in den letzten drei Minuten zwischen drei verschiedenen Persönlichkeiten hin und her gewechselt hatte. »Aber jetzt ist sie weg. Wir müssen weiter ihrer Spur folgen.«

Schweigend setzten sie sich wieder in Bewegung. Mary hielt den Blick auf das Gras gerichtet, während sie sich fragte, welche Joan als nächste zum Vorschein kommen würde. Nach einiger Zeit kamen sie an einen schmalen, üppig bewachsenen

Weg, der quer durch das Gelände führte. Mary bückte sich und hob einen kleinen schwarzen Stein vom Boden auf.

Ein Nachmittag vor langer Zeit fiel ihr ein, als sie mit ihrer Mutter einen Kürbis für Halloween zurechtgeschnitzt hatte. Ihre Mutter hatte einen der Wandbehänge verkauft, die sie auf ihrem Webstuhl anfertigte, und Mary mit einem fertigen Kostüm vom K-Mart verwöhnt. Unglaublich stolz und ausstaffiert als Wonder Woman, hatte Mary ihrer Mutter dabei zugesehen, wie sie mit ihrem scharfen Messer Augen und einen grinsenden Mund in das orangefarbene Gesicht des Kürbisses schnitt.

»Es gibt einen Ort, zu dem du nie gehen darfst«, hatte ihre Mutter sie mit ernstem Ausdruck in den glänzenden Augen gewarnt. »Er heißt Wolfpen. Männer haben da vor langer Zeit alle Bäume gefällt.«

»Spukt es dort?«, hatte sie gefragt, auf eine von den verrückten Geistergeschichten der Cherokee gehofft.

»Nein. Es ist nur gefährlich. Vermoderte Böden, rostige Nägel, zerbrochene Scheiben. Du könntest dich verletzen. Das war schon alles zerfallen, als mein Vater noch ein Junge war. Ein Mann namens Babcock hat es gebaut.«

Mary sah zu Joan, die jetzt zitternd neben ihr stand.

»Siehst du das?« Mary hielt ihr den Stein hin.

Joan nickte.

»Das ist Kohle. Irgendwo in der Nähe muss ein altes Holzfällerlager sein«, erklärte Mary leise. »Das hier war wahrscheinlich die Trasse für den Abtransport der Stämme.«

»Lebt da noch jemand?« Joans Stimme hob sich hoffnungsvoll.

»Nein. In diesem Teil des Waldes wurde nach dem Ersten Weltkrieg Holz geschlagen.«

»Schade«, sagte Joan missmutig, aber Mary hörte ihr nicht zu. Sie hatte gerade eine hohe, lilaköpfige Distel am Wegrand entdeckte. Der Stängel war umgeknickt. Jemand, der seine Spur verwischen wollte, hätte niemals eine so sichtbare Markierung hinterlassen. Aber jemand, der gefunden werden wollte, schon. Mary ließ das Kohlestück fallen. Wenn die Spur, der sie den ganzen Morgen gefolgt waren, wirklich von Alex stammte, dann hatten sie sie noch nicht verloren. Der Barfüßige hatte sich keine Mühe gegeben, die Spuren zu verwischen. *Klar*, dachte Mary. *Er fühlt sich sicher. Er weiß nichts von mir und denkt, Joan sei tot. Wer sollte ihn hier oben sonst verfolgen?*

»Wir folgen diesem Weg entlang der Böschung auf der anderen Seite«, sagte sie zu Joan. »Auf die Weise gehen wir in dieselbe Richtung, bleiben aber trotzdem im Schutz der Bäume.«

Sie flitzten über den Weg, kletterten die Böschung hinauf und trotteten weiter.

Als die Nachmittagsschatten länger wurden, machte sich ein Gefühl der Furcht in Mary breit. Sie bekam Angst, dass hinter jedem Baum, jedem Busch, jedem umgestürzten Baumstamm etwas zum Vorschein kommen könnte, das sie nicht sehen wollte – Alex vergewaltigt, Alex erwürgt oder Alex tot, ausgeweidet wie ein frisch erlegtes Reh. Aber zum Glück hielt der Wald keine solche Überraschungen bereit. Joan und Mary sahen nur Bäume und Blätter und ab und zu einen Vogel. Die einzigen Hinweise auf Alex befanden sich zwanzig Meter weit zu ihrer Rechten, wo die dünne Spur niedergetretenen Grases immer noch den schmalen Pfad begleitete.

»Sollten wir nicht bald anhalten?«, fragte Joan, das Gesicht bleich im Schatten der Bäume, die geschwollene Nase rot und lila verfärbt. »Uns einen sicheren Platz für die Nacht suchen?«

Mary sah hinauf zu der sinkenden Sonne und nickte. »Du hast Recht. Halt Ausschau nach einem umgestürzten Baum oder einem mit großen Wurzeln. Wir können wieder einen Graben ausheben wie gestern Abend.« Sie achtete nicht auf Joans Genörgel.

Sie gingen weiter auf der Suche nach einer geeigneten Stelle. Plötzlich krampfte sich Marys Magen zusammen. Sie ließ sich zu Boden fallen und zog Joan mit sich.

»Kommt der barfüßige Mann?«, schrie Joan. »Siehst du ihn?«

»Nein! Sei still!« Mary deutete auf etwas. »Das ist Alex' Hemd!«

Auf einer kleinen Lichtung an der alten Trasse unter ihnen lag ein zerknülltes rotes Karohemd unter einem Brombeerbusch. Alex hatte gestern genau so eins getragen, hatte noch darüber gelacht, wie sehr es sich mit ihrer orangefarbenen Weste biss.

Joan sah zweifelnd durch die Schatten. »Machst du Witze?«

»Nein. Bleib hier und verhalt dich ruhig. Ich seh mir das mal an.«

»Warte! Das könnte eine Falle sein!« Joan umklammerte Marys Sweatshirt. »Was ist, wenn er uns damit irgendwo hinlocken will, wo er uns noch mehr antun kann?«

»Ich weiß es nicht«, erwiderte Mary grob. »Du bleibst hier und passt auf. Wenn irgendwas passiert, rennst du so schnell wie möglich zur Quelle zurück.«

»Und dann?«, fauchte Joan. »Soll ich die Polizei rufen?«

»Du hast darauf bestanden mitzukommen, Joan.«

»Dann geh und sieh nach, ob es Alex' Hemd ist.« Tränen rannen ihr aus den Augen, und sie verkroch sich furchtsam im hohen Gras.

Mary schlich zum Weg hinunter. Das Sonnenlicht fiel schräg durch die stillen Bäume. Niemand schien ihnen gefolgt zu sein, und niemand schien weiter vorne auf sie zu warten. Von dort, wo sie hockte, konnte sie keinen leblosen Körper sehen, der hinter einen Fels gezerrt worden war, auch keine schattenhafte Gestalt im Tarnanzug, die darauf wartete, sich auf sie zu stürzen. Mary atmete rasch dreimal, flitzte dann über die Trasse und sank neben dem Hemd in die Knie. Der weiche Flanell roch immer noch schwach nach Salbei und auf dem verblichenen Etikett stand »Abercombie & Fitch, Größe 40«. Alex' Größe und Alex' Lieblingsladen. Mary drückte sich das Hemd ans Gesicht und atmete Alex' Geruch ein, ihre Lebendigkeit. Diesmal hatte sie richtig geraten. Sie hatten Alex' Spur gefunden. Das war ihr Hemd, und vielleicht, nur vielleicht, war Alex noch am Leben. »Danke«, flüsterte Mary den Alten Männern zu, hielt das Hemd hoch und winkte Joan zu sich.

Die Zwergohreule saß auf dem untersten Ast einer Eiche. Zwei Männer und ein Hund kamen lärmend durch den dunklen Wald. Die Eule beäugte das Trio, die safrangelben Pupillen zu riesigen schwarzen Kugeln geweitet, breitete die Schwingen aus und segelte keine dreißig Zentimeter über den Köpfen der Männer hinweg, wobei sie ihren zitternden, unheimlichen Schrei ausstieß. Das lautstarke Trio hatte die Wühlmaus verschreckt, auf die sich die Eule gerade stürzen wollte; jetzt musste der Vogel zu stilleren Jagdgründen fliegen. Wieder schrie die Eule, verkündete ihre Entrüstung.

»Scheiße!« Mitch Whitman duckte sich. »Das verdammte Viech fliegt aber tief.«

»Das machen die immer im Herbst«, erklärte Billy. »Damit sie nahe genug an die Backenhörnchen rankommen, wenn die nach Eicheln buddeln.«

»Klingt vernünftig.« Mitch sah zum Nachthimmel hinauf und zog die Jacke enger um den Hals. »Der Jäger folgt der Beute.«

Die Männer und der Hund trotteten weiter. Nachdem sie eine Weile schweigend gegangen waren, sagte Billy: »Sollten wir uns nicht bald einen Platz zum Übernachten suchen?«

»Nur, wenn wir schon weit genug gekommen sind«, erwiderte Mitch.

»Wir haben etwa ein Drittel des Weges hinter uns«, versicherte Billy ihm. »Ich weiß einen guten Platz zum Übernachten, ist kein großer Umweg.«

Sie waren schneller vorangekommen, als Billy erwartet hatte. Dieser Mitch Keane war in guter Verfassung. Er war ihm die Berge hinauf und hinunter gefolgt, ohne sich zu beschweren, und hatte nur bei den steilsten Kämmen schwer geatmet. Als er die Sonnenbrille abnahm, hatte Billy mit dem üblichen irritierten Blick von Menschen gerechnet, die nicht an die Tiefe der Wälder gewöhnt waren, aber Mitch schien überhaupt nicht nervös zu sein. Er nahm nur alles in sich auf mit einem Blick so kalt wie ein Teich im Winter.

Das Wandern schien ihm aber die Lust zum Reden zu nehmen. Er hatte kaum einen Laut von sich gegeben, als Billy ihm von Michaels Ohren erzählen wollte und von seinen Problemen wegen der Fiedel, und als er davon gesprochen hatte, mit Tam nach Gatlinburg zu fahren, hatte Mitch ihm direkt ins Gesicht gegähnt. Billy hatte es ihm aber nicht übel genommen. Mitch dachte sicherlich an Mary Crow und wollte nichts von Billys mickrigen kleinen Problemen hören.

Als sie zu einem Wasserfall kamen, der zehn Meter tief in einen schmalen Bach stürzte, blieb Billy stehen.

»Passen Sie auf, wo Sie hintreten«, warnte er und führte Mitch hinunter zum grasüberwachsenen Bachufer, dann über glatte Steine, die wie riesige flache Schildkröten am unteren Ende des Wasserfalls lagen. »Wir werden zwar ein bisschen nass, aber das macht nichts«, rief er über den donnernden Lärm des Wassers hinweg.

Er hüpfte von Stein zu Stein, Homer hüfttief im Wasser hinter ihm, sprang dann hinter den Wasservorhang und landete auf einem breiten Felsvorsprung. Billy wartete darauf, dass Mitch ihm folgte, hörte aber keine Schritte. »Kommen Sie, Mitch!«, rief Billy. »Machen Sie einfach dasselbe wie ich.«

Einen Augenblick später tauchte Mitch auf und spähte in die Dunkelheit zwischen der Felswand und dem herabstürzenden Wasser.

Billy lachte. »Kommen Sie rein. Das ist ein hübsches Plätzchen für ein Feuer.«

Mitch zögerte, trat dann aber in die verborgene Höhle.

»Sehen Sie?« Billys Stimme hallte, als käme sie aus einem Brunnenschacht. »Hier drinnen ist es richtig gemütlich.«

Mitch sah sich um und warf einen Blick auf die dunklen, feuchten Wände. »Na, so was. Ich hab mal in Mexiko in so einem Ding gecampt.«

»Was haben Sie da gejagt?«

»Hauptsächlich Muschis.« Mitch lachte. »Mexikanische Mädchen sind hübsch.«

Ein bisschen später, als Billy ein paar trockene Kiefernäste zu einem Feuer entfachte, packte Mitch die raffinierteste Ausrüstung aus, die Billy je gesehen hatte. Mitch stellte einen Propankocher auf, der beim ersten Versuch anging und rollte dann einen Allwetter-Aluminiumschlafsack aus, der aussah, als könne man darin Maiskolben rösten. Billy schämte sich fast für seinen fadenscheinigen Schlafsack und das durchweichte Hühnerbein mit dem Maisbrot, das er für sich und Homer mitgebracht hatte, aber Mitch schien nichts dagegen zu haben, den leckeren, gefriergetrockneten Eintopf, den er auf seinem Kocher zubereitet hatte, mit den beiden zu teilen. Homer verschmähte ihn, doch Billy fand ihn mindestens so gut wie alles, was er je bei Shooney's gegessen hatte. Nachdem sie ihre Teller im Wasserfall abgespült hatten, setzten sie sich wieder ans Feuer.

»Homer ist verwirrt«, erklärte Billy. Der Hund lief hechelnd auf und ab. »Er denkt, wir würden Waschbären jagen.«

Mitch betrachtete den langgliedrigen Jagdhund. »Jagt ihr hier oben meistens Waschbären?«

»Ja. Und Wildschweine. Wilde Truthähne und Weißwedelhirsche, die aber weiter unten.« Billy zog die Mundharmonika aus der Tasche. »Homer beruhigt sich vielleicht, wenn ich ein bisschen Musik mache.« Er spielte ein paar Töne, ging dann zu »Old Joe Clark« über und spielte es in mehreren Variationen. Homer legte sich schließlich hin, den Kopf auf den Pfoten, und lauschte den von den feuchten Wänden zurückgeworfenen Klängen. Nachdem Billy auch noch »Pretty Polly« und »Columbus Stockade« gespielt hatte, hob Mitch die Hand.

»Das reicht. Der Hund hat sich beruhigt.«

Billy runzelte die Stirn. »Mögen Sie keine Harmonikamusik? Die meisten Leute muntert das auf.«

»Ich bin aufgemuntert genug.« Mitch streckte seine langen Beine am Feuer aus.

»Das Ding hat mich überallhin begleitet, seit ich Kind war.« Billy warf einen heimlichen Blick auf Mitchs schwarzes Coltgewehr. Der Kerl mochte zwar ein Anwalt aus Atlanta sein, aber er besaß eine Jagdausrüstung, wie Billy sie bisher nur in Jonathans Zeitschriften gesehen hatte. »Bin wohl dran gewöhnt.«

»Ich möchte nicht, dass Mary Crow es hört.«

»Ach ja?« Billy legte den Kopf schräg. »Wir haben doch nicht vor, uns an sie ranzuschleichen, oder?«

»Nee.« Mitch grinste. »Ich will sie nur nicht wecken, falls sie schläft oder so.«

»Tja, wenn sie nicht Ohren wie eine Fledermaus hat, wird sie uns nicht hören. Bis Atagahi sind es immer noch sechs Stunden.«

»Ach so.« Mitch stocherte mit einem langen Stock im Feuer, sah dann Billy an. »Sie sind also ein Vollblut-Cherokee?«

»Jep.«

»Und Sie sind mit Mary Crow aufgewachsen?«

»Bin mit ihr zur Schule gegangen. Wenigstens bis zur neunten Klasse, da bin ich abgegangen. Die hat 'ne Menge auf dem Kasten. War wirklich furchtbar, dass das mit ihrer Mama passieren musste.«

Mitch sah ihn fragend an. »Ihrer Mama?«

»Ja. Ist ermordet worden, im Laden. Der Täter wurde nie gefasst.«

Mitch lächelte seltsam, als hätte er gerade ein Geheimnis erfahren, das im Freude bereitete. »Man hat ihn nicht erwischt?«

»Nein.« Billy sah versonnen in das herabstürzende Wasser. »Man hat sich schließlich darauf geeinigt, dass es ein Landstreicher gewesen sein muss, aber wer weiß. Könnte auch ein Wahnsinniger gewesen sein, der sich immer noch da draußen rumtreibt und nur darauf wartet, die nächste Kehle aufzuschlitzen.«

Stille trat ein; Billy schwieg, Mitch starrte in das knisternde Feuer.

»Ich glaub aber nicht, dass er da draußen ist, bei all den Schlammteufeln, die's hier gibt.«

»Was ist ein Schlammteufel?« Mitch sah auf.

Billy deutete mit dem Kopf zum Wasser. »Das olle Vieh da, das Sie so böse anstarrt.«

Mitch drehte sich um. Ein langes, gedrungenes vierbeiniges Wesen stand am Rand des Wasser und glotzte sie an. Winzige Schweinsaugen glühten im Feuerschein, das Maul war zu dem seelenlosen Grinsen einer Echse verzogen.

Mitch lachte. »Das Ding sieht aus wie etwas, das man im Klo runterspült.«

Der Schlammteufel beäugte die beiden Männer noch ein wenig und watschelte dann über den Felsvorsprung davon. Sein Schwanz klatschte nass gegen den feuchten Stein.

»Jag ihn raus, Homer!«, befahl Billy.

»Nein, warte!« Mitch griff hinter sich und packte das Gewehr.

»Nicht!« schrie Billy. »Er ist es nicht wert ...«

Aber bevor er den Satz beenden konnte, erfüllte ein solches Getöse die Höhle, dass Billy die Augen zusammenkniff und sich duckte. In seinen Ohren dröhnte es, als säße er in einer Glocke. Als er die Augen öffnete, war von dem Schlammteufel nur noch ein leuchtend roter Blutfleck übrig. Mitchs Kugel hatte das Vieh pulverisiert. Billy schlug die Hände über die schmerzenden Ohren, und Homer rannte durch die Höhle wie ein tollwütiger Hund.

»Großer Gott, Mitch!«, schrie Billy. »Sind Sie denn verrückt, in einer Höhle zu schießen? Die olle Echse wollte Ihnen doch nichts tun!«

Mitchs Mund bewegte sich, aber Billy konnte ihn nicht hören. Mitch lehnte das Gewehr an die Höhlenwand, und die beiden Männer saßen lange Zeit stumm da, starrten ins Feuer und warteten darauf, dass das Dröhnen in ihren Ohren nachließ. Als Billy schließlich Homers Jaulen hörte, setzte er die Mundharmonika wieder an die Lippen. Die traurige Klage von »Wayfairing Stranger«, dem Lieblingslied seines Vaters, schwebte durch die feuchte Luft. Diesmal beschwerte sich Mitch nicht über die Musik.

Als der Song zu Ende war, steckte Billy die Mundharmonika wieder in die Hosentasche.

»Tut mir Leid wegen der Echse«, sagte Mitch barsch. »Ich hab das Gewehr nicht mehr abgefeuert, seit ich mit meinem Vater Elche jagen war. Wollte nur mal sehen, ob es noch richtig justiert ist.«

»Scheint ja so zu sein«, grummelte Billy und seufzte. Er war überrascht, dass Mitch so etwas Dummes gemacht hatte, aber er hatte schon andere Leute erlebt, die im Wald schießwütig wurden, und das mit weit schlimmeren Ergebnissen. Wahrscheinlich würde es nichts bringen, sich darüber aufzuregen, dass sein Kopf wie eine Kirchenglocke gedröhnt hatte.

»Warum sollen Sie eigentlich Mary Crow nach Atlanta zurückholen?«, fragte er, um das Thema zu wechseln.

Mitchs Mund wurde schmal. »Es gibt ein Problem wegen einer ihrer Verurteilungen.«

»Ach ja? Ist jemand aus dem Gefängnis ausgebrochen?«

»Nicht so direkt.«

»Ich wette, ihr habt da unten ein paar ganz schön gefährliche Verbrecher«, mutmaßte Billy mit einem Zwinkern.

»Manche schon.« Mitchs Stimme wurde scharf. »Die meisten sind einfach Arschlöcher.«

»Jagen Sie viel in Ihrer Freizeit?«

»Wenn mein Dad Zeit hat.«

»Hört sich an, als hätten Sie schon tolle Jagdtrips gemacht.«

Mitch sah ins Feuer. »Elche in Montana und Maine. Einmal haben wir's auch mit Braunbären in Alaska versucht, haben aber nichts vors Gewehr gekriegt.«

»Diese Braunbären sollen ja ziemlich verrückt sein. Töten sich sogar gegenseitig.«

Mitch zuckte die Schultern. »Da sind sie nicht anders als die menschliche Rasse.«

»Ach ja?«

»Ja.« Mitch wandte sich Billy zu. »Ich hab mal einen Mann gekannt, der seine Freundin ermordet hat. Und dann hat er den Mord seinem Bruder angehängt.«

»Ehrlich?« Billys Augen weiteten sich. »Was ist dann passiert?«

Mitch lachte leise. »Nichts. Den Bruder hat's erwischt. Der vergammelt jetzt im Gefängnis.«

»Was ist mit dem anderen Kerl?«

»Ist im Zeugenstand ordentlich unter Druck geraten, aber der Staatsanwalt hat's nicht auf die Reihe gekriegt. Jetzt ist er ein freier Mann. Baut Staudämme in Südamerika. Und geht in jeder freien Minute auf die Jagd.«

»Also sitzt der eine im Knast, und der andere ist frei wie ein Vogel.«

»So ungefähr«, stimmte Mitch zu.

Billy schüttelte den Kopf. »Klingt nicht gerade nach einer glücklichen Familie, oder?«

»Nein.« Mitch zuckte gleichgültig die Schultern. »Wahrscheinlich nicht.«

Billy stand auf und ging an den Rand des Wasserfalls. Das Mondlicht drang durch das herunterstürzende Wasser wie durch einen flüssigen, silbernen Vorhang, und das leise, ständige Gurgeln besänftigte Billy wie das Rauschen des Meeres, das er nie gesehen hatte. Ein feiner, kühler Sprühnebel legte sich auf sein Gesicht, und vom Wasser stieg ein Geruch von Eisen auf. *Der Bach ist wahrscheinlich voller Saphire*, dachte er, während er das auf dem Wasser tanzende Mondlicht beobachtete. *Und Rubine. Wenn jemand die Zeit und die Ausrüstung hätte, sie auszuwaschen, würde er vermutlich ein reicher Mann werden.* Billy lächelte und überlegte, wie es wohl Tam beim Bingo ergangen war. Vielleicht hatte sie den Hauptgewinn gemacht. Wenn sie mit fünfzig Dollar in der Tasche heimgekommen war, hatte sich ihre Enttäuschung, dass er diesen Trip mit Mitch machte, sicher gelegt. Billy berührte die fünf Hundertdollarscheine, die tief unten in seiner Hosentasche steckten. Mitch wollte ihm den Rest geben, sobald sie Mary gefunden hatten. Damit bekam er seine Fiedel zurück, und er würde sich nie mehr auf Wetten mit Zell Crisp einlassen.

Er drehte sich um und ging zum Feuer zurück. Mitch hatte sich bereits in seinen Maisröster-Schlafsack verkrochen und die Kapuze über den Kopf gezogen.

Billy rollte seinen alten Flanellschlafsack aus, den er schon seit seiner Kindheit benutzte, und legte sich dicht ans Feuer. Im silbrigen Licht des Wasserfalls und dem goldenen Schimmern der Flammen kam er sich vor, als schliefe er in einer großen Halle unter einem glanzvollen Sternenhimmel. Er schloss die Augen, von einem Gefühl der Zufriedenheit erfüllt. Morgen würden sie Mary finden. Morgen würde er den Rest des Geldes bekommen. Ab morgen würde sein Leben genauso voller Glanz sein wie diese Nacht.

Alex öffnete die Augen. Sie hatte sich nicht wie sonst zu einem Ball zusammengerollt, sondern lag auf dem Rücken. Ihre Stiefel, fest verschnürt, hatte sie anbehalten. Brank lag neben ihr. Alex wusste, ohne hinsehen zu müssen, dass er schlief; sein Schnarchen kam so regelmäßig wie Wellen, die gegen den Strand schwappen. Stundenlang hatte sie so getan, als würde sie schlafen, während sie aus dem zerschlissenen Zelt ihres Entführers den fast vollen Mond über den indigoblauen Himmel hatte gleiten sehen.

Gestern Abend hatte er ihr die Beine nicht wieder gefesselt, als er sie unter die Plane schubste, und die Aussicht, fliehen zu können, ließ sie seitdem nicht mehr los. Er war benommen von seinem Selbstgebrannten zu Bett gegangen, und sie hatte wach gelegen und überlegt, was sie tun sollte. Der Gedanke, ihn umzubringen, war verlockend – ihm das Messer aus dem Gürtel zu ziehen und es ihm tief ins Herz zu stoßen, brachte ein Lächeln auf ihre Lippen. Aber sie hatte nicht gesehen, wo er es hingesteckt hatte, als er auf seiner Decke zusammensackte, und wenn sie ihn bei der Suche danach weckte, war sie es, die das Messer ins Herz bekommen würde.

Da hatte sie beschlossen zu fliehen. Wenn es auch schwierig sein würde, mit gefesselten Händen durch den dunklen Wald zu rennen, war es doch tausendmal besser, als Henry Branks Spielzeug zu sein, seinem verrückten deutschen Geschwafel über die irre Trudy und Papa und Pennsylvania zuzuhören. Alex atmete tief durch. Der Mond hatte bereits den Zenit überschritten. Wenn sie fliehen wollte, dann musste es jetzt sein.

Brank lag auf dem Rücken, mit offenem Mund, und schnarchte wie jemand, der nicht von bösen Träumen verfolgt wird. Vorsichtig richtete Alex sich auf. Schmerz schoss ihr durch den Brustkorb, aber sie atmete tief ein, durch den Mund, und verdrängte den Schmerz, bis sie es ertragen konnte, sich zu bewegen. Der Nylonschlafsack unter ihr raschelte ständig, verriet jede Bewegung. Wieder schaute sie zu Brank, war sicher, dass er wach war und sie beobachtete, aber er schnarchte anscheinend ungestört weiter.

Sie wollte die Beine unter sich ziehen, erkannte aber, dass sie ohne die Stütze ihrer Hände beim Aufstehen zu viel Lärm machen würde. Sie musste sich umdrehen und bäuchlings hochkommen. Den Blick auf Brank gerichtet, drehte sie sich nach links und rollte sich auf den Bauch. Heißes Feuer durchlief ihren zerschundenen Körper, aber sie kümmerte sich nicht darum. Gebrochene Rippen konnten sie jetzt nicht aufhalten.

Jede Bewegung erschien ihr laut wie ein Kanonenschuss. Ihr Schlafsack raschelte, als würden Geigen in den höchsten Tönen quietschen. Alex atmete in raschen, flachen Zügen. *Gleich wird er die Augen öffnen und mich sehen.* Eine kleine Ewigkeit lang hockte sie reglos da, hielt die Luft an, bis ihre Lunge brannte, und wartete darauf, dass etwas geschah. Schweißtropfen standen ihr auf der Stirn. Er schnaubte im Schlaf auf, und sie erstarrte vor Angst, aber dann drehte er den Kopf weg und schnarchte weiter.

So weit, so gut, sagte sie sich. Vorsichtig kniete sie sich hin. Dann schob sie das linke Knie vor, stützte sich mit dem Ellbogen darauf ab und erhob sich. Ihre Knie wackelten und gaben fast unter ihr nach, und sie musste sich bücken, um das niedrige Zeltdach nicht zu berühren, aber wenigstens stand sie, ohne an ihn gefesselt zu sein. Beinahe hätte sie vor Freude geweint.

Stehen schien noch mehr Krach zu machen als das Umdrehen, doch Brank schnarchte immer noch. Jetzt musste sie sich nur noch umdrehen und aus dem Zelt schlüpfen. Dann war sie frei.

Alex hielt die Luft an und drehte sich um. Noch drei Schritte, und sie war draußen. Es würde nicht leicht sein, bei Nacht den richtigen Weg zu finden, aber noch schien der Mond hell, und sie hatte sich gestern besonders bemüht, sich den Weg einzuprägen. Wenn sie schnell genug rannte und lange genug, würde sie schon meilenweit weg sein, bevor er ihre Abwesenheit bemerkte.

Sie machte einen Schritt, blieb stehen. Der Nylonschlafsack raschelte, aber Brank bewegte sich immer noch nicht. Mit dem nächsten Schritt erreichte sie das Ende des Schlafsacks. Noch ein Schritt, und sie war weg vom Zelt, konnte in den Wald laufen. Sie drückte den Arm an ihre rechte Seite und warf einen letzten Blick auf Brank. Er schlief tief und fest. Alex verbiss sich den Schmerz und duckte sich unter den zerschlissenen Zeltklappen hindurch. Die kalte, dunkle Luft streichelte sie wie ein Liebhaber. Sie hatte es geschafft. Sie war frei.

Jetzt durfte sie keine Zeit verlieren. Mit schnellen Schritten schlüpfte sie an dem verglühenden Lagerfeuer vorbei, darauf bedacht, dass sie nicht auf Zweige trat, deren Knacken sie verraten könnte. Hohe Hemlocktannen ragten etwa sechs Meter entfernt in den dunklen Himmel. Wenn sie die erreichte, konnte sie in ihre Schatten schlüpfen ...

Sie musste sich gegen den Drang wehren loszurennen, wie sie es in ihrer Leichtathletikmannschaft in der Highschool gemacht hatte. *Geh langsam*, befahl sie sich. *Leise. Bis du bei den Bäumen bist. Dann kannst du losrennen.* Sie wollte über die Schulter schauen, um sich zu vergewissern, dass Brank ihr nicht folgte. *Bleib nicht stehen*, sagte sie sich. *Sieh zu, dass du die Bäume erreichst.*

Drei leise Schritte, dann noch zwei, und die versöhnlichen Zweige der Hemlocktannen streckten sich nach ihr aus und umhüllten sie. Der scharfe Geruch erinnerte Alex an Weihnachten. Ihr Herz hämmerte, als sei sie eine Meile weit gerannt. Sie keuchte. *Ich hab's geschafft*, dachte sie. Tränen rannen ihr aus den Augenwinkeln. Ich bin ihm entkommen.

Sie drehte sich um, sah zurück zum Zelt und erwartete immer noch, Brank wie einen Wahnsinnigen brüllen und mit seiner Flinte herumfuchteln zu sehen. Aber nichts bewegte sich. Doch das würde sich bald ändern. Er würde aufwachen und sehen, dass sie nicht mehr da war. Dann musste sie schon so weit wie möglich weg sein. Einen Augenblick lang hockte sie sich jedoch unter die Tannen, atmete den scharfen, sauberen Geruch ein und dachte an das Weihnachtsfest, zu dem sie das glänzende blaue Zwölfgangfahrrad bekommen hatte.

»Was auch immer passiert«, sagte sie leise und umklammerte einen Tannenzweig, »wenigstens ist es mir einmal gelungen zu fliehen.«

Alex stand auf und wandte sich, wie sie hoffte, nach Osten, wo die Bäume dunkle Schatten auf den Boden warfen. Vielleicht würde sie sich nicht genau an den Pfad erinnern können, aber sie wusste, dass sie die Gegenrichtung zu der einschlagen musste, in die Brank sie geführt hatte. Impulsiv drehte sie sich zum Zelt um und hob den Mittelfinger der rechten Hand. »Leck mich am Arsch«, sagte sie leise, »du und deine dämliche Katzenschwester.« Dann machte sie kehrt und rannte in die Nacht.

Zuerst wollte sie unter den Bäumen bleiben, später dann auf den alten Pfad hinunter, auf dem sie relativ unbehindert laufen konnte. Die Hemlocktannen standen jedoch sehr dicht; sich hier einen Weg zu bahnen, hielt sie auf und führte sie oft weit von dem Pfad weg. Schließlich merkte sie, dass sie, wenn sie sich nicht hoffnungslos in dem Dickicht verheddern wollte, hinunter zum Pfad musste. Dort würde Brank sie zwar leichter sehen, aber sie kannte keinen anderen Weg zurück zur Quelle. Sie kletterte hinunter auf die alte Trasse und begann zu rennen.

Das war schwieriger, als sie gedacht hatte. Sie versuchte es mit dem meilenfressenden Tempo von damals in der Querfeldeinmannschaft, konnte aber mit den vor ihrem Bauch gefesselten Händen nicht den richtigen Rhythmus finden. Wenn sie Tempo aufnahm, verlor sie das Gleichgewicht. Wenn sie versuchte, das Gleichgewicht zu halten, kam sie nur noch im Schneckentempo voran.

»Drecksack«, fluchte sie laut, »du musstest mir ja auch unbedingt die Hände fesseln, was?«

Schließlich verfiel sie in einen unbeholfenen, schlurfenden

Galopp. Sie kam sich lächerlich vor, mit hoppelnden zwei Meilen pro Stunde vor einem Monster zu fliehen, aber mehr war einfach nicht drin. Die Dunkelheit würde nicht mehr lange andauern.

Sie ignorierte das Seitenstechen und rannte weiter, bis das graue Mondlicht farblos wurde und ein paar Vögel zu zwitschern begannen. Bald kam die Morgendämmerung. Bald musste sie sich entscheiden, ob sie sich verstecken oder weiterrennen wollte. Sie zweifelte nicht daran, dass er sie verfolgen würde.

Ein Waschbär huschte vor ihr in den Wald, aufgeschreckt von dem zweibeinigen Wesen, das da in seine Welt hineinplatzte. Alex kletterte über den umgefallenen Baum, den sie am Vortag bemerkt hatte, und lächelte. Sie war auf dem richtigen Weg.

Als sich der Himmel im Osten rosa färbte, blieb sie keuchend stehen. Wasser gurgelte von den Felsen auf einer kleinen Anhöhe herunter. Alex hatte seit dem Abend zuvor nichts mehr getrunken. Ihre Kehle war rau wie Sandpapier; sie musste trinken, wenn ihre Flucht erfolgreich sein sollte. Sie hob den Kopf. Eiskaltes Wasser stach ihr wie tausend Bienen ins Gesicht, aber das war ihr egal. Gerade war es ihr gelungen, ein paar Schlucke zu trinken, als etwas am Rande ihres Gesichtsfeldes auftauchte. Eine graue Vogelscheuche humpelte auf sie zu und flatterte dabei mit den Ellbogen wie ein Straußenvogel mit seinen Stoppelflügeln.

Brank. Und selbst mit seinem hoppelnden, vornübergebeugten Gang holte er schnell auf.

»Scheiße«, rief sie, sprang zurück auf den Pfad und rannte los. Keine Zeit, sich jetzt Gedanken darüber zu machen, ob sie fallen könnte. Sie presste die Hände an die Brust und versuchte, lange, schnelle Schritte zu machen. *Verschaff dir einen Vorsprung*, drängte sie ihren müden Körper. *Dann versteck dich.*

Sie hastete weiter und suchte in den verschwindenden Schatten nach einem Versteck. Dornen zerkratzen ihre nackten Beine, ihre Füße rutschten auf Kiefernnadeln aus. Sie senkte den Kopf und konzentrierte sich aufs Rennen. Wahrscheinlich hatte er die Anhöhe schon überwunden. *Nur noch bis zur nächsten Biegung, dann kann er dich nicht mehr sehen.*

Ihr Atem rasselte in ihrer Kehle. Ihre Beine bewegten sich wie Kolben. Sie riskierte einen Blick über die Schulter. Die Vogelscheuche hatte die Anhöhe überschritten. Alex blinzelte. Er hob den Arm.

»Hey, Trudy!« Er hatte sie gesehen. Seine raue Stimme hallte durch die Bäume. »Wir wollten es uns doch gerade gemütlich machen!«

»Nein!«, schrie sie. Jeder Schritt sandte neue Schmerzwellen durch ihre Rippen, aber sie zwang ihre Beine, sich schneller zu bewegen. Sie konnte jetzt nicht stehen bleiben, konnte nicht aufgeben. Vielleicht lag irgendwo ein Stein oder ein Ast, den sie packen und ihm damit den Schädel einschlagen konnte. Aber sie konnte nicht anhalten und danach suchen.

»Trudy!« Seine Stimme klang näher. Alex drehte sich um. Sie sah sein Gesicht. Sein Mund stand offen, aber sein Blick schien sich in sie hinein zu bohren, als wollte er ihr ein Brandzeichen verpassen.

Sie flehte ihre Beine an, mehr zu geben, noch einmal Tempo zuzulegen, wie sie es in der Highschool getan hatten, doch sie reagierten nicht. Alex wurde müde. Bald würde er sie einholen, und dann würde sie sterben. »Bitte«, flehte sie. Brank holte auf. Seine Schritte waren schon ganz nahe.

»Bitte«, wimmerte sie ein letztes Mal. In dem Moment verfing sich ihr Fuß in einer Baumwurzel. Verzweifelt bemühte sie sich, das Gleichgewicht zu halten, hatte auch einen Moment lang Erfolg damit. Doch dann knallte sie mit dem Gesicht voran zu Boden, und die Luft wurde aus ihr herausgepresst wie aus einem Ballon. Sofort stürzte er sich auf sie und vergrub seine scharfen Fingernägel in ihren Schultern.

Eine Weile lang lagen sie beide nur da und rangen nach Luft, dann hob sich sein Gewicht von ihr, und sie spürte, wie sich der Lederriemen um ihren linken Fußknöchel schlang. Gleich darauf war auch der rechte gefesselt.

»Was ist bloß los mit dir?«, keuchte er. »Wir haben uns doch so gut verstanden.«

Er hatte ihre Beine wieder gefesselt, aber diesmal nur knappe dreißig Zentimeter Riemen dazwischen gelassen.

Sie drehte sich auf den Rücken und sah zu ihm auf. »So kann ich nicht laufen.«

»Tja, das wirst du wohl müssen.« Er nieste und wischte sich die Nase am Ärmel ab. »Papa hat immer gesagt, du wärst schwer zu bändigen. Sieht so aus, als hätte er Recht gehabt.«

Alex schüttelte den Kopf. Ihre Augen funkelten vor Zorn. »Papa hat mich nie gekannt!«, schrie sie. »Papa hat keine Ahnung, wie ich bin.«

Brank band den langen Lederriemen wieder um ihre Taille. »Dann muss ich vielleicht rausfinden, wie du bist«, knurrte er und zog den Knoten fest. »Vielleicht mach ich es mir von jetzt an zur Aufgabe, genau das rauszukriegen.«

»Komm jetzt!« Brank zerrte an dem Riemen. »Deine kleine Eskapade könnte uns den ganzen Tag gekostet haben. Wind kommt auf, und er wird dein Gesicht in Gelee verwandeln.«

Alex setzte sich auf und starrte ihn an. Er starrte finster zurück, die dicken Brauen gerunzelt. »*Gehorchen*, Trudy. Du willst doch kein altes Mädchen mit einem Geleegesicht werden. Dann kriegst du nie einen Mann.«

Sie rührte sich nicht, bis er mit dem Fuß ausholte. Da erinnerte sie sich an ihre Rippen und die Strafe fürs nicht *gehorchen*. Ohne weiteren Protest erhob sie sich und folgte ihm mit winzigen, hoppelnden Schritten zurück zum Lager; dabei stolperte sie wie eine Witzfigur in einem flimmernden Stummfilm.

Die Sonne stand schon hoch über den Bergen, als sie endlich das Zelt erreichten. Er band sie an einen Baum, packte die Sachen zusammen, kam dann zu ihr und löste die Fesseln um ihre Handgelenke.

»Zieh die Jacke aus«, befahl er, nachdem er ihre Hände befreit hatte. »Heute werden wir's ein bisschen anders machen als gestern.«

Langsam zog sie die Jacke aus und stand nackt im Sonnenlicht.

»Jetzt wirst du erleben, was mit Mädchen passiert, die weglaufen.« Brank stopfte die Jacke in seinen Sack. Er zog ihre Arme nach vorne durch die Gurte ihres Rucksacks; ihre Brüste wurden schmerzhaft gegen den Aluminiumrahmen gedrückt, als Brank hinten die Gurte zuzog. Sie schnitten ihr ins Fleisch, und Alex zuckte zusammen, presste aber die Lippen aufeinander und weigerte sich aufzuschreien.

Nachdem er ihr den schweren Rucksack vor die Brust geschnallt hatte, nahm er einen Lederriemen und schlang ihn ihr um den Hals. Er griff nach einem Stock, den er im Wald gefunden hatte, und schlug ihr auf den Hintern.

»So«, gluckste er. »Mädchen, die weglaufen, werden angetrieben, nicht geführt.« Wieder schlug er ihr auf den Hintern. »Hü-hott! Wenn du dich wie ein Muli aufführst, wirst du auch wie eins behandelt. Los jetzt, Trudy.«

Alex setzte sich in Bewegung, den Rucksack auf der Brust, den Lederriemen eng um den Hals.

Stundenlang humpelte sie vor ihm her, den Kopf gegen den starken Gegenwind gebeugt, der von den Berggipfeln herunterwehte. Obwohl der Rucksack vor der Brust viel unbequemer zu tragen war, hatte sie nichts dagegen, vorausgehen zu müssen. So brauchte sie Henry Brank weder zu sehen noch zu riechen und konnte sich beinahe einbilden, dass sie ganz allein hier war, bis ihr der Riemen wieder in den Hals schnitt.

Der Wind blies unablässig; als sie um ein ausgedehntes Gestrüpp herumgingen, das Mary als Lorbeer bezeichnet hatte, raute ihr der Wind das Gesicht auf und ließ ihre bereits geschwollenen Knie und Fußgelenke noch steifer werden. Alex kannte den heulenden Präriewind von Texas, aber der war ein Kinderspiel im Vergleich zu dem hier. Als sie gerade meinte, wegen des endlosen Jaulens in ihren Ohren schreien zu müssen, endete das Lorbeergestrüpp. Sie begannen einen langsamen Abstieg in ein Tal, das sich wie ein welliger Teppich unter ihnen ausbreitete.

Sofort wurde das Gehen leichter. Der Wind hatte sich zu einer Brise abgeschwächt und die Sonne brannte, statt zu stechen. Wenn hier je Holz geschlagen worden war, gab es keine Spur mehr davon. Die Berge waren dicht bewaldet und glühten in üppigen Herbstfarben.

Jetzt, wo sie aus dem Wind heraus waren, fühlte Alex sich stärker. Die winzigen Schritte, die sie nur machen konnte, fielen ihr leichter, und sie wusste mittlerweile, welche Entfernung sie zu ihm halten musste, damit er sie mit dem Stock nicht erreichen konnte. Allerdings war es unmöglich, auf diese Weise Gras und Unkraut umzutreten. Wenn es ihr gelungen war, eine Spur zu hinterlassen, dann endete diese vor dem Lorbeergestrüpp. Irgendwann fiel ihr Charlie ein, und sie hätte beinahe laut losgelacht. Sie wurde hier wie ein Ochse durch die Appalachen getrieben, während er in einem gemütlichen kanadischen Hotel saß und Vorträge über Flöhe hielt. Er würde sie Mitte der Woche anrufen, aber sich nichts dabei denken, wenn sie nicht zu Hause war. Nein, dachte sie, als ihr Drang zu lachen verflog wie Wolfsmilchsamen im Wind. Erst ab Freitag würde sich Charlie Sorgen machen. Bis dahin war sie längst tot.

Am Nachmittag trieb er sie auf eine mit Unkraut überwachsene Wiese. In der Ferne entdeckte sie eine Blockhütte, die ein einsamer Unterschlupf zu sein schien, wie die Hütten in der Geisterstadt für Touristen, die sie mal in Arizona besichtigt hatte.

Alex blieb stehen. Sie hatte angenommen, dass Brank sie durch die Wälder treiben und auf Deutsch auf sie einquasseln würde, bis er sich entschloss, sie umzubringen. Dass sie zu einem bestimmten Ort unterwegs waren, wäre ihr nicht in den Sinn gekommen. Jetzt hatten sie offenbar ihren Bestimmungsort erreicht. *Bestimmungsort*. Die Silben klangen für sie so endgültig wie der Tod.

»Wollen wir da hin?« Die Worte entfuhren ihr, bevor sie sie zurückhalten konnte.

Er kam zu ihr und starrte sie an. Dass sie sprach und Gefühle hatte, schien ihn jedes Mal aufs Neue zu überraschen. »Ja.«

»Was wollen wir hier?« Besser, sie fand so viel wie möglich heraus. Es brachte nichts, sich Gedanken darüber zu machen, wo man wohl umgebracht wurde.

Er nahm die Yankees-Kappe ab und grinste. »Wir werden uns ein bisschen besser kennen lernen, Trudy. Ich hab darüber nachgedacht, seit du weggelaufen bist. Wir werden die Familienwerte der Branks neu festlegen.«

Wieder schlug er sie mit dem Stock. Alex stolperte blind vorwärts und kämpfte gegen die aufsteigende Übelkeit an. Sie würde von einem Wahnsinnigen umerzogen werden. Das war ihre Bestimmung, genau wie dieser schreckliche Ort ihr Bestimmungsort war. *Na gut*, entschied sie und sah zum Himmel hinauf; ihr war klar geworden, dass ihre Möglichkeiten rasch schwanden. *Gib mir nur den einen Hinweis, wie ich ihn entweder töten oder ihn dazu bringen kann, mich möglichst schnell umzubringen.*

Die Hütte war einst ein solider Bau gewesen, aber jetzt sprossen dürre Walnussschößlinge aus dem zerbröckelnden Mörtel des Schornsteins und die Fensterscheiben waren zerbrochen. Ein kleiner Bach rauschte hinter der Hütte entlang, und an den anderen drei Seiten ragten die Berge auf wie Wachtposten.

»Osten und Westen, zu Haus ist's am besten«, verkündete Brank und schob sie durch das dichte Unkraut, das um den größten Teil der Hütte wuchs. Als sie die massive Tür der Hütte erreichten, drückte er sie auf und zog Alex dann hinter sich her.

Ein widerlicher Gestank drang ihr in die Nase.

»Der Dreck stammt von den verdammten Fledermäusen«, grummelte er und kniff die Augen zusammen. »Siehst du? Da drüben.« Er zeigte auf die gegenüberliegende Wand. Eine breite graue Kotspur hatte die Balken bekleckert und sich am Boden aufgehäuft. »Ich wette, ich hab mindestens fünfhundert von den Viechern erschossen, aber sie kommen immer wieder.« Er spähte hinauf in die im Schatten liegenden Dachbalken der Hütte. »Die haben hier ihren Schlafplatz und kacken wie die Weltmeister.« Er lachte und stieß sie mit dem Ellbogen an. »Schätze, jeder hat gern ein warmes Plätzchen zum Scheißen. In dieser Hütte haben die Holzfäller geschlafen«, erklärte er, den Fremdenführer spielend. »Jetzt ist sie mein Lagerraum.«

Er ging hinüber zur Ecke, in der ein alter Kupferkessel stand. Oben ragte ein langes Rohr heraus. »Das ist Gertie.« Liebevoll tätschelte er das Rohr. »Ich hab sie nach dir benannt, aber ich nehm sie nicht zum Whiskeybrennen. Zucker und Mais kosten verdammt viel, und Dope lässt sich viel einfacher anbauen.«

Alex beobachtete ihn und wartete.

Er grinste und deutete auf einen der gezahnten Eisenringe, die vom Querbalken der Decke hingen.

»Weißt du, was das ist?«

Sie antwortete nicht.

»Fallen.« Er stupste einen der Ringe an, der wie ein Uhrpendel hin und her zu schwingen begann. »Die da ist für Bären, die andere für Füchse. Und die hier habe ich speziell für dich gemacht, Trudy. Schau gut zu.«

Er ging hinaus auf die Veranda und kam mit einem Holzscheit so dick wie ein Arm zurück. Das plazierte er in der Mitte der Trudy-Falle und stieß es dann nach oben. Mit einem scharfen Knall schnappte die Falle zu, und das Holzscheit purzelte in der Mitte gespalten zu Boden.

»Genau das sollte sie mit deinem Bein machen«, gluckste Brank.

Alex begann zu zittern. Erst jetzt begriff sie wirklich, dass sie hier sterben würde. Im Wald hatte sie sich noch an die geringe Chance geklammert, ihm entkommen zu können. Hier, in der Hütte, saß sie tatsächlich in der Falle. Warum hatte sie nicht den Mut gehabt, ihn letzte Nacht zu erstechen? Er hätte sie wahrscheinlich getötet, aber zumindest wäre sie dann nicht in dieser selbst gemachten Hölle zu Tode gefoltert worden.

Er zerrte sie durch den Raum und präsentierte ihr mit schwungvoller Gebärde sein privates Reich. »Hier wohne ich«, verkündete er mit einem Augenzwinkern.

Trockener Staubgeruch stieg ihr in die Nase. Tierschädel grinsten von den Wänden, und vor der Feuerstelle auf der anderen Seite der Hütte waren Waschbärenfelle aufgespannt. Ein zerwühltes Feldbett war unter das zerbrochene Fenster geschoben worden, daneben lag ein Stapel zerfledderter Taschenbücher und Zeitschriften. In einer Ecke der Hütte stand ein Tisch, auf dem sich Gegenstände wie vom Flohmarkt türmten. Drei gelbe Frisbees lagen neben einer Gitarre ohne Saiten, Baseballkappen türmten sich auf einer alten Stereoanlage, billiger Schmuck und Angelköder quollen aus einem

Werkzeugkasten. An den Deckenbalken baumelten Schlangenhäute.

»Manches habe ich mitgebracht«, erklärte Brank. »Das andere sind Andenken an Leute, denen ich über die Jahre begegnet bin.«

Plötzlich ergab das alles einen perversen Sinn. Henry Brank war ein Trophäenjäger. Waschbärenfelle, Frisbees von Kindern, zerfledderte Stephen-King-Taschenbücher von Bergwanderern. Er nahm, was er fand, und klaute, was immer er haben wollte. Lag Martha Crows Medaillon des Heiligen Andreas auch in dem Werkzeugkasten zwischen den unechten Perlen und Glitzerketten?

Brank zog einen zerbeulten Pappkarton unter dem Bett hervor. »Erinnerst du dich, was Papa mit uns gemacht hat, wenn wir böse waren?«, fragte er und stellte den Karton auf das quietschende Bett.

Alex schüttelte den Kopf.

Er lachte. »Natürlich nicht, Trudy. Du warst ja nie böse, oder?« Er setzte sich aufs Bett. Seine Augen funkelten unter den dichten Brauen. »Wenn du was ausgefressen hast, warst du immer so gescheit, es auf mich zu schieben. Ich war derjenige, der mit in die Garage musste wegen irgendwelchem Scheiß, den du gemacht hast.«

Stell dich dumm, dachte sie und zuckte entschuldigend mit den Schultern.

»Tja, Pech gehabt, Trudy. Sieht so aus, als müssten wir dich von Grund auf umerziehen.«

Alex schlug die Augen nieder. Egal, was er mit ihr vorhatte, sie würde ihm nicht das Vergnügen bereiten, sie weinen zu sehen.

»Aber zuerst essen wir was«, verkündete er. »Wir werden all unsere Kraft brauchen.«

Er schob den Karton zur Seite und schnallte ihr den Rucksack ab. Während sie das Gefühl der Freiheit genoss, zog er eine Schachtel Schokoladenkekse aus seinem Sack. Er nahm zwei für sich heraus und bot ihr den letzten an.

Sie schüttelte den Kopf.

»Probier mal, Trudy.« Gierig biss er in den Keks, wobei er ihren finsteren Blick nicht bemerkte. »Die schmecken wie der Kuchen, den Mama immer gebacken hat. Geben dir genug Kraft, alles durchzustehen, was wir dann machen werden.«

Plötzlich wich alle Furcht von Alex und wurde von einer Wut ersetzt, die jede Zelle ihres Körpers durchdrang. »Stell dir vor, Henry«, zischte sie, »dein *Kuchen* oder Mama oder deine dämlichen Familienwerte sind mit scheißegal. Wenn du die Wahrheit wissen willst, ich glaube, du bist noch dieselbe miese kleine Kröte, die du immer warst.«

Er hörte auf zu kauen, die gelben Augen hart wie Glas. »Red nicht so mit mir.«

»Ach ja?« Alex lächelte, ihn absichtlich weiter reizend. »Und was willst du dagegen tun? Mich wieder mit dem Stock schlagen? Oder mir die dämliche Schlange vorm Gesicht baumeln lassen?« Sie schüttelte den Kopf. »Das hat einmal funktioniert, Arschloch«, sagte sie. »Jetzt nicht mehr.«

Sein Gesicht wurde rot. »Halt die Klappe!«, schrie er und spuckte halb gekaute Kekskrümel aus.

Obwohl sie sich bemühte, konnte Alex ihr Lachen nicht unterdrücken. Das war doch verrückt. Ihr Bergungeheuer spuckte Kekse, wenn es sauer war. Rasch setzte sie sich, senkte den Kopf zwischen die Knie und lachte unkontrolliert.

Als sie aufhörte, war alles still, als bereite sich die Erde auf einen Vulkanausbruch vor. Instinktiv versteifte Alex sich. Sie spürte, wie sich seine Hände um ihre Kehle krallten. Mit einer einzigen Bewegung riss er sie hoch; ihre Halswirbel knackten.

»Lachst du mich schon wieder aus?«, schrie er, sein Gesicht dicht vor ihrem. »Ja?«

Alex faltete die Hände und versuchte, sie ihm zwischen die Beine zu rammen, aber er sah es kommen und wich im letzten Moment aus.

»Lass das!«, kreischte er. Sie sah, wie sich seine Hand hob, dann flammte Schmerz in ihrer Wange auf. »Wag es nicht, mich noch mal auszulachen! Warum, zum Teufel, glaubst du wohl, dass ich dich schon mal getötet habe?«

»Ich weiß es nicht!«, schrie sie. »Warum sagst du's mir nicht?«

»Kannst du dich nicht an der Herbst achtundsechzig erinnern? An das Kornfeld vom alten Parsons? Wir haben Rehe gejagt. Ich wollte unbedingt eins schießen, nur um Papa zu zeigen, dass ich es konnte.« Sein Blick bohrte sich in sie wie heißes, safrangelbes Feuer. »Aber du hast mir keine Zeit gelassen, hast mir den Weg abgeschnitten und mein Reh geschossen. Und dann hast du mich verspottet. *Wichser! Hosenscheißer!* Du hast mich so wütend gemacht.«

Er drängte sich enger an sie. »Aber ich hab mich gerächt, was? Der erste Schuss hat dich im Knie erwischt, der zweite hat dir die Kehle aufgerissen. Du hast geschrien und geblutet wie ein abgestochenes Schwein.« Er lachte bei der Erinnerung. »Du hast dir sogar in die Hose gemacht!«

Alex' Wange brannte, und sie versuchte, ein möglichst ausdrucksloses Gesicht zu machen, aber er drückte ihr Kinn mit den Daumen zurück und beugte ihren Kopf brutal nach hinten, so dass sie ihn ansehen musste. Ihr Puls flatterte in ihrer Kehle wie ein gefangener Vogel.

»Jetzt bring ich dich vielleicht dazu, dir wieder in die Hose zu machen!«

Er zerrte sie zurück auf die Veranda und um die Hütte herum, wo mehrere zusammengenagelte Bretter auf dem Boden vor dem Fenster lagen. Den Lederriemen um die Hand geschlungen, hob er die Bretter hoch und deckte eine fast zwei Meter breite Grube auf. Er grinste und zog sie zur Grube. »Na los, Trudy. Nenn mich noch mal *Wichser!*«

Zitternd schaute sie hinein. Die Grube zu ihren Füßen war tief und hatte schwarze Erdwände. Unten auf dem Boden lag ein sich windendes Knäuel von Klapperschlangen, miteinander verschlungen wie die Eingeweide einer Bestie. Alex glaubte, ohnmächtig zu werden.

»Die meisten verkaufe ich an die Moralprediger und Halleluja-Billys, die zu sehr damit beschäftigt sind, mit Jesus zu quatschen, um selbst auf Schlangenfang zu gehen«, erklärte Brank. »Aber ich hab auch rausgefunden, dass niemand jemals in mein Fenster steigt, wenn ich nachts die Grube aufdecke.« Er kicherte.

»Doch über eines musst du dir im Klaren sein.« Brank griff nach einem anderen langen Stock und stieß ihn in die Grube. »Wenn ich je auch nur das kleinste Lachen von dir höre – du solltest wissen, dass die Grube an die drei Meter tief ist.«

Alex starrte ihn an und sah dann in die dunkle Grube. *Mach der Sache ein Ende, Alexandra*, drängte die Stimme in ihrem Kopf. *Spring rein und überlass dich den Schlangen.*

Sie trat einen Schritt vor. *Das wird zwar teuflisch wehtun, aber schnell vorbei sein. Dann kann er dich nie wieder mit seinen dreckigen Pfoten begrapschen.*

Sie stand am Rand der Grube. Mit einem Ruck schnitt ihr der Lederriemen in den Hals.

»Noch nicht, Trudy«, warnte Brank. »Der Spaß hat doch erst angefangen.«

»Wollen wir wetten?«, fragte Alex, beugte sich vor, bis der Riemen sich spannte, und bedachte ihn mit ihrem finstersten Lächeln.

Der große Hughey-Helikopter stieg wie eine überdimensionierte Wespe über der flachen Küstenebene von South Carolina auf. Er wirbelte einen Malstrom von trockenem, orangefarbenem Staub auf und ließ die kleine Herde Holstein-Kühe, die unten auf der Weide graste, vor dem lauten Schwirren des Rotors in panischem Galopp fliehen. Die Zweimanncrew lachte über die galoppierenden Kühe und nahm dann Kurs auf Tennessee Richtung Nordnordwest.

Der Kopilot, ein lang aufgeschossener blonder Mann aus Indiana, schüttelte den Kopf und überprüfte den Höhenmesser. »Ich kann's einfach nicht glauben, dass wir für fünfzig Pfund Fleisch für ein Barbecue über die Appalachen fliegen sollen. Gibt's das Zeug denn hier nicht?«

Der Pilot setzte seine Sonnenbrille auf. »Das, was sie hier machen, schmeckt General Claiborne nicht. Der stammt aus Tennessee. Die Leute aus Tennessee glauben, sie seien die Einzigen auf der Welt, die Schwein richtig zubereiten können.«

»Verdammt, das ist doch nur Essen. Rein in das eine Loch, raus aus dem anderen.«

»Hast du jemals Angeline's Barbecue gegessen?«

»Ich war noch nicht mal in Tennessee.«

»Tja, dann.« Der Pilot kicherte und steuerte den Hubschrauber auf die westlichen Berge zu. »Da steht dir ein echtes Erlebnis bevor.«

Unten im Nantahala-Wald blickte Harold Hobart finster zum Himmel hinauf. »Was zum Teufel ist das?«

Beim plötzlichen Rauschen der Bäume und dem lauten Schwirren eines Rotors hatte der Keiler, dessen Fährte Harold seit gut drei Stunden verfolgte, sich umgedreht. Das Vieh schien Harold einen Augenblick lang anzugrinsen, dann wirbelte es herum und verschwand in einem undurchdringlichen Dickicht aus Fuchsreben und Rhododendron. Harold wusste sofort, dass er den Keiler verloren hatte. Wildschweine konnten sich durch solch ein Dickicht bewegen, ohne dass auch nur ein Blatt zitterte. Der Jagdausflug war zu Ende, und Harold hatte nicht einen einzigen Pfeil abgeschossen.

»Keine Ahnung.« Jonathan Walkingstick sah hinauf zu dem kleinen blauen Himmelsfleck zwischen den dicht stehenden Bäumen. Das kehlige Brummen des Motors deutete auf eine große Maschine, keiner der kleinen Hüpfer, wie sie die Drogenpatrouillen von North Carolina benutzten, auch nicht wie die größeren aus Tennessee. Der klang wie die CH-47, die er im Golfkrieg geflogen hatte. Er lauschte auf weitere, dachte, dass die 82ste vielleicht Manöver abhielt, aber es kamen keine mehr. Jonathan schüttelte den Kopf, als das Brummen allmählich verklang.

»Verläuft hier vielleicht 'ne Flugroute?« Harold Hobarts rotes Haar kräuselte sich unter dem Jägerhut. Brent, Harolds sechzehnjähriger Sohn und zukünftiger Erbe, sah betont auf die Uhr und seufzte.

Wieder schüttelte Jonathan den Kopf. »Die meisten Flugzeuge meiden diesen Teil der Appalachen. Die Winde sind wechselhaft, und das Wetter kann sich schnell ändern.«

»Wenn dieser verdammte Hubschrauber nicht gekommen wäre, hatte ich den Keiler gehabt«, maulte Harold weiter.

»Dad, können wir jetzt zurückgehen?« Brent schwang seinen Bogen wie einen Baseballschläger und ließ einen imaginären Ball in den Wald sausen. Er warf Jonathan einen düsteren Blick zu. »Das hier ist doch für'n Arsch.«

»Na gut.« Harold wischte sich den Schweiß von der Stirn. »Genug für heute.« Er drehte sich um und stapfte den Pfad wieder hoch, auf dem sie gerade heruntergekommen waren. Brent steckte sich Stöpsel in die Ohren und trottete, mit einem höhnischen Grinsen in Jonathans Richtung, hinter seinem Vater her; dabei zuckte er mit dem Kopf zu der Musik, die nur er hören konnte.

Jonathan war froh, dass er es hinter sich hatte. Die Hobarts hatten aus Greenville, South Carolina, angerufen und gesagt, sie wollten auf Wildschweinjagd gehen, aber Jonathan hatte schon nach zwanzig Minuten gemerkt, dass Vater und Sohn als Jäger und Bogenschützen der Sache nicht gewachsen waren. Jonathan hatte diesen einen Keiler absichtlich aufgestört. Er war selbst schon seit drei Jahren hinter ihm her und wusste, dass der kleine Kerl flink genug war, um die Hobarts ordentlich durch die Gegend zu jagen, und gerissen genug, um sich nicht abschießen zu lassen. Die Hobarts so an der Nase herumzuführen, war vielleicht nicht gerade sportlich, aber das kümmerte Jonathan nicht. Die beiden waren sich wie echte Bogenschützen vorgekommen, und der Keiler hatte ein bisschen Bewegung gehabt. So war allen gedient.

Lena Owle stand auf der Veranda von Little Jump Off, eine rosa Schürze um die Taille. Sie lächelte, als Jonathan mit der flachen Hand auf das Wagendach des schimmernden schwarzen Cadillacs schlug und die Hobarts auf den Heimweg schickte.

»Gute Jagd gehabt?« rief Lena. Der große Wagen verschwand um die erste Kurve.

»Fantastisch«, erwiderte Jonathan. »Hobart kann nicht schießen, und der Junge kann sich nicht mal in der Nase bohren.« Er sah stirnrunzelnd zu Lena auf, die ein französisches Fleischermesser in der Hand hielt. »Hast du den Hubschrauber gehört, der vor etwa drei Stunden hier rübergeflogen ist?«

Sie schüttelte den Kopf. »War zu sehr mit dem Kochen beschäftigt. Sonntagsessen, du erinnerst dich?«

Jonathan sah sie verständnislos an.

»Cassoulet, Jonathan. Französischer Landeintopf. Das haben wir letztes Wochenende besprochen.« Sie verschränkte die Arme unter ihrem üppigen Busen. »Ich hab zwei Flaschen Wein und Erdbeeren zum Nachtisch mitgebracht.«

»Ja, stimmt.« Er nickte heftig und versuchte, begeistert auszusehen. Es war nett von Lena, herzukommen und zu kochen. Noch netter, dass sie blieb und hinterher mit ihm schlief, aber darüber hinaus fühlte er sich in ihrer Gegenwart unwohl. Sie wollte immer bleiben, manchmal sogar tagelang, stellte seine Bücher um, räumte seinen Schrank auf und hatte einmal sogar seine Gewürze alphabetisch geordnet. Er mochte sie, aber sie musste immer alles organisieren, klar umreißen. Jonathan ließ sich lieber treiben und lebte in den Tag hinein.

»Du hast es vergessen, stimmt's?« Triumph in der Stimme, als hätte sie ihn bei einer Lüge ertappt.

Er rang sich ein Lächeln ab. »Nein. Cassoulet. Lena. Sonntagabend. Das hab ich bestimmt in meinem Terminkalender notiert.«

»Du bist vielleicht ein Witzbold.« Sie lachte und eilte zurück in die Küche.

Er folgte ihr in den Laden, während er überlegte, welcher Notfall einen derart großen Helikopter auf den Plan gerufen hatte. Ein verirrter Wanderer? Ein Herzinfarktopfer, das am Fuß einer Felswand lag? Das Bild von Mary und ihren Freundinnen schoß ihm durch den Kopf. Sie wollten nur rauf zu Atagahi, aber das war eine anstrengende Kletterei für drei Stadtfrauen. Vielleicht sollte er nachsehen, was aus ihnen geworden war.

Sei doch kein Idiot, beschimpfte er sich. Oben klapperte Lena mit den Töpfen. Mary sitzt vermutlich schon wieder an ihrem Schreibtisch in Atlanta, verarztet ihre Kratzer und den Ausschlag vom Giftsumach. Jonathan ging zum Kühlschrank und holte sich ein Cola. Trotzdem ... Es war verrückt, aber wenn sich Lena später eine Fernsehshow anschaute, würde er vielleicht zum Anfang des Wanderwegs raufgehen und nachsehen, ob der rote BMW weg war.

Mitchell Whitman lag mit geschlossenen Augen auf dem Rücken, als der Hubschrauber näher kam. Obwohl er sich auf einem hohen Berggipfel in den Appalachen befand, ließ sich Mitch in Wirklichkeit durch das aquamarinblaue Wasser des Rio Blanco treiben. Eine warme Brise trug ihm den Geruch von Meerwasser und Krabben aus der Flussmündung zu, und das Lachen der Fischersfrauen umschmeichelte ihn wie zarte Blütenblätter. Sein Mund füllte sich mit dem süßen Geschmack von Zuckerrohr, und er fühlte sich wie neugeboren. Wie jemand, der keinen affektierten Bruder hatte oder eine Säuferin zur Mutter oder einen Vater, der wie ein Drache brüllte. Sie alle kamen ihm plötzlich wie Menschen vor, über die man in der Zeitung liest: zerstörte Menschen, für die man Mitleid empfindet, dankbar, dass sie nicht zu einem gehören. Das Brummen des Hubschraubers dröhnte durch seinen Traum, und plötzlich befand er sich wieder im Gerichtssaal von Deckard County.

»Mr. Whitman«, sagte Mary in dem mucksmäuschenstillen Saal. »In der letzten, sehr langen Stunde haben wir in aller Ausführlichkeit festgestellt, dass Sie Sandra Manning kannten, dass Sie eine Beziehung mit Sandra hatten, dass Sie vielleicht sogar bereit waren, Ihren Bruder an Ihrem Zusammensein mit Sandra Manning teilnehmen zu lassen. Aber Sie bestehen weiterhin darauf, dass Sie keine Ahnung haben, warum Ihr Bruder den Wunsch verspürt haben sollte, Sandra Manning zu töten.« Mary ging vor der Geschworenenbank auf und ab und kratzte sich am Kopf. »Komisch, wie man gleichzeitig so viel und so wenig wissen kann, nicht?«

Er saß nur da und hoffte, dass dies das Ende war. Mary Crow war in jede hässliche, demütigende Ecke seinen Lebens eingedrungen und hatte sie aufgedeckt, aber bis jetzt hatte sie ihm kein Verbrechen nachweisen können. Wie unterhaltsam und pikant seine Zeugenaussage auch sein mochte, so war Cal doch immer noch der einzige Whitman, der auf der Anklagebank saß.

»Ich habe nur noch eine Frage.« Sie hatte sich umgedreht und sah ihn an, der Blick plötzlich scharf wie der eines Habichts. »Warum hat Sandra Manning nur drei Stunden, bevor die Polizei sie tot auffand, in Ihrer Wohnung angerufen?«

Mitch atmete tief durch. Er spürte, wie ihm der Schweiß von der Stirn lief, und hörte sein Herz laut wie eine Exekutionstrommel schlagen. Er erwiderte Mary Crows Blick.

»Ich weiß es nicht«, hatte er gelogen, mit so viel Aufrichtigkeit, wie er aufbringen konnte.

„Ich weiß es auch nicht.« Billy Swimmer sah mit zusammengekniffenen Augen zur Sonne, als der Hubschrauber über ihre Köpfe brummte. Homer und er saßen Mitch gegenüber, aßen Maisbrot und beobachteten zwei Schwarzdrosselmännchen, die sich über einen Zweig voller Pfeilholzbeeren stritten.

»Häh?« Mitch kam so schnell aus dem Gerichtssaal in die Gegenwart zurück, dass er das Gefühl hatte, in einer Achterbahn zu sitzen.

»Sie sagten, ich weiß es nicht. Da hab ich Ihnen zugestimmt. Meistens suchen die hier nach verirrten Wanderern und Leuten, die Dope anbauen.«

»Oh.« Mitch blinzelte. »Sie meinen den Hubschrauber.«

»Ja klar.« Billy warf Mitch einen neugierigen Blick zu, während er das letzte Stück Maisbrot an Homer verfütterte. Dann schreckte er plötzlich auf. »Hören Sie, Sie glauben doch nicht, dass noch jemand anders aus Ihrem Büro nach Mary sucht, oder?«

Mitch wurde blass. Er sah in den Himmel hinauf, die Brauen gerunzelt. »Kann ich mir nicht vorstellen. Auf jeden Fall hat mir keiner was davon gesagt, dass sie einen Hubschrauber schicken wollten.«

»Tja, ich würde mir keine Sorgen deswegen machen«, beruhigte ihn Billy. »Die Bäume stehen viel zu dicht, als dass man vom Hubschrauber aus jemanden finden könnte. Außerdem fliegen sie in die entgegengesetzte Richtung von Atagahi.« Er zwinkerte Mitch zu. »Sie werden wahrscheinlich trotzdem der Held des Tages sein.«

»Das hoffe ich«, erwiderte Mitch und rieb sich die Bartstoppeln, die auf seinem Kinn sprossen. »Wär wirklich zu blöd, wenn ich mich hier abstrample, um Mary zu finden, und mir dann jemand zuvorkommt.«

Mary Crow hockte hinter einem Busch, als sie das näher kommende Dröhnen des Hubschraubers hörte. Das viele Wasser aus den Quellen, das Joan und sie unterwegs getrunken hatten, setzte ihnen mächtig zu und zwang sie, oft anzuhalten und hinter den nächsten Baum oder Busch zu sprinten. Manchmal gelang es ihnen, rechtzeitig mit einem Stock oder dem Palettenmesser ein kleines Loch zu graben, aber oft war der Drang so stark, dass sie sich nur noch hinhocken konnten, zitternd von den Kämpfen, die ihnen den Schweiß auf die Stirn trieben.

Zuerst hielt Mary das Dröhnen für Donner, dann erkannte sie, dass es Motorengeräusch war. Hastig zog sie den Slip hoch und rannte zu einer kleinen Lichtung im Wald.

Sie beschattete die Augen und suchte den Himmel ab. Noch in weiter Ferne, aus Südosten, kam ein grauer Punkt auf sie zugeflogen.

»Hey!«, brüllte sie, obwohl sie wusste, dass man sie nicht hören konnte. »Hierher!« Der Hubschrauber kam näher. Mary sprang auf und ab, wedelte mit den Armen und sah sich verzweifelt auf der Lichtung um. Es gab keine Äste, die sie als X auslegen konnte, und sie besaß nichts, womit sich rasch Feuer machen ließ. Aber irgendwas musste es doch geben. Sie rannte zurück zu der Stelle, an der sie gehockt hatte. Da lag das kleine Palettenmesser, halb im Gras verborgen. Sie griff danach, wischte die Klinge an ihren Pullover ab und rannte zurück auf die Lichtung. Wenn sie den Einfallswinkel der Sonne richtig hinbekam, konnte sie Blinkzeichen geben und den Hubschrauber auf sich aufmerksam machen.

»Hierher!«, brüllte sie wieder. Der Hubschrauber sank tiefer, war aber immer noch zu weit nördlich. Mary hob das Palettenmesser hoch und versuchte, die Sonnenstrahlen einzufangen. Sie wusste nicht, ob der Winkel korrekt war, aber das Messer schien zu blinken, wenn sie in eine bestimmte Richtung hielt und sanft damit wackelte.

»Hierher!«, rief sie. Der Hubschrauber kam immer näher. Wenn sie die Augen zusammenkniff, konnte sie die seitlich aufgemalten Buchstaben und Zahlen erkennen – SCNG-107C. Hektisch wedelte sie mit dem Messer. Der große Hubschrauber schien zu zögern, schwebte wie eine riesige Libelle über ihr. Sie schrie lauter und erwartete, das Ding kreisen und landen zu sehen, aber der Hubschrauber entfernte sich bereits.

»Nein!«, schrie sie, warf das Palettenmesser weg, schlüpfte aus dem Sweatshirt und schwenkte es über dem Kopf wie eine Verrückte mit einer Signalflagge.

»Hier sind wir! Hier sind wir!« Sie rannte im Kreis herum, machte so viel Krach, wie sie konnte, hopste wie ein Derwisch auf und ab, aber der Helikopter flog weiter. Die Aufschrift wurde kleiner, das Dröhnen des Rotors leiser. Falls er auf der Suche nach ihnen war, hatte er sie um weniger als hundert Meter verfehlt.

»Hier sind wir!«, rief Mary wieder, als sie sah, wie der Hubschrauber zu einem kleinen Fleck am Himmel wurde.

»Hier sind wir!«, rief sie noch mal mit ersterbender Stimme, bevor sie auf der Mitte der Lichtung in sich zusammensackte – wieder allein.

Joan saß zusammengekauert oberhalb der Trasse, noch genau dort, wo Mary sie zwanzig Minuten zuvor verlassen hatte. Ihre Augen waren geschlossen, und sie summte vor sich hin; dabei wedelte sie mit der Hand, als würde sie ein Orchester dirigieren. Die Farbe ihrer Nase war von rot in dunkles Lila übergegangen, und ihre mit Blasen bedeckten Füße waren grotesk geschwollen. Sie schreckte zusammen, als Mary durch die Büsche stürmte.

»Hast du den Barfüßigen gesehen?« Schon war sie halb aufgesprungen, zur Flucht bereit.

»Nein«, erwiderte Mary. »Ich habe einen Hubschrauber gesehen.«

»Einen Hubschrauber?« Joans Augen begannen zu leuchten. »Haben sie nach uns gesucht? Hast du sie runtergewinkt?«

»Ich hab's versucht.« Mary seufzte. »Sie haben mich nicht gesehen.«

»Himmel, wieso haben die dich nicht gesehen? Bist du rumgerannt und hast geschrien?«

»Natürlich hab ich das.«

»Du hast nicht genug Stimme«, maulte Joan. »Deine Stimme dringt ja kaum bis zur Geschworenenbank. Ich wette, ich hätte die zum Landen bringen können.«

Mary funkelte sie an. »Na gut, Joan. Wenn wir den nächsten Hubschrauber hören, läufst du raus und singst die Madame Butterfly. Dann landen sie sofort.« Sie hob einen Stock hoch und schleuderte in gegen einen Hickorybaum. »Zum Teufel, wahrscheinlich bitten sie dich noch um ein Autogramm.«

Joan zuckte die Schultern. »Ich kann doch nichts dafür, dass ich eine Stimme habe und du nicht.«

Einen Moment lang sahen sie sich wütend an, dann wandte sich Joan ab und schaute in den hellen Himmel hinauf. »Was machen wir jetzt?«, fragte sie leise.

Mary folgte Joans Blick. Der Himmel war blau und leer, wie er es schon tausend Jahre zuvor gewesen war. Vielleicht hatte es den Hubschrauber gar nicht gegeben. Vielleicht hatte sie nur einen Vogel gesehen und sich das Rotorengeräusch und die Aufschrift eingebildet. Joan und sie hatten seit zwei Tagen so gut wie nichts gegessen und nur wenig geschlafen. Vielleicht bildete sie sich jetzt alles mögliche ein – dass Alex noch am Leben war, dass diese Spur sie zu ihr führen würde. Vielleicht hatte Joan Recht gehabt und Alex war längst tot, lag in einer namenlosen, unauffindbaren Schlucht. Vielleicht war alles andere nur Wunschdenken. Der Hals wurde ihr eng. Sie wusste nicht mehr, was sie glauben sollte.

»Wir gehen weiter«, verkündete sie. »Wenn noch ein Hubschrauber kommt, können wir uns immer noch Gedanken machen.«

»Müssen wir wieder über diese Kaktusdinger?«

»Wahrscheinlich.«

Joan musterte begierig Marys Füße. »Kann ich dann für eine Weile deine Stiefel tragen?«

Vielleicht kommt ja noch ein Hubschrauber, dachte Mary, setzte sich hin und band ihre Stiefel auf. Vielleicht merken Billy und Jonathan, was passiert ist, und schicken eine ganze Flotte von Hubschraubern. Und Joan kann von den Berggipfeln das Halleluja singen, um ihnen bei der Landung zu helfen.

Nachdem der Hubschrauber verschwunden war, verschlechterte sich das Wetter. Den restlichen Nachmittag über blies ein eisiger Wind mit Graupelschauern. Joan und Mary bahnten sich ihren Weg auf den schlüpfrigen Felsen hoch über einem rauschenden Bergbach. Obwohl es sich hier eigentlich gut gehen ließ, kamen sie nur sehr mühsam voran, denn sie rutschten immer wieder auf den glatten Felsen aus. Trotzdem quälten sie sich weiter. So lange Alex noch eine Fährte legte, war Mary entschlossen, ihr zu folgen.

Sie hatten gerade eine kleine Lichtung erreicht, als sie ein hohes, kaum wahrnehmbares Pfeifen hörten, das aus den Wolken über ihren Köpfen kam. Sie blickten hoch, sahen aber nur noch einen rotbraunen Streifen aus dem Himmel stürzen. Bevor sie etwas sagen, ja, noch bevor sie atmen konnten, stieß ein dunkler Schatten keine drei Meter von ihnen entfernt zur Erde hinab. Etwas huschte verzweifelt durch die nassen Blätter. Dann hörten sie einen entsetztlichen Schrei voller Angst und Überraschung. Dunkle Flügel schlugen zweimal, und der braune Schatten erhob sich wieder mit seiner Beute in den Fängen. Noch ein verängstigtes Quieken, dann war alles still. Es war vorbei, bevor sie überhaupt begriffen, was geschehen war.

»O Gott!«, schrie Joan. »Was war das?«

»Ein Habicht, glaube ich.« Mary sah dem Vogel nach, der sich mit schweren Flügelschlägen in die Lüfte schwang.

»Er hat was getötet, oder?« Joan hielt den Blick auf Mary gerichtet, um nicht das kleine Tier anzusehen, das immer noch vergeblich in den Fängen des Habichts zappelte.

Mary nickte. Ihr Hände waren plötzlich schweißnass. »Ein Eichhörnchen. Oder vielleicht ein Kaninchen. Die schreien manchmal so.«

»O Gott, o Gott.« Joan sank zu Boden. Zitternd kauerte sie sich neben Mary zusammen und rieb sich die Arme. »Fallen die jetzt einfach vom Himmel?«

»Wer, Joan?«

»Die Jäger«, schluchzte sie. »Die Dinger, die töten.«

Mary kniete sich neben sie und nahm sie in die Arme. Immer wieder vergaß sie, wie wenig Joan vom Leben im Wald wusste. »Das ist Teil der Natur«, versuchte sie zu erklären. Auch ihre Stimme zitterte von der Plötzlichkeit, mit der der Vogel angegriffen hatte. »Habichte sind keine Pflanzenfresser. Auf diese Weise überleben sie.«

Marys Worte schienen Joan nicht trösten zu können. Sie blieb mit bleichem Gesicht am Boden hocken, sagte nichts und zitterte am ganzen Körper, als würde sie frieren.

Mary stand auf und seufzte. In den letzten paar Stunden war Joan wieder ein wenig mehr zu ihrem alten Selbst geworden. Doch der Habicht hatte das alles zunichte gemacht; er hatte sie wieder in ein zitterndes, sich kaum artikulieren könnendes Häuflein Elend verwandelt. Es schien zwecklos, jetzt noch weiterzugehen. Der Regen und der Nebel wurden dichter, und die ohnehin verdeckte Sonne würde bald untergehen. Mary sah sich um. Eine umgestürzte Platane, der Stamm fast einen Meter dick, lag ganz in der Nähe. Da würden sie genug Schutz für die Nacht finden.

»Was hältst du davon, wenn wir hier bleiben?«, fragte sie Joan. »Du ruhst dich hier aus, und ich mach uns unter dem Baum da drüben ein Lager zurecht.«

Joan nickte.

Mary ging hinüber zu der Platane und begann, mit dem Rand des Malkastens auf der geschützten Seite des Baumes einen Graben auszuheben. Sie wünschte, sie hätte tiefer graben und die Erde dann über sie beide häufen können, aber der Lehmboden war ein schlechter Isolator, und Joan weigerte sich, in etwas zu schlafen, das wie ein Grab aussah.

Beim Graben stieß sie auf eine Kolonie zappelnder weißer Maden. Da sich ihr Magen immer wieder vor Hunger zusammenkrampfte, wählte sie die drei dicksten aus und steckte sie sich in den Mund. Sie schluckte die Maden unzerkaut herunter und wartete ab, ob ihr Magen sie annahm oder wieder hochschickte. Nichts geschah. Aber auch ihr Hunger ließ nicht nach. Mary zuckte die Schultern und grub weiter. Drei Maden, entschied sie und wischte sich die Nase mit dem Handrücken ab, ergeben noch kein Festmahl.

Nach einer Weile kam Joan angehumpelt. Ihre Tränen hatten dünne weiße Streifen auf ihrem dreckigen Gesicht hinterlassen. Mary wusste, dass Joan um das kleine Tier geweint hatte, das dem Habicht zum Opfer gefallen war. Ohne nachzudenken, sammelte sie noch drei Maden ein und hielt sie Joan hin.

»Das kann doch nicht dein Ernst sein«, schrie Joan entsetzt.

»Reines Protein«, sagte Mary. »Du musst was essen.«

Joan wich einen Schritt zurück.

»Schluck sie einfach runter. Du wirst nichts schmecken.« Mary griff nach Joans Hand und ließ die zappelnden Maden hineinfallen. Joan starrte die fetten weißen Würmchen an und sah dann mit vor Ekel verzerrtem Gesicht zu Mary. »Ist das auch ein Teil der Natur?«

Bevor Mary antworten konnte, warf ihr Joan die Maden ins Gesicht und rannte zum Bach. Erst wollte Mary ihr nachlaufen, ließ es dann aber. Sie war müde. So ging es nun mal im Wald zu. Wenn Joan sich von dem Schock erholen musste, miterlebt zu haben, wie ein Habicht ein Kaninchen schlug, dann war das eben so. Mary musste einen Graben ausheben, und ihr blieb nicht mehr viel Zeit. Sie bückte sich, kratzte weiter mit dem Malkasten und verdoppelte ihre Anstrengung im schwindenden Tageslicht.

Plötzlich hörte sie auf zu graben. Sie hatte etwas gehört – eine Art Schrei, wie von einem kleinen verletzten Tier. War der Habicht zurückgekommen? Mary stand auf und horchte zum Bach hin, doch von dort kam zunächst nur das gedämpfte Rauschen. Da war es wieder. Ein scharfer, kläglicher Schrei.

»Joan?« Mit gerunzelter Stirn suchte Mary den Wald nach

ihrer Freundin ab. Wo war sie hingeschlurft? Am Rand der Schlucht standen Kiefern und Platanen dicht gedrängt. Mary ließ den Malkasten fallen und rannte los.

Wieder der Schrei. Diesmal lauter. Verzweifelt und flehend. Kein Kaninchen.

»Joan?« Mary war jetzt bei den Bäumen, sah aber nichts. Sie zwängte sich durch das dürre Rhododendrongestrüpp, das zwischen den Felsen wuchs, dann gab der Boden ohne Vorwarnung plötzlich unter ihr nach. Sie taumelte, Blätter, Steine, Zweige und Äste fielen mit ihr, und gemeinsam stürzten sie über die glatte Felswand hinab.

Pass auf deinen Kopf auf, dachte sie, aber sie fiel zu schnell. Erde, Fels und Büsche waren nur noch verschwommene Flecken.

Ich werde ertrinken, schoss es ihr durch den Kopf. *Ich falle von dieser Felswand direkt in den Fluss. Ich werde Alex nie wieder sehen.*

Um ihren Sturz zu bremsen, versuchte sie sich festzuklammern, mit Händen und Füßen, an Baumwurzeln, an den glitschigen Felsen, über die sie hinabschlitterte. Vorstehende Kanten schürften ihr die nackten Beine auf, und sie spürte im Fallen, wie sich etwas Scharfes in ihre Schulter bohrte. Schließlich prallte sie irgendwo auf. Ihr Rücken fühlte sich an, als würde er in tausend verschiedene Richtungen gezerrt, ihr Kopf war wie benebelt, Felsen, Bäume und der Himmel schienen sich zu drehen.

Zuerst lag sie ganz still und versuchte herauszufinden, wo sie gelandet war. Ihr Mund war voller Erde und Blätter, aber sie wagte sich nicht zu bewegen aus Angst, der Fels unter ihr könnte abbröckeln und der ganze, furchtbare Sturz von neuem beginnen. Doch dann sah sie sich um und merkte, dass sie auf einem großen Vorsprung aus Kalkstein lag, solider als der trügerische Schiefer weiter oben.

Mary spuckte die Erde aus und untersuchte, ob sie sich etwas gebrochen hatte. Ihre Beine bluteten und waren überall zerkratzt, aber sie konnte die Fußgelenke bewegen und die aufgeschürften Knie beugen. Ein harter Klumpen drückte gegen ihren Bauch. Wie durch ein Wunder steckte Wynona immer noch in Marys Sweatshirttasche.

»Mir ist nichts passiert«, flüsterte sie. »Aber wo ist Joan?«

Wieder hallte ein Schrei vom Fluss herauf. Mary blickte sich um, aber sie sah nur die hohe, felsige Schlucht, gesprenkelt mit niedrig wachsenden Zedern und dürren Lorbeerbüschen. Sie kroch an den Rand des Vorsprungs und legte sich auf den Bauch. Jetzt konnte sie die ganze Schlucht überblicken. »O Gott«, entfuhr es ihr, als sie nach unten schaute.

Joan musste es genauso ergangen sein wie ihr. Auch sie hatte einen falschen Schritt gemacht und war gefallen. Nur war Joan viel tiefer hinabgestürzt und an einer gefährlicheren Stelle gelandet. Irgendwas hatte ihren Fall gebremst, bevor sie ins Wasser stürzen konnte. Mit den Armen umklammerte sie verzweifelt die Wurzeln eines Baums, der auf einem kleinen Felsvorsprung wuchs, aber ihr Unterkörper hing in der Luft, nur sechs Meter über dem Wasser, das schäumend durch die Schlucht rauschte.

»Mary!«, flehte sie, das Gesicht verzerrt und bleich vor Angst. »Hilf mir!«

»Ganz ruhig«, erwiderte Mary, wobei sie versuchte, ihrer Stimme einen festen Klang zu geben. »Ich komme.«

»Beeil dich«, japste Joan. »Ich hab kein Gefühl mehr in den Armen ...«

Mary kroch von dem Vorsprung herunter und ließ sich hinab. Hier bestand die Felswand hauptsächlich aus Kalkstein – fest, aber nass und glitschig vom Sprühwasser. Joan trug die Stiefel, daher musste sich Mary mit den Zehen an dem rutschigen Fels festklammern. Vorsichtig kletterte sie nach unten, so wie Jonathan es ihr beigebracht hatte, immer darauf achtend, dass ihre Hände und Füße ständig mit dem Fels in Berührung blieben.

»Bist du verletzt?«, rief sie, bevor sie mit den Fingern von einem schleimigen Felsen abglitt und sich mit den Fingernägeln in die Erde krallte, um ihren Fall abzufangen. Der Sprühnebel stieg wie eine eisige, nasse Wolke vom Fluss auf und nahm ihr die Sicht.

»Ich glaube nicht«, kam es von Joan. »Aber meine Arme sind ganz taub.«

»Ich bin noch zwei Meter von dir weg. Gleich bin ich da.« Mary gab sich Mühe, beruhigend zu klingen, aber noch während sie sprach, rutschte ihr Fuß ab, und sie musste sich nach vorne werfen, um nicht hinabzustürzen. Diese Felsen sind so verdammt glitschig, dachte sie und erinnerte sich daran, dass Jonathan und sie die Leute, die an Wasserfällen zu Tode stürzten, für dämlich gehalten hatten. Jetzt wusste sie, wie leicht das passieren kann.

Sie kletterte weiter, wie eine erschöpfte Spinne. Den einen Fuß hier, den anderen da. In der tiefen Schlucht herrschte bereits Dämmerung. Noch zehn Minuten, und sie würde im Dunklen klettern müssen.

»Mary?«, hallte Joans Stimme herauf, viel näher, aber immer noch voller Panik. Über dem lauten Rauschen des Flusses war sie schwer zu verstehen. »Bist du noch da?«

»Ja. Schau nach oben. Da bin ich.«

»Oh«, rief Joan. »Ich kann dich fast berühren.«

»Lass auf keinen Fall die Baumwurzeln los, Joan!«, befahl Mary scharf. »Klammer dich richtig fest!«

Joans Antwort ging im Tosen des Wassers unter.

Mary schob sich jetzt nur noch zentimeterweise nach unten, bevor sie sich auf den Vorsprung über Joan hinabließ. Die Baumwurzeln, an die sich Joan klammerte, gehörten zu einer jungen Platane, ein verirrter Sprössling der Bäume, die hoch oben am Rand der Schlucht wuchsen. Mary setzte sich und schlang die Beine um den kleinen Baum; dann beugte sie sich mit dem Oberkörper über den Vorsprung. Joan hing direkt unter ihr und umklammerte die schmalen Wurzeln; ihre Beine baumelten in der feuchten Luft.

»Gott sei Dank.« Joans Lippen hoben sich blau von ihrem aschfahlen Gesicht ab. »Ich hatte Angst, dass du mich nicht hören würdest.«

Rasch schätzte Mary Joans Position ein, überlegte, wie sie sie am besten packen konnte. Die Unterkante des Vorsprungs war zu schmal, um runterzuklettern und Joan von hinten hochzuschieben. Mary musste sich etwas anderes ausdenken.

»Pass auf, was wir machen, Joan«, sagte sie. »Ich werde meine Arme um dich schlingen. Wenn ich anfange, dich hochzuziehen, lässt du den Baum los und klammerst dich an mich.«

»Oh, Mary«, wimmerte Joan. »Glaubst du, das klappt? Ich wiege eine Menge.«

»Keine Bange«, erwiderte Mary mit einer Zuversicht, die sie nicht empfand. »Ich hab mich gesichert. Ich kann dich halten.«

Mary schlang die Beine fester um den Baum, beugte sich über den Vorsprung und packte Joan am Nacken und an den Schultern. Sie ließ sich einen Augenblick Zeit, atmete tief ein und schloss die Augen.

»Gut«, flüsterte sie in dem Wissen, dass sie beide in das eisige Wasser hinabstürzen würden, wenn die junge Platane ihr gemeinsames Gewicht nicht halten konnte. »Lass los, Joan. Jetzt!«

Mary krallte sich in Joans Schultern, als die zögernd die Baumwurzeln losließ. Zuerst befürchtete Mary, dass sie sich verschätzt hatte, weil sie beide hinabzurutschen schienen. Aber sie spannte die Muskeln in Rücken und Beinen an und zog mit aller Kraft. Joan kam langsam höher, auf sie zu. Mary zog noch fester. Schließlich drückte sich Joan mit den Füßen an den dünnen Wurzeln ab, erreichte den Rand des Vorsprungs und fiel auf Mary.

Beide rangen nach Atem. Die kalte, feuchte Luft, die ihnen wie ein Leichentuch vorgekommen war, erschien ihnen jetzt angenehm, denn sie kühlte ihre schweißnasse Haut. Joan setzte sich auf und kroch vom Rand des Vorsprungs weg. Dann begann sie zu weinen.

»Ich dachte, ich würde sterben, wie das Kaninchen«, schluchzte sie. »Ich dachte, ich würde ertrinken.«

»Ist schon gut.« Mary blieb sitzen, immer noch keuchend.

»Wenn wir erst mal aus dieser Schlucht rausgeklettert sind, kann uns nichts mehr passieren.«

»Aber wir können hier jetzt nicht rausklettern!«, jammerte Joan. »Es ist schon fast Nacht.«

Mary sah zum schiefergrauen Himmel hinauf. »Wenn wir uns beeilen, schaffen wir es noch vor der Dunkelheit. Der Aufstieg ist nicht so schlimm.«

Joan starrte sie ungläubig an.

»Du kannst vorausklettern«, sagte Mary. »Ich sag dir, wo du hintreten sollst, und ich bin direkt hinter dir, falls du abrutscht.«

Joan bewegte sich nicht. Ihre Tränen und ihre Körpersprache verrieten, wie verängstigt sie war. Mit ihrer Angst konnte Joan sie beide umbringen, das wusste Mary.

»Hier auf dem Vorsprung sind wir vollkommen ungeschützt, Joan«, erklärte sie. »Wenn wir jetzt nicht raufklettern, erfrieren wir hier noch vor dem Morgengrauen.«

»Ich kann nicht mehr, Mary«, schluchzte Joan und drückte sich enger an die Felswand. »Der Mann hat mir wehgetan. Er hat mir sehr wehgetan.«

Plötzlich kochte Mary vor Wut. »Glaubst du, das weiß ich nicht?«, brüllte sie Joan an und sprang auf. Am liebsten hätte sie ihr eine schallende Ohrfeige gegeben, packte sie aber stattdessen an den Schultern und schubste sie hart gegen die Felswand. »Glaubst du, ich weiß nicht ganz genau, dass der Mann dir wehgetan hat? Er hat dich zusammengeschlagen, Joan. Er hat dich vergewaltigt. Er hat dich fast umgebracht.«

Joan zuckte vor Marys Zorn zurück.

»Ich weiß das alles, Joan.« Mary beugte sich weiter vor. »Aber ich weiß auch etwas anders. Ich weiß, wie stark du sein kannst!«

»Nein.« Joan schüttelte den Kopf. »Ich kann nicht.«

»Doch, du kannst«, schrie Mary. »Jenes kleine Mädchen aus Brooklyn, dass sich seinen Weg in die Oper erkämpft hat und dann ins Jurastudium und sich jetzt in einer Anwaltskanzlei in Atlanta den Weg auf der Karriereleiter nach oben erkämpft, ist stark genug, eine lausige Felswand hochzuklettern.« Mary packte Joan fester an den Schultern. »Du kannst das, Joan!«

»Aber ich bin noch nie ...«

»Spielt keine Rolle.« Mary ließ nicht von Joan ab. »Ich auch nicht. Wir müssen es trotzdem versuchen. Kann sein, dass wir uns dabei den Hals brechen, aber wir müssen es versuchen.«

Joan blinzelte Mary durch einen Tränenschleier an. »Glaubst du wirklich, dass ich es kann?«

»Ich bin fest davon überzeugt.«

Joan sah an der Felswand hinauf, die über ihnen aufragte. Sie zitterte mehr denn je. Dann stand sie langsam auf. »Na gut«, sagte sie mit einer Kinderstimme. »Ich versuch's.«

Prüfend betrachtete Mary die Felsen. Der Kalkstein hier unten war fest, aber gefährlich rutschig. Der Schiefer weiter oben bröckelte wie mürber Keks. Sie musste jetzt im Dunkeln herauskriegen, welcher Fels aus welchem Gestein war. Sie konnte nur raten und hoffen, dass ihr Glück anhielt. Rasch berührte sie Wynona mit den Fingerspitzen.

»Wo soll ich zuerst hintreten?«, fragte Joan.

»Stell deinen linken Fuß hier drauf.« Mary zeigte auf eine flache Felsstufe. »Und dann den rechten da drüben. Bleib in der Hocke, benutz deine Arme ebenso wie deine Beine.«

»Okay.« Joan tat, wie Mary ihr geheißen hatte. »Also los.«

Die beiden Frauen begannen den Aufstieg, Joan voraus, Mary dicht hinter ihr. Da Joan die Stiefel trug, hatte sie besseren Halt, aber die Sohlen rutschten oft an dem nassen Fels ab, und Mary bekam einen Schauer aus Erde und kleinen Steinchen ins Gesicht.

»Und wo jetzt?«, fragte Joan zögernd, nachdem Mary sie halb die Felswand hinauf dirigiert hatte.

»Versuch's mit dem rosa Stein da vor dir.«

»Ich glaube nicht, dass der fest genug ist.« Joans Stimme schwankte. Mary wusste, dass Joan wieder kurz davor war aufzugeben.

»Versuch's trotzdem«, beharrte Mary. »Da ist sonst nur Schiefer.«

Joan machte einen Schritt vorwärts. Sie ließ beide Hände und den anderen Fuß, wo sie waren, und verlagerte vorsichtig das Gewicht auf den rosa Stein. Obwohl ein paar Steinchen in die Schlucht hinabpurzelten, blieb der Rest stabil.

»Er hält«, rief Joan, und Mary merkte, dass sie die Luft angehalten hatte und ihre Lunge brannte.

Allmählich wurde das brüllende Tosen unter ihnen leiser, und als das letzte Tageslicht schwand, erreichten sie den Rand der Schlucht. In der Dunkelheit ließen sie sich ins Gras fallen, zitternd und erschöpft, aber dankbar, noch am Leben zu sein.

Joan weinte lange Zeit still vor sich hin. Mary wusste, dass sie sich für ihre barschen Wort entschuldigen sollte, aber sie war zu müde. Die harte, feuchte Erde unter ihr erschien ihr weich wie ein Federbett. Von jetzt bis zum Sonnenaufgang mussten ihre Beine sie nicht mehr über steile Berge tragen oder aus Schluchten herausholen, und sie konnte sich dem unbeschreiblichen Genuss hingeben, still zu liegen. Regen tröpfelte durch die Blätter über ihnen. Mary spürte, wie Joan sich aufsetzte und ihr zuwandte.

»Du hast mir da unten das Leben gerettet«, schniefte sie.

»Ach, du hättest bestimmt auch alleine hochklettern können«, erwiderte Mary, obwohl sie ohne jeden Zweifel wusste, dass Joans Leben wirklich am seidenen Faden gehangen hatte.

»Das stimmt nicht.« Joan schüttelte den Kopf. »Hör mal, ich weiß, dass ich in letzter Zeit furchtbar war. Ich glaube, ich war ein richtiger Widerling. Aber ich wäre heute gestorben, wenn du nicht gekommen wärst. Ich wollte dir nur sagen, dass ich mir von jetzt an mehr Mühe geben werde.«

Mary schaute in die Dunkelheit und lauschte auf das Tröpfeln aus den Millionen von Bäumen, die sie nicht mehr sehen konnte. »Ist schon gut, Joan«, meinte sie. »Wenn man bedenkt, was alles passiert ist, hältst du dich prima.«

Jonathan schloss ab und drehte das Schild an der Ladentür auf »geschlossen«. Die Abenddämmerung war in Dunkelheit übergegangen, und er hatte das letzte Sixpack des Tages verkauft. Er schaltete das Deckenlicht aus und ging hinauf in die Wohnung. Lena Owle stand in der Küche und trug nun statt Jeans und Schürze ein enges schwarzes Kleid. Sie goss Weißwein in zwei schlanke Gläser.

»Hier riecht's aber gut.« Jonathan setzte sich an den Küchentisch und ließ sich den Rücken von der Hitze des Ofens wärmen. Er lehnte sich zurück und rollte mit den Schultern. Seit dem Hubschrauberfiasko mit Harold Hobart war an diesem Tag alles schief gegangen. Nichts hatte geklappt, vom Befiedern des Pfeils für Bill Landing bis zum Reparaturversuch an der schnaufenden Eisbox. Jetzt lächelte Lena ihn an in der Erwartung, dass er sich erst dem Essen und dann ihr mit Hingabe widmete. Jonathan seufzte. Er sollte sich glücklich fühlen, nahm er an. Warum tat er es dann nicht?

»Das ist das Cassoulet.« Lena reichte ihm das Weinglas. »Sobald das Brot fertig ist, können wir essen.« Sie deutete mit einem Nicken auf die dicke Zeitung, die auf dem Küchentisch lag. »Ich habe dir aus der Stadt die Sonntagszeitung mitgebracht. Du kannst ja mit dem Kreuzworträtsel anfangen, wenn du magst.«

»Danke.« Jonathan nahm einen Schluck Wein, bevor er nach der schweren Sonntagsausgabe des *Atlanta Journal-Cronical* griff. Er überflog die Titelseite und schlug dann die Kommentarseite auf, wo er las, dass man in Atlanta für strengere Waffengesetze sorgen müsste, dass die Republikaner nicht glauben sollten, sie hätten den Staat Georgia in der Tasche und dass es höchste Zeit wäre, etwas gegen die Verkehrsstaus auf der 285 zu unternehmen. Jonathan gähnte, wurde aber gleich darauf wieder aufmerksam und nahm die Zeitung hoch.

»Hey«, sagte er. »Hier ist ein Artikel über Mary Crow. Sie hat gerade einen reichen Kerl namens Whitman ins Gefängnis befördert.«

»Tatsächlich?« Lena stellte klappernd einen Topf in die Spüle.

»Ja ... Da steht, Atlanta könne sich glücklich schätzen, eine so hingebungsvolle stellvertretende Bezirksstaatsanwältin zu haben ... ›die im Gerichtssaal mit Anmut und Leidenschaft auftritt. In dem gerade abgeschlossenen Whitman-Fall hat sie sich als Staatsanwältin ersten Ranges erwiesen. Es würde uns ...«« Jonathan blätterte die Seite um »›... schwer fallen, noch mal jemanden wie sie zu finden, sagte Bezirksstaatsanwalt James Falkner.‹«

Lena roch am Cassoulet und lachte. »Tja, ich hoffe, dass es Billy nicht zu schwer fällt. Er braucht die tausend Dollar.«

Jonathan sah von der Zeitung auf. »Was?«

»Die tausend Dollar, die ihm der Mann zahlt, damit er Mary findet.«

Jonathan runzelte die Stirn. »Klär mich auf, Lena. Ich versteh überhaupt nichts.«

Lena strich sich eine dunkle Haarsträhne aus dem Gesicht. »Ich dachte, du wüsstest Bescheid. Gestern kam ein Mann aus Marys Büro bei Billys Fotostand angefahren und hat ihm tausend Dollar geboten, damit er ihn zu Mary Crow führt. Tam war begeistert, sie konnte beim Bingo über nichts anderes reden.«

Jonathan faltete die Zeitung zusammen. »War der Mann ein Polizist?«, fragte er.

»Keine Ahnung. Tam wusste es auch nicht. Sie sagt, Billy hätte in fünf Minuten gepackt und sei wieder verschwunden.« Lena bückte sich und sah nach dem Baguette im Ofen. »Stell dir das bloß vor, Jonathan. Billy könnte endlich seine Fiedel auslösen.«

Jonathan lehnte sich zurück und starrte in sein Weinglas.

Lena machte einen Witz über den Herd, setzte sich auf seinen Schoß, küsste ihn und spielte mit der Zunge an seinen Lippen. Abwesend erwiderte er den Kuss. Er dachte an Mary. Da stimmte was nicht. Wenn jemand aus Atlanta Mary Crow brauchte, würde er sich mit Stump Logan, dem County Sheriff in Verbindung setzen, der sich wahrscheinlich an Jonathan wenden würde. Er hatte schon früher mit der Polizei aus der Stadt zusammengearbeitet, sogar schon mit der Bundespolizei. Niemand vom Gericht oder der Polizei würde einfach hierher fahren und Billy Swimmer mit seinem Sioux-Kopfschmuck anheuern. Jonathan gab Lena noch einen abwesenden Kuss, dann lehnte er sich wieder zurück. »Haben wir noch ein bisschen Zeit bis zum Essen?«

»Ein paar Minuten.« Lena hob die Augenbraue. »Wieso?«

»Ich möchte noch schnell zum Anfang des Wanderweges und sehen, was los ist.«

»Nichts ist los, Jonathan.« Lena schien sich auf seinem Schoß absichtlich schwer zu machen. »Jemand wollte Mary finden und hat Billy um Hilfe gebeten. Was soll denn da los sein?«

»Kommt mir sonderbar vor. Ich möchte einfach nachsehen.«

Sie erhob sich rasch und verschränkte die Arme. Röte breitete sich auf ihrem Gesicht aus. »Soll ich mit dem Essen warten?«

»Nein. Bis das Brot fertig ist, bin ich wieder da.«

Bevor Lena noch etwas sagen konnte, lief Jonathan nach unten und durch den dunklen Laden zur Vordertür. Die kühle Luft draußen tat ihm gut, sie war eine Erleichterung nach dem ihm plötzlich widerlich vorkommenden Geruch des köchelnden Eintopfs.

Er sprang von der Veranda und ging mit langen Schritten auf die Abzweigung des Litte Jump Off Trail zu. Mary hatte viel Raum in seinen Gedanken eingenommen, seit sie vor zwei Tagen in den Laden gekommen war. Jedes Mal, wenn er am Cola-Kühlschrank vorbei kam, hatte er daran gedacht, wie sie zusammengesessen und gesalzene Erdnüsse mit zwei kleinen Flaschen Cola heruntergespült hatten. Oft meinte er, ihr Lachen durch sein Zimmer hallen zu hören, und in den letzten beiden Nächten hatte er beinahe das warme Gewicht ihres Körpers neben sich im Bett gespürt, als läge sie dort und nicht sein altes Kissen. *Wenn doch nur*, ging das Lamento in seinem Kopf wieder los wie ein irrwitziger Zikadenchor. *Wenn ich sie an jenem Nachmittag doch nur nach Hause gebracht hätte.* Und dann? Dann hätte er nie den entsetzten Blick in ihren Augen sehen müssen, hätte nie Stump Logans dienstlichen Zorn abbekommen, auf Jonathan gerichtet wie die Mündung einer Schrotflinte.

»Wie ich hörte, warst du mit Mary Crow zusammen, als der Mord passierte.« Jonathan hatte genickt, den Blick zu Boden gesenkt. »Hast du jemanden, der das bezeugen kann?« Jonathans Mund war strohtrocken; er konnte nur den Kopf schütteln. Stumps Blick bohrte sich in ihn. »Ich nehme an, du willst mir nicht sagen, was ihr gemacht habt?« Da hatte Jonathan dem Sheriff direkt in die Augen geschaut. Kein Mensch auf der Welt, ob Weißer oder Cherokee, würde die Antwort aus ihm herauskriegen. Stump starrte ihn an, dann hoben sich seine Mundwinkel zu einem Lächeln. »Tja, mein Junge, damit stehst du dann ja wohl ganz oben auf der Liste der Verdächtigen, was?«

»Hör auf damit«, flüsterte er und stoppte das zwölf Jahre alte Band, das sich in seinem Kopf abspulte. »Du kannst die Geschichte nicht ändern.«

Er schritt aus, eilte zum Anfang des Pfades. Es hatte keinen Zweck, Lena noch wütender zu machen, als sie schon war. Der Mond stieg über dem Little Haw Mountain auf und beleuchtete den flachen, rauschenden Fluss neben der Straße. Jonathan hörte des Platschen einer Forelle, die gegen den Strom aus dem Wasser schnellte, und am Ufer quakte ein unermüdlicher Ochsenfrosch sein hoffnungsvolles Liebeslied, obwohl die Paarungszeit längst vorbei war.

»Du solltest dich lieber schnellsten einbuddeln, Junge«, rief Jonathan dem Frosch zu. »Oder du frierst dir den Arsch ab.«

Die Straße entfernte sich in einer engen Kurve vom Fluss und stieg in die Berge hoch, dann kam die Abzweigung in Sicht. Jonathan warf einen Stein auf das von Schrotkugeln durchlöcherte Schild mit der Aufschrift »Aussichtspunkt« und bog von der Straße auf den Schotterweg. Seine Schritte knirschten auf dem Schotter. Bald hatte er den kleinen planierten Platz erreicht, auf dem Autos abgestellt werden konnten. Er blieb stehen und sah sich um. Auf dem Parkplatz standen drei Autos neben einer Abfalltonne der Forstverwaltung. Der rote BMW, in dem Mary gekommen war, schimmerte burgunderrot im Mondlicht. Daneben stand Billys verbeulter, rostiger Pick-up. Und dann noch ein weißes, glänzendes Auto, das Jonathan fremd war. Er ging darauf zu, ohne dass seine Schritte jetzt noch zu hören waren.

Der Fahrer hatte den Wagen rückwärts eingeparkt, so dass nur das vordere Nummernschild einer Leihwagenfirma zu sehen war. Jonathan nährte sich vorsichtig und erkannte, dass es sich um einen neuen Ford Taurus handelte. Er berührte die Motorhaube mit dem Finger. Der Lack fühlte sich seidenweich an.

»Verdammt«, hauchte Jonathan. »Ich wette, das Ding hat noch keine tausend Meilen drauf.«

Die Türen waren abgeschlossen. Jonathan sah durch das Fenster auf der Fahrerseite. Alles, was er erkennen konnte, waren eine zerknüllte Benzinquittung und ein brauner Umschlag auf dem Beifahrersitz. Er legte die Hände rechts und links an die Augen und rückte sein Gesicht gegen die Scheibe. Dann blieb ihm das Herz stehen. Auf dem Umschlag stand in roten Blockbuchstaben der Name Whitman.

»Willst du etwa noch vor dem Essen zur Atagahi-Quelle aufbrechen?« Lena umklammerte einen langen Holzlöffel. Das Cassoulet blubberte fröhlich auf dem Herd neben ihr. Jonathan nickte und band die Schnürsenkel seiner Stiefel fester zu.

»Jonathan, wir wollten uns gerade zu einem Essen mit vier Gängen und zwei Sorten Wein hinsetzen. Du bist doch schon den größten Teil des Tages im Wald rumgestiefelt.« Sie funkelte ihn an, gab ihrer Stimme dann aber einen sanfteren Klang. »Wenn du dir Sorgen um Mary machst, warum rufst du dann nicht Sheriff Logan an?«

»Weil Stump seinen faulen Arsch nicht vor Tagesanbruch hoch kriegt«, erwiderte er. »Wenn ich jetzt losgehe, hab ich einen halben Tag Vorsprung.«

»Aber du weißt doch gar nicht, ob irgendwas passiert ist. Vielleicht haben sie und ihre Freundinnen so viel Spaß, dass sie beschlossen haben, länger zu bleiben.«

»Lena, sie hat gerade einen reichen Kerl namens Whitman für einen Mord drangekriegt. Findest du es nicht auch sonderbar, dass der Kerl, der Billy angeheuert hat, um sie zu finden, einen Umschlag mit dem Namen Whitman in seinem Leihwagen liegen lässt?«

»Nein, nicht wenn er ein Angestellter aus ihrem Büro ist. Hat wahrscheinlich was mit dem Fall zu tun, an dem sie gearbeitet hat.«

»Niemand aus dem Staatsanwaltsbüro von Deckard County würde hier rauffahren und Billy Swimmer aus heiterem Himmel anheuern. So arbeiten die nicht.«

»Könnte aber doch sein.« Lena drehte die Flamme unter dem Cassoulet kleiner. Ihre Unterlippe begann zu zittern.

Jonathan sah sie schuldbewusst an. »Hör mal, es tut mir

Leid, aber ich muss einfach da rauf. Stell den Eintopf in den Kühlschrank. Wir können ihn nächstes Wochenende essen.«

»Das ist kein Eintopf, Jonathan. Das ist Cassoulet, und nächstes Wochenende schmeckt es nicht mehr.« Sie warf den Holzlöffel in die Spüle.

Jonathan griff nach dem Wandtelefon und wählte eine Nummer. Besetzt. Er drückte die Gabel runter, wählte eine andere Nummer. Einen Moment später knallte er den Hörer auf.

»Ich muss mein Zeug zusammenpacken«, sagte er zu Lena. »Könntest du es in ein paar Minuten noch mal bei Stump Logan probieren? Sag ihm, was los ist und dass ich auf dem Weg nach Atagahi bin, um nachzusehen, ob alles in Ordnung ist.«

»Brauchst du denn nicht einen ganzen Tag bis da rauf?« Sie griff nach einem alten rosa Spülschwamm und wischte die Arbeitsplatte ab.

»Ja. Aber wenn ich jetzt aufbreche und schnell gehe, kann ich es bis zum Tagesanbruch schaffen.«

Ein kleiner Muskel in ihrem Kinn zuckte, als sie wütend die Fugen zwischen den Kacheln zu schrubben begann. Einen Augenblick lang schwiegen sie beide, dann begann Jonathan zu sprechen.

»Warum bist du so sauer, Lena?«

Sie drehte sich um, die braunen Augen voller Tränen. »Weil ich fast drei Tage und einen ganzen Wochenlohn auf dieses Essen verschwendet habe, das wir letztes Wochenende verabredet haben.« Sie schleuderte den Schwamm zu dem Holzlöffel in die Spüle. »Aber da war natürlich Mary Crow noch nicht wieder hier aufgetaucht.«

»Ach, um Himmels willen. Mary ist eine alte Freundin. Sie könnte in Schwierigkeiten stecken.«

»Dafür haben wir einen Sheriff, Jonathan. Und die Stammespolizei und die Forstverwaltung. Man greift einfach zum Telefon und wählt 911 und lässt sie das machen.«

»Ach, hör doch auf, Lena. Mary befindet sich nicht im

Quallah-Reservat. Sie ist entweder irgendwo in North Carolina oder in Tennessee. Das liegt weit außerhalb des Zuständigkeitsbereichs der Stammespolizei, und die Forstverwaltung kann ihren Hintern nicht mal mit zwei Händen finden.« Er stapfte ins Schlafzimmer. Ein paar Minuten später kehrte er zurück, einen alten Militärrucksack auf dem Rücken.

Lena stand immer noch vor der Spüle, das Gesicht angespannt vor Enttäuschung, die Augen voller Tränen.

»Hör zu«, sagte er sanft. »Tut mir Leid, dass ich dein Essen ruiniert habe, aber ich muss einfach nachsehen. Wir essen den Eintopf ein andermal, ja?«

»Cassoulet«, flüsterte sie. Jonathan kam zu ihr und nahm sie in die Arme. Als sie seinen Mund auf dem ihren spürte, schlang sie ihm die Arme um den Hals und öffnete die Lippen. Aber er küsste sie nur flüchtig, nicht mit Leidenschaft, und machte sich gleich darauf von ihr los.

»Wir sehen uns, wenn ich wieder da bin«, rief er ihr zu, schon auf dem Weg hinunter in den Laden. »Vergiss nicht, Stump anzurufen, ja?«

Sie versuchte, das Leuchten in seinen Augen und die geröteten Wangen zu ignorieren, während sie beobachtete, wie er seine Schrotflinte unter dem Ladentisch herausholte und hinter dem Zigarettenregal verschwand. Sie hörte ihn zu den Süßigkeiten gehen, dann durchquerten seine Schritte den Laden.

»Wiedersehen«, rief er. Die Tür fiel hinter ihm zu, und sie stand allein in der Stille, in der nur das Zischen des Dampfes von dem jetzt abkühlenden Cassoulet zu hören war.

»Wiedersehen«, wiederholte sie in den leeren Laden hinein. Lange starrte sie in den Topf auf dem Herd und zählte die Stunden zusammen, die sie für die Vorbereitung dieses Menüs gebraucht hatte. Nicht anders als die Stunden, die sie damit verbrachte, auf Jonathans Anruf zu warten, oder darauf, dass er seine Hand in ihre gleiten ließ oder sie sogar endlich zur Begrüßung küsste, wenn sie sich wieder sahen. Plötzlich fiel noch eine andere Tür zu, diesmal in ihrem Kopf, und sie begriff, dass hier, in Little Jump Off, »Cassoulet« immer

»Eintopf« sein würde und Mary Crow die einzige Speise, nach der Jonathan Walkingstick hungerte.

»Du Dreckskerl«, zischte sie, hob den Deckel vom Topf und kippte den ganzen Inhalt, der sie hundert Dollar und eine dreistündige Fahrt nach Ashville gekostet hatte, in die Spüle. Ein Duft von Nelken und Knoblauch stieg auf, als sie sich umdrehte und das Brot aus dem Ofen nahm. Sie riss es auseinander und warf es auf das Cassoulet, dann schmiss sie die Erdbeeren hinterher, eine nach der anderen. Als die Mischung eklig genug aussah, nahm sie die halb leere Weinflasche und schmetterte sie gegen den Rand der Arbeitsplatte. Glassplitter und Wein spritzen durch die kleine Küche.

»Du verdammter Dreckskerl«, schrie sie. Tränen liefen ihr über die Wangen. Schluchzend drehte sie sich um und sah zum Telefon. Sie sollte versuchen, Sheriff Logan zu erreichen. Die gute alte Lena würde das bestimmt tun. Die gute alte Lena wusch die Wäsche und schrubbte die Küche und machte die Beine breit und brachte die Sonntagszeitung mit. Sicherlich war es nicht zu viel verlangt, die drei Zahlen zu wählen und Mary Crows Leben zu retten. Schließlich hatte Jonathan sie darum gebeten.

»Zum Teufel damit!« Sie riss den Hörer von der Wand und schleuderte ihn in die Spüle, wo er wie eine bizarre Garnierung auf dem ganzen ruinierten Mahl liegen blieb. Wenn Jonathan so daran gelegen war, Stump Logan anzurufen, sollte er das verdammt noch mal selber tun. Sie hatte hier schon viel zu viel Zeit verschwendet. Lena griff nach ihrem Mantel und lief die Treppe zur Ladentür hinunter. Sie besaß schließlich ein eigenes Leben, verflucht noch mal. Wenn sie noch in dieser Sekunde mit der Suche danach anfing, würde sie es vielleicht auch finden, bevor es genauso verloren ging wie die dämliche Mary Crow.

Jonathan ging mit großen Schritten in der Mitte der Straße. Um diese Zeit herrschte kein Verkehr, und seine Schritte hallten in der mondhellen Stille. Im Osten stieg Orion im glitzernden Himmel auf, ein weiterer Jäger auf der Suche nach nächtlicher Beute. Jonathan erinnerte sich an eine andere Jagd vor langer Zeit.

»Wir wissen nicht, nach wem wir suchen«, sagte Stump Logan zu den Männern, die sich um die auf seiner Motorhaube ausgebreitete Karte drängten. »Nur, dass es ein Mann ist, der sich in den Wäldern auskennt. Ich möchte, dass ihr euch in Zweiergruppen aufteilt und jeweils ein bestimmtes Suchgebiet im Wald übernehmt. Wenn ihr irgendwas seht, gebt es über Funk an mich durch. Versucht nicht, ihn selbst zu stellen und den Helden zu spielen. Ich will nicht, dass sonst noch jemand umkommt.« Jonathan und Billy hatten zugehört und waren dann vorgetreten. Logan hatte sie finster angeschaut, aber die beiden Teenager hatten sich für das entfernteste, schwierigste Gebiet eingetragen. Die Gefahr schreckte sie nicht, und es war ihnen scheißegal, was Stump Logan wollte. Sie würden den Kopf von Martha Crows Mörder zurückbringen und ihn Mary zu Füßen legen. Und dann würden sie sein Herz auf einem Cracker verspeisen. Zum Teufel, sie waren junge Cherokee mit dem Blut des großen Kriegers Tsali in den Adern. Mehr als einen Vormittag würden sie wahrscheinlich nicht brauchen.

Fünf Tage später kehrten sie mit leeren Händen zurück. Keine Spur, kein Zeichen, nicht der geringste Hinweis. Stump Logan hatte nur mit den Schultern gezuckt, als sie ihm von ihrem völligen Versagen berichteten, aber Mary hatte Jonathan von den Stufen des Hauses begierig entgegengeblickt. Wie schwer es gewesen war, ihr ins Gesicht zu blicken und ihr zu sagen, dass sie den Mörder ihrer Mutter nicht gefunden hatten.

Gott, wie lange war das schon her. Jonathan wandte den Blick von den Sternen ab und rückte seinen Rucksack zurecht. Billy hatte noch all seine Zähne gehabt, Jonathan hatte sich auf seine Knie verlassen können, und sie konnten beide stundenlang laufen, ohne müde zu werden. Trotzdem hatten sie nichts erreicht. Heute Nacht, dachte er, wird das vielleicht anders sein.

Beim Überqueren des Parkplatzes sah er zu der bleichen Silhouette des Taurus hinüber; dann knipste er eine kleine Taschenlampe an und verschwand im Wald.

Sofort überraschte er zwei Opossums, die unter den niedrigen Zweigen einer Kiefer herumschnüffelten. Mit rot blitzenden Augen sahen sie auf und schlenderte gemächlich durch das Unterholz davon. Nur noch ihre nackten rosa Schwänze waren zu sehen.

Er schaute ihnen nach und ging dann im Kopf eine Checkliste über Mary durch. *Was weißt du von ihr*, fragte er sich in der uralten Tradition der Fährtenleser. *Dass sie klug ist. Dass sie vermutlich in guter körperlicher Verfassung ist. Dass sie sehr gut im Wald zurechtkommt.*

Was weißt du von ihrem Verfolger? Nichts, außer dass er in einem gemieteten Ford angekommen war und Billy Swimmer tausend Dollar bezahlt hatte, damit der ihn zu Mary führte. War er gut zu Fuß? Konnte er Spuren lesen? Jonathan schüttelte den Kopf und platschte durch einen flachen Bach, der silbern im Mondlicht glänzte. Es spielte keine Rolle, was der Mann konnte. Er hatte Billy Swimmer dabei, und Billy kannte die Wälder besser als die Saiten seiner Fiedel.

Drei Stunden lang schritt er durch den dunklen Wald. An einem Bachlauf, wo der Weg morastig wurde, kniete er sich hin und richtete den Strahl seiner Taschenlampe auf den Boden. Fußspuren in verschiedenen Größen waren im Schlamm zu erkennen, alle führten nur in eine Richtung. Die kleinsten hatten die scharfen Ränder neuer Stiefel. Alle anderen stammten von gut eingelaufenem Schuhwerk. *Kommt hin*, dachte Jonathan. *Das dunkelhaarige Mädchen mit dem Nordstaatenakzent hatte keine Erfahrung im Zelten. Mary und ihre größere Freundin hatten schon früher gecampt.*

Er ging weiter, eilte durch die Nacht und bewegte sich wie ein Schatten zwischen den Bäumen hindurch. Schließlich erreichte er die Stelle, an der sich der Weg teilte. Jonathan warf einen Blick hinüber zu den Ghosts und spürte, wie sich ihm die Nackenhaare aufstellten. Er packte seine Flinte fester, bevor er sich nach rechts wandte, wo der Pfad steil wie eine Rolltreppe anstieg.

Er machte sich an den Aufstieg und kam stetig voran bis zu

der seltsamen Stunde, in der die Erde weder dem Mond noch der Sonne gehört. Als er sich dem letzten Berg vor Atagahi näherte, blinzelte er. Lichter. Dreißig Meter zu seiner Rechten. Er sah Lichter. Dort zeltete jemand.

»Mary!« Sein impulsiver Schrei brach in die Stille wie ein Schuss. Keine Antwort. *Sie schlafen,* dachte er, zitternd vor Erleichterung. *Haben für den Rückweg die schwierigere Strecke gewählt und Lichter um ihren Zeltplatz aufgestellt, bevor sie sich schlafen gelegt haben.* Er rannte los, mitten durch das Unterholz. »Mary! Ich bin's, Jonathan!«

Er platschte durch einen Bach. Das kalte Wasser durchnässte seine Hose bis zu den Knien. Die Lichter waren direkt vor ihm, zu beiden Seiten des Baches. Er lief schneller »Mary!«, rief er noch mal.

Plötzlich blieb er stehen und erkannte, worauf er zulief. Was er da durch die Bäume sah, war nicht das flackernde Licht von Campern, sondern phosphoreszierendes faules Holz. Eine Art Irrlicht, das die Menschen allem möglichen zuschrieben, von Elfen bis zu Außerirdischen.

»Verdammt!«, rief er und trat gegen den verfaulten Baumstamm. Ein Stück brach ab und fiel in den Bach und wurde hellleuchtend vom Wasser fortgeschwemmt.

Jonathan nahm den Rucksack ab und setzte sich auf einen anderen umgefallenen Stamm. Was war er doch für ein Idiot! Ein toller Bergführer, der sich von Irrlichtern narren ließ. Als Nächstes würde er noch in die Höhlen laufen, um sich bei den *Nunnehi* Rat zu holen. Die Flinte dicht neben sich, legte er sich hin und ging die Fakten durch, die ihm bekannt waren. Die drei Frauen waren hier gewesen, aber er hatte bisher nur ihre Fußspuren gefunden. Wenn er sie morgen nicht bei Atagahi fand, würde er umkehren und durch die Ghosts gehen.

Er schob den Gedanken beiseite und schloss die Augen. Cullasaja, der letzte Berg, der Atagahi bewachte, war zu schwierig, um ihn bei Nacht zu besteigen. *Na gut,* dachte Jonathan, *dann kann ich mich auch hier ein oder zwei Stunden ausru-*

hen und beim ersten Licht weitergehen. Er lehnte sich an den Stamm, die Flinte im Arm. Plötzlich war er um Jahre zurückversetzt, stark und unglaublich jung.

»Ich hab gehört, deine Großmutter will dich holen«, sagte er zu ihr. Sie saßen nebeneinander auf der hinteren Veranda der Leichenhalle, Jonathan spielte nervös mit seinem Ribtickler herum.

»Ich will nicht hier bleiben, Jonathan«, erwiderte Mary. Sie trug eine weiße Bluse und einen blauen Baumwollrock, der ihr bis zu den Fußknöcheln reichte.

»Du kannst nichts dafür, Mary. Wir können nichts dafür. Niemand hätte etwas tun können.« Die Worte brachen aus ihm heraus, und er konnte nur hoffen, dass sie dem, was er wirklich sagen wollte, wenigstens ein bisschen nahe kamen.

»Das sagen alle.«

»Und sie haben Recht«, beharrte er und ließ das Messer vorschnellen.

»Meine Großmutter will es so, Jonathan. Sie will mich aufs College schicken.«

»Aber was ist mit uns?« Er hatte sie seit jenem Nachmittag nicht mehr berührt und sehnte sich danach, ihre Haut an seiner zu spüren, ihre Finger mit seinen zu verschränken. »Ich liebe dich.«

Sie sah ihn eine Ewigkeit lang an. Ihre Augen erinnerten ihn an die gesprenkelten Bachkiesel, die durch das klare Wasser hindurchschimmern. »Ich liebe dich auch«, antwortete sie. »Aber das ändert nichts.«

Das fröhliche *Tietscher-tietscher-tietscher* einer Grasmücke schallte durch den Wald und weckte ihn. Jonathan setzte sich auf und sah sich um. Im ersten Moment meinte er, Mary gehört zu haben. Dann merkte er, dass es nur ein Vogel war; Mary war immer noch verschwunden, wie zu dem Zeitpunkt, als er eingeschlafen war. Er zwang sich, optimistisch zu sein. Der Tag war noch jung, ganz bestimmt würde er sie beim Morgenbad in der warmen Quelle überraschen. Und Billy war kein Dummkopf. Wenn dieser mysteriöse Mann aus Deckard County Mary etwas antun wollte, würde Billy das schon merken. Wahrscheinlich führte er den Mann gerade heimlich zurück zu Stump Logans Gefängnis. Jonathan öffnete den Rucksack, trank eine warme Cola, lud sich das Gepäck auf und begann mit dem Aufstieg.

Der Pfad schlängelte sich zwischen Hemlocktannen und Kiefern den Berg hinauf. Die Morgenluft war feucht, und Jonathans Atem stand in weißen Wölkchen in der Luft, als würde er eine Pfeife rauchen. *Eine ganz schöne Kletterei für Frauen, die nicht daran gewöhnt sind*, dachte er und wich einer Dornenranke aus. Höher und höher stieg er hinauf. Als die Morgendämmerung die Farbe von Eierschalen angenommen hatte, war das Hemd unter seinen Achseln schweißnass. Noch drei Biegungen, hundertfünfzig Meter bis zu dem großen Ahorn, und er hatte die Felsen oberhalb von Atagahi erreicht. Endlich war er da. Er sah hinunter zur Quelle.

»O Gott«, schrie er entsetzt auf.

Jonathan stürmte über die Felsblöcke nach unten, so rasch, dass seine Füße kaum den Stein berührten, bevor sie den nächsten erreichten. Die Flinte schlug ihm gegen die Schulter. *Ich hätte durchladen sollen*, dachte er und rutschte fast auf dem losen Geröll aus. Aber ihm blieb jetzt keine Zeit, mit Schrotpatronen nachzuladen. Er sprang über die letzten Steine und warf den Rucksack ab. Der von Atagahi aufsteigende Dampf legte sich ihm warm und feucht auf das Gesicht. In der Ferne hörte er das warnenden Krächzen einer Krähe.

Die Leiche schwamm mit dem Gesicht nach unten im warmen Wasser. Das Haar klebte wie dunkler Teer am Schädel, die Hände waren ausgestreckt, als würden sie etwas tief unten im Wasser anflehen.

»Nein«, sagte Jonathan leise.

Er riss die Flinte von der Schulter und kniete sich an den Rand des Teichs. Weit über das Wasser gebeugt, konnte er den rechten Fußknöchel gerade mit den Fingerspitzen erreichen. Jonathan griff nach dem Bein, dann dem Arm, und hievte die Leiche aus dem Wasser. Vielleicht war es ja noch nicht zu spät ...

Billy war noch nicht aufgequollen oder steif, aber seine Haut hatte die Farbe von ungeschmolzenem Paraffin und fühlte sich wie ein gut gekühltes Steak an. Blut und Wasser sickerten aus einem kleinen runden Loch in der Mitte seines Bauches.

Jonathan war wie betäubt. Er konnte Billy nur in den Armen wiegen und ihm ins Gesicht starren. Billys Mund stand eher überrascht als entsetzt offen, ein Ausdruck, den Jonathan oft bei seinem Freund gesehen hatte, wenn sie auf dem Schulklo beim Rauchen erwischt worden waren.

An Billys Händen waren keine Kampfspuren zu sehen. Die

Knöchel waren nicht aufgeschürft, und die Finger hingen schlaff herab, zerbrechlich wie die ausgebleichten Knochen eines toten Vogels. Nie wieder würden sie den Saiten seiner Fiedel Musik entlocken.

»Oh, Billy«, sagte Jonathan mit erstickter Stimme. Etwas Hartes, Eckiges steckte in der Tasche von Billys Sweatshirt. Jonathan griff hinein und zog eine kleine Mundharmonika heraus. Sie war mit Wasser vollgesogen, hatte aber nichts von der Kugel abbekommen. Jonathan schüttete das Wasser heraus und hob sie an die Lippen. Er blies ein paar traurige, blecherne Töne, dann steckte er die Harmonika in seine Hemdtasche. Die würde er dem kleinen Michael geben. Jetzt war der Junge noch zu klein, um es zu verstehen, aber eines Tages würden sie auf der Veranda von Little Jump Off sitzen und Jonathan würde ihm von Billy erzählen – dass er ein guter Mann gewesen war und ein Fiedler wie kein anderer.

»Es tut mir so Leid«, stöhnte er und wünschte dabei, er könnte die Worte in der Sprache der Cherokee sagen. Jonathan drückte seine Stirn gegen Billys. Er hielt ihn noch einen Moment und untersuchte dann die Schusswunde genauer. Das orangefarbene Material von Billys Sweatshirt war um das Loch herum versengt, und eine dünne Blutspur zog sich fast sechs Meter weit über die Felsen. Whitman, der Fremde, der ihn hier heraufgelockt hatte, mit dem Versprechen, ihm tausend Dollar zu zahlen, hatte ihn aus nächster Nähe in den Bauch geschossen. Billy, ein Vollblut-Cherokee bis zum Ende, hatte seine letzten Minuten damit verbracht, zu Atagahis heilendem Wasser zu kriechen.

Jonathan spürte den scharfen Geschmack von Wut in seiner Kehle. Wenn Whitman bereits Billy umgebracht hatte, konnte er inzwischen auch Mary ermordet haben und jetzt auf dem Rückweg in die Zivilisation sein. Aber Jonathan war auf dem Pfad niemandem begegnet und hatte auch nicht die geringste Spur entdeckt, dass jemand nach Osten unterwegs war. Konnte Whitman noch hier im Wald sein und warten?

Rasch legte er Billy auf den Boden und griff nach der Flinte.

Jonathan schob zwei Patronen in den Lauf und ging um den Teich herum, sich immer in dem dunklen lila Schatten haltend, den die aufgehende Sonne warf. Er spähte in die kleinen Lücken zwischen den Felsblöcken und lauschte auf das Kratzen von Steinchen oder das Spannen des Hahns einer Waffe. Aber er fand nichts als dieselben nackten Felsblöcke, die hier schon seit zehntausend Jahren lagen. Dann kletterte er in die größeren, äußeren Felsen hinauf, wobei er sich darauf gefasst machte, weitere Leichen zu finden, gleichzeitig aber hoffte, irgendwas zu entdecken, dass ihm einen Hinweis geben würde. Wieder gaben die Felsen nichts preis. Er hockte sich neben einen Felsblock. Konnte es sein, dass sich Mary und ihre Freundinnen in den Ghosts verirrt hatten? Waren die drei Frauen überhaupt so weit gekommen? Wenn das der Fall war, warum hatte Whitman Billy hier umgebracht?

Er war gerade an einem besonders hohen Felsblock vorbei gekrochen, der über die anderen hinausragte, als Jonathan ein Wimmern hörte.

»Mary?«, rief er mit hoffnungsvoller Stimme.

Er hörte ein zweites, lauteres Wimmern. Unter einem kleinen Sandsteinvorsprung lugte ein vertrautes Gesicht hervor. Dunkelbraune Augen, wachsam zurückgelegte Schlappohren.

»Homer!«

Jaulend sprang der Hund Jonathan in die Arme. Homer wedelte wie wild mit dem Schwanz und leckte Jonathan das Gesicht ab. Das Gewicht von fünfundzwanzig Kilo glücklichem Hund warf sie beide rückwärts zu Boden.

»Was ist passiert, Homer?« Obwohl Homer außer sich vor Freude schien, spürte Jonathan doch, wie die Muskeln des Hundes zitterten. Was auch immer vor Billys Tod passierte war, es ängstige Homer nach wie vor.

Auf dem Kopf hatte er eine blutige Schramme, das Ergebnis, nahm Jonathan an, eines schlecht gezielten Schusses. Ansonsten war Homer unverletzt, obwohl er so nervös wirkte, wie Jonathan ihn noch nie gesehen hatte. Er kraulte Homer unterm Kinn, stand auf und hängte sich die Flinte über die Schulter.

»Komm, alter Junge. Du kannst mir helfen.«

Jonathan suchte den Rest der Lichtung ab, Homer war ihm dicht auf den Fersen. Doch niemand sonst, tot oder lebendig, versteckte sich an diesem Morgen bei Atagahi. Verwirrter denn je, stieg Jonathan wieder hinab und setzte sich neben Billy. Homer stieß Billys Hand einmal mit der Schnauze an, drängte sich an Jonathan und begann wieder zu zittern.

Jonathan betrachtete das Loch in Billys Bauch und spielte im Kopf verschiedene Szenarien durch. Hatte Whitman erst Billy getötet, dann die drei Frauen und sie fortgebracht? Hatte er sie vergraben? Warum drei Opfer vergraben und das letzte im Wasser schwimmen lassen? Und warum hatte er Homer nicht auch erschossen? Ein Mann, der einem anderen in den Bauch schoss, würde doch wohl kaum Skrupel haben, einen Hund abzuknallen. Wenn ... Jonathan wollte gerade eine dritte Möglichkeit erwägen, als ihm zwei Flecke auf dem Felsblock auffielen, vor dem Billys Blutspur begann. Jonathan sprang auf und lief hin, um sich das näher anzusehen.

Auf dem Sandstein waren Kohlespuren zu sehen. Die Linien und Kringel sahen aus, als wären es mal Worte gewesen, und darunter meinte er, zwei einzelne Zeilen wahrzunehmen. Wie zwei getrennte Briefe mit zwei Unterschriften. Mit den Fingern fuhr er die Umrisse der beiden Schriftblöcke nach, als könnten sie ihm verraten, was hier passiert war. Dann berührte er einen der Blöcke. Er war trocken. Er beugte sich vor und leckte daran. Der bittere Geschmack von verbranntem Holz schmerzte auf seiner Zunge.

Jonathan runzelte die Stirn. Hier musste noch was sein, etwas, das er bisher übersehen hatte. Er sah sich erneut um, diesmal ohne sich auf etwas Bestimmtes zu konzentrieren, und nahm mit den Blicken alles in sich auf.

Dann sah er es. Ein schmaler Pfad, runtergetretenes Gras, der an einer Weide vorbei in die Berge führte, breit genug, dass man ihn im Gänsemarsch hinauflaufen konnte. Ein Farbfleck stach ihm ins Auge. Gelbe Punkte markierten die Bäume von der alten Weide aus den Pfad hinauf.

Er lief hinüber zur Weide und berührte den hellgelben Fleck. Klebrig. Ein bisschen davon blieb an seinem Finger hängen. Jonathan roch daran. Ölfarbe. Mary. Sie hatte hier oben malen wollen und gelbe Farbkleckse an den Bäumen angebracht. Warum? Weil sie in einen Teil des Waldes musste, den sie nicht kannte, und einen Weg markierte, der sie hierher zurückführen würde.

»Also gut, Homer«, murmelte er und ließ seinen Blick auf der Suche nach weiteren gelben Farbklecksen über die Bäume am Berghang schweifen. Keine zu sehen, aber sie waren bestimmt da. Mary würde nicht einfach einen Baum markieren und dann aufhören. »Das könnte der Anfang einer Fährte sein. Jetzt müssen wir nur noch den Rest finden.«

Er bewegte sich schneller. Homer folgte ihm. Jonathan zog eine Plane aus dem Rucksack und breitete sie unter der Weide aus. Dann ging er zurück zur Quelle und hob Billy hoch. Er war leichter als erwartet. Jonathan trug ihn zur Weide hinauf, wobei er an all die lauen Sommerabende dachte, an denen Billys Fiedel auf Hochzeiten und Trauerfeiern und Dorftänzen gespielt hatte, unentgeltlich, nur weil es ihm Spaß gemacht hatte, die griesgrämigen Farmer und ihre schweigsamen Frauen zu seiner Musik wie die Grillen hüpfen zu sehen. Während er daran dachte, wurde Billy schwer in seinen Armen, und Jonathan hatte das Gefühl, als wäre auch ein Teil von ihm gestorben, den er jetzt mittrug.

Homer sah mit angelegten Ohren zu, wie Jonathan die Leiche auf die Mitte der Plane legte und sie drehte, damit Billys Kopf nach Westen lag. Jonathan kniete sich hin. Er versuchte sich an ein Cherokee-Gebet zu erinnern, um es Billy mit auf den Weg zu geben, aber ihm fiel nicht ein einziges Cherokee-Wort ein. Plötzlich durchströmte ihn dunkler, heißer Zorn. Irgend so ein reicher weißer Schnösel war mit seinem gemieteten Ford angekommen und hatte Jonathans ältesten Freund umgebracht, und er hatte nichts dagegen tun können.

Jonathan steckte zwei Finger seiner rechten Hand in Billys Bauchwunde, zog sie heraus, dunkel von geronnenem Blut, schloss die Augen und schmierte sich das Blut auf die Wangen und die Nase. Ein einzelner Strich, von links nach rechts, wie er es von dem großen Tsali gelernt hatte; dann sah er in den Himmel hinauf. Obwohl er wusste, dass es verrückt war, kam er sich in dem Moment wie einer der alten Krieger vor – heißblütig, stark und unverwundbar.

»Ich weiß nicht, ob die alten Cherokee es so gemacht haben, Billy, aber ich schwöre dir, dass ich dir das Herz deines Mörders bringen werde.«

»Scheiße!« Mitch Whitman spuckte aus und kämpfte sich weiter den steilen Weg hinauf. Dichter Nebel war vom Boden aufgestiegen und schlang sich mit dünnen Fingern um seine Beine. Innerhalb von zehn Minuten hatte sich die Welt von klarem, dunklem Grün in einen nebulösen Dunst ohne jede Farbe verwandelt.

Er blieb stehen, wischte sich den Schweiß von der Stirn und spähte durch den wabernden Nebel, bis sein Blick an dem nächsten gelb markierten Baum hängen blieb. Dann quälte er sich weiter, erreichte eine hohe Kiefer und ließ sich darunter auf den Boden sinken, froh, still zu sitzen und wieder zu Atem zu kommen. Erst als er die Augen schloss, sah er alles wieder vor sich.

Er hatte den Vollblut-Cherokee eigentlich nicht umbringen wollen. Aber bevor Mitch sich zurückhalten konnte, hatte er laut losgelacht, als er Marys Botschaft auf dem Felsen gelesen hatte. Von da an war alles rasend schnell gegangen.

»Was ist daran so komisch?« Der Indianer hatte sich umgedreht und ihn misstrauisch beäugt. »Hier steht doch, dass Mary in großen Schwierigkeiten ist.«

Mitch trat einen Schritt zurück und versuchte zu erklären. »Ich lache, weil Mary so tapfer ist. Typisch für sie, dass sie losgeht und ihre Freundin retten will.«

»Aber ihre Freundin und sie sind verletzt.« Die Augen des Indianers bohren sich in seine. »Merken Sie denn nicht, wie verängstigt die beiden sind?«

»Die große Mary Crow lässt sich doch nicht von einem kleinen Vergewaltiger ängstigen«, sagte Mitch. »Mit solchen Abschaum hat sie dauernd zu tun.«

»Blödsinn«, erwiderte der Indianer. Er bückte sich, als wolle er seinen Stiefel zuschnüren, hielt dann, schneller als Mitch es für möglich gehalten hätte, ein Jagdmesser in der Hand und drückte die scharfe, kalte Spitze an Mitchs Kehle.

»Drehen Sie sich um, Mr. Keane. Ich weiß nicht, was Sie eigentlich bezwecken, aber die Führung durch die Smoky Mountains ist jetzt zu Ende.«

Mitch erstarrte, als der verdammte Hund hinter ihm zu knurren begann. Dann bewegte er vorsichtig die Hand zu der Beretta, die er unter den linken Arm geschnallt hatte.

»Los jetzt, Keane«, sagte der Indianer leise. »Gegen mich und meinen Hund kommen Sie nicht an.«

»Leck mich doch, Tonto.« Mitch zog die Beretta, drückte sie dem Indianer in den Bauch und feuerte zweimal. Zwei gedämpfte Plops waren zu hören. Einen Moment lang sah ihn der Indianer erstaunt an, dann richtete sich sein Blick nach innen, und er sackte in die Knie. Mitch zuckte zusammen, als der verdammte Hund das Blut aufzulecken begann, das aus der Wunde seines Herrn quoll.

Der Indianer stöhnte. Noch immer hielt er das Messer umklammert und kroch langsam auf die Quelle zu.

»Ich glaube nicht, dass du in deinem Zustand noch schwimmen kannst«, höhnte Mitch, aber der Indianer kroch weiter, eine leuchtend rote Blutspur auf den Felsen hinterlassend. Der Hund kläffte und rannte im Kreis um sie herum. Mitch sah ihm erstaunt zu und fragte sich, wohin der Indianer eigentlich wollte, wo er ihm doch den halben Bauch weggeschossen hatte. Er schien entschlossen zu sein, die Quelle zu erreichen, aber als er seine Hand nach dem grünen Wasser ausstreckte, fiel ihm das Messer aus den Fingern und seine Beine verloren jede Kraft, zuckten nur noch.

»Tam?«, sagte der Indianer, seine Stimme nichts als ein heiseres Echo.

Mitch konnte nicht wegschauen. Obwohl er schon Wild hatte sterben sehen, war dies das erste Mal, dass ein Mensch vor seinen Füßen verblutete. Wie ein Autofahrer, der anhält, um einen grässlichen Unfall auf dem Highway zu begaffen, konnte Mitch den Blick nicht von den zuckenden Beinen des

Indianers wenden oder seine Ohren vor den gemurmelten Worten verschließen, die Flüche oder Gebete sein konnten.

Dann hatte sich wie immer, egal, ob ein Elch zu Boden ging oder nur ein dämliches Reh, ein Kribbeln von seinen Hoden aus ausgebreitet und ihn schwach vor Erregung gemacht. Er genoss die prickelnde Wärme, die sich in seinen Lenden ausbreitete, aber sie verging so schnell, wie sie entstanden war, brachte keine Befriedigung und machte ihn nur wütend.

»Ach, nun komm schon«, knurrte er verärgert. »Machen wir der Sache ein Ende.«

Er steckte die Waffe zurück in den Halfter und ging zu dem Indianer, packte ihn am Hosenboden und am Kragen seines Tennessee-Volts-Sweatshirts und warf ihn in die Quelle.

Der Indianer war erstaunlich leicht, wog wahrscheinlich kaum mehr als sechzig Kilo. Nachdem er bäuchlings im Teich gelandet war, sickerte Blut ins Wasser wie rote Tinte aus einer umgekippten Flasche.

An die Kiefer gelehnt, öffnete Mitch die Augen. »Eigentlich gar kein so schlechter Tod«, meinte er. »Auf jeden Fall heldenhafter als der von der armen alten Sandra Manning.«

Wie hieß der Indianer noch? Billy oder Willy oder so. Dämlicher Kerl. Hatte irgendwas von den Ohren seines Kindes gebrabbelt und seiner verpfändeten Fiedel, hatte tatsächlich gedacht, dass tausend Dollar sein Leben ändern würden. Tausend Dollar waren gut für ein tolles Wochenende, aber das Leben verändern? Scheiße. Aber es kam ja sowieso nicht mehr darauf an. Für den Vollblut-Cherokee war ein verändertes Leben keine Option mehr.

Die feuchte Luft hatte auf Mitchs Kleidern einen Nässefilm hinterlassen, der wie Tau aussah. Um sich herum konnte er nur Baumstämme erkennen, die den Nebel durchstießen wie gespenstische Piken auf einem mittelalterlichen Schlachtfeld. Von all den Gegenden, in denen er gejagt hatte, war dieses durchnässte, nebelige Land die seltsamste. All diese Bäume, all diese Berge, doch er hatte bisher nur eine Eule und eine Art

Echse gesehen. Kein Kaninchen, kein Streifenhörnchen, noch nicht einmal eine Maus. Als ob sie sein Kommen gespürt und ihm diese riesigen Wälder allein überlassen hätten. Ist vielleicht auch ganz gut, dachte er und erinnerte sich an das scheußliche Viech, das er am Abend zuvor erschossen hatte. Auf Tiere hatte er es heute sowieso nicht abgesehen.

Mit Homer war es nicht so gut gelaufen wie mit dem Indianer. Zuerst hatte er gedacht, er könnte den Hund mitnehmen, aber als der Indianer ins Wasser fiel, hatte das dumme Vieh wie blöde gekläfft. Mitch hatte ihn gerufen, doch das dämliche Tier hatte jedes Mal nach ihm geschnappt, wenn er näher kam. Das war der Ärger mit Hunden. Bringt man ihr Herrchen um, wenden sie sich gegen einen. Sofort und für immer. Mitch hatte schließlich wieder die Beretta gezogen und auf Homers Kopf gezielt. Blut schoss heraus, aber der alte Hund war nicht umgekippt. Stattdessen war er zwischen die Felsen gerannt, blutend und jaulend wie ein Verrückter. *Dämlicher Hund*, dachte Mitch erneut. Obwohl es unsportlich war, hatte er beschlossen, Homer verbluten zu lassen. »Na ja«, kicherte er vor sich hin und beobachtete, wie sein warmer Atem in der feuchten Luft verdunstete, »wer braucht denn schon einen auf Waschbärenfang dressierten Hund, wenn man Krähen jagt?«

Er dachte an Mary Crow und lächelte. Endlich hatte sie ihren ersten Fehler gemacht. Bevor er die auf den Felsen gekritzelte Botschaft wegwischte, hatte er genau nachvollzogen, was mit ihr und ihrer Freundin passiert war und was sie vorhatten. Sie hatten sogar ihren Weg markiert, falls jemand nach ihnen suchen sollte.

»Diesmal hast du es wirklich vergeigt, Marymädchen«, sagte er und wickelte etwas von der Kraftnahrung aus seinem Rucksack aus. »Und zwar gewaltig vergeigt.«

Nachdem er aufgegessen hatte, kämpfte er sich weiter durch den Nebel, bis er endlich aus dem Wald herauskam und auf einen schmalen, ebenen Pfad stieß, der offenbar früher eine Art Fahrweg gewesen war. Pampasgras mit fedrigen Rispen wiegte sich auf einer grünen Wiese, aus der einzelne kleine Kiefern wie Ausrufezeichen aufragten. Eine schmale Spur führte quer über die Grasnarbe und verschwand weiter oben im Wald. Mit zusammengekniffenen Augen konnte er einen hellgelben Fleck an einem Baum etwa drei Meter oberhalb der alten Trasse ausmachen. Er schob den Rucksack zurecht und grinste. Wenn die Fährte so einfach zu verfolgen blieb wie bisher, würde er Mary Crow und ihre Freundin vermutlich noch vor dem Frühstück erledigt haben.

»Und was haben Sie getan, als Mary Crow getötet wurde?«, ahmte er die letzte Frage nach, die sie ihm im Zeugenstand an den Kopf geworfen hätte. »Ich bin durch die Wälder gewandert, Euer Ehren«, erwiderte er. »Habe Erfahrungen aus erster Hand gesammelt, wie die Tüchtigsten überleben.«

Mary und Joan waren Alex' Spur den ganzen Tag lang gefolgt und ohne Probleme zwischen den hohen Bäumen oberhalb der Trasse hindurchgekommen. Sie hatten gerade eine Lichtung erreicht, die von dunkelgrünen Hemlocktannen umgeben war, als Mary plötzlich stehen blieb.

»Da ist was passiert«, sagte sie leise.

»Was?« Joan hatte sich so sehr darauf konzentriert, ebenso leise wie Mary zu gehen, dass sie fast mit ihr zusammenstieß.

Mary deutete hinunter auf die Trasse. »Alex hat aufgehört, eine Spur zu hinterlassen.«

Joans alten Ängste kehrten augenblicklich zurück. »Aber warum?«

Mary rieb sich die Augen, als ob dadurch Alex' Spur aus umgeknickten Disteln und Stängeln wieder sichtbar würde. »Ich weiß es nicht. Sieht aus, als wär sie bis zum Rand dieser Hemlocktannen gekommen und hätte dann aufgehört.«

»Was sollen wir machen?«

»Keine Ahnung.« Mary trommelte leise mit den Fingern auf den Malkasten und ließ den Blick über die Lichtung schweifen. Schließlich sagte sie: »Ich geh mal runter und seh mich um. Vielleicht fängt die Spur ja hinter den Bäumen wieder an.«

»Aber wenn es eine Falle ist?« Joan zupfte am Ärmel von Marys Sweatshirt. »Wenn der Barfüßige weiß, dass wir ihm folgen und jetzt da unten auf uns wartet?«

»Das lässt sich nicht ändern. Warte hier auf mich. Ich bin in einer Viertelstunde wieder da.«

»Aber ...«

Mary drehte sich um und funkelte sie an. »Ich muss da runter gehen, Joan. Wir müssen rausfinden, was mit Alex' Spur passiert ist.«

Joan wollte wieder protestieren, ließ es aber. In den letzten drei Tagen hatte sie gelernt, dass es zwecklos war, mit Mary Crow zu argumentieren. »Bitte sei vorsichtig«, sagte sie nur, als Mary wie ein Schatten zwischen den Bäumen verschwand.

Nachdem Mary gegangen war, setzte sich Joan neben eine umgestürzte Kiefer und streckte die Beine aus. Ihre Füße, ehemals zierlich und mit hohem Spann, waren jetzt geschwollen und voller Blasen. Sie schauten unter Marys Jeans hervor und sahen aus, als gehörten sie zu jemand anderem. Joan überlegte, was Natalie, ihre Lieblingsschuhverkäuferin bei Saks, wohl dazu sagen würde. *Tut mir ja so Leid, Ms. Marchetti. Keine Ferragamos mehr für Sie. Sie sollten es mal bei dem orthopädischen Schuhgeschäft auf der Neununddreißigsten versuchen.* Joans Lippen zitterten, und sie unterdrückte ein Schluchzen. Alex hatte sich immer über ihre Schuhleidenschaft lustig gemacht. Wie würde sie Joan jetzt verspotten. *Brooklyns Antwort auf Imelda Marcos*, würde sie höhnen, *dazu verdammt, beige Gesundheitsschuhe zu tragen!*

Joan wandte den Blick von ihren Füßen ab und spähte durch die Blätter. *Alex*, dachte sie und versuchte, die schon fast verschwommene Erinnerung an ihre spöttische Freundin aufzufrischen. *Wo bist du? Hat der Barfüßige dir dasselbe angetan wie mir oder noch Schlimmeres?* Sofort hatte sie wieder seinen ekligen Gestank in der Nase und meinte, seine schwieligen Finger auf ihrer Haut zu spüren. *Vergewaltigt.*

Violare. Ihre Eltern würden die schlimmsten Flüche auf das Haupt eines Mannes laden, der so etwas tat. Onkel Nick würde dem Mann voller Wonne die Eier abhacken. *Und ich auch.* Die Erkenntnis durchfuhr sie wie ein Stromschlag. *Ich könnte ihn ebenfalls umbringen.*

Das schrille Zirpen eines Zaunkönigs holte sie abrupt in die Wirklichkeit zurück. Wo war Mary? Hätte sie nicht längst zurück sein müssen?

Joan stand auf und suchte mit den Blicken nervös die Lichtung ab. »Verdammt«, rief sie und rang die Hände. Mary war schon viel zu lange weg. Hatte sie sich verirrt? War sie gefallen und hatte sich verletzt? Hatte der Barfüßige ihr eine Falle gestellt? Was sollte sie tun? Und was würde mit ihr geschehen, wenn Mary nicht zurückkam?

»Denk nach«, befahl sie sich. »Denk so, wie Mary denken würde.« Sie zwang sich stillzustehen und sich einen Plan zurechtzulegen. Wenn Mary in eine Falle getappt war, würde der Barfüßige entweder darauf warten, dass Joan in dieselbe Falle fiel oder vielleicht ungeduldig werden und nach ihr suchen. Mary hatte das Palettenmesser und den Malkasten mitgenommen; Joan hatte nur die fast leere Tube gelber Farbe. Obwohl sie sich davor fürchtete, allein durch den Wald zu schleichen, wurde ihr schlecht bei dem Gedanken, hier zu sitzen und darauf zu warten, dass das Monster noch einmal über sie herfiel.

»Weitergehen«, entschied sie schließlich. »Mary würde weitergehen.«

Sie steckte die Farbtube in die Tasche von Marys Jeans und schlich vorsichtig hinunter zur Lichtung. Die Spur führte zu einer Stelle, wo das Gras rundherum niedergetrampelt war, dann hörte sie auf. Es sah so aus, als wären Alex und der Barfüßige bis hierher gekommen und dann einfach verschwunden.

Also gut, dachte Joan. *Wohin würde Mary von hier aus gehen?*

Mit klopfendem Herzen drehte sie sich im Kreis. Keine Richtung sah vielversprechender aus als die andere, also bewegte sie sich zögernd vorwärts und blieb immer in der Nähe der Bäume.

Die Nachmittagssonne warf lange Schatten, und der Wald war unheimlich still. Joan hatte bei Auftritten dieselbe erwartungsvolle Stille gespürt, wenn sich der Vorhang hob und das Publikum schweigend auf die ersten Noten aus ihrer Kehle wartete.

Mary, dachte sie und hätte ihren Namen am liebsten laut gesungen, denn sie sehnte sich noch mehr danach, die antwortende Stimme ihrer Freundin zu hören. Aber sie vernahm nur das Rascheln der goldenen Ahornblätter im aufkommenden Wind.

Zu ihrer Linken führte die Trasse leicht bergauf. Rechts lag ein ausgedehntes Dickicht ineinander verschlungener Büsche. Lorbeer, hatte Mary das genannt. Plötzlich blieb Joan stehen. Hatte sie in dem dichten Laubwerk etwas gehört?

»Mary«, rief sie leise und spähte in das dunkelgrüne Gewirr.

Keine Antwort. Aber Joan wusste, dass Mary da drin war und nach Alex suchte. *Vertrau deinem Instinkt*, dachte sie, duckte sich und schob sich in das Dickicht hoher Büsche hinein. *Genau das würde Mary tun.*

Am Anfang kam sie gut voran, doch dann wurden die Büsche dichter, die Äste sperriger. Vom Boden stieg ein scharfer, modriger Geruch auf. Joan musste sich zwischen den widerspenstigen Büschen hindurchzwängen und kam bald nur noch seitwärts voran. Das Dickicht gewährte ihr keinen Einlass; je weiter sie kam, desto dichter wurde das Gebüsch. Plötzlich erkannte sie, wie verrückt das war – Mary würde sich nie in dieses Gewirr gewagt haben.

»Ich kehre lieber um«, sagte Joan laut. »Mary wartet wahrscheinlich längst bei dem Baumstamm und ist sauer auf mich.«

Sie schob die kratzigen Zweige aus dem Gesicht und drehte sich um. Sofort bekam sie weiche Knie. Das dichte Blattwerk hatte den Pfad, den sie sich gerade gebahnt hatte, verschlungen; der Lorbeer schien sich hinter ihr wie eine Mauer geschlossen zu haben. Die Büsche ragten über ihr auf und sperrten Licht und Luft aus.

»Mary?«, rief sie bestürzt, plötzlich in Schweiß gebadet.

Keine Antwort.

»Mary?«, rief sie lauter. Panik schwang in ihrer Stimme mit. Was war sie doch für eine Idiotin. Wie hatte sie bloß auf die Idee kommen können, sich in diesen Wälder zurechtfinden zu können wie Mary Crow?

Sie drehte sich rasch um, als sie spürte, wie sich etwas in ihrem Haar verfing. Gleich fiel ihr der Habicht ein, der vom Himmel herabgestürzt war, die Fänge scharf wie Messer, und sie wimmerte laut. Instinktiv rannte sie los und drängte sich in wilder Hast durch die unnachgiebigen Büsche. Blätter schlugen ihr ins Gesicht, Zweige peitschten ihr gegen die Beine. Mühsam kämpfte sie sich durch das feindselige grüne Labyrinth.

»Nein!«, schrie sie und schlug auf die verschlungenen Büsche ein, die sie gefangen hielten. Sie wollte auf demselben Weg zurück, auf dem sie gekommen war, aber die Blätter engten sie ein, schnitten sie von allem ab, was vertraut aussah. Bewegte sie sich vorwärts? Oder rannte sie im Kreis? Panik ergriff sie. Sie lief schneller. Ihr wurde schwindelig, alle Büsche kippten und ragten drohend in den Himmel auf. Plötzlich trat sie auf etwas Scharfes. Joan schrie auf, als weiß glühender Schmerz durch ihren Fuß und in ihren Schenkel hinauf schoss. Sie stolperte, richtete sich wieder auf und kämpfte sich weiter durch das dichte Gebüsch. Als sie sich zwischen zwei hohen Büschen hindurchzwängte, blieb ihr Fuß an einer Wurzel hängen. Diesmal fiel sie der Länge nach hin und biss sich dabei auf die Zunge. Der warme, metallische Geschmack von Blut erfüllte ihren Mund. Sie kroch unter einen Busch, Schutz suchend wie ein verletztes Tier. Völlig außer Atem, untersuchte sie ihren Fuß. Ein langer Dorn hatte sich direkt unter ihrem großen Zeh ins Fleisch gebohrt. Ihre Fußsohle war bereits heiß und pochte im selben Rhythmus wie ihr wild schlagendes Herz.

»Scheiße!«, schrie sie. »Verdammt! Verdammt! Verdammt!« Ohne nachzudenken, packte sie den Dorn und zerrte daran. Er brach ab, und der größte Teil blieb tief im Fleisch stecken.

Sofort brach ihr der Schweiß aus und ihr wurde übel, wie damals, als sie fünf war und ihr Bruder Frank sie in den Flurschrank eingesperrt hatte. Die Wollmäntel hatten sich gegen sie gedrückt und ihr die Luft zum Atmen genommen. Und jetzt hielten sie die Büsche gefangen, die Zweige umschlossen sie mit ihrem smaragdgrünen Schatten, und es roch wie in einem verschimmelten alten Kühlschrank. Wie gerne würde sie wieder frische Luft atmen! Wie gerne würde sie den Himmel sehen!

Plötzlich konnte sie es nicht länger ertragen. Sie packte die

Lorbeerblätter mit beiden Händen und riss sie von den Zweigen.

»Scheiße!«, schrie sie wieder, kreischend wie eine Verrückte. »Verdammt! Verdammt! Verdammt! Diese dämlichen Büsche erwürgen mich!«

Auf einmal verwandelten sich die abgerissenen Blätter in Frauen. Jede Mary, die sie je gekannt hatte, schwebte herab, lächelte strahlend wie die Bilder des Messbuches. Mary Crow. Schwester Mary Ignatius. Schwester Maria Magdalena. Die Jungfrau Maria. »Helft mir«, flehte Joan, unkontrollierbar schluchzend. »Ich geb mir solche Mühe. Bitte lasst mich hier nicht sterben. Bitte sagt mir, was ich tun soll ...«

»Joan?«

Die Stimme erschreckte sie, und sie setzte sich auf, bevor sie noch ganz wach war.

»Joan? Bist du das?«

Joan bemühte sich, etwas in der Dunkelheit zu erkennen, und spannte alle Muskeln an, zur Flucht bereit. Stunden mussten vergangen sein, seit sie unter dem Busch zusammengebrochen war. Eine Gestalt hockte vor ihr, dreckig, zusammengekauert wie ein Tier. Ein starker Angstgeruch erfüllt die Luft. Joan unterdrückte einen Schrei. War es ein Traum oder hatte der Barfüßige sie gefunden? Würde sie hier sterben, und niemand würde je erfahren, was mit ihr geschehen war?

»Großer Gott, Joan! Wo zum Teufel warst du?« Mary packte sie so fest, dass Joan die Luft wegblieb. »Ich wusste nicht, was mit dir passiert ist!«

Joan spürte Marys Arme, die sie umschlangen, und das schweißgetränkte Sweatshirt. Sie zitterte so stark, dass sie nicht sprechen konnte. Sie träumte nicht! Mary war zurückgekehrt!

»Warum um alles in der Welt bist hier reingekrochen?«, schrie Mary. »Warum hast du nicht gewartet, wie ich es dir gesagt hatte?«

»Ich hab nach dir gesucht«, wimmerte Joan. »Bitte, schrei mich nicht an ...«

Mary ließ Joan los und sah ihr in die Augen. Im Dunkeln verlieh ihr das mit Dreck verschmierte Gesicht das Aussehen einer urtümlichen Schlammfrau. »Du weißt nicht, was das hier ist, oder?«

Die tröstliche Wärme, die Joan noch einen Moment zuvor verspürt hatte, verflog. Zitternd schüttelte sie den Kopf.

Mary sah sie grimmig an. »Das ist eine so genannte Hölle, Joan. Ein riesiges Gebüsch aus Traubenmyrthe oder Lorbeer, wie wir sagen, das sich meilenweit erstrecken kann. Die Hillbillys schreiben Lieder über Leute, die in solche Dinger hineingeraten und nie wieder rausfinden. Ich bin stundenlang durch diese Büsche gekrochen. Wenn dein Schnarchen nicht gewesen wäre, hätte ich dich nie gefunden.«

»Deswegen brauchst du nicht so eklig zu mir zu sein«, gab Joan zurück, den Tränen nahe. »Schließlich bin ich diejenige, die sich verirrt hat ...«

Mary seufzte müde. Sie ließ Joan los und strich ihr eine verfilzte Haarsträhne aus den Augen. »Du hast Recht«, sagte sie. »Du wusstest es nicht. Ich hätte dich warnen sollen.«

Eine Weile schwiegen sie beide. Dann seufzte Mary wieder und rollte sich wie ein todmüdes Kind unter dem Lorbeerbusch zusammen. Sie drehte Joan den Rücken zu und sah in der grünen Dunkelheit fast wie ein lebloser Erdklumpen aus.

Joan beobachtete sie, bis ihr das Schweigen endlos vorkam. Sie hatte plötzlich das Gefühl, ganz allein auf einer einsamen Insel zu sitzen. Als sie es nicht mehr ertragen konnte, flüsterte sie: »Bist du wütend auf mich?« Ihre Stimme schnappte über wie die eines Kindes.

»Nein«, sagte Mary klanglos. »Ich bin nur müde.«

Der Dorn in Joans Fuß brannte wie heiße Kohle. »Wir sind in Schwierigkeiten, oder?«

»Ja.«

»Großen Schwierigkeiten?«

Mary drehte sich um. Ihr Gesichtsausdruck war in der Dunkelheit nicht zu erkennen. »Ich weiß es nicht, Joan. Wir sind verletzt. Wir sind hungrig. Wir haben Alex' Spur verloren, und jetzt haben wir uns in dieser Hölle verirrt. Klingt das für dich nicht nach Schwierigkeiten?«

Wieder begann Joan zu zittern. Mary ließ alles so hoffnungslos erscheinen. »Vielleicht, wenn die Sonne aufgeht ...«, setzte sie an.

»Die Sonne durchdringt dieses Dickicht nicht, Joan. In einer Hölle herrscht immer Zwielicht. Es gibt keine Bäche, aus denen man trinken kann, und nichts Essbares. Wir könnten Tage brauchen, bis wir hier rausfinden.«

Joan brach in Tränen aus. Sie hatte sich so sehr bemüht, es Mary recht zu machen, wenigstens einmal zu beweisen, dass sie kein Versager war, wie Alex behauptet hatte. Aber sie *hatte* total versagt. Sie war Schuld daran, dass sie sich beide hoffnungslos in diesem dämlichen Buschgewirr verirrt hatten. Wenn der Barfüßige sie an der Quelle doch nur getötet hätte. Das hätte es allen leichter gemacht. Und Mary hätte wenigstens eine Chance gehabt.

»Es tut mir Leid«, schluchzte sie. »Es tut mir so Leid ...«

Weinend kauerte sie sich zusammen, dreckig, hungrig, und sie fühlte sich jämmerlicher, als sie es je für möglich gehalten hatte. Nie würden sie wieder aus diesem Dickicht herausfinden. Und jetzt würde Alex bestimmt sterben, wenn sie nicht schon tot war. Dann spürte Joan plötzlich, wie sich Marys Arme um sie legten.

»Spar dir die Tränen, Schätzchen«, flüsterte sie ihr ins Haar. »Ich hab schon vor langer Zeit gelernt, dass Weinen nichts ändert.«

»Aber was sollen wir machen?«

Mary drückte sie an sich. »Wir ruhen uns ein bisschen aus, und dann gehen wir weiter.«

Joan blinzelte. »Im Dunkeln?«

»Dunkelheit, Tageslicht, das spielt hier keine Rolle.«

»Wir geben also nicht auf? Wir suchen weiter nach Alex?«

Zuerst antwortete Mary nicht, und als sie dann sprach, klang ihre Stimme, als wäre sie tausend Jahre alt. »Nein, Joan. Alex ist fort. Wir haben sie verloren, als wir uns in dieser Hölle verirrt haben. Von jetzt an suchen wir nur noch nach einem Weg, der uns hier rausführt. Und wir können von Glück sagen, wenn wir den finden.«

Joan sah zu den Zweigen auf, die hoch über ihren Köpfen ein undurchdringliches Gewirr bildeten. Die Blätter ließen keinen Sternenschimmer, kein Mondlicht hindurch und schienen sich wie ein Leichentuch über sie zu legen. Was für ein schrecklicher Ort zum Sterben, dachte sie und kroch näher an Mary heran. Sie wusste, dass nichts und niemand sie jetzt mehr retten konnte.

»Bald ist Tagesuntergang«, sagte Mitch, benutzte den drolligen Ausdruck des Vollblut-Cherokee für den Sonnenuntergang. Kiefern standen wie düstere Schatten vor dem mandarinenfarbigen Himmel. »Zeit für müde Wanderer, sich ein Nachtlager zu suchen.«

Aber er ging noch etwas weiter und beobachtete, wie das goldene Licht langsam verblasste. Über ihm schrie eine Eule, versteckt in den Bäumen. Der Waldboden unter ihm war schwammig von Moos und toten Blättern. Er fragte sich, was sie wohl bei ihm zu Hause machten. Seine Mutter leistete wahrscheinlich Jack Daniels und Oprah Winfrey Gesellschaft, und sein Vater blaffte Befehle in der Bibliothek. Cal, nahm Mitch an, saß in seiner Zelle und war stocksauer, weil es ihrem Vater nicht gelungen war, ihn aus diesem Schlamassel frei zu kaufen. *Findest du meine Aussage immer noch komisch, Cal? Lachst du dich immer noch tot, wie neulich im Gericht, als ich mich deinetwegen eine Stunde lang von Mary Crow demütigen lassen musste?*

»Das hoffe ich, Bruder«, sagte Mitch laut. »Hoffe, du hältst das immer noch für einen tollen Witz.«

Als er über eine Baumwurzel stolperte und fast hinfiel, beschloss er, dass es jetzt wirklich Zeit für das Nachtlager war. *Hat keinen Zweck, sich den Knöchel zu brechen*, dachte er. *Mary Crow läuft mir nicht weg.*

Unter einer Weißfichte schlug er drei Zeltstangen ein, befestigte die orangefarbene Zeltbahn und kroch hinein; dann zog er das Gewehr und den Rucksack hinterher. Er packte die Laterne aus, die unter dem Isolierband und den Wäscheleinen aus dem Gemischtwarenladen lag, dazu noch ein kleines Radio und schaltete beides an. Im Schein der Lampe bekam das Zelt einen tropischen Schimmer, und aus dem Radio tönte kratzige Rhyhtm-&-Blues-Musik von einem Sender in Chattanooga.

Mitch wusste, dass er weithin sichtbar sein musste in einem Zelt von der Farbe einer Zuckermelone, aber das war ihm egal. Seine Beretta und er konnten mit jedem fertig werden, der an seiner Zeltklappe auftauchte, und wenn es Mary Crow und ihr Gefolge war, umso besser. Das würde ihm am nächsten Morgen eine Menge Sohlenleder sparen.

Auf dem Propangaskocher machte er sich einen gefriergetrockneten Rindfleischeintopf warm und aß zum Nachtisch einen Schokoriegel. Als er den Schlafsack ausrollte, musste er daran denken, wie der Vollblut-Cherokee seine Ausrüstung bewundert hatte, vor allem seinen Schlafsack. Dem Indianer hätte auch die Beretta gefallen, wenn er sie je zu Gesicht bekommen hätte. *Tja*, dachte Mitch, als er in die federleichte Wärme kroch. *Dumm gelaufen.*

Er drehte das Radio lauter. Als Al Greens »Let's Stay Together« durch das Zelt schallte, drehte sich Mitch auf die Seite und schloss die Augen. Er bemühte sich, zum Rio Blanco zurückzukehren, aber sein Traum trug ihn in eine andere Richtung.

Sandra liegt auf ihm, ihre Zunge kreist langsam um seine Brustwarzen und weiter hinunter zu dem Haardreieck unter seinem Bauch. Er weiß, wo sie hin will; sein Schwanz ist schon heiß und angeschwollen und richtet sich ihr entgegen. Jetzt ist sie an seinem Nabel angekommen. Mitch spürt, wie ihre weichen Brüste über seine Schenkel gleiten.

Plötzlich klingelt das Handy in seiner Hose neben dem Bett. Sandra hält inne und sieht hoch.

»Erwartest du einen Anruf?«, fragt sie, ihre honigfarbenen Augen voller Überraschung.

»Nein«, sagt er und bemüht sich, nicht ärgerlich zu klingen. »Achte nicht darauf.«

»Ich glaube, du solltest lieber rangehen«, sagt sie und rutscht von ihm runter, als das Klingeln nicht aufhört. »Klingt, als ob es wichtig wäre.«

Irritiert dreht er sich um und greift nach dem Handy. Cals Stimme, betrunken, bekifft oder was Cal sonst noch ist, dringt an sein Ohr.

»Nein«, antwortet Mitch. »Ich kann dich nicht abholen. Jetzt nicht.«

Aber Cal bittet, fleht, weint sogar. Himmel, sein einundzwanzigjähriger Bruder heult wie ein Baby! Die Cops werden mich erwischen, beharrt Cal. Wenn sie mich noch mal schnappen, bringt Dad mich um.

Mitch seufzt, er weiß, dass sein Bruder nicht nachgeben wird; noch nie in seinem Leben hat sich Cal von einem Nein kleinkriegen lassen. »Also gut, Cal. Bleib, wo du bist.«

Er schlüpft in die Hose, zieht sie vorsichtig über seinen Schwanz, bei dem die Botschaft noch nicht angekommen ist.

»Wo gehst du hin?«, fragt Sandra.

»Muss meinen Wichser von Bruder abholen«, erwidert er, zu wütend, um mehr zu sagen. »Er ist unten bei Five Points, total stoned.«

»Oh, bring ihn mit«, sagt sie. »Ich möchte ihn kennen lernen.«

»Nein, möchtest du nicht«, blafft er, denn er weiß genau, was passiert, wenn sein gut aussehender Bruder auftaucht. »Der Kerl ist ein Arschloch.«

»Ach, komm schon Mitch. Er kann doch hier wieder nüchtern werden. Dann kann er gehen, und du bleibst hier.« Sie sieht ihn so lieb an, was soll er da sagen? Nein, ich hab Angst, dass mein kleiner Bruder dich mir wegschnappt?

»Na gut«, sagt er und streicht mit der Fingerspitze über ihre große, dunkle Brustwarze. »Aber nur, bis er wieder fahren kann.«

Er holt Cal ab. Der hat eine Menge Koks intus und noch andere Drogen, von denen Mitch wahrscheinlich noch nie etwas gehört hat. Cals Kopf wackelt hin und her, aber seine Augen leuchten, und seine Wangen sind gerötet. Cals Fingerknöchel sind geschwollen; er mault, dass er sich hat prügeln müssen.

Mach das nicht, warnt ihn eine Stimme, aber Mitch beachtet sie nicht. Er wird nicht zulassen, dass er sich vor seinem beschissenen kleinen Bruder fürchtet.

Später öffnet sie ihnen beiden die Tür, lächelt besonders reizend, als sie Cal sieht. »Hallo«, sagt sie, als würden sie sich auf einer ver-

dammten Cocktailparty kennen lernen. »Mitch hat mir so viel von dir erzählt!«

Was eine Lüge ist. Er hat ihr nichts erzählt. Er wünschte, er hätte keinen Bruder, wünschte, Cal würde sich den Goldenen Schuss setzen und sterben.

Sie sitzen auf dem Sofa, Sandra zwischen ihnen. Cal zieht eine Flasche Whiskey aus der Tasche und ein Döschen mit weißem Pulver aus der anderen. »Komm, machen wir einen drauf!«, sagt er.

Cal und Sandra ziehen sich ein paar Lines Koks rein und drehen den CD-Player zu laut auf. Die Nachbarn von unten klopfen an die Decke. Das Telefon klingelt – noch ein Nachbar, der sich über den Lärm beschwert, mit der Polizei droht. Mitch stellt die Musik leiser, aber Cal dreht sie wieder auf.

»Willst du die Fick-mich-blind-Polka lernen?«, kichert Cal und zieht Sandra vom Sofa hoch. Er drückt ihren Schenkel, sie scheint in seinen Armen dahinzuschmelzen, kichert, gerät über Cals hübsches Gesicht beinahe in Verzückung. Sie drehen sich im Kreis, dann wird die laute Musik langsamer, und ihre Bewegungen werden zu einem langsamen Mahlen – ihre Hüften pressen sich rhythmisch gegen seine, ihr Blick lässt ihn nicht los, als wolle sie ihn in sich hineinsaugen. Cal lächelt, drückt sie an sich und zwinkert Mitch über die Schulter zu.

Bei Cals Grinsen hat Mitch das Gefühl, einen glühenden Schürhaken in den Bauch gestoßen zu bekommen. Es hat keinen Zweck, hier zu sitzen und sich den Scheiß anzusehen. Er geht in die Küche, dreht das kalte Wasser voll auf. Er muss die Hitze, dieses Brennen auf seiner Haut loswerden. Er steckt den Kopf unter den Hahn und lässt das Wasser über sein Gesicht und in seinen Hemdkragen laufen. Das fühlt sich gut an, das kühlt ihn wie das türkisfarbene Wasser des Rio Blanco. Er wünscht, er wäre dort, fort aus dieser stickigen Wohnung und von Sandra Manning und seinem dämlichen Wichser von Bruder.

Mitch wischt sich das Wasser aus dem Gesicht und schaut zurück ins Wohnzimmer. Er kann es kaum glauben. Sandras Slip hängt um ihre Fußknöchel, und ihr Rock ist bis zur Taille hochgeschoben. Cal und sie tanzen nicht mehr die Fick-mich-blind-Polka, sie ficken einfach, legen sich schwer ins Zeug, wie zwei Gassenköter.

Mitch wendet sich ab. Obwohl er kaum Liebe für Sandra Manning empfindet, außer für die Rundung ihrer Brüste und die enge Möse, war sie seine Erste. Und es ist seine Möse, die sein Bruder da fickt.

Wütende, vorwurfsvolle Stimmen kreischen durch den Raum.

»Hör auf!«, schreit Sandra, und Cal: »Du elende Fotze!«

Mitch hört klatschende Schläge. Er lässt das Wasser laufen und rennt zurück ins Wohnzimmer. Er weiß, was passiert, wenn Cal wütend auf eine Frau wird.

Sie stehen jetzt am Kamin, vögeln nicht mehr. Cals Gesicht ist zerkratzt, und Sandras Bluse ist zerrissen. Sie ringen miteinander. Cal holt zu seinem gemeinen rechten Haken aus und knallt ihn ihr aufs Kinn. Ein Zahn fliegt ihr raus und landet vor Mitchs Stiefel. Kreischend springt Sandra Cal an und zerkratzt ihm das Gesicht.

»Sei ihr verrückt geworden?«, brüllt Mitch. Er rennt zu ihnen und versucht sie zu trennen, aber sie sind beide zu wütend, um voneinander abzulassen. Cals Schwanz hängt wie ein schlaffer, dunkler Wurm aus seinem Hosenschlitz.

»Hör auf, Cal!«, schreit Mitch, plötzlich selbst in den Kampf verwickelt. Die Faust seines Bruders streift ihn am Kinn, und Sandra faucht ihn wie eine Katze an. Schließlich senkt er den Kopf und schiebt sie beide auseinander. Er schubst Cal zurück auf die Couch, aber mit Sandra ist das was anderes. Sandra schleudert er von sich weg, so fest er kann. Er will ihr zeigen, dass er der Whitman ist, den sie zu fürchten hat, nicht sein dämlicher kleiner Bruder. Er lacht, als sie auf den Kamin zutaumelt und über ihren Slip stolpert. Plötzlich fällt sie, fuchtelt mit den Armen und kreischt, fällt immer weiter, bis ihr Kopf in den gläsernen Funkenschutz vor dem Kamin knallt und ihr Schädel auf dem Kaminbock dahinter aufprallt.

Er schließt die Augen. Glassplitter fliegen durch die Luft. Als er die Augen wieder öffnet, erwartet er, Blut zu sehen. Aber da ist kein Blut, nur Cal, der auf dem Sofa ohnmächtig geworden ist, und Sandra mit abgeknicktem Kopf im Kamin.

»Sandy?«, sagt er. »Alles in Ordnung?«

Aber Sandy antwortet nicht. Nichts ist in Ordnung. Sandy sieht wie eine zerbrochene Schaufensterpuppe aus, und als er sich bückt und den Kopf zwischen ihre weichen Brüste legt, spürt er keinen Herzschlag.

Wieder klopft der Nachbar an die Decke, diesmal noch lauter. Einen Augenblick lang ist Mitch von Panik erfüllt. Dann gerinnt sein Entsetzen seltsamerweise zu eisiger Ruhe. Er richtet sich auf in dem plötzlichen Wissen, dass er zum ersten Mal einen Ausweg aus der schrecklichen Situation gefunden hat, Cal Whitmans Bruder zu sein.

Verschwinde, denkt er. Geh einfach aus der Tür und verschwinde aus seinem Leben. *Nie wieder hinter Cal aufräumen, Cals Spuren verwischen, Cals schmutziges kleines Geheimnis bewahren, dass zwei andere Mädchen unter seinen wütenden Fäusten gestorben sind. Mitch lächelt. So Leid es ihm auch um Sandra tut, die Sache ist zu perfekt, um sie sich entgehen zu lassen.*

»Du hast eine gewaltige Schlagkraft, Bruder«, sagt Mitch und hebt Cals Augenlid mit dem Finger an. Die Pupillen sind erweitert, aber sie bewegen sich. Cal wird mit einem schrecklichen Brummschädel und einem toten Mädchen zu seinen Füßen aufwachen. Und diesmal darfst du die Scheiße allein auslöffeln, Bruder.

Dann, als ferne Sirenen näher kommen, bewegt er sich rasch durch die Wohnung, wischt alles ab, was er berührt haben könnte, reißt Sandras Laken vom Bett und stopft sich das Bündel unter den Arm. Das Wasser läuft noch immer in voller Stärke aus dem Hahn über der Spüle, aber ihm bleibt keine Zeit mehr, es abzustellen. Er kennt die Hintertreppe in diesem alten Mietshaus. Schließlich gehört es seinem Vater. Er weiß auch, dass die alten Leute, die hier leben, zu verängstigt sind, um ihre Tür aufzumachen, und dass die Gasse, in der sein Auto steht, unbeleuchtet ist. Wenn er sich beeilt, kann er es schaffen.

»Geschieht dir recht, Cal«, sagt er leise und schlüpft aus der Tür, gerade als die Polizeisirenen in Sandras Straße einbiegen. »Von jetzt an werde ich über dich in der Zeitung lesen.«

Mitch fuhr hoch und schnappte nach Luft, sein Körper schweißnass. Die Sirenen kreischten. Die Polizei war da. Aber diesmal waren sie hinter dem wahren Mörder von Sandra Manning her.

Er konnte nichts sehen. Sein Atem ging schnell. Sein Körper war in ein helles rotes Licht getaucht. Dann spürte er die harte Kante des Radios und die weichen Umrisse seines Rucksacks. Das Gewehr lag auf der einen Seite des Schlafsacks, die Beretta auf der anderen. *Alles in Ordnung*, dachte er, *es war nur ein schlechter Traum.* Aber alles war so realistisch gewesen, die Cops, die Sirene ...

Plötzlich spannte sich sein ganzer Körper an. Die Sirene war kein Traum. Die Sirene war direkt vor dem Zelt.

Iiiauuuuuu. Das Geräusch drang durch das dünne orangefarbene Nylon. Keine Polizeisirene klang so. Nichts, was er je gejagt hatte, klang so. Sein Herz raste, während er versuchte, den Schrei einzuordnen. Er klang wie der einer Frau, aber kein weibliches Wesen konnte diese durchdringende Lautstärke erreichen. Gänsehaut bildete sich auf seinen Armen. Vielleicht war es der Wendigo, von dem er mal in Maine gelesen hatte – das Waldmonster, das den Leuten das Fleisch von den Gliedern reißt.

Iiiauuuuu.

Blätter raschelten am Boden. Das Ding kam näher. Mitch tastete nach dem Radioschalter und stellte es ab. Marvin Gaye erstarb mitten im Song, und Mitch griff nach der Lampe. Plötzlich saß er im Dunkeln.

Er hockte in seinem Schlafsack und lauschte. Nichts. War das Ding verschwunden? Mitch packte das Gewehr und entsicherte es.

Iiiauuuuuu!

Jetzt konnte er ein Schnüffeln hören, und das Rascheln von Blättern nahe beim Zelt. *Verdammt!* dachte er. *Was zum Teufel ist das?* Bären hören sich anders an, und die kleinen roten Wölfe, die sie hier ausgesetzt haben, sind nicht groß genug, um solchen Krach zu machen. Keiler? überlegte er, verzweifelt bemüht, das Geräusch einzuordnen.

Iiiauuuuuu!

Plötzlich fiel es ihm ein. Obwohl jeder Wildhüter und Ökologe im Land darauf bestand, dass es unmöglich war, wusste

Mitch Whitman Bescheid. Vor seinem Zelt kroch ein Berglöwe herum.

Iiiauuuuuu!

Das Rascheln wurde lauter. In den Schatten konnte er ein dunkles, geducktes Etwas ausmachen, das näher glitt. Jetzt schnüffelte es am Zeltboden herum und warf dabei das Radio um.

Mit rutschigen Fingern schlang sich Mitch den Gewehrgut zweimal um den Arm und zielte auf die Zeltklappe. Er wusste nicht, von wo der erste Angriff kommen würde, aber es war ihm auch egal. Manchmal brachte Nichtwissen den größeren Spaß.

»Komm, kleine Miezekatze«, murmelte er, schüttelte den Kopf und lachte leise. »Ich bin bereit für dich. Auf diesem Trip bin ich für alles bereit.«

»Diese Geschichte ist so gruselig, dass man sie nur bei Tageslicht erzählen kann.« Jonathan sitzt neben Mary auf der Veranda vor dem Little-Jump-Off-Laden. Eigentlich wollten sie in den Wald, aber vom bleigrauen Himmel strömt kalter Regen herab.

»Ulagu war eine Riesenwespe, die aus dem Himmel herabstürzte und die Kinder stahl. Sie hatte lange gelbe Klauen und einen riesigen Stachel am Hinterteil. Sie flog so schnell, dass niemand sie fangen konnte, und sie trug so viele Kinder davon, dass die Cherokee in Gefahr waren auszusterben.«

»Was ist passiert?« Mary quiekt wie eine Maus.

»Die Krieger haben versucht, Ulagu mit Pfeilen und Speeren zu töten, aber es gelang ihnen nicht. Schließlich beteten sie, und der Große Geist schickte einen Blitz in Ulagus Nest ...«

Kraaaaah!

Mary zuckte zusammen. Sie schreckte aus dem Schlaf auf, die Augen verklebt, die Zunge wie ein dicker Klumpen in ihrem Mund. *Ulagu*, dachte sie mit hämmerndem Herzen und sprang auf.

Ohne nachzudenken, rannte sie los, bereit, sich durch die Hölle zu zwängen, gegen die Joan und sie die ganze Nacht angekämpft hatten.

Kraaaaaah! Wieder zerriss das Geräusch die stille Luft. *Ulagu!*

Schwer atmend blieb Mary stehen. Auf einer Kiefer direkt vor ihr saß nicht das Furcht erregende Monster ihrer Kindheit, sondern eine schwarze Krähe.

Mary blinzelte, dankbar wie nie zuvor in ihrem Leben, einen Vogel zu sehen, bis sie plötzlich bemerkte, dass die scharfen Lorbeerblätter, die ihr Hände und Gesicht zerschnitten hatten, durch ganz normales Buschwerk ersetzt worden war. »Wir sind draußen!«, schrie sie.

Sie drehte sich um. Drei Meter hinter ihr schlief Joan unter einem Lorbeerbusch, aber Mary stand aufrecht zwischen Eichenschößlingen und niedrigen Kiefern. Sie hatten es geschafft. Irgendwie hatte sie durchgehalten, waren die ganze Nacht zwischen den Büschen mit den scharfkantigen Blättern hindurchgekrochen und schließlich zusammengebrochen, als sie nicht mehr weiter konnten. Mary war davon überzeugt gewesen, dass die Qual am nächsten Tag nur weitergehen würde, aber diesmal hatten sie die richtige Richtung eingeschlagen. Sie waren frei.

Ihr wurde plötzlich leicht ums Herz, und sie sah zu der Krähe hinauf. Ein Einzelgänger, genau wie sie, obwohl das Tier zu einer Art gehörte, die Paare bevorzugte. Vielleicht war diese Krähe ein spiritueller Führer, den die Alten Männer geschickt hatten, kam ihr der verrückte Gedanke. Vielleicht konnte sie sprechen, wenn man ihr die richtige Frage stellte. »Kannst du mir sagen, wo Alex ist, Koga?«, rief sie, atemlos vor Hoffnung.

Aber die Krähe antwortete nicht. Sie spreizte den Schwanz, ließ einen grünen Kothaufen fallen, hob die Schwingen und flog davon, ein sich bewegender schwarzer Riss in einem weißen Wolkenfeld.

»Na ja.« Mary seufzte. »Das war's dann wohl mit spirituellen Führern.« Als der Vogel verschwand, verebbte auch ihre Freude. Er wusste vermutlich ganz genau, wo Alex war, aber er sprach Marys Sprache nicht, und sie nicht die seine.

Sie sah sich um. Eichen, Ahorn und Bergeschen wuchsen dicht um den Rand der Hölle herum. Sie waren ihr vertraut, aber das Gelände war ihr fremd. So lange sie Alex' Spur von Atagahi aus verfolgt hatten, hatte Mary immer das Gefühl gehabt, zu wissen, wo sie waren. Das Kriechen durch die Hölle hatte das verändert. Obwohl sie immer noch wusste, wo Osten war, konnte sie es nicht mehr in Relation zu irgendeinem Teil des Waldes bringen, den sie kannte.

Sie setzte sich auf den Boden und betrachtete die Bäume um sie herum. Dass Joan und sie aus der Hölle entkommen waren, war wunderbar. Aber sie befanden sich immer noch meilenweit von den Wäldern entfernt, die Mary kannte, und wahrscheinlich noch weiter weg von Alex' Spur. Die Zeit wurde knapp. Jeden Tag wurden sie schwächer. Mary seufzte. So schwer es ihr auch fiel, das zuzugeben, aber Joan und sie hatten vollkommen versagt. Sie hatten Alex' Spur verloren und sich noch dazu furchtbar verirrt. Das Herz wurde ihr schwer, als sie sich eingestand, dass sie Alexandra McCrimmon nie wieder sehen würde.

Mary beobachtete eine Ameise, die um ihren Stiefel kroch, und fragte sich, ob Alex tot war. Wenn ja, war sie jetzt ein Geist? Schwebte sie in diesem Augenblick irgendwo kichernd herum und amüsierte sich darüber, dass Mary so niedergeschlagen war? »Das hoffe ich«, sagte Mary leise, unfähig, den Gedanken zu ertragen, dass ihre beste Freundin umsonst darauf wartete, von Mary gerettet zu werden.

»Verzeih mir, Alex«, flüsterte sie. »Ich habe mein Bestes gegeben. Vergiss nie, dass ich dich liebe.«

Sie sah zu den Bergen hinüber, die jetzt blassblau im Morgenlicht aufragten. »Schätze, ihr habt gewonnen, ihr Mistkerle«, gab sie verbittert zu.

»Bella!«, rief Joan und zuckte noch mitten im Traum.

Mary sprang auf und lief zu ihr.

»Bella?«, murmelte sie wieder, wild um sich schlagend.

»Wach auf, Joan«, sagte Mary sanft.

Joan schoss hoch und stieß sich den Kopf an einem Lorbeerast. Sie sah Mary an, ihr Blick noch weich und verschwommen. »Wo sind wir?«, stöhnte sie.

»Am Ausgang der Hölle.« Mary lächelte traurig über die Ironie ihrer Worte.

»Was?«

»Wir sind aus der Hölle rausgekrochen, Joan. Ich weiß nicht genau, wo wir sind, aber wir haben es hinter uns.«

»Wirklich?« Joan rieb sich den Schlaf aus den Augen. »Und was machen wir jetzt?«

Mary nahm ein totes Blatt und zog es über den Boden.

»Wir gehen da lang.« Sie zeigte nach Osten. »Zurück nach Little Jump Off.«

Joan sackte das Kinn herunter. »Aber was ist mit Alex?«

»Wir haben gestern ihre Spur verloren, Joan. Unser Irrweg durch die Hölle hat uns wahrscheinlich meilenweit von ihr weggeführt.« Mary schüttelte den Kopf. »Du bist verletzt, wir sind beide hungrig und erschöpft. Wir müssen aufgeben.«

Joan starrte sie an; sie konnte nicht glauben, dass ausgerechnet Mary so etwas sagte.

»Wenn wir in Little Jump Off sind, schicken wir den Sheriff auf die Suche nach Alex«, fuhr Mary fort. Sie malte ein kleines Kreuz auf den Boden und warf dann das Blatt weg. »Hast du die Ölfarbe noch?«

Joan zog die Tube aus der Tasche. Mary ging damit zu dem Baum, auf dem die Krähe gesessen hatte. In Schulterhöhe brachte sie ein kleines gelbes X an.

»Ich habe keine Ahnung, wie weit sich diese Hölle erstreckt, aber wenn wir nach Osten gehen und darauf achten, dass das Gestrüpp zu unserer Rechten bleibt, sollten wir irgendwann wieder auf unserem alten Pfad landen.«

Joan runzelte die Stirn. »Warum hast du das X da an den Baum gemalt?«

»Als Markierung. Damit wir wissen, von wo wir losgegangen sind«, erklärte Mary. »Um zu verhindern, dass wir bis in alle Ewigkeit im Kreis um diese Hölle herum laufen.«

Mary schraubte die Tube zu und warf einen Blick über die Schulter zu den fernen Bergen, als wolle sie am liebsten sterben.

»Wir könnten doch wenigstens noch einen Tag nach Alex suchen«, meinte Joan.

Mary schüttelte den Kopf. »Ich mach bei der offiziellen Suche mit, egal, wann die anfängt. Aber jetzt müssen wir dich erst mal nach Little Jump Off zurückbringen.«

Mary half Joan, die Stiefel über die geschwollenen Füße zu ziehen, dann brachen sie in Richtung Osten auf. Joan konnte rechts bloß die Hacke belasten, was ihr einen holprigen, ungleichmäßigen Gang verlieh. Auf diese Weise kamen sie sehr langsam voran, und es war nur eine Frage der Zeit, bis die Entzündung Joans ganzes Bein anschwellen ließ.

Sie schlurften zwischen den Bäumen dahin. Mary stützte Joan, wenn sie stolperte, und wünschte sich dabei, sie könnten durch den Wald schlüpfen wie Jonathan auf der Jagd nach wilden Truthähnen. *Jonathan.* Wenn er sie doch jetzt in die Arme nehmen könnte. Erinnerte er sich noch daran, was das »Halt mir einen Platz frei« für sie bedeutet hatte, vor ewigen Zeiten? Sie würde ihn fragen, sollte sie je die Chance dazu bekommen.

Die Sonne erwärmte die diesige Luft.

»Warte mal.« Joan keuchte. »Ich muss einen Busch finden. Ich hab Durchfall.«

»Okay.« Mary ließ sich unter einen Baum sinken. »Ich warte hier auf dich.«

Während Joan hinter den Büschen verschwand, nahm Mary ein paar Hickorynüsse, die sie unterwegs gefunden hatte, aus dem Malkasten. Sie biss in eine Nuss, zuckte bei dem bitteren Geschmack zusammen, schluckte sie aber trotzdem runter. Eine Weile später kam Joan zurück.

Mary machte ihr Platz auf dem schwammigen Moos unter dem Baum. Joans schlanker Körper strömte einen heißen, süßlichen Geruch aus. Obwohl sie nicht über ihren Fuß geklagt hatte, humpelte sie stark. Ihr bleibt nur noch ein Tag, erkannte Mary. Dann hat der Durchfall ihr alle Kraft genommen, und das Fieber erledigt den Rest. Sie wird sich nur noch unter einen Baum legen und schlafen wollen. Die Entzündung in ihrem Fuß wird sie genauso dahinwelken lassen wie die Lorbeerblätter. *Dann haben die Alten Männer sie beide geholt,* hallte eine Stimme durch ihren Kopf.

Mary gab ihr die Nüsse. »Iss sie auf. Ich will keine mehr.«

»Die Nüsse sehen aus wie die Bonbons, die es früher in Dr. Bell's Drugstore in Brooklyn zu kaufen gab. Und sie schmecken auch gar nicht mehr so schlecht.« Joan knackte eine Nuss mit den Zähnen. »Schätze, man kann sich an alles gewöhnen.«

Mary ließ den Blick über die Bäume unter ihnen schweifen und richtete sich plötzlich auf. Ihr Herz begann zu rasen. Sie wandte sich an ihre Freundin.

»Joan, spürst du etwas Merkwürdiges?«

Joan zog die Brauen zusammen. »Ob ich was Merkwürdiges spüre?«

»Ja.«

»Du meinst so was wie eine übersinnliche Wahrnehmung?«

»Nein. Steh einfach auf und sag mir, ob du was spürst, das anders ist.«

»Na gut.« Joan erhob sich mühsam und schaute über das Tal unter ihnen. Gleich darauf drehte sie sich mit aufgerissenen Augen zu Mary um.

»Ich rieche Rauch.«

Mary lachte und sprang auf. »Genau das hab ich auch gerochen. Da ist jemand.« Sie hatte das Gefühl, einen Stromschlag bekommen zu haben. Ganz in der Nähe hatte jemand ein Feuer entzündet. Es konnte jeder sein, von Forellenanglern bis hin zum Barfüßigen. Und Alex ...

»Weißt du, woher der Rauch kommt?«, fragte Joan.

Der Geruch des Holzfeuers umgab sie in allen Richtungen. Mary drehte sich langsam im Kreis und versuchte Geräusche von Zeltenden aufzufangen, aber es war nichts zu hören.

»Was sollen wir machen?« Joans Stimme klang erstickt.

»Wir gehen weiter nach Osten. Vielleicht stoßen wir auf die Leute, die das Feuer angezündet haben.«

»Und was dann?«, fragte Joan.

»Wenn es Camper sind oder Jäger, werden sie was zu essen und Vorräte haben. Sie können dir den Fuß verbinden und uns helfen, nach Little Jump Off zurückzukommen.«

»Und wenn nicht?«

»Dann müssen wir uns was anderes ausdenken«, erwiderte Mary ruhig.

Resolut marschierten sie weiter; sie achteten nicht mehr auf ihre Beschwerden und hielten sich jetzt im Schutz der Bäume. Marys Blick suchte alles ab, aber da war nichts. Schließlich erreichten sie einen Bergkamm, auf dem eine uralte Eiche stand. Von dort würde man einen guten Ausblick haben.

»Komm«, sagte Mary. »Lass uns von da oben hinter dem Baum die Lage peilen.«

Sie kletterten zu der Eiche hinauf, drückten sich an den Stamm und blickten hinunter ins Tal. Hunderte von Bergen in rostigen Herbstfarben erstreckten sich vor ihnen. Ein prächtiger Anblick. Die beiden Frauen standen schweigend da und suchten die Hügel nach Anzeichen von Feuer ab.

»Sieh mal!«, rief Mary plötzlich und streckte den Finger aus.

Joan blickte in die Richtung des ausgestreckten Fingers. Ein kleines Rauchwölkchen stieg zwischen den Bäumen auf.

»Da ist das Feuer, Joan. Da sind sie.«

»Wie weit ist das weg?«

»Schwer zu sagen«, meinte Mary. »Vielleicht zwanzig Minuten. Vielleicht eine Stunde. Fühlt du dich stark genug, mit mir zusammen nachzusehen?«

Joan starrte auf das Rauchwölkchen, holte tief Luft und nickte.

»Bist du dir sicher? Du kannst auch gerne hier bleiben und auf mich warten.«

Joan schüttelte den Kopf. »Nein. Immer, wenn wir uns trennen, passieren schlimme Sachen. Ich komme mit.«

»Na gut. Du behältst die Stiefel an, und wir gehen langsam.«

»Und wir sind vorsichtig, nicht?« Nur das Zittern in Joans Stimme verriet ihre starke Nervosität.

»Sehr vorsichtig«, versicherte Mary ihr.

»Gut. Denk dran, wenn es der Barfüßige ist und er uns sieht, bringt er uns beide um.«

Mary half Joan den Hang hinunter. Brombeerzweige streckten sich nach ihren zerkratzten und blutigen Beinen aus, als flehten sie die beiden Frauen an, in der Sicherheit des Bergkamms zu bleiben. Sie zwängten sich durch die dornigen Büsche und erreichten weiter unten ein Gehölz aus uralten Bäumen.

»Himmel, sind die Bäume groß«, sagte Joan und betrachtete ehrfürchtig einen dreißig Meter hohen Hickorybaum.

»Bis hier rauf sind die Holzfäller nie gekommen.« Mary atmete leichter, weil hier die Luft kühler war und der Boden unter ihren Füßen federte. Sie spähte hinab in die Wildnis unter ihnen. Nur unberührtes Unterholz – junger Ahorn und Weißbuchen, die aus dem immergrünen Dickicht aus Galax und wildem Ingwer sprossen.

Mit Joan dicht auf ihren Fersen, schlich sich Mary von Baum zu Baum. Nach ein paar Minuten gab sie Joan ein Zeichen, hinter einem Rubiniengebüsch stehen zu bleiben. Vor ihnen schimmerte ein breites Goldband durch den sonnengesprenkelten Schatten. Konnte der Rauch von dort kommen? Sie huschten zum nächsten Baum am Rand einer breiten, mit Unkraut überwachsenen Wiese, die wie eine Insel im dichten Wald lag. Plötzlich hielt Mary die Luft an. Am anderen Ende der Wiese stand eine baufällige Hütte. Ein dünner Rauchfaden stieg aus dem gemauerten Schornstein auf.

Ihre Muskeln spannten sich. War das nur eine abgelegene Jagdhütte? Oder hatte sie Ulagus Unterschlupf gefunden?

Mary schlüpfte hinter dem Baum hervor und wollte Joan gerade nachziehen, als sie aus dem Augenwinkel eine Bewegung wahrnahm. Sie drückte sie beide wieder gegen den Baum und lugte um den Stamm herum.

Eine Gestalt war aus der Hütte auf die sonnige Wiese getreten. Ein Mann, bekleidet mit einem alten Tarnanzug und einer Baseballkappe der Yankees. Die Scheide eines langen Jagdmessers hing an seinem Gürtel. Der Mann hob die Arme hoch über den Kopf, als wolle er sich strecken, warf sich einen großen Sack über die Schulter und trat von der Veranda. Marys Herz erstarrte. Obwohl Joan und sie hundert Meter weit weg waren, konnte sie den verfilzten Bart und die tief liegenden Augen erkennen.

»Ich sehe ihn!«, flüsterte sie und konnte ihr Glück kaum fassen.

»Wo?« Joan versuchte, um den dicken Baumstamm herum zu spähen. »Ich sehe niemanden.«

»Da!« Sie drückte Joan an den Baum. Mary wagte selbst kaum zu atmen und betete, dass der bärtige Mann nicht in ihre Richtung kam. Er blieb stehen, ließ seinen Blick träge über die Wiese schweifen und ging dann auf den Wald an der nordöstlichen Seite zu.

»Komm«, drängte Mary. »Lass uns versuchen, noch näher ran zu kommen.«

Einen Augenblick lang sah es so aus, als würde Joan wieder zu weinen anfangen, dann schloss sie die Augen und bekreuzigte sich. »Gut«, sagte sie und richtete sich auf. »Ich bin soweit.«

»Kriech jetzt von Baum zu Baum. Vergiss nicht, er ist irgendwo da draußen, also müssen wir leise sein.«

»Was du nicht sagst«, murmelte Joan, ließ sich auf die Knie herunter und folgte Mary durch das üppige bronzefarbene Blätterdickicht.

Sie erreichten einen Tulpenbaum, krochen dann durch würzig riechenden Sassafras. Einmal meinten sie, Schritte hinter sich zu hören. Sie erstarrten und drückten sich auf die feuchte Erde. Eine kleine Ewigkeit lang lagen sie reglos da, lauschten, atmeten kaum. Was immer es war, kam auf sie zu, blieb stehen, entfernte sich dann langsam und raschelnd.

Mary hob den Kopf und sah zur Wiese hinüber. Am Waldrand entdeckte sie einen niedrigen Stapel vermodertes Holz –

ein perfekter Schutz, wenn sie ihn unbemerkt erreichen konnten.

»Da drüben.« Sie hauchte die Worte und deutete mit dem Finger hinüber. Joan nickte. Ihr Gesicht war bleich und angespannt.

Zentimeter um Zentimeter schlängelten sich die beiden Frauen durch das Unterholz. Dornen zerkratzten ihre Haut, Wespen summten ihnen um die Augen und den Mund. Drei Meter weit zu kriechen, schien drei Jahre zu dauern, und die ganze Zeit wartete Mary darauf, dass eine Schrotflinte klickte und eine Männerstimme »Keine Bewegung!« blaffte.

Der Stapel bestand aus Zedernholz, vor Jahren geschlagen und vergessen. Die Stämme waren silbern vor Alter und boten einen kniehohen Schutz, hinter dem sich zwei Menschen gut verbergen konnten.

Joan kroch neben Mary; ihr Atem rasselnd, als sei ihre Lunge voll Sand.

»Gott sei Dank«, krächzte sie. »Ich dachte mindestens fünfzigmal, ich hätte ihn gehört.«

Schweigend sondierte Mary die Lage. Wenn sie sich auf den Bauch legten, konnten sie durch einen Spalt zwischen zwei Holzstämmen sehen, der ihnen einen schmalen Ausblick auf die Hütte ermöglichte. Vorsichtig richtete sie sich auf und spähte durch den Spalt.

Die Hütte war sehr verfallen. Beide Fenster auf der Seite, die sie sehen konnte, waren zerbrochen. Das Füllmaterial zwischen den Balken war schon vor langer Zeit zerbröselt; weggefaulte Bodenbretter auf der Veranda gaben ihr das zahnlückige Aussehen eines Klaviers mit fehlenden Tasten. Immer noch stieg Rauch aus dem Schornstein auf, aber ansonsten bewegte sich nichts.

Und dann sah Mary einen Schatten, der sich durch die Bäume auf der anderen Seit der Wiese bewegte. Sie packte Joan an der Schulter, und gemeinsam spähten sie durch den Spalt und versuchten alles zu sehen, ohne gesehen zu werden.

Der dunkle Schatten kam unter den Bäumen hervor. Joan

schnappte nach Luft, als der grün gekleidete Mann über die Wiese schlenderte.

»Das ist er!«, schrie sie, ihr Stimme ein dünnes Quieken. »Das ist der Mann, der mir wehgetan hat!«

»Pst!« Mary drückte Joan verzweifelt zu Boden. *Endlich*, dachte sie mit seltsamer Befriedigung. *Endlich werde ich das Gesicht von Ulagu sehen.*

Er war schlaksiger, als sie erwartet hatte. Sein Bart war schmutzig und verfilzt, und seine Augen funkelten unter der Kappe wie die einer Echse, die unter einem Holzstamm hervorlugt.

Mit hinkendem Gang trug er den Sack zu einem alten Krummholz, das an der Veranda angebracht war. Mary beobachtete seinen Gang. Konnten das dieselben schlurfenden Schritte sein, die sie damals an jenem Nachmittag auf der Veranda gehört hatte, Minuten nachdem sie ihre Mutter fand?

Ein brauner Klumpen Tabaksaft flog aus seinem Mund, dann kniete er sich hin und zog einen schlaffen Waschbären aus seinem Sack.

Mary wusste, was kommen würde, als er das Tier mit den Hinterläufen an das Krummholz hängte. »Sieh nicht hin, Joan«, murmelte sie.

»Warum?« Joan spähte immer noch durch den Spalt. »Was macht er da?«

Das Jagdmesser blitzte in der Sonne auf. Der Mann machte einen raschen Schnitt auf der Innenseite der Hinterläufe des Waschbären und löste dann das Fell von den Knochen. Plötzlich erregte irgendetwas seine Aufmerksamkeit. Er sah auf und schien sie direkt anzustarren. *Nicht jetzt*, flehte Mary, unfähig, ihren Blick von seinem Gesicht abzuwenden. *Bitte entdeck uns jetzt nicht.* Er starrte in den Wald, ohne ein einziges Mal zu blinzeln. Dann spuckte er erneut aus und wandte sich wieder seiner Arbeit zu.

»Er muss irgendwo Fallen aufgestellt haben«, murmelte Mary, als der Mann das Fell des Tieres von dem fettigen weißen Kadaver löste. Als er anfing, winzige Schnitte um die

Augen des Waschbären zu machen, gab Joan ein würgendes Geräusch von sich, drehte sich weg und erbrach sich.

»Mach die Augen zu«, riet Mary ihr. »Stell dir vor, du würdest Puccini singen.«

Joan gehorchte und rollte sich in stiller Pein neben dem Holzstapel zusammen. Aber Mary sah weiter zu, wie der Mann den abgehäuteten Kadaver losband, dann rasch einen weiteren großen Waschbären und ein sandfarbenes Kaninchen enthäutete. Als er fertig war, trug er die Felle und die Kadaver in die Hütte. Mary wartete, aber er kam nicht wieder heraus.

Sie ließ sich gegen den Holzstapel sinken und spürte, wie das kleine Feuer der Hoffnung, Alex zu finden, erlosch, das in ihr aufgeflackert war. Mary wusste, dass Trapper überall gern hässliche kleine Überraschungen hinterließen. Fangeisen, Baumfallen, Unterwasserfallen. Sie betrachtete die Wiese, die zwischen ihnen und der Hütte lag, und spürte, wie sich Verzweiflung in ihr breit machte. Die Wiese könnte genauso gut mit Stacheldraht umzäunt und voller Landmienen sein.

Mary sah zu Joan. Der Mund ihrer Freundin stand offen, ihr Atem war flach. Sie war tatsächlich weit fort. Vielleicht sang sie gerade in der Mailänder Scala, ließ die Töne klar und wundervoll aus ihrer Kehle aufsteigen, wie sie es an der Atagahi-Quelle gemacht hatte, vor so langer Zeit. Wenn es Mary möglich gewesen wäre, hätte sie genau dasselbe getan.

Sie beschloss, die Hütte zu bewachen und Joan eine Weile schlafen zu lassen. Dann konnten sie sich bis zur Dunkelheit mit dem Wachehalten abwechseln. Der Adrenalinstoß, der sie hergeführt hatte, war verebbt, und sie zitterte vor Erschöpfung. Sie wandte sich wieder dem Spalt zu; ihre Augen brannten und ihre Arme und Beine waren bleischwer. *Die Alten Männer haben mir Ulagu gegeben*, sagte sie bei sich. Das warme Sonnenlicht machte sie schläfrig wie ein Schluck Whiskey. *Jetzt müssen sie mir nur noch Alex geben.*

Mary öffnete die Augen. Kaltes weißes Mondlicht schien durch die verschlungen Zweige über ihr. Joan schnarchte sanft neben ihr, fest zusammengerollt hinter dem Holzstapel, der sie von der Hütte abschirmte. Ein eisiger Schreck durchfuhr Mary. Sie hatte Joan nicht geweckt, um Wache zu halten. Stattdessen war sie selbst eingenickt, und sie hatten beide sorglos den Nachmittag und den größten Teil des Abends verschlafen. Ihr Plan, sich bei der Bewachung der Hütte abzuwechseln, war fehlgeschlagen. Sie hatte es bereits vermasselt. Der Barfüßige hätte sie jederzeit im Schlaf überraschen können, und sie wären hilflos gegen ihn gewesen. Wie konnte sie erwarten, Alex so zu retten?

Sie richtete sich auf und spähte über die Holzstämme. Bei der Hütte auf der silbrigen Wiese rührte sich nichts, kein Rauch stieg aus dem alten Schornstein. Mary rieb sich den Schlaf aus den Augen und berührte Joans Arm.

»Ja!« Joan schreckte hoch.

»Hast du die ganze Zeit geschlafen?«

»Ich bin gegen Abend aufgewacht. Ein großer Schwarm Fledermäuse oder so was kam aus dem Schornstein geflogen.« Joan zuckte sie Schultern. »Danach muss ich wieder eingeschlafen sein. Verdammt, mein Fuß brennt wie Feuer.«

»Hast du außer den Fledermäusen sonst noch was gesehen?«

»Nein. Gott sei Dank.«

»Kein Anzeichen von Alex?«

»Mary, wenn ich Alex gesehen hätte, dann hätte ich dich geweckt«, sagte Joan gereizt, während sie sich den grotesk geschwollenen Fuß rieb.

Nach dem hohen Stand des Mondes schloss Mary, dass es kurz vor Mitternacht war. Joan und sie hatten stundenlang geschlafen. Was würde Ulagu in der Hütte mit Alex machen? Falls Alex überhaupt in der Hütte war und nicht irgendwo in den Bergen vergraben lag ... Sie schüttelte den Kopf. Manche Gedanken weist man besser gleich an der Tür ab.

Joan zitterte, obwohl eine fiebrige Hitze von ihrem Körper ausstrahlte.

»Was machen wir jetzt?«, wimmerte sie.

»Ich bin mir nicht sicher.« Mary hatte gehofft, dass sie im Schutz der Nacht zur Hütte schleichen und einen Blick durch das Fenster werfen könnte. Aber dass Ulagu ein Trapper war, hatte ihr zu denken gegeben. Der Gedanke, dass Metallzähne in ihr Fleisch schnappen könnten, ließ sie innerlich erstarren. Sie ignorierte das plötzliche Übelkeitsgefühl und sagte mit fester Stimme zu Joan: »Erst mal müssen wir sehen, ob Alex wirklich da drin ist. Und falls ja, müssen wir sie rausholen, wenn er nach seinen Fallen sieht.«

»Was meinst du damit, *ob* Alex da ist?«

»Wie du selbst gesagt hast«, erinnerte Mary sie grob. »Er könnte sie schon vor Tagen umgebracht haben.«

»Aber hinschleichen und reinsehen?« Ein Schauder überlief Joan. »Großer Gott, Mary. Wenn du nun reinsiehst, und er ist da und starrt dir direkt in die Augen?«

Mary antwortete nicht. Der Himmel über ihnen war klar wie eine Glasschüssel. Heute schien ein Jägermond. Alles Wild würde in dieser Nacht deutlich zu erkennen sein. Sie prüfte das Gelände um die Hütte. Wenn sie über den Holzstapel sprang und auf direktem Weg hinüberrannte, würde jeder, der zufällig hinaussah, sie sofort entdecken. Es außen herum zur Vorderseite zu versuchen, brachte auch keinen größeren Vorteil. Also blieb noch die Rückseite. Sie betrachtete den überwachsenen Bach, der durch den hinteren Teil der Wiese floss. Ein Trapper konnte ihn mit Fallen versehen haben, die ihr den Knöchel mit der gleichen Leichtigkeit brachen wie einen Zweig. Eine solche Verletzung würde selbst die geringe Chance, die sie hatten, für immer zerstören. Aber wenn sie es ungesehen bis zum Wasser schaffte und dann durch den Bach watete ... gelang es ihr vielleicht, außer Sichtweite zu bleiben, bis sie zur Rückseite der Hütte sprinten konnte. Der ganze Plan jagte ihr zwar einen eisigen Schauer über den Rücken, aber bei Joans kritischem Zustand schien er ihre einzige Chance zu sein.

»Wie wär's damit.« Hastig, bevor ihr Verstand die Möglichkeit hatte, alles noch mal zu überdenken, platzte sie mit dem Plan heraus. »Du musst hier bleiben und Wache halten. Wenn jemand kommt, schreist du.«

»Schreien?« Joan starrte sie an, als sei Mary verrückt geworden. »Was soll ich schreien? Feuer? Polizei? Haltet den Mörder?«

»Ganz egal. Irgendwas, das mich warnt.«

Joans Mund verzog sich ungläubig. »Und was willst du machen, wenn ich schreie, Mary? Das heißt, wenn ich schreien könnte. Ich sterbe vor Durst.«

Mary zuckte mit den Schultern und errötete vor Verlegenheit. Laut ausgesprochen, klangen ihre Pläne alle lächerlich. »Hast du eine bessere Idee?«

Joan sah sie finster an. Dann wurden ihre Züge weicher. »Nein, ich glaube nicht.«

»Also gut. Dann machen wir es so.« Vielleicht hast du bald weitere Todesfälle auf dem Gewissen, dachte sie, aber daran war jetzt nichts zu ändern. Wie ihre Mutter ihr vor langer Zeit gesagt hatte, manchmal gab es nur eine Richtung: vorwärts.

Mary band die Schnürsenkel ihrer Stiefel fester und sagte zu Joan: »Ich nehme den Malkasten mit und hole uns Wasser aus dem Bach. Und vergiss nicht zu schreien, wenn du jemanden siehst.«

Joan betrachtete ihr Gesicht, streckte dann die Hand aus und berührte Marys Wange. »Bitte, Mary, versprich mir eins. Versprich mir, dass du vorsichtig bist.«

Mary nickte, den Malkasten unter dem Arm, und schlich durch den Schatten davon.

Sie erreichte den Bach mit erstaunlicher Schnelligkeit. Das helle Mondlicht half ihr, den Weg zwischen den Bäumen zu finden. Alle paar Augenblicke schaute sie zur Hütte hinüber und erwartete fast, einen auf sie gerichteten Gewehrlauf zu sehen, aber da war nichts, und die Hütte blieb unheimlich still. Soweit sie erkennen konnte, war sie das einzige Wesen, das sich aufrecht auf zwei Füßen bewegte.

Im Mondlicht wirkte der Bach wie ein Band aus gurgelnder schwarzer Tinte. Er markierte den Rand der Wiese wie ein Zaun, der die Hütte vor dem wilden dunklen Gewirr des Waldes schützte. Mary kniete sich ans Ufer und hielt nach versunkenen Baumstämmen Ausschau, an denen eine Falle befestigt sein könnte, aber das Wasser floss ruhig und ungestört dahin. Wenn sich hier Fallen befanden, waren sie tief vergraben. Sie schob den Malkasten unter einen Berberitzenstrauch und setzte sich hin, um sich die Stiefel auszuziehen. Nasse Schuhe könnten quietschen. Nachdem sie die Schnürsenkel gelöst hatte, berührte sie die kleine Statue in ihrer Sweatshirttasche.

Sie versteckte die Stiefel neben dem Malkasten und tauchte vorsichtig einen Fuß ins Wasser. Unwillkürlich schnappte sie nach Luft. Das eisige Wasser stach wie Nadeln auf ihrer Haut. Sofort wurde ihr Bein taub. Wenn sie diesen Weg einschlagen wollte, musste sie sich schnell bewegen. Sie lief los, rutschte jedoch mit dem Fuß auf einem glatten, bemoosten Stein aus. Einen Augenblick lang schwankte sie über dem kalten Wasser, fand aber zum Glück das Gleichgewicht wieder. Vorsichtiger geworden, beugte sie sich vor und balancierte mit ausgestreckten Armen in der Mitte des Baches, wie auf einem Drahtseil.

Sorgfältig tastete sie das schleimige Bachbett mit den Zehen ab und erwartete bei jedem Schritt das Zuschnappen der eisernen Zähne einer Falle. Zweimal spürte sie, wie etwas an ihrem Knöchel entlang glitt, aber sie presste die Lippen zusammen und watete weiter. Bis sie auf Höhe der Hütte anlangte, waren ihre Beine von den Knien an taub. Langsam näherte sie sich dem Ufer, trat aus dem Wasser und kauerte sich hin.

»*Whadoe*, Wynona«, flüsterte sie, lugte über das rasiermesserscharfe Schilf und inspizierte die nur noch wenige Meter entfernte Hütte. Die einzige Deckung zwischen dem Bach und der Hütte bestand aus einem einzelnen Ahornbaum. Obwohl die Rückwand fensterlos war, würde jeder, der durch die Ritzen der Balken schaute, deutlich erkennen können, wie sie die Wiese überquerte. Mary sah hinauf zu dem Jägermond und musste über die Ironie grinsen: Einerseits war sie der Jäger, war aber auch gleichzeitig die Beute.

Lauf! Der warnende Ruf hallte durch ihren Kopf. *Falls er eine Waffe hat, bist du schwerer zu treffen, wenn du schnell läufst.* Ohne weiter nachzudenken, sah sie sich noch einmal um, sprang dann auf und rannte über die Wiese. Ihre Füße fühlten sich wie gefrorene Stümpfe an, aber sie stürmte weiter, bis sie in den schützenden Schatten des Schornsteins tauchte, nach Atem ringend wie eine Ertrinkende.

Mit wild klopfendem Herzen und brennender Lunge, den Körper eng an den Schornstein gedrückt, wartete sie. Dann wurde ihr klar, dass sie in Sicherheit war. Keiner war aufgewacht. Keiner hatte sie gesehen. Die Wiese und die Hütte lagen so still da wie zuvor. Jetzt musste sie nur noch das richtige Fenster finden. Vorsichtig drehte sie sich um und schlich zur Ecke der Hütte.

Ganz langsam setzte sie einen Schritt vor den anderen, dicht an der Hüttenwand entlang. Eine Fledermaus schoss dicht über ihren Kopf hinweg, und vom Bach kam ein lautes Platschen. Großer Gott, dachte sie. Er war da draußen und hat Fallen aufgestellt. Jetzt kommt er nach Hause. Sie ließ sich auf den Boden fallen und drückte sich gegen die Erde. Das Blut rauschte ihr im Kopf, während sie darauf wartete, dass er tropfend aus dem Bach auftauchte, aber die Wiese blieb leer. Als ihr Blick vom Starren auf das schlammige Ufer verschwamm, merkte sie, dass das Platschen im Wasser nichts mit ihr zu tun hatte.

Trotzdem blieb sie auf dem Bauch liegen. Es würde mehr Zeit kosten, aber wenn sie kroch, war sie schwerer zu entdecken. Sie richtete sich nur auf, um das Ohr an die Hüttenwand zu drücken und auf Geräusche von drinnen zu lauschen. Doch sie hörte nur das Rasseln ihres eigenen Atems.

Schließlich erreichte sie die Ecke. Sie drehte sich um und sah über die Wiese hinüber zu Joan, aber der Holzstapel war im Schatten des Waldes nicht zu erkennen.

Einen Augenblick lang blieb sie still liegen und überlegte angestrengt. Die Erde war warm an ihrer Wange; der süße Duft des Herbstgrases drang ihr in die Nase. Das ist doch verrückt, höhnte einen andere Stimme in ihrem Kopf. *Du bist stellvertretende Bezirksstaatsanwältin von Deckard County, kein Cherokee-Kommando.*

»O doch, heute Nacht bin ich das«, gab sie tonlos zurück. »Heute Nacht bin ich genau das.«

Wenn sie es machen wollte, dann musste sie es jetzt tun. Noch einmal streckte sie ihre verkrampften Beinmuskeln, dann kroch sie auf das zerbrochene Fenster zu.

Ihre Zehen bohrten sich zum Halt in das harte Gras, und ihre Fingerspitzen tasteten nach den Metallzähnen einer Falle. Zentimeter für Zentimeter kroch sie an der Hüttenwand entlang. Schließlich sah sie auf. Im Mondlicht schimmerten vier schmierige Fensterscheiben über ihrem Kopf.

Mary nahm sie genau in Augenschein. Drei waren heil, aber aus der untersten war ein Stück herausgebrochen. Das gezackte Loch würde ihr einen deutlichen Blick auf das Innere der Hütte erlauben. Genauso deutlich würde auch sie zu sehen sein, aber ihr blieb keine andere Wahl. Rasch atmete sie tief durch, richtete sich auf und drückte sich gegen die Wand. Die zerbrochene Scheibe befand sich unter ihrer Schulter. Sie würde sich bücken müssen, um hineinzusehen.

Innerlich verfluchte sie das helle Mondlicht, bückte sich und wandte das Gesicht dem Loch in der Scheibe zu. Die Luft in der Hütte roch sauer, nach Waffenöl und gebratenem Fleisch und noch etwas anderem, das Mary nicht einordnen konnte. Sie schob sich weiter vor und sah hinein.

Im bernsteinfarbenen Feuerlicht war eine Art Küche zu erkennen. In einer gemauerten Feuerstelle lagen orange glühende Holzscheite. Mary stockte der Atem. Gegen eine Vitaminpackung gelehnt stand das Foto des lächelnden Jonathan mit einer blonden Frau. Jodie Foster. Ulagu war in Little Jump Off gewesen. Er musste ihnen seit Freitagnachmittag gefolgt sein.

Das heruntergebrannte Feuer beleuchtete den hinteren Teil der Hütte, aber weiter vorne lag alles im Dunkeln. Mary wurde schwer ums Herz. Sie würde auch noch in das zweite Fenster schauen müssen.

Sie zog sich vom Fenster zurück, ließ sich auf die Knie sinken und kroch weiter, immer wieder nach Fallen tastend. Da war ein großes Loch im Boden. Wahrscheinlich ein alter Brunnen. Es kam ihr zwar seltsam vor, dass jemand so nahe an der Hütte einen Brunnen graben würde, aber hier handelte es sich um Ulagu. Ulagu konnte seinen Brunnen graben, wo immer er wollte.

Inzwischen meinte sie, schon seit Stunden zu kriechen. Das Rascheln der Gräser unter ihr dröhnte in ihren Ohren wie Donner. Ulagu musste sie doch längst gehört haben. Gleich würde er aus der Tür stürzen, die Schrotflinte in der Hand. Aber nichts geschah. In der Hütte war es so still, dass Mary sich fragte, ob er nicht abgehauen war, während Joan und sie geschlafen hatten. Schließlich erreichte sie das zweite Fenster. Jetzt durfte sie keinen Fehler machen. Wer weiß, was ein Blätterrascheln alles auslösen würde?

Zitternd kam sie auf die Füße. Hier waren bis auf eine sämtliche Scheiben zerbrochen. Wenn jetzt jemand aus dem Fenster schaute, würde sie ihm gleich direkt ins Gesicht sehen.

Sie nahm ihren ganzen Mut zusammen. *Bitte mach, dass Alex hier ist*, betete sie. *Und bitte mach, dass sie noch lebt.* Dann wandte sie sich der leeren Fensterhöhle zu. Ihre Augen mussten sich erst an die Dunkelheit in der Hütte gewöhnen, doch allmählich konnte sie Umrisse erkennen.

Direkt unter dem Fenster stand ein Feldbett, auf dem jemand lag. Der Kopf blieb im Schatten, aber sie sah zwei Füße, die aus einer zerschlissenen Decke ragten. Zwei dicht behaarte Füße mit langen Zehennägeln. Ulagu, erkannte sie mit einer Ruhe, die sie überraschte. Und wo war Alex? Angestrengt suchte sie die Dunkelheit mit den Augen ab. Schwaches Mondlicht fiel auf einen um den Knöchel des Mannes geknoteten Lederriemen. Der Riemen baumelte auf den Boden hinab und führt zu einer zerrissenen Matte nicht weit von seinem Bett. Mary unterdrückte einen Aufschrei. Dort, kaum mehr als einen Meter entfernt, saß Alex und sah ihr direkt ins Gesicht.

Sie lebte! Alex lebte! Sie war nackt und saß zusammengekauert da, den Blick starr auf Mary gerichtet. Das goldblonde Haar war verfilzt und hing schlaff herunter. Ihre Oberlippe war aufgeplatzt und blutig, beide Augen fast zugeschwollen. Die Haut schien zu straff über ihren Schädel gespannt zu sein.

Einen Augenblick lang konnte Mary nur hilflos die zerstörte Schönheit ihrer Freundin betrachten. Die Gesichtszüge, die sie noch vor zwei Tagen so gut wie ihre eigenen gekannt hatte, wirkten jetzt wie die einer Fremden. Wie konnte der Mann es wagen, Alex das anzutun! Wie konnte er es wagen, jemanden so zu quälen! *Bring ihn um*, donnerte die Stimme in ihrem Kopf. *Wirf dich durch das Fenster und stich ihm die Augen aus.*

Plötzlich blinzelte Alex und verzog ihren zitternden Mund zu einen schwachen Abklatsch ihres alten Lächelns. Sie legte den Finger an die Lippen, deutete auf den schlafenden Mann und schüttelte den Kopf. Mary nickte zustimmend.

Gegenüber von Alex waren Waschbärenfelle zum Trocken gespannt, und von der Decke hingen Schlangenhäute. In der Ecke des Raumes stand ein durchhängender Tisch, voll gepackt mit Sachen, die aussahen, als wären sie vom Flohmarkt geklaut – billiger Schmuck, Kleidungsstücke, Spielsachen und Sportausrüstungen, alles durcheinander geworfen und in solchen Mengen, dass sie bis auf den Boden überquollen. *Andenken*, dachte Mary, und bei der Erkenntnis stellten sich ihr die Nackenhaare auf. *Der Schlangenmann sammelte Skalps.*

Sie verdrängte den Gedanken sofort, sah wieder zu Alex und lächelte. Im Zwielicht konnte sie erkennen, wie ein Hoffnungsschimmer im Gesicht der Freundin aufflackerte. Jetzt mussten sie mehr als vorsichtig sein. Wenn sie auch nur das geringste Geräusch machten, würde er sie beide töten. Vorsichtig streckte Mary den Arm durch das zerbrochene Fenster. Alex erhob sich geräuschlos, streckte ihren Finger aus und achtete sorgsam darauf, nicht an den Riemen zu kommen, der sie mit Ulagu verband. Im Mondlicht berührten sie sich. Der Funke, der sie in den vergangenen zwölf Jahren verbunden hatte, flammte wieder auf. Mary formte mit den Lippen das

Wort »später« und zog den Arm zurück. Alex hob die Hand zum Abschiedsgruß. Mit einem übertriebenen Zwinkern lächelte Mary ihr zu, nickte und zog sich vom Fenster zurück.

Sie hatte nur ein paar Schritte gemacht, als sie sah, dass Alex den Mund entsetzt aufriss. Gleichzeitig spürte Mary, wie der Boden unter ihrem rechten Fuß nachgab. Mit einem dumpfen Aufprall fiel sie nach hinten. Ihr Rücken krachte auf etwas Hartes, dann begann sie zu rutschen. Sie zappelte und versuchte sich an dem glitschigen, feuchten Lehmboden festzuhalten, aber das Loch hatte steile Wände; ohne etwas dagegen tun zu können, rutschte sie tiefer und tiefer, bis ihr Fuß auf etwas stieß, das ihm Halt gab. Eine kleine Wurzel fing ihren Fall ab. Zitternd hing Mary da, die Hände in die Erde über ihr gekrallt.

Idiotin, beschimpfte sie sich. *Du bist Alex durch die Hölle und halb North Carolina gefolgt, bloß um jetzt in einen blöden Brunnen zu fallen!* Sie sah nach oben, konnte aber nichts als Dunkelheit und Sterne erkennen, doch dann hörte sie Stimmen. Die von Alex und eine zweite, krächzende. Wütend, brüllend.

»Was zum Teufel machst du da, Trudy?« Die dunkle Stimme klang wie Kanonendonner.

»Ich erstell mein Horoskop, du dämliches Arschloch!« Alex' texanisches Näseln klang schwach, aber immer noch beißend. »Jetzt verschwinde! Geh dahin zurück, wo du hergekommen bist!«

Die heisere Stimme brüllte etwas zurück in einer Sprache, die Mary nicht verstand. Alex' schrilles »Hau ab!«, endete abrupt mit einem klatschenden Schlag und einem gedämpften Aufschrei.

Während sich Mary mit aller Kraft in die Erde über ihr krallte, wurde ihr klar, was passiert war. Ihr Fall hatte Ulagu geweckt. Jetzt lenkte Alex ihn ab, um Mary eine Chance zur Flucht zu geben. So, wie sich die Stimmen über ihr anhörten, würde sie sich beeilen müssen.

Rasch suchte sie nach einem Halt für die Füße. Den einen Fuß fest auf der kleinen Wurzel, die ihren Fall gebremst hatte, tastete sie mit dem anderen die Erdwand ab. Sie hatte gerade einen kleinen Spalt gefunden, in den sie sich mit den Zehen krallen konnte, als sie es hörte. Ein leises, rasselndes Geräusch. Sie legte den Kopf schräg und lauschte. Das konnte sie sich doch nur einbilden. Dieses Loch war nichts als ein alter Brunnen, den das Monster abzudecken vergessen hatte. Aber das Geräusch hörte nicht auf. Dann kam ein zweites dazu und ein drittes.

»O Gott!«, schrie sie unwillkürlich, war gleich darauf in Schweiß gebadet. Sie war nicht in einen Brunnen gestürzt. Das hier war Ulagus Unterschlupf, und sie war in seine Schlangengrube gefallen.

Entsetzt grub sie die Zehen in die Erde. Wenn sie bis zum Boden hinabfiel, würde sie sterben. Einen Schlangenbiss konnte man überleben, vielleicht auch zwei. Aber ein Dutzend? Zwei Dutzend?

»Inadu«, keuchte sie, das Cherokee-Wort für Schlange. Wenn sie es schaffte, so weit raufzukommen, dass sie mit den Ellbogen über den Grubenrand kam, reichte die Hebelkraft vielleicht, um sich ganz rauszuziehen ...

Sie tastete nach einem weiteren Halt in der Erdwand. Kleine Erdklumpen fielen nach unten in die Dunkelheit; die Schlangen rasselten, und über ihr in der Dunkelheit brüllten Alex und Ulagu. Mary suchte die Wand mit dem Fuß ab. Schließlich fand ihr Zeh einen weiteren winzigen Spalt. Sie krallte den Fuß hinein und drückte sich hoch. Ihre Schultern zitterten schmerzhaft, aber sie hatte das Gefühl, ein bisschen höher gekommen zu sein.

Sie klammerte sich mit den Fingern fest, setzte den Fuß noch ein bisschen höher und drückte sich nach oben. Wieder prasselten Erdklumpen auf die Schlangen, aber ihr rechter Ellbogen hatte die Grasnarbe fast erreicht. Noch einmal schieben und abstützen, dann konnte sie ihren Arm plötzlich beugen. Sie stemmte ihn fest auf den Boden, drückte sich mit dem linken Bein ab, und gleich darauf waren ihr anderer Arm und die Schultern im Freien. Kühle, köstliche Luft streichelte ihr Gesicht. Sie zog sich hoch und drehte sich dabei zur Hütte um. Sehen konnte sie nichts, aber das war auch nicht nötig. Alex' Schreie hallten über die im Mondlicht liegende Wiese wie das Klagen verlorener Seelen.

Einen Moment lang hockte Mary erstarrt und von Panik ergriffen da. Was sollte sie tun? Ihr erster Impuls war, zurückzurennen und Ulagus Herz mit bloßen Händen aus seiner Brust zu reißen. Aber Alex hatte so oft »Hau ab« und »Verschwinde« geschrien, dass Mary es nicht ignorieren konnte. Brüllte sie nur ihren Folterknecht an, oder war es eine Botschaft für Mary?

Sie krümmte sich unter den immer noch hallenden Schreien zusammen. Ulagu war groß und stark. Sein Blut war jetzt heiß, seine Muskeln geschmeidig und warm. Mary würde kaum einen Chance gegen ihn haben. *Verschwinde jetzt lieber*, flüsterte die Stimme in ihrem Kopf. *Schleich dich später wieder her und überrasch ihn. Genau das versucht Alex dir zu sagen.*

Mary drehte sich um und schlängelte sich so schnell sie konnte durch das Gras. Sie war überzeugt davon, dass er sie entdecken würde; Alex' Schreie würden aufhören, und Mary würde eine Kugel in den Rücken bekommen. Ihr Atem hörte sich in ihren Ohren wie brausender Sturm an. Als sie die Rückseite der Hütte erreichte, nahm sie alle Kraft für den letzten Sprint zum Bach zusammen. Nur noch dreißig Meter, dann hatte sie die schützenden Büsche erreicht. Ihre Lunge brannte, aber ihre Beine und ihr Herz ließen sie nicht im Stich. Schließlich griffen die Schatten des Baches nach ihr, und sie stürzte sich in die sie verbergende Dunkelheit. Eine kleine Ewigkeit lag sie flach auf dem Bauch und spürte das kühle, feuchte Schilf an ihrer Wange.

Als sie wieder zu Atem gekommen war, setzte sie sich auf und schaute zur Hütte zurück. Wieder war alles beunruhigend still. Alex war bewusstlos geschlagen worden. Oder tot. Plötzlich fühlte Mary, wie es in ihr zu kochen begann. Heiße Wut. Hunger. Ein leidenschaftlicher Wunsch nach Rache. Die sechs Steine auf dem Grab ihrer Mutter fielen ihr plötzlich ein, und sie wusste, dass die letzte Tat, die sie erlösen würde, direkt vor ihr lag.

»Heute Nacht hast du sechs, Mama«, sagte sie leise und dachte an die heilige, mystische Zahl, die ihr Absolution erteilen würde. Sie sah zu dem hohen, weißen Mond hinauf. »Morgen werden es sieben sein.«

Von dem Augenblick an füllte ein hohes Surren ihren Kopf wie das Summen von Bienen. Es wärmte sie, als sie durch das eiskalte Bachwasser zu ihren Stiefeln und dem Malkasten watete, den einzigen Waffen, die sie besaß, und es hörte nicht auf, als sie den Kasten mit Wasser füllte und zu Joan zurücktrug. Sie bewegte sich geschmeidig wie ein Panther im Dschungel und fragte sich, als sie sich dem Holzstapel näherte, ob sie nicht vielleicht sogar von innen heraus in einem unheimlichen blauen Licht glühte.

»Mary?« Joan hockte eng an den Holzstapel geschmiegt uns spähte nervös in den Wald hinaus. »Bist du das?«

»Ja.«

»Großer Gott, Mary! Was ist da drüben passiert? Ich hab nur Schreie gehört.«

Mary setzte sich neben Joan auf den Boden und erzählte ihr, dass der Barfüßige Schlangen hielt und Fallen hatte und eine merkwürdige Sammlung an Andenken besaß; dass Alex gefesselt, aber am Leben war; dass Mary in Ulagus Schlangengrube gefallen war. Aber sie sagte nichts davon, dass der Barfüßige Alex vielleicht Minuten zuvor zu Tode geprügelt hatte.

»Es klang schrecklich.« Ein Schauder überlief Joan. »Ich wusste nicht, was ich machen sollte ...«

»Du hast es ganz richtig gemacht«, versicherte Mary und bot ihr Wasser aus dem Malkasten an. Ihre eigene Kehle fühlte sich so trocken an wie die papierdünnen Schlangenhäute, die von Ulagus Dachbalken hingen. »Ganz richtig.«

»Was machen wir jetzt?« Joan trank gierig.

»Ich gehe zurück und bringe ihn um.« Die Worte kamen ihr so schnell und unverblümt über ihre Lippen, dass es sie überraschte. Sie hatte gerade ihre Absicht, einen Mann zu töten, so selbstverständlich geäußert, als wolle sie ein Huhn ausnehmen.

Joans Augen glänzten wie Perlen im Mondlicht. »Du willst *was* tun?«

»Hingehen und ihn umbringen.« Mary sah sie ohne zu lächeln an.

»Aber können wir nicht einfach Alex zurückholen, wenn er weg ist?«

»Der kommt sofort hinter uns her«, erwiderte Mary, und das Summen in ihrem Kopf wurde stärker. »Selbst wenn wir ihm einen ganzen Tag voraus wären, würde er uns einholen.«

»Wie denn?«

»Joan, wir haben unseren Weg hierher mit gelber Farbe markiert«, erinnerte Mary sie. »Selbst ein kurzsichtiger Krüppel könnte unserer Spur folgen. Das Monster würde unsere Leber verspeisen, noch bevor es dunkel ist.«

Joan rollte sich zu einem kleinen, ängstlichen Ball zusammen. Lange Zeit starrte sie nur stumm zur Hütte, Furcht und Qual zeichneten sich gleichermaßen auf ihrem Gesicht ab.

Schuldgefühle erfüllten Mary. Wenn sie nicht auf dieser Suche bestanden hätte, wäre Joan längst wieder in Atlanta, läge geborgen in einem sonnigen Krankenzimmer voller Blumen und würde mit einem mitfühlenden Therapeuten über ihr Trauma reden. Stattdessen saß sie hier – krank, fiebrig, zusammengekauert hinter einem verrotteten Holzstoß und spielte Versteck mit einem Wahnsinnigen. Das Summen in Marys Kopf wurde lauter. Joan hatte Mut bewiesen, mit auf diese Tour zu kommen. Sie verdiente es, zu überleben. Mary wusste, dass sie allein die beste Chance hatte, ihr Vorhaben zu verwirklichen. Sie beugte sich vor und sagte: »Wenn ich ihn töte, können wir uns ausruhen. Er hat einen Kamin, an dem wir uns wärmen können. Er hat genug zu essen. Er hat sogar ein Fläschchen mit Vitaminen.« Sie drückte Joans Arm. »Wenn er tot ist, kommen wir hier lebend raus.«

Joan starrte sie mit offenem Mund an, als würde sie Mary nicht wieder erkennen, als habe sich Mary Crow, die vor einer

Stunde in die Dunkelheit gekrochen war, in eine Fremde verwandelt. Dann verzerrte sich Joans Gesicht, als ihr der Nachmittag an der Quelle einfiel – der Mann, der aus dem Nichts aufgetaucht war und ihre Welt zerstört hatte. »In Ordnung«, erwiderte sie ruhig. »Wie machen wir es?«

Mary lächelte. »Weißt du noch, wie groß er ist?«

Joan zuckte die Schultern. »Ich kann mich nicht erinnern. Wahrscheinlich größer als Alex.«

»Gut, also über einsachtzig. Dann muss ich ziemlich hoch zielen.«

»Zielen womit?«

»Ich nehme einen von diesen Holzscheiten und schleiche zurück zur Veranda. Wenn er morgen früh rauskommt, stehe ich direkt hinter der Tür und warte auf ihn.«

»Und dann?«

Mary spürte wieder das Summen. »Und dann schlag ich ihm den verdammten Schädel ein.«

Joan drückte sich fester an den Holzstapel. »Glaubst du wirklich, du könntest das tun?« Ihre Stimme zitterte.

Mary blickte in Joans zerstörtes Gesicht und dachte an Alex' Blutergüsse, dann an ihre Mutter, wie sie vor so vielen Jahren stumm und gebrochen dagelegen hatte. »Ich habe nicht den geringsten Zweifel daran«, erwiderte sie.

Sie redeten weiter in der Dunkelheit und arbeiteten die Einzelheiten des Plans aus. Diesmal schliefen sie beide nicht. Wind kam auf und rüttelte an den Bäumen. Schatten tanzten über den Boden, und Blätter taumelten über die Wiese, wie von einem unsichtbaren Besen zusammengekehrt. Eine Kaltfront fegte von Norden heran. Der Morgen würde frostig sein, voller Raureif. Wetter zum Schweineschlachten, dachte Mary und spürte, wie ein Schauer der Erwartung sie durchlief.

Joan konnte sich schließlich nicht länger wachhalten, spritzte ein wenig kaltes Wasser auf ihren entzündeten Fuß, rollte sich hinter dem Holzstapel zusammen und versank in einen unruhigen Schlaf. Mary wusste, dass auch sie sich etwas ausruhen sollte, aber sie war nicht müde. Seit dem Augenblick, als sie beschlossen hatte, Ulagu zu töten, war sie von heißer, alles umfassender Energie erfüllt. Sie hatte das Gefühl, die ganze Nacht wach bleiben, Ulagu umbringen und den ganzen nächsten Tag feiern zu können. War dies das Machtgefühl, das Männer töten ließ, fragte sie sich und dachte an Cal Whitman und die anderen fünf, deren Verurteilung sie vor Gericht erreicht hatte. Ging es bei Mord weniger um das Opfer und mehr um das Gefühl von Stärke, dass einem vor der Tat durch die Adern strömte? War Töten der berauschendste Nervenkitzel, den das Leben zu bieten hatte?

Mary schüttelte den Kopf. Solche Gedanken durfte sie sich nicht erlauben.

Die alten Holzscheite schimmerten im Mondlicht. Sie kroch hinüber und tastete den Stapel auf der Suche nach dem richtigen Scheit leise ab. Die meisten waren zu groß und zu schwer, um sie gut halten zu können, aber unter den Blättern fand sie ein kleineres, das vom Stapel gerollt war. Das Scheit war fast einen Meter lang und verjüngte sich an einem Ende, ähnlich wie ein dicker Baseballschläger. Mary legte beide Hände um die absplitternde Rinde und schwang das Scheit vorsichtig hin und her. Das Gewicht war genau richtig, und sie wusste ohne jeden Zweifel, dass dieses Scheit den Kopf eines Mannes wie eine Melone spalten konnte.

Als die Nacht allmählich in die Morgendämmerung überging, berührte Mary die schlafende Joan an der Schulter.

»Joan«, flüsterte sie. »Ich mach mich jetzt auf den Weg. Aber ich brauche meine Jeans, um durch das Gras zu kriechen.«

Joan blinzelte verschlafen. »Haben wir gerade geplant, den Barfüßigen umzubringen?«, fragte sie. »Oder hab ich das geträumt?«

»Nein.« Mary schnürte ihre Stiefel auf. »Das hast du keineswegs geträumt.«

Joan zog die Jeans aus und reichte sie Mary.

»Kann ich dir sonst noch irgendwie helfen?«, fragte Joan

und sah zu, wie Mary die Jeans anzog und die Stiefel wieder zuschnürte.

Mary schüttelte den Kopf. »Mach einfach genau dasselbe wie beim letzten Mal. Halt Wache und schrei, wenn du siehst, dass er sich an mich anschleicht. Und du kannst zu dem Heiligen beten, der für das Töten tollwütiger Hunde zuständig ist.«

»Das mach ich«, versprach Joan und warf ihr ein schiefes Lächeln zu. Sie legte die Arme um Marys Hals und drückte sie an sich, als wollte sie das bisschen Stärke, das ihr noch geblieben war, auf die Freundin übertragen. »Danke«, flüsterte sie.

»Wofür?«

»Dass du mich am Leben gehalten hast«, erwiderte Joan.

Mary umarmte die kleine Sopranistin aus Flatbush und küsste ihre geschwollene Wange. »Dein Mut stellt meinen weit in den Schatten, Joan. Was auch immer passiert, du sollst wissen, dass du eine echte Kriegerin bist. Und das habe ich noch nie im Leben zu jemandem gesagt.«

Joan lächelte zu ihr hoch. Tränen standen ihr in den Augen. »Und du sollst wissen, dass es richtig von dir war, hierher zu kommen. Wie sagt ihr Indianer doch? Heute ist ein guter Tag zum Sterben?«

Mary lachte leise. »Das hab ich mal in einem Film gehört.«

»Dann muss es stimmen.« Joan wischte sich über die Augen.

»Bis später.«

»Addio, amica del cuore. Hier. Nimm das. Wenigstens ist es so was wie ein Messer.« Joan hielt ihr das Palettenmesser hin.

Mary griff nach dem Scheit, steckte das Messer in die Hosentasche und schlüpfte wieder durch die Bäume davon. Diesmal hielt sie sich an die andere Seite der Hütte. Dort war das Gras höher, wie ihr aufgefallen war. Sie konnte hindurch kriechen und trotzdem verborgen bleiben.

»Also gut, Wynona«, murmelte sie, packte das Scheit fester und ließ sich im hohen Gras auf den Bauch sinken. »Gib mir noch einmal deinen Schutz.«

Der Tau hatte das Gras feucht und schlüpfrig gemacht.

Mary robbte sich auf den Ellbogen vorwärts und tastete dabei ständig nach dem Rand einer weiteren Schlangengrube oder dem Metall einer Falle. Für jeden Meter, den sie sich durch das kalte, glitschige Gewirr vorwärts schob, hatte sie das Gefühl, zehn Zentimeter zurück zu rutschen. Sie wollte sich nicht aufrichten und ihre Position preisgeben, also orientierte sie sich an einem Stern der Pleiaden und kroch direkt auf ihn zu. Er schien bereits weniger hell zu blinken als bei ihrem Aufbruch. Wenn sie die Veranda vor Sonnenaufgang erreichen wollte, musste sie sich beeilen.

Sie robbte weiter. Kreuzkrauthülsen kitzelten sie an der Nase. Zu ihrer Rechten hörte sie ein Rascheln im Gras. Sie erstarrte. Ulagu? Hatte er im Dunkeln eine Bewegung im hohen Gras gesehen? Mary hielt den Atem an. Das Huh-huh-huhhuuuh einer Eule kam vom Bach herüber. Ihr sank der Mut. Uguug. Für die alten Cherokee waren Eulen Todesboten. »So sei es.« Sie zuckte mit den Schultern und kroch weiter. »Hoffen wir, dass Uguug für ihn schreit.«

Das Summen in ihrem Kopf zog sie voran. All ihre Sinne waren aufs Äußerste geschärft. Die erwachende Welt loderte feurig grün. Mary meinte, hören zu können, wie die Spinnen ihre Netze im Graswald spannen. Hatte Cal Whitman dieses Machtgefühl gespürt, als er den Mord verübte? *Genau so ist es, flüsterte eine verführerische Stimme in ihrem Kopf. Das ist der Grund, warum sie töten.*

Vorsichtig kroch sie weiter. Als sie glaubte, weit genug gekommen zu sein, richtete sie sich auf.

»Noch sechs Meter«, flüsterte sie.

Sie sank zurück ins Gras. Jetzt war die Goldrute mit einer Pflanze durchsetzt, deren winzige Dornen ihr Stirn und Wangen zerkratzten, während sie sich hindurchschob.

Eigentlich musste sie nun da sein. Wieder hob sie den Kopf. Diesmal war ihre Position perfekt. Nur noch ein kurzer Sprint an der fensterlosen Seite der Hütte entlang, und sie hatte die Veranda erreicht. In der Hoffnung, dass sie hier keine Fallen und Schlangengruben erwarteten, stand sie auf und rannte los.

Das Scheit an die Brust gedrückt, sprintete sie in den Schatten der Hüttenwand. Dort blieb sie stehen und erwartete fast, dass ein Mann in grüner Tarnuniform von der Veranda trat und sie begrüßte. »Hallo«, würde er sagen. »Wie nett, dass du vorbei kommst! Ich warte schon seit Stunden auf dich.«

Aber es geschah nichts. Die Hütte blieb so still wie bei Marys erstem Besuch. Sie schlich an der Wand entlang und horchte auf Geräusche, die ihr verrieten, dass jemand wach wurde und aufstand, aber bis sie die Veranda erreichte, hörte sie nur das laute Klopfen ihres eigenen Herzens.

Das schindelgraue Morgenlicht erhellte die Veranda und die Tür, aber nicht mehr. Von jetzt an durfte sie sich jedoch keinen Fehler mehr erlauben.

Sie packte das Scheit fester und setzte den rechten Fuß auf die Veranda, probierte aus, wie stabil das Bodenbrett war. Vorsichtig verlagerte sie das Gewicht. Das Holz gab nicht nach und wackelte auch nicht. Mary hielt die Luft an, streckte das Knie und zog den linken Fuß nach. Triumph erfüllte sie. Sie hatte die Veranda erreicht, ohne ein Geräusch zu machen.

Die Tür war drei Meter entfernt, der Riegel auf ihrer Seite. Sie musste an der Tür vorbei, wenn sie Ulagu von hinten erwischen und ihm den Schädel einschlagen wollte. Langsam schob sie den rechten Fuß drei Bretter weit vor und verlagerte wieder das Gewicht. Auch diesmal hielten die alten Bretter.

Stück für Stück schlich sie vorwärts, eine Ewigkeit lang, wie es ihr vorkam. Sie musste sich unter dem einzigen Fenster an der Vorderfront ducken und erstarrte, als ein Brett laut unter ihr knarrte. Rasch drückte sie sich an die Hüttenwand und wartete auf Ulagus Brüllen, aber wieder geschah nichts. Hat einen festen Schlaf, dachte sie. Fühlt sich von seinen verdammten Schlangen beschützt.

Endlich erreichte sie die Tür. Mit drei raschen Schritten war sie an ihr vorbei und baute sich auf der anderen Seite auf. Sie war da. Sie war bereit. Tausendmal war sie im Kopf durchgegangen, was sie machen würde, aber es konnte nicht schaden, es noch ein letztes Mal zu tun. Erst warten, wenn sich die

Tür öffnet, um sich zu vergewissern, dass nicht Alex als Erste herauskommt. Dann, wenn er schnell herauskommt, das Scheit wie der Teufel schwingen und es auf seinen Hinterkopf krachen lassen. Falls er langsam kommt, erst sein Gesicht einschlagen und danach, wenn er fällt, seinen Kopf. Wenn er nicht fällt, auf die Eier eindreschen, dann auf den Schädel. *Und wenn ihn das alles nicht tötet*, dachte sie, als ein frühes Rotkehlchen zu zwitschern begannen, *war Uguugs Todeslied wohl für mich bestimmt.*

»Morgen, Schätzchen.« Die Worte erschreckten sie so, dass sie fast das Holzscheit fallen ließ. »Hab mich schon gefragt, wann du zurückkommen würdest.«

Eisige Kälte durchströmte sie. Wie konnte das sein? Wie konnte er aus der Hütte gekommen sein, ohne dass sie es bemerkt hatte? Widerstrebend drehte sie sich um, holte tief Luft und hob den Blick. Zum ersten Mal würde sie Ulagu ins Gesicht sehen.

Er funkelte sie an, die gelben Augen brannten unter den struppigen Brauen. Drei frische rote Kratzer zogen sich von seiner Stirn über die Wange nach unten. In seiner Hand blitzte ein Jagdmesser, dessen Spitze jetzt nur Zentimeter von ihr Kehle entfernt zitterte.

Er grinste und ließ seinen Blick über ihr Gesicht, zu ihren Brüsten und wieder hinauf zum Gesicht wandern. »Du bist eine Cherokee, oder?«

Sie nickte kaum merklich.

Ulagu runzelte die Stirn. »Du hast gestern Nacht einen Heidenlärm in meiner Schlangengrube gemacht. Und auf dem Rückweg zum Holzstapel warst du auch nicht viel leiser.«

»Tut mir Leid«, brachte sie krächzend hervor. Ihr letztes bisschen Hoffnung schwand. Sie hatte ihn nicht für einen Augenblick täuschen können. Er hatte es die ganze Zeit gewusst. Joan! Er musste ihr in dem Moment die Kehle aufgeschlitzt haben, als sich Mary auf den Weg zur Hütte machte.

Ulagu grinste. »Weißt du, was ich mit Leuten mache, die hier unbefugt eindringen?«

Mary zuckte nicht zurück. »Sie töten, nehme ich an.«

»Meistens.« Ulagus gelben Augen glitzerten. »Aber nicht sofort. Sag mir erst mal, warum du hier bist.«

»Sie haben eine meiner Freundinnen entführt und die andere umgebracht. Und ich glaube, dass Sie meine Mutter ermordet haben.«

»Deine Mutter?« Ulagu drückte ihr die Spitze des Messers an die Kehle, als wolle er ein Loch in ein Stück Papier piksen. »Was bringt dich auf die Idee?«

»Ihr Gang«, erwiderte Mary ruhig.

»Tja, ich mag zwar ein paar Pilgern zum Himmelreich verholfen haben, aber ich kann mir nicht vorstellen, dass einer davon deine Mutter war.« Seine Oberlippe zog sich von den verfaulten braunen Zähnen zurück. »Und jetzt bist du hier und willst mich mit dem Knüppel da umbringen.«

Mary sah ihn schweigend an.

Mit der Messerspitze fuhr er an ihrer Kehle entlang und zwischen ihre Brüste, dann wieder hinauf bis direkt unter ihr Kinn. »Warum lässt du das Stöckchen nicht fallen und kommst mit mir rein? Ich glaube, Trudy und ich müssen eine kleine Familienkonferenz abhalten.«

Sie überlegte kurz, ob sie versuchen sollte, ihm auf der Stelle den Schädel einzuschlagen, doch ihr fiel ein, mit welcher Schnelligkeit er die Waschbären enthäutet hatte. *Warte*, beschloss sie und ließ das Scheit auf die Verandabretter fallen. *Deine Zeit kann noch kommen.*

Die Hütte war nicht viel heller als in der Nacht zuvor. Die baumelnden Schlangenhäute gaben ihr das Aussehen makaberer Festlichkeit, wie Dekorationen, die von einem Hexenball übrig geblieben waren. Tierfelle schmückten die Wände wie Poster – ein Fuchs, ein Stinktier, ein schäbiges, scheckiges Ding, das einst ein Jerseykalb gewesen war.

Als sich ihre Augen an das Dämmerlicht gewöhnt hatten, sah Mary, weswegen sie hergekommen war. Alex. Sie lag zusammengerollt auf dem Boden neben dem Feldbett, den Rücken der Tür zugewandt, und kratzte sich mit einer Hand kraftlos am Kopf. Erleichterung überkam Mary – was immer Ulagu Alex auch angetan haben mochte, er hatte sie wenigstens noch nicht getötet.

»Steh auf, Trudy! Wir haben Gesellschaft!« Ulagu knallte

die Tür hinter sich zu. Alex schreckte zusammen. Langsam drehte sie sich um. Heute Morgen waren sowohl ihre Hände als auch ihre Füße gefesselt, und sie war mit einem kürzeren Lederriemen am Feldbett angebunden.

»Mary!« Gefesselt und zerschlagen, wie sie war, gelang es ihr doch, ihr altes Lächeln hervorzuzaubern. Mary hätte weinen mögen, bekam aber gleich darauf einen festen Stoß zwischen die Schulterblätter.

»Setzt dich da auf das Bett. Ich muss nachdenken.«

Mary stolperte hinüber zum Feldbett und setzte sich neben Alex. Sie roch nach abgestandenem Rauch, und hässliche Peitschenstriemen liefen kreuz und quer über ihre Brüste. Ihr Gesicht war geschwollen und voller Blutergüsse. Trotzdem sah sie Mary weiter lächelnd an.

»Ich hab mich schon gefragt, wann du endlich auftauchst«, sagte Alex. »Dann fiel mir wieder ein, dass du immer zu spät kommst, seit ich dich kenne.«

»Halt die Klappe, Trudy!«, blaffte Ulagu. »Heute geht's nur um sie.« Er deutete mit dem Messer auf Mary. »Wirklich erstaunlich. Ich wusste nicht mal, dass es dich gibt, und jetzt tauchst du hier auf, die Fährtenleserin des Jahrhunderts, die ihre Mama rächen will.« Er kniff die Augen zusammen und grinste, als sei ihm gerade eine herrliche Idee gekommen. »Los, steh auf und zieh dich aus. Ich muss zu meiner Schande gestehen, dass ich noch nie die Muschi von 'ner Indianerin gesehen habe.«

Mary starrte auf die Klinge von Ulagus Messer. Tausend Möglichkeiten schossen ihr durch den Kopf. Sie konnte es ihm entwinden und ihm die Kehle aufschlitzen. Oder Alex und sie konnten ihn zu Fall bringen und mit dem Palettenmesser erstechen. Obwohl er bewaffnet war, waren sie zwei gegen einen. Aber Alex Hände und Füße waren gefesselt, und was konnte ein dürftiges Palettenmesser gegen ein Bowiemesser ausrichten? Trotzdem musste es etwas geben, was sie tun konnte. Reglos saß sie da und überlegte fieberhaft.

»Hey! Sacajawea! Sieh mich an! Jetzt ist nicht der richtige

Zeitpunkt, schüchtern zu sein!« Ulagu fuhr mit dem Messer durch die Luft. »Deine Freundinnen haben es alle gemacht. Jetzt bist du an der Reihe. Ich muss wissen, ob an dir alles dran ist.«

»Shogwa«, begann Mary auf Cherokee zu zählen, um Zeit zu gewinnen. *»Talee, zoee ...«*

»Hör auf mit dem Indianerscheiß!«, brüllte Ulagu, die Adern an seinem Hals dicke Stränge. »Steh auf und zieh dich aus! Heut werden wir drei mal richtig Spaß haben!«

»Tu, was er sagt, Mary«, riet ihr Alex. »Unser kleiner Henry kann einen ziemlichen Wutanfall kriegen, wenn es nicht nach seinem Willen geht.«

Mary hörte auf zu zählen. Sie stand auf und ging auf Ulagu zu, der sie nicht aus den Augen ließ. Nur das Knarren der Dielenbretter und das Rasseln seines Atems durchbrachen die Stille in der alten Hütte.

Brank gab ein leises, erwartungsvolles Stöhnen von sich, als Mary vor ihm stehen blieb, die Finger am Knopf ihrer Jeans.

»Wie hätten Sie's denn gern?«, fragte sie, den Augenblick weiter hinauszögernd.

»Auf's Messer kommt es nicht an«, gluckste Brank. »Solange die Frucht geschält wird.«

Langsam griff sie nach dem Bündchen des Sweatshirts, als wolle sie es über den Kopf ziehen, hielt aber inne. Sie zog das Sweatshirt wieder runter und öffnete den Reißverschluss der Jeans. Die Jeans schon auf den Hüften, steckte sie plötzlich die Hand in die Sweatshirttasche und zog Wynona heraus. Schneller, als sie sich je bewegt hatte, holte sie aus und schleuderte Ulagu die kleine Statue ins Gesicht. Sie traf ihn knapp unter dem linken Augen. Nicht besonders hart, aber es reichte. Für einen Augenblick hatte sie ihn aus dem Konzept gebracht.

Mary senkte den Kopf und warf sich gegen ihn wie ein Footballspieler. Als ihr Schädel gegen seinen Brustkorb knallte, spürte sie, wie alle Luft aus seiner Lunge wich. Mit einem erstaunten »Umpf!« kippte er nach hinten und ließ das Messer scheppernd auf die Dielen fallen. Gemeinsam prallten Mary und er auf dem Boden auf.

»Versuch dich loszumachen, Alex!«, schrie sie, während sie ihn nach unten drückte. Er krümmte und bog sich unter ihr. Das Knie auf seiner Kehle, tastete sie nach dem Palettenmesser. Es musste hier doch irgendwo sein, in ihrer Jeanstasche, aber sie konnte es nicht finden. Mary presste sich verzweifelt gegen seinen Brustkorb in der Hoffnung, dass allein ihr Gewicht ihn am Boden halten würde, bis sie das Messer gefunden hatte, aber er wand sich wie ein wildes Tier. Mit einem Gefühl der Mutlosigkeit erkannte sie, dass er zu stark für sie war; es konnte nicht mehr lange dauern, bis sie auf dem Boden lag und der Mann auf ihr.

»Sieh zu, dass du hier wegkommst, Alex!«, schrie sie. »Und zwar jetzt!« Sie würde den Kampf verlieren, und das schnell. Mary gab die Suche nach dem Palettenmesser auf, krallte ihre Hände um seinen Hals und versuchte, seinen Kopf auf den zu Boden schlagen. Sein Hals war dünn, aber sehnig und muskulös. Sie bemühte sich, ihm die Luft abzudrücken, doch seine Augen schienen nur umso heller zu funkeln. Er versetzte ihr harte, scharfe Schläge auf Brust und Rippen und ließ dann, mit einem irren Grinsen und einem Zwinkern, seine Faust gegen ihr linkes Ohr krachen. Heller Schmerz schoss ihr wie ein Blitz durch den Kopf, und sie konnte nur noch versuchen, ihn blind fest zu halten und zu hoffen, dass Alex sich von ihren Fesseln befreien und wegrennen konnte. Mary klammerte sich an ihn, aber sie wusste, dass sie verloren hatte; sie spürte bereits, wie er sich unter ihr herauswand. Gleich würde er frei sein.

Panisch versuchte sie, ihm das Knie in die Eier zu rammen. Vielleicht würde ihn das aufhalten. Doch er war zu schnell. Er rollte sich auf sie und drückte, mit einer einzigen Bewegung, ihre Schultern gegen die Dielenbretter. »Du bist ja ’ne richtig wilde Indianerin!«, schnaubte er und setzte sich auf ihren Bauch. Sein widerlicher Gestank drang ihr in die Nase.

Brank verlagerte sein Gewicht auf ihre Hüften und zog ihr das Sweatshirt nach oben, übers Gesicht. Sie konnte nur noch

Schwärze sehen, spürte aber, wie seine schwieligen Finger ihr Brüste befummelten. Alex begann zu schreien, als er sich hochstemmte und Marys Jeans und Slip bis zu ihren Knien runterschob.

»Sieh mal, Trudy«, hörte sie ihn rufen. »Sieh mal, was dein kleiner Bruder jetzt macht!«

Alex warf sich hin und her, um von dem Feldbett loszukommen. Mary wand sich und zerrte sich das Sweatshirt vom Gesicht. Sie musste ihm in die Augen sehen, während er es tat.

Er hockte sich wieder auf sie, weidete sich an ihrer Nacktheit. Mit dem Knie spreizte er ihre Beine und fummelte gleichzeitig an seinem Hosenschlitz herum. »Hat deine arme tote Mama dir nicht beigebracht, dass es nicht nett ist, Leute mit einem Holzscheit zu schlagen? Hat sie dir nicht beigebracht, *höflich* zu sein?«

Er zog seinen Penis heraus. Das Ding war riesig und hart, violett vor Wut und Erregung. *Sieh nicht weg*, befahl sich Mary. *Stirb mit offenen Augen. Um deine Mutter zu ehren.*

Während sie ihm ins Gesicht starrte, bemerkte sie aus den Augenwinkeln eine kleine Bewegung. Sie sah zur Tür. Dort stand Joan. Ihre Augen blitzten vor Zorn.

Sie ist nicht tot, erkannte Mary. Ihre Hoffnung flackerte wieder auf. *Wir haben immer noch eine Chance. Lenk ihn ab, dann bleibt uns noch eine Chance ...*

Mary konzentrierte sich wieder auf Brank und starrte seinen Penis an. »Nennst du das einen Schwanz?« Sie lachte höhnisch.

»Der ist groß genug für dich, Pocahontas«, knurrte er und zerrte ihre Beine weiter auseinander.

»Sieht mir eher wie ein mickriges kleines Würstchen aus, Ulagu. Findest du nicht auch, Alex?« Mary schaute zu Alex hinüber, schüttelte ihren Kopf und lachte laut.

»Red nicht mit ihr!« Er schlug sie ins Gesicht. »Und wag es nicht, mich auszulachen!« Er grinste. »Weißt du, dein kleiner Indianermund ist viel hübscher als deine Muschi. Wie wär's, wenn wir den mal in Gebrauch nehmen?«

Er griff nach hinten und zog etwas aus dem Stiefel. Zuerst dachte Mary, es sei ein Bleistift, aber mit einem kurzen Schlenkern seines Handgelenks schnellte eine schmale, scharfe Klinge heraus.

Mary stockte der Atem. Ein altmodisches Rasiermesser, die bevorzugte Waffe ihres dritten Verurteilten, ein dürrer Zimmermann, der eine Vorliebe dafür hatte, seine Initialen in Frauenfleisch zu ritzen. Die Fotos seiner Opfer aus den Beweisunterlagen verursachten ihr immer noch Übelkeit.

»Ha!« Brank lachte über ihren Gesichtsausdruck. »Diese kleine Schönheit lässt dich aufhorchen, was?«

Sie antwortete nicht.

»Na gut, Sacajawea.« Brank rutschte auf ihren Kopf zu, sein Penis vorgestreckt wie ein Schiffsbug. Mit einer Hand hielt er das Rasiermesser an die Innenseite ihres linken Auges. »Du weißt, was du zu tun hast. Aber ich warne dich – wenn ich auch nur einen Zahn an meinem Würstchen spüre, kannst du dein Gesicht für immer vergessen. *Verstehen?*«

Mary nickte mit wild klopfendem Herzen. *Wo war Joan? Hatte sie den Mut verloren?*

»Dann mal los, Cherokee-Mädchen.« Branks widerlicher Atem wehte ihr heiß ins Gesicht. »Mach den Mund weit auf und saug schön fest.«

»Saug selber schön fest, du verdammtes Arschloch!«, kreischte eine Stimme über ihnen.

Branks Augen weiteten sich, dann gab er einen Laut von sich, als würde ihm eine Ratte die Kehle hochkriechen. Das Rasiermesser fiel klappernd zu Boden, er ließ Mary los und umklammerte seinen Hals mit beiden Händen. Joan stand direkt hinter seiner linken Schulter, das schwarze Haar drahtig und zerzaust, ein irres Funkeln in den Augen. Sie beugte sich zu Branks Ohr hinunter.

»Stupratoré!« schrie sie. »Du dreckiger, schwanzlutschender *stupratoré!«*

Brank blinzelte sie erstaunt an, dann bog sich sein Körper zurück und Blut lief ihm aus Mund und Nase. Sein Kopf wackelte wie betrunken hin und her, und seine glasigen Augen blickten mit einem flehenden, seltsam zärtlichen Ausdruck des Betrogenseins zu Alex. Er bewegte die Lippen, wollte etwas sagen, aber es kam nur ein Grunzen heraus und selbst das wurde bald von einem herausstürzenden Strom schaumiger roter Bläschen übertönt. Mary spürte sein warmes Blut, als er über sie sackte, und dann spürte Mary Crow gar nichts mehr.

Die Hütte war von einer dumpfen Stille erfüllt. Nichts bewegte sich, bis auf eine verirrte Fliege, die über Ulagus Kopf summte und auf seiner Schulter landete. Mary sah auf. Joan und Alex standen über ihr, Joan hielt das Rasiermesser in der Hand, und Alex' Fesseln baumelten von ihren Handgelenken. Engel, entschied Mary. Ein kleiner, dunkelhaariger, der andere groß und blond. Sie waren jetzt beide Engel.

»Wir sind alle tot, oder?« Marys Stimme hallte durch die Hütte wie die einer Schauspielerin in einem leeren Theater.

Joan schüttelte den Kopf. »Er ist tot. Wir nicht.«

Mary blinzelte und betrachtete die blutige, massige Gestalt, die über ihr zusammengebrochen war. »Dann helft mir, ihn wegzuschieben.«

Alex und Joan gingen in die Knie und packten Ulagu an den Beinen. Mary drückte von unten gegen seine Schultern. Gemeinsam zogen und schoben sie die Leiche weg, die inzwischen schwer wie ein Stein war. Brank fiel auf den Rücken, wobei das Bowiemesser ganz durch seinen Brustkorb drang. Blut spritzte Mary auf Gesicht und Hals. Kotgeruch verpestete die Luft.

Alex sah hinunter auf die blutende Leiche. »Adieu, Henry«, sagte sie, ihre Stimme ein heiseres Krächzen. »Grüß Papa von mir.«

Mary setzte sich auf. Alles Feuer, das in ihr gebrannt hatte, war erloschen, zu Asche zusammengefallen. War das alles wirklich passiert? Hatte Joan Marchetti nur Augenblicke zuvor Ulagu erstochen? Mary sah zu ihm hinüber. Obwohl das Messer seine Brust vollständig durchbohrt hatte, stand sein Mund offen, als wollte er etwas sagen, und seine gelben Augen starrten sie immer noch mit einer seltsamen Mischung aus Bedrohung und Erstaunen an. Mary dachte an ihre Mutter. *War dieses Gesicht das letzte, das sie vor ihrem Tod gesehen hatte?*

»Ich hoffe nicht«, flüsterte Mary.
»Was hast du gesagt?«, fragte Joan.
»Nichts«, erwiderte Mary. »Kommt, verschwinden wir von hier.«
Mary zog ihre blutige Jeans hoch. Helles Sonnenlicht strömte durch die zerbrochenen Fenster. Joan griff nach ihrer Yankees-Kappe, die auf dem Feldbett lag, und Alex half Mary auf die Beine. Gemeinsam gingen die drei Frauen zur Tür.
Plötzlich blieb Mary stehen. »Wartet. Ich glaube, hier ist noch etwas, das mir gehört.«
»Ich habe Wynona.« Alex hielt die kleine Statue hoch.
»Nein.« Mary schüttelte den Kopf. »Noch was anderes.«
Sie drehte sich um, trat an den wackeligen Tisch und wühlte in Branks makabrer Andenkensammlung.
»Schmuck«, murmelte sie und schob einen Stapel alter Tonbänder und Taschenbücher mit Eselsohren beiseite. »Wo ist der Schmuck?«
Sie hob ein paar mottenzerfressene Schals hoch und fand einen alten Werkzeugkasten. Mit zitternden Fingern fummelt sie den Verschluss auf. Ein glitzerndes Durcheinander aus billigem, wertlosem Schmuck kam zum Vorschein. Glasperlenketten und unechte Broschen lagen neben Angelködern. Mary ließ eine Hand voll durch die Finger gleiten; ein glitzernder Rheinkiesel fiel zu Boden. Verdammt, dachte sie. Das kann ja ewig dauern.
»Es ist nicht dabei, Mary.«
Mary drehte sich um und starrte Alex an.
»Du suchst nach dem Medaillon deiner Mutter, oder?« Alex lehnte am Türrahmen. »Ein Ritter, der gegen einen Drachen kämpft. Es ist nicht dabei. Ich hab nachgesehen.«
»Aber ...«, setzte Mary an.
»Tagsüber hat er mich mit einem Lederriemen festgebunden, der durch die ganze Hütte reichte. Um bei Verstand zu bleiben, habe ich Stunden damit verbracht, nach dem Medaillon zu suchen, wenn er nach seinen Fallen sah. Es ist nicht da. Er hat deine Mutter nicht umgebracht.«

»Aber vielleicht hat er es versteckt ...«

Schmerz leuchtete in Alex' Augen auf. »Mary, jede Nacht haben wir Anschauungsunterricht gespielt. Natürlich musste ich ihm zuerst was zum Anschauen bieten, aber dann hat er mir Unterricht erteilt. Ich musste mir in allen Einzelheiten anhören, was mit den Leuten passiert ist, denen das Zeug gehört hat.« Alex humpelte herüber, wühlte im Werkzeugkasten und zog einen Highschool-Ring mit einem grünen Stein heraus.

»Erinnerst du dich an das Mädchen auf dem Foto am Anschlagbrett im Laden? Der gehörte ihr. Frag lieber nicht, was mit ihr passiert ist. Und die hier«, sie durchsuchte den Kleiderhaufen und hielt die Baseballkappe eines Kindes hoch. »Die gehörte dem kleinen Jungen, dessen Foto daneben hing.«

»Jimmy Reynolds«, murmelte Mary und fuhr mit dem Finger das verblichene Emblem der Milwaukee Braves nach.

Alex legte den Arm um Marys Schulter. »Es tut mir Leid«, sagte sie mit belegter Stimme. »Ich habe die ganzen Geschichten bis zum Erbrechen gehört. Deine Mutter gehörte nicht zu seinen Opfern.«

Mary holte noch das Foto von Jonathan mit Jodie Foster, dann schlossen die drei Frauen die Hüttentür hinter sich und humpelten hinaus in die Sonne. Ohne sich abzusprechen, gingen sie zum Bach. Am Ufer zogen sie sich aus. Etwas, das weit über Ulagu hinaus ging, hatte sie heute alle beschmutzt. Vielleicht ließ es sich mit Wasser abwaschen.

Mary streckte die Arme zum Himmel aus und watete in den Bach. Sonnenlicht tanzte wie Feuer auf dem Wasser, und sie schnappte nach Luft, als ihr die eiskalte Strömung gegen die Beine schwappte.

Nachdem sie tief Luft geholt hatte, ließ sie sich zuerst auf die Knie sinken, dann legte sie sich auf den Bauch. Obwohl das eisige Wasser sie fast zu lähmen schien, löste sich das klebrige Blut, das sie bedeckte, schwamm in Klumpen davon und brachte die saubere Haut zum Vorschein. Sie seufzte, als das Wasser sie wie kalte Seide umschmeichelte. Vielleicht war dieser kleine Bach die wahre Atagahi. Vielleicht würde sie sauber sein, wenn sie sich tropfend erhob. Vielleicht würde sie sogar geheilt sein.

Alex setzte sich platschend neben sie, dann kam auch Joan dazu und ließ sich vorsichtig auf einen bemoosten Stein sinken. Mary drehte sich zu ihr um.

»Wie hast du das gemacht?«

»Was?«

»Alles. Verhindert, dass er dir die Kehle aufschlitzt. Und dann hinter mir herzukommen.«

»Ich konnte es nicht mehr aushalten, dazubleiben und Wache zu halten. Ich bin durch die Büsche zur Vorderseite der Hütte gekrochen. Nur von dort konnte ich alles sehen.«

Mary runzelte die Stirn. »Hat er nicht hinter dem Holzstapel nach uns gesucht?«

»Ich hab ihn erst gesehen, als er hinter dir stand, da an der Tür. Ich wusste nicht, was ich tun sollte, also habe ich gewartet. Als nichts passierte, dachte ich mir, dass was schiefgegangen ist. Da wusste ich, dass es Zeit für mich war, was zu unternehmen. Bis dahin war ich ein solcher Versager ...«

Alex sah sie mit fragendem Blick an. »Wie hast du ihn genannt, als du ihn getötet hast?«

Einen Augenblick lang starrte Joan nur in das plätschernde Wasser. Dann hob sie den Kopf, sah Alex an und sagte mit ruhiger Stimme: »*Stupratoré.* Vergewaltiger. Ich wurde vergewaltigt, weißt du.«

Alex nickte, die Augen voller Schmerz. »Ich weiß«, sagte sie leise.

Joan wandte sich an Mary. »Glaubst du, ich muss ins Gefängnis? Ich meine, ich hab schließlich einen Mann umgebracht.«

»Dafür solltest du einen Orden bekommen«, knurrte Alex und rieb an den von den Fesseln aufgeschürften Striemen an ihren Handgelenken. »Und vielleicht sollten die ein paar Millionen neue Münzen mit deinem Gesicht darauf prägen.«

Aber Joan hielt den Blick auf Mary gerichtet. »Davon mal abgesehen, wird man mich wegen Mordes anklagen?«

»Das bezweifle ich, angesichts der Umstände. Du könntest mindestens zehn verschiedene Rechtfertigungen vorbringen. *Lex talionis*, zum Beispiel.« Mary schrubbte heftig an dem Blut auf ihren Armen und Fingern.

»Auge um Auge?«, meinte Joan zweifelnd. »Aber er hat keine von uns umgebracht.«

»Doch, das hat er«, sagte Alex entschieden. »Bloß weil unsere Herzen noch schlagen, heißt es nicht, dass er uns nicht umgebracht hat.«

Eine Weile blieben sie stumm. Nur das monotone Gurgeln des Baches war zu hören, während sie alle drei darüber nachdachten, welchen Preis der barfüßige Fremde ihnen abverlangt hatte.

Schließlich fragte Mary: »Hast du eigentlich seinen Namen rausgekriegt, Alex?«

»Brank«, erwiderte Alex. »Henry Brank. Sein Vater war Deutscher. Ein Metzger. Seine Mutter hat etwas gebacken, das er als *Kuchen* bezeichnete. Aus irgendeinem wahnsinnigen Grund war er total davon überzeugt, dass ich seine tote Schwester Trudy bin.«

»Seine tote Schwester?« Joan sah sie ungläubig an. »Wieso sollte er jemanden entführen, der bereits tot ist?«

»Er war vollkommen daneben, Joan. Hat sich dreißig Jahre lang in diesen Wäldern versteckt.«

»Aber ich verstehe nicht ...«

»Vor Jahren hatte er es nicht über sich gebracht, ein Reh zu schießen, deswegen hat sich seine große Schwester Trudy über ihn lustig gemacht.« Alex' Lachen klang bitter. »Er ist durchgedreht und hat sie getötet, dann hat er Angst gekriegt und ist in die Berge gerannt. Irgendwann begannen die Grenzen zu verschwimmen. Er glaubte, Trudy würde ihn jagen. Für ihn wurde jeder zu Trudy. Und jede Trudy musste umgebracht werden.«

»Aber er hat meine Mutter nicht umgebracht!« Marys Stimme brach vor Wut und Schmerz. »Jemand anderes hat es getan! Und den kann ich nicht finden!«

Alex beugte sich vor und nahm sie in die Arme. »Ist schon gut, Herzchen …«

»Nein, ist es nicht«, schrie Mary wütend. »Du verstehst das nicht!«

Alex drückte sie an sich. »Nein, Mary, du verstehst das nicht.« Sie sah Mary in die Augen, in denen zornige Tränen blitzten. »Die ganze Zeit in der Hütte hat mich nur eines aufrechtgehalten: das Wissen, dass du, falls du nicht schon tot warst, mich aufspüren würdest.« Sie lächelte. »Du hast mir mindestens fünfzigmal am Tag das Leben gerettet.«

»Das stimmt, Mary«, fügte Joan hinzu. »Du hast zwar deine Mutter nicht retten können, aber du hast mit Sicherheit uns beide gerettet. Das muss doch auch zählen!«

Mary sah sie lange an, als wollte sie die Worte abwägen, und nickte dann. »Mir ist kalt. Kommt, legen wir uns in die Sonne. Sonst holen wir uns noch eine Lungenentzündung.«

Die drei Frauen kletterten ans Ufer, ließen sich von der warmen Sonne trocken und zogen das an, was sie noch hatten. Mary schnürte ihre Stiefel, Alex knöpfte ihr altes Hemd zu, Joan zog ihren Slip an und gab Alex Marys Jeans. Sie gingen auf die Wiese hinter der Hütte und legten sich unter den Ahorn.

Joan schlief sofort ein, aber Alex konnte nicht still liegen. Sie ging mehrere Male um die Hütte, kam zuerst mit einer Glasscherbe von dem zerbrochenen Fenster zurück, dann mit dem Holzscheit, mit dem Mary Brank hatte töten wollen. Schließlich ließ sie sich zwischen Mary und Joan nieder. Sie verschränkte die Arme und konnte den Blick nicht von der Hütte wenden, als ob Henry Brank jeden Moment wieder auftauchen und sie erneut verfolgen würde.

»Er kommt nicht wieder, Alex.« Mary betrachtete die seltsame Waffensammlung ihrer Freundin.

Alex zuckte die Schultern. »Weißt du, als ich klein war, hab ich mich vor nichts gefürchtet. Weder vor Dracula noch vor Freddy Krüger oder womit meine Brüder mir sonst Angst einjagen wollten.« Sie riss einen Grashalm aus und zerrupfte ihn.

»Jetzt wage ich kaum zu blinzeln.«

»Leg dich hin«, sagte Mary. »Ich bleibe hier bei dir.«

»Ich glaube nicht, dass ich ...«

»Alex, erinnerst du dich an unser erstes Jahr im College? All die Nächte, in denen du mir zugehört hast, bis ich eingeschlafen bin?«

Alex nickte.

»Tja, jetzt bin ich dran. Mach die Augen zu und schlaf. Und diesmal halte ich Wache.«

Alex runzelte die Stirn, legte sich aber gehorsam hin. Mary lehnte sich gegen den Baumstamm und beobachtete zwei Eichhörnchen, die auf dem Dach der Hütte spielten. Eine Weile zuckte Alex noch und schrie im Schlaf auf, aber allmählich entspannten sich ihre Arme und Beine und ihr Atem wurde leise und gleichmäßig. Mary zog das Foto von Jonathan aus der Tasche und betrachtete es. Er sah so lieb aus, wie er da neben der schönen Schauspielerin stand, den Arm leicht um ihre Schultern gelegt, sein Lächeln aufrichtig, aber gleichzeitig amüsiert über die Unwahrscheinlichkeit, mit einem Filmstar fotografiert zu werden. Mary strich mit dem Finger über das Foto. Kampflos hätte er es nicht hergegeben. War dies das Andenken an Jonathan, das Henry Brank für seine Sammlung gestohlen hatte? Sie sah das Foto lange an, bevor sie es wieder in die Tasche steckte. Eine neue dunkle Woge des Schmerzes türmte sich vor ihr auf, aber sie wollte sich dem jetzt nicht hingeben. Das musste warten, falls sie es schaffte, je wieder an einen Ort zu kommen, an dem sie in Ruhe und allein weinen konnte.

Auf einmal wurde ihr Körper bleischwer. Sie gähnte ausgiebig, legte sich hin und wandte ihr Gesicht der Nachmittagssonne zu. Der Weg zurück nach Little Jump Off würde schwer und lang werden. Dafür mussten sie gut ausgeruht sein. Mary sah ein letztes Mal zur Hütte hinüber, bevor sie den Kopf sinken ließ. Mit einem Seufzer schloss sie die Augen und sank in ein weiches, schweres Nichts, das ihrer Vorstellung vom Tod sehr nahe kam.

Aus der Ferne sah er schon, dass sie tot waren. Er hatte einen großen Umweg um Godfreys Hölle gemacht und sich dem Babcock-Holzfällerlager vom Bergkamm darüber genähert. Die ramponierte alte Hütte sah wie hundert andere aus, Überbleibsel aus dem letzten Jahrhundert. Kein Rauch kam aus dem Schornstein, keine Hunde dösten unter der Veranda. Selbst als er näher kam, wirkte alles harmlos, abgesehen von den verrotteten Dielenbrettern der Veranda und den zerbrochenen Fensterscheiben. Erst als er das Gelände von den Bäumen am Rand aus absuchte, sah er sie. Da hinten, ausgestreckt im Gras, lagen Mary und ihre Freundinnen, halb bekleidet und regungslos, weggeworfen wie die Puppen eines unachtsamen Kindes. Die Kehle wurde ihm eng; Homer jaulte leise. Whitman war ihm zuvorgekommen.

Erst Billy und jetzt Mary. Jonathan hatte das Gefühl, dass einer der Atagahi-Felsen auf sein Herz drückte.

Er band Homer an einen Baum und spannte den Hahn der Schrotflinte. Mit schweißnassen Händen ging er auf die drei Frauen zu.

Sie lagen im Gras unter einem Ahorn. Die große hatte ein Karohemd an und lächerlich kurze Jeans, und ihr Gesicht sah aus wie das eines Preisboxers nach dem Kampf. Die Lockige trug noch ihr Sweatshirt und die Yankees-Kappe, aber ihr linker Fuße war entzündet und geschwollen. Ungläubig betrachtete Jonathan ihre Nase. Als sie im Laden waren, war sie eine Schönheit gewesen. Jetzt war sie etwas vollkommen anderes.

Widerstrebend wandte er sich Mary zu. Ein dreckiges Sweatshirt bedeckte ihren Oberkörper, aber ihre Beine waren nackt. Er konnte keine sichtbaren Wunden oder Verletzungen erkennen, wenn auch ihre Wanderstiefel mit Blut befleckt und ihre Beine aufgeschürft und zerkratzt waren.

Er schüttelte den Kopf. Das ergab alles keinen Sinn. Warum sollte ein Mann einen anderen erschießen, zwei unschuldige Frauen zusammenschlagen und dann sein eigentliches Opfer so gut wie unberührt lassen? Warum hatte er sie nicht alle mit dem Gesicht an die Wand gestellt und erschossen? Und warum waren keine Schusswunden zu sehen? Wenn diese Frauen mit derselben Waffe erschossen worden waren wie Billy, sollte der Wind durch die Löcher in ihrem Brustkorb pfeifen.

Jonathan sah zurück zur Hütte. Sie stand einsam und verlassen da, als hätten Babcocks Holzfäller gerade ihre Äxte genommen und wären weitergezogen. In diesem Moment hüpfte ein Zaunkönig durch eines der zerbrochenen Fenster. Die Hütte war leer. Whitman war weg. Aber wo war er? Eilte er durch den Wald, versuchte er, so viele Berge wie möglich zwischen sich und seine Opfer zu bringen? Oder war er da hinten unter den Bäumen und wartete darauf, dass jemand vorbeikam?

Jonathans Augen wurden schmal. Er ließ den Blick über den Wald um die Hütte schweifen. Wenn Whitman da draußen war und ihn beobachtete, gab Jonathan ein leichtes Ziel ab. Aber er musste sich um Mary kümmern und dieses Risiko eingehen.

Die Waffe zu Boden gerichtet, schlich er geräuschlos durchs Gras. Als er Mary erreicht hatte, streckte er zwei Finger aus und suchte den Puls an ihrer Kehle.

Bei der ersten Berührung flogen ihre Augen auf. Jonathan zuckte zusammen, als er den Ausdruck darin wahrnahm. Sie sah ihn und doch sah sie ihn nicht. Sie drückte sich gegen die Erde, schweigend und verängstigt.

»Mary, ich bin's!« Er sprach leise, um sie nicht noch mehr zu erschrecken. »Jonathan. Jonathan Walkingstick.«

»Was?« Sie blinzelte, verwirrt über die Kriegsbemalung auf seinem Gesicht.

Er rieb sich Billys getrocknetes Blut von der Haut und berührte ihre Wange. »Ich bin's«, wiederholte er. »Ich hab nach dir gesucht.«

Einen Augenblick lang starrte sie ihn an, als hätte sie ihn noch nie gesehen. »Jonathan?«

Er nickte, und erst da warf sie sich ihm an den Hals und klammerte sich an ihn, als würde er sie aus einem Gebäude tragen, das in ihr brannte.

»Ich dachte, du wärst tot«, sagte er und nahm sie in die Arme. Sie zitterte. Er hielt sie eng umschlungen und verbarg sein Gesicht in ihrem Haar, verlor sich erneut in der Weichheit ihrer Haut.

»Wir haben so viel durchgemacht!« Sie schob ihn von sich und sah ihn eindringlich an, als wollte sie sich vergewissern, dass er kein Traum war. »Ich dachte, er hätte dich auch umgebracht.«

»Warum sollte mich jemand umbringen?«

»Er hatte das hier.« Sie hielt das Foto von Jodie Foster hoch.

Jonathan starrte auf das Foto. Das ergab alles keinen Sinn. Mary war von einem Mörder aus Atlanta verfolgt worden. Ein durchgeknallter Trapper aus den Bergen hatte Jonathan das Foto geklaut. Verblüfft schüttelte er den Kopf. »Tut mir Leid. Ich kapier gar nichts mehr.«

»Komm mit.« Sie nahm seine Hand. »Ich zeig's dir.«

»Was ist mit deinen Freundinnen? Brauchen sie keine Hilfe?«

Sie sah zu Joan und Alex. »Die schlafen, Gott sei Dank. Weck sie noch nicht auf.«

Er half ihr hoch und zog seine Jacke aus, damit Mary sie sich um die Hüften binden konnte. Sie drückte sich an ihn, als hätte sie Angst, er könnte wieder verschwinden.

»Wusstest du, dass das hier Babcocks Wolfpen-Camp ist? Vor dem sie uns gewarnt haben, als wir noch Kinder waren.«

»Das dachte ich mir fast, als wir die alte Trasse fanden. Kein Wunder, dass sie uns von hier fern halten wollten. Sieh dir das an.« Sie zeigte auf ein großes schwarzes Loch im Boden.

Jonathan sah hinein und schnappte erstaunt nach Luft. »Das Ding ist ja über drei Meter tief. Da unten müssen mindestens ein Dutzend Klapperschlangen sein.«

»Komm weiter.« Sie griff nach seinem Arm und zog ihn zur Hütte. »Das ist noch nicht alles.«

Sie kamen zur Veranda, ihre Schritte hallten laut in der sonnenbeschienenen Stille der Lichtung. An der Hüttentür blieb Mary stehen.

»Da drinnen liegt ein Mann. Er hat Joan und Alex bei Atagahi überfallen, hat Joan vergewaltigt, all unsere Sachen und Vorräte geklaut und Alex entführt. Joan und ich sind ihm hierher gefolgt.«

»Gelbe Punkte an der Südseite der Bäume«, sagte Jonathan.

Mary nickte. »Das waren wir.«

»Aber was ist mit Billy?«, fragte er.

»Billy?« Mary runzelte die Stirn. »Du meinst Billy Swimmer?«

»Ja. Unser alter Freund Billy. Du hast den Kerl verfolgt, der mein Foto geklaut und deine Freundin entführt hat. Und du hast Billy nicht gesehen?«

Mary schüttelte den Kopf. »Ich hab Billy seit dem Tag nicht mehr gesehen, an dem wir nach Little Jump Off kamen.« Sie drückte die Hüttentür auf. »Sieh dir das an. Ein ganzer Tisch voll mit Trophäen von den Leuten, die er ermordet hat.«

Jonathan wusste, lange bevor sich seine Augen an das Dämmerlicht gewöhnt hatten, dass hier ein Toter lag. Der Gestank von Blut, Exkrementen und Erbrochenem strömte aus der Hütte wie eine bösartige Wolke. Von drinnen konnte er das Summen eifriger Fliegen hören. Mary nahm seine Hand und zog ihn hinein.

Sie blieb ein ganzes Stück von der Leiche entfernt stehen und sah zu, wie Jonathan sich neben den Toten kniete, dem nach wie vor das Bowiemesser aus der Brust ragte. Das war der Mann, den er zuletzt in Little Jump Off gesehen hatte.

»Großer Gott, Mary! Wenn ihr Mädels jemanden erledigt, dann aber richtig.«

Die Haut des Mannes war mit geronnenem, schwarzem Blut befleckt. Eine Fliege tat sich an dem offenen, blicklosen

Auge gütlich. Mary wusste nichts von Billy und Whitman, begriff Jonathan. Sie hatte den Mann getötet, der ihre Freundinnen angegriffen hatte. Sie hatte keine Ahnung, dass noch jemand sie verfolgte. Er sah zu ihr hoch.

»Mary«, begann er und wählte seine Worte sorgfältig. »Du hast vielleicht nicht den richtigen Mann umgebracht.«

»Aber genau das kann Mary Crow am besten«, sagte eine tiefe Stimme hinter ihnen. »Oder haben Sie das noch nicht begriffen?«

»Und jetzt dreht euch beide um. Keine plötzlichen Bewegungen, klar?«

Mary und Jonathan gehorchten. Ein Mann stand in der Tür, die Beine gespreizt, die Waffe schussbereit auf sie gerichtet. Schlamm und Kletten bedeckten seinen Tarnanzug, Stirn und Wangen waren mit Ruß beschmiert.

Mary verschlug es den Atem. »Mitchell Whitman!«

Die Sonne fing sich in seinen Augen wie in zwei Prismen, als er die Beretta auf Jonathan richtete. »Leg die Flinte auf den Boden. Langsam. Dann lass ich dich vielleicht so lange leben, dass du unserer Pocahontas einen Abschiedskuss geben kannst.«

Jonathan ging ganz vorsichtig in die Knie und legte die Schrotflinte auf die Dielenbretter, als würde er eine Opfergabe darbringen. Als er sich vorbeugte, sah Mary, dass er heimlich das Hemd aus der Hose zog und es locker um seine Taille hängen ließ. *Ribtickler*, dachte sie.

»Hab dich seit letzten Dienstag im Gericht nicht mehr gesehen.« Mitch betrachtete grinsend Marys verdreckte Aufmachung. »Ich muss schon sagen, du siehst nicht wie dasselbe Mädchen aus.«

Ruhig erwiderte Mary seinen Blick, ihre Augen hart wie Stahl. »Oh, ich bin dasselbe Mädchen, Whitman. Glauben Sie mir.«

»Ach ja? Noch genau dieselbe miese Zicke?«

»Vielleicht sogar noch schlimmer. Sie sollten sich heute besser nicht mit mir anlegen.«

»Oooh, Schätzchen.« Mitch warf den Kopf zurück und lachte. »Ich hab noch nicht mal angefangen, mich mit dir anzulegen.«

»So wie Sie sich auch nie mit der armen Sandra Manning angelegt haben?«

»Sandra Manning? Haben wir das Thema letzte Woche im Zeugenstand nicht bereits erschöpfend behandelt?«

»Ziemlich. Nur denke ich, dass Sie sie umgebracht haben. Ihr Bruder war daran beteiligt, aber ich glaube, der tatsächliche Mörder sind Sie.«

»Wie kommst du darauf?«

Mary warf ihm ein bitteres Lächeln zu. »Warum sollten Sie sonst hier sein und die Pistole auf mich richten, wenn Sie Sandra Manning nicht ermordet hätten?«

»Vielleicht will ich dir Manieren beibringen. Vielleicht will ich dir zeigen, dass du Leute nicht im Zeugenstand fertig machen und dann erwarten kannst, ungestraft davonzukommen.«

Mary schüttelte den Kopf. »Ich hab Sie nicht in den Zeugenstand gerufen. Das war die Verteidigung.«

»Aber als du erst mal losgelegt hast, konntest du nicht mehr aufhören, oder? Du hast dich daran geweidet, den Sohn eines reichen Mannes abkanzeln zu können wie einen gemeinen Dieb. Du wusstest, dass du nie an Cal rankommen würdest, also hast du alles an mir ausgelassen.«

»Ich hab nur versucht, meinen Fall durchzubringen, Mitch.«

»Aber das ist dir nicht gelungen, was?«

»Da nicht. Aber ich wette, jetzt könnte ich es.«

»Erzähl mir, wie du dir das vorstellst, Frau Staatsanwältin.«

Mary sah aus den Augenwinkeln zu Jonathan. Obwohl er keinen Bogen in der Hand hielt, fixierte er Whitman mit demselben Blick, den er stets hatte, bevor er einen Pfeil losschwirren ließ.

»Ich denke, Sandra gehörte Ihnen, bis Ihr hübscher Bruder dazwischen kam. Dann hat Sandra die Brüder ausgetauscht, und das hat Sie wütend gemacht. Cal und Sie waren in jener Nacht beide in Sandras Wohnung, aber Sie waren nüchtern. In Cals Blut fanden sich Spuren aller Drogen, die in den letzten fünfzig Jahren zusammengekocht worden sind, und bei Sandra war es nicht viel besser. Irgendwas, wahrscheinlich was Sexuelles, hat Sie so wütend gemacht, dass Sie ihr einen Zahn ausgeschlagen haben. Und damit nicht genug, Sie mussten Sandra auch noch in den Kamin stoßen und ihr das Genick brechen.«

»Machen Sie weiter, Ms. Crow.«

»Dann, nehme ich an, ist Cal ohnmächtig geworden – das ganze Zeug, das er intus hatte, hätte einen Elefanten töten können –, und das war Ihre große Chance.«

»Meine große Chance?«

Mary nickte. »Ihren verflixten kleinen Bruder loszuwerden, der hübscher ist als Sie, viel mehr Charme hat als Sie, aber ein unbeherrschter Schwachkopf ist und es immer bleiben wird, hinter dem Sie Ihr Leben lang hatten aufräumen müssen. Mordermittlungen bringen vieles ans Tageslicht, Mitch. Wir wissen alles über Ihre und Cals Vergangenheit.«

»Und wie bin ich dann mit diesem Schwindel durchgekommen?«

»Sie hatten an jenem Abend nicht mit Sandra geschlafen, also wussten Sie, dass Sie sich vor einem DNS-Test nicht fürchten mussten. Sie haben die Laken mitgenommen und Ihre Fingerabdrücke von allem gewischt, was Sie berührt hatten. Warum Sie das Wasser in der Küche haben laufen lassen, weiß ich nicht.«

»Kamillentee«, gluckste Mitch.

»Egal. Sie haben sich durch den Hintereingang von Sandras Wohnung rausgeschlichen, als die Polizei vorne reinkam. Die hat Sandra tot aufgefunden, und Ihr Bruder war so zugedröhnt, dass er nicht mal den Hosenschlitz zumachen konnte, als sie ihn verhaftet haben.«

»Selbst wenn er zugedröhnt war, glaubst du nicht, er hätte sich daran erinnert, dass er eine Frau zu Tode geprügelt hat?«

»Cal ist längst nicht so helle wie Sie, Mitch. Und Ihre kleinen Spielchen haben ihn verwirrt.« Mary zuckte mit den Schultern. »Oder er hat sich doch an alles erinnert, und Ihr Vater hat beschlossen, seinen nichtsnutzigen, drogenabhängigen Sohn ans Messer zu liefern. Big Cal ist keine Dummkopf. Warum beide Söhne verlieren, wenn's auch einer tut?«

»Wie kommst du bloß auf dieses Märchen?«, höhnte Mitch.

»Weil ich gut bin. Ich weiß, wie teure Verteidiger arbeiten. Und ich habe genug Beweisakten gelesen, um all die losen Enden und ausgezackten Ränder zusammenzufügen. Ich verstehe nur nicht, wie Sie uns gefunden haben. Niemand, außer Cherokee und Bergbewohnern kennt den Weg hier rauf.«

»Das kann ich dir sagen«, mischte sich Jonathan ein. »Er ist von Atlanta hergefahren und hat dich gesucht. Als er den Little Jump Off Trail allein nicht finden konnte, hat er Billy Swimmer tausend Dollar geboten, wenn er ihn zu dir führt. Hat behauptet, er würde für dein Büro arbeiten. Und Billy hat ihm geglaubt. Er hat ihn bis zur Atagahi-Quelle geführt. Was dann passiert ist, weiß ich nicht genau, aber Billy hat auf jeden Fall zwei Kugeln in den Bauch gekriegt und schwamm mit dem Gesicht nach unten in der Quelle.«

»Billy ist tot«, murmelte Mary entsetzt.

»Der Mann hier hat Billy Swimmer ermordet.« Jonathans Blick bohrte sich in den von Mitch. »Billy hat's rausgekriegt, nicht war?«

»Er ging mit dem Messer auf mich los.« Mitch zuckte mit den Schultern. »Mir blieb keine andere Wahl.«

»Aber jetzt bleibt Ihnen eine Wahl«, sagte Mary. »Selbst wenn Sie Billy Swimmer und Sandra Manning umgebracht haben. Legen Sie die Waffe nieder, und Sie werden leben. Das verspreche ich Ihnen.«

Mitch grinste. »Und was willst du machen? Dafür sorgen, dass ich in derselben Zelle verrotte wie mein dämlicher Bruder?« Er stieß ein bellendes Lachen aus. »Nein danke, Ms. Crow. Mir schwebt ein glücklicheres Leben vor.« Mit einem Rucken des Kopfes deutete er zur Tür. »Legt eure Hände hinter den Kopf, beide, und geht nach draußen. Ganz langsam. Wird Zeit, dass ihr euch euren Freundinnen anschließt.«

Nach einem raschen Blick zu Jonathan, der ihr zunickte, gehorchte Mary. Jonathan hob die Hände und folgte ihr.

Als sie aus der Hütte traten, schrie Mary auf. Joan und Alex saßen gefesselt unter den gelben Blättern des Ahorns, den Mund mit Isolierband verklebt, vornübergebeugt wie Kriegsgefangene. Ihre Augen über dem silbrigen Klebeband waren weit aufgerissen und voller Furcht.

»Die beiden zu überwältigen, war so einfach, wie Fische in einer Tonne zu angeln«, lachte Mitch hinter ihr. »Ich musste sie praktisch aufwecken, damit ich sie fesseln konnte.«

Mary drehte sich um und suchte in seinem Gesicht nach dem kleinsten Hinweis auf Mitleid oder Reue. »Lassen Sie sie gehen, Mitch. Machen Sie mit mir, was Sie wollen, aber lassen Sie die beiden gehen. Sie haben Ihnen nichts getan.«

»Mach dich doch nicht lächerlich. Du weißt genau, dass es so nicht funktioniert.« Mitch drückte ihr die Waffe in den Rücken. »Ihr beiden Indianer setzt euch jetzt neben eure Kumpels. Ich muss mich entscheiden, wen ich zuerst erschieße.«

Jonathan setzte sich neben Alex, Mary neben Joan. Alle beobachteten Mitch, der vor ihnen aufragte, ein dünnes, gehässiges Grinsen in seinem rußverschmierten Gesicht.

»Woll'n mal sehen.« Er zielte mit der Beretta auf einen nach dem anderen. »Eins, zwei, drei und vier. Mary bleibt als letzte hier.«

»Mitch, das lässt sich doch auch anders lösen«, versuchte es Mary erneut.

»Nein, lässt es sich nicht«, knurrte Mitch, wütend darüber, dass sie so ruhig blieb. »Wenn ich euch nach Atlanta zurückkehren lassen, sitze ich noch vor dem Abendessen im Gefängnis. Außerdem gibt's da eine kleine Frage, die du mir im Zeugenstand gestellt hast und die ich noch ansprechen wollte.«

»Welche denn?«

»Erinnerst du dich, dass du mich gefragt hast, ob ich wüsste, was Geschlechtsverkehr ist?« Mitchs dunkle Augen funkelten vor Zorn. »Erinnerst du dich, dass sich der ganze Gerichtssaal vor Lachen gebogen hat? Und dass es an dem Abend mindestens sechzigmal in den Nachrichten kam?«

Mary nickte traurig. Ihr war übel.

»Tja, wenn ich mit deinen Kumpels fertig bin, werde ich dir genau zeigen, wie viel ich über Geschlechtsverkehr weiß.« Mitch lachte. »Das dürfte dich vielleicht überraschen.«

Er grinste Mary lüstern an, dann fiel sein Blick auf Joan. »Ich glaube, meine Mutter hat mir gesagt, dass ich dich als Erste drannehmen soll.«

Whitman zielte mit der Pistole auf Joans Kopf. Joan sackte gegen Mary, krümmte sich verzweifelt und schrie etwas Unverständliches hinter dem Klebeband. Mary beugte sich vor in dem vergeblichen Versuch, sie mit ihrem Körper abzuschirmen. Sie wusste, dass es das Ende war. Bald würden sie alle tot sein.

Aber Jonathan beobachtete Whitman wie ein Tiger, der zum Sprung ansetzt. Plötzlich zog er mit einer so schnellen Bewegung, dass Mary meinte, sie sich eingebildet zu haben, seinen Ribtickler aus dem Gürtel und schleuderte ihn durch die Luft. Das Messer blitzte silbern wie eine Forelle und bohrte sich unter Whitmans Schlüsselbein tief ins Fleisch. Whitman schrie auf, dann hörte Mary den ohrenbetäubenden Knall seiner Waffe. Ein heftiger Schmerz durchfuhr sie, als die Kugel in ihre linke Schulter drang. Durch einen Dunstschleier aus Schock und Schmerz sah sie, wie Jonathan aufsprang und Whitman an der Kehle packte.

Jonathan versetzte Whitman einen harten Schlag, der ihn umwarf. Die beiden Männer wälzten sich am Boden, Jonathan versuchte, Whitman die Waffe zu entwinden. Whitman holte aus und ließ seine Faust gegen Jonathans Kinn krachen. Der schüttelte den Schlag ab, boxte zurück. In einem Gewirr aus Beinen und Fäusten rangen sie miteinander wie wütende Jungs auf dem Spielplatz und kamen Ulagus Schlangengrube dabei immer näher.

»Jonathan!«, schrie Mary und versuchte, auf die Füße zu kommen. *»Inadu!* Vergiss die *Inadu* nicht!«

Sie wusste nicht, ob er sie gehört hatte. Die ganze linke Seite ihres Körpers stand in Flammen. Blut spritzte über ihren Arm, und sie konnte nur hilflos zusehen.

Mary musste etwas unternehmen. Sie verdrängte den Schmerz und kämpfte sich hoch. Ein Bienenkorb summte in ihrem Kopf, als sie die linke Hand zur Faust ballte, die Finger nass vor Blut.

Eine Waffe. Ich brauche eine Waffe. Wynona und das Palettenmesser steckten immer noch in ihrer Sweatshirttasche, aber beide waren auf diese Entfernung nutzlos. Sie brauchte etwas anderes. Etwas Schweres. Verzweifelt sah sie sich um. Die beiden Männer kämpften um die Pistole und kamen der Schlangengrube immer näher. Whitman versetzte Jonathan brutale Schläge in die Rippen und gegen die Kehle. *Tu etwas*, befahl sich Mary. *Und tu es jetzt!*

Plötzlich kippte Alex zur Seite, krümmte und wand sich, versuchte, zur anderen Seite des Baumes zu kommen, Sie zappelte wie ein Fisch auf dem Trockenen, und einen Moment lang war Mary abgelenkt. Dann sah sie, wohin Alex wollte. Zum Gras neben dem Baum.

Das war es! Alex hatte die richtige Idee gehabt. Mary humpelte hinüber.

Sie nahm das Holzscheit, das Alex von der Veranda hergetragen hatte, in die rechte Hand. Starker Schmerz durchzuckte ihren Arm, als sie das Scheit zu schwingen versuchte. Konnte sie mit der zerschmetterten, blutenden Schulter wirklich etwas ausrichten? Als sie Whitman Faust wieder in Jonathans Gesicht krachen sah, wusste sie, dass sie es versuchen musste. Jonathan brauchte sie jetzt mehr, als er sie je gebraucht hatte.

Jonathan drehte den Kopf zur Seite. Das eine Auge war zugeschwollen, und seine Lippe war aufgeplatzt und blutete. Sie waren keinen Meter mehr von Ulagus Grube entfernt.

Jonathan sagte etwas, das Mary nicht verstand, und sie sah mit Entsetzen, dass Whitman seinen Arm mit einem Ruck befreite und Jonathan plötzlich nur noch in die Luft griff. Whitman schlug ihm mit aller Kraft den Pistolengriff gegen die Stirn und rappelte sich hoch.

»Hab dir doch gesagt, dass du am Arsch bist, Squanto.«

Mitch sah lachend auf Jonathan hinunter und zielte auf die Stelle zwischen seinen Augen.

»Nein, ist er nicht«, sagte Mary.

Whitman zuckte zusammen. Als er sich umdrehen wollte, hob sie das Holzscheit über die rechte Schulter, wie ein Baseballspieler vor auf dem Abschlag. Mary achtete nicht mehr auf den brennenden Schmerz in ihrer linken Seite, sondern konzentrierte sich nur noch auf ihr Ziel. *Hilf mir, Wynona. Führe meinen Arm.* Sie holte tief Luft und legte all ihre Kraft in den Schlag. Mit einem dumpfen, harten Aufprall landete das Scheit auf Whitmans Schädel. Seine Beine knickten ein wie Strohhalme, und er sackte neben der Schlangengrube zusammen. Er schwankte am Rand der Grube, kämpfte darum, sein Gleichgewicht zu halten. Ohne zu überlegen, rannte sie auf ihn zu und rammte ihm das Scheit in den Brustkorb. Ein Stöhnen entrang sich ihm, dann fiel er nach hinten. Gellende Schreie drangen aus der Grube, als Mitchell Whitmans langer Fall endete und er mit dem Kopf voran in dem sich windenden Nest von Ulagus Klapperschlangen landete.

Als Jonathan Marys Schulter verbunden hatte, waren Whitmans Schreie nicht mehr zu hören.

»Glaubst du, er ist jetzt tot?«, fragte Mary. Sie saßen zusammengekauert in der plötzlichen, merkwürdigen Stille.

»Das hoffe ich, um seinetwillen. Kannst du dir vorstellen, von einem Dutzend Schlangen gebissen zu werden?« Jonathan verzog das Gesicht. »Zu dumm, dass ihm der Fall nicht das Genick gebrochen hat.«

»Wenigstens haben diese grausigen Schreie aufgehört«, sagte Joan.

Jonathan stemmte sich vom Boden hoch. »Ich geh mal nachsehen, was Whitman alles mitgebracht hat. Vielleicht ist was dabei, das wir gebrauchen können.«

Die drei Frauen sahen Jonathan nach, dann begann Alex plötzlich zu weinen. »Ich halt das nicht mehr aus«, schluchzte sie. »Wir hatten verabredet, an diesem Wochenende nur Spaß zu haben. Und jetzt steht jedes Mal, wenn ich die Augen öffne, ein Mann im Tarnanzug mit einer Waffe vor mir!«

Joan legte Alex den Arm um die Schultern, und Mary kroch herüber und setzte sich neben sie. Gemeinsam hielten sie Alex in den Armen, während mit den tiefen Schluchzern all die Wut und die Angst herauskamen, die sie vor Henry Brank verborgen hatte. Als das Schluchzen schließlich zu einem leisen Weinen wurde, kam Jonathan zurück.

»Hey«, rief er. »Ratet mal, was ich gefunden habe. Whitman hatte ein Funkgerät in seinem Rucksack. Ich hab die Ranger Station von Citago angefunkt. In der nächsten Stunde wird hier die Polizei aus dem ganzen westlichen North Carolina und dem östlichen Tennessee landen.«

»Bringen die uns nach Hause?«, fragte Joan hoffnungsvoll wie ein Kind.

Jonathan nickte. »Zumindest bringen sie euch nach Robbinsville oder Tellico Plains. Bis dahin hab ich noch was für euch.« Er zog eine rote Karowolldecke, eine Hand voll Schokoriegel und eine Packung Virginia Slims aus seinem eigenen Rucksack.

Schniefend nahm Alex die Decke und die Schokoriegel entgegen, während Jonathan Joan die Zigaretten hinhielt. Sie betrachtete sie nachdenklich, schüttelte aber den Kopf.

»Nein danke«, sagte sie und berührte ihre geschwollene Nase. »Es klingt verrückt, aber nach dem, was passiert ist, reicht es mir völlig, einfach nur frische Luft zu atmen. Verstehst du das?«

Jonathan lächelte. »Ja, durchaus.«

Plötzlich fragte Alex: »Gibt es in Robbinsville ein Telefon?«

»Ja.«

Wieder traten ihr Tränen in die Augen. »Dann möchte ich in Texas anrufen. Ich möchte meine Mutter fragen, ob sie Weißdornmarmelade eingekocht hat.«

Mary lachte. »Ich glaube, das dürfte kein Problem sein, Alex.«

Jonathan half Mary hoch, und gemeinsam humpelten sie alle vier zur Hütte hinüber. Sie setzten sich auf die Veranda, streckten ihre Beine in der Nachmittagssonne aus und ließen das warme Licht auf ihre Schnitte und Blutergüsse und die verkrampften Muskeln scheinen. Jonathan holte Homer aus dem Wald, und bald drauf lag der Hund mit wedelndem Schwanz zu ihren Füßen. Alex drückte ihn an sich, vergrub ihr Gesicht in dem weichen Fell und fütterte ihn mit Erdnüssen aus ihrem Schokoriegel.

So blieben sie sitzen, bis sie das ferne Brummen eines Rotors hörten. Bald darauf kam ein Hubschrauber der Polizei von North Carolina in Sicht und landete auf der Wiese. Zwei Männer mit einer Trage sprangen heraus, gefolgt vom Sheriff und einem halben Dutzend Polizisten. Alex und Joan standen auf, als ein zweiter Hubschrauber der Staatspolizei von Tennessee landete.

»Komm, Mary«, drängte Alex, und legte ihr die Decke um. »Lass uns nach Hause fahren.«

Mary lächelte. »Geht ihr schon vor. Ich komme gleich.«

Sie sah Alex und Joan nach, die eifrig auf die wartenden Polizisten zuhumpelten, Homer war ihnen dicht auf den Fersen. Nie hatte sie zwei Menschen so sehr geliebt wie in diesem Moment. Joan, die Ulagu getötet hatte, als sie selbst kaum laufen konnte, und Alex, die es mit Henry Brank aufgenommen hatte, damit Mary aus der Schlangengrube klettern konnte. Was für fantastische Freundinnen sie waren. Kriegerinnen, alle beide.

»Mary?«

Sie wandte den Blick von Joan und Alex ab, die sich jetzt in der Obhut der Polizisten befanden. Jonathan saß neben ihr und lächelte sie trotz seiner aufgeplatzten Lippe und dem Veilchen an. »Mir geht's gut«, versicherte sie ihm, seine Gedanken lesend, wie sie es immer getan hatte. »Und dir?«

Er rieb sich den Bluterguss am Kinn und lachte leise. »Ich hoffe nur, dass der nächste Kerl, gegen den ich kämpfen muss, ein dürres Bürschchen ist, das Angst vor Pistolen hat.«

Mary lächelte. »Du hast das gut gemacht, Jonathan. Sogar mehr als gut.« Sie ließ ihren Blick über die sonnige Wiese wandern, beobachtete einen Chrysippusfalter, der über den Blüten der wilden Möhren flatterte. »Es tut mir so Leid um Billy«, fügte sie leise hinzu. »Er war ein guter Freund.«

Jonathan schüttelte den Kopf. »Ich kann immer noch nicht glauben, dass er tot ist. Ich muss noch mal zu Atagahi hinauf und ihn nach Hause bringen.«

»Ich rufe Tam an, sobald ich kann. Vielleicht kann ich ihr irgendwie helfen«, sagte Mary.

Jonathan lächelte sie an, dann sahen sie schweigend zu, wie die Polizisten sich über eine topographische Karte beugten und sich darüber stritten, in wessen Zuständigkeitsbereich sie sich befanden. Nach einer Weile stiegen die aus Tennessee wieder in ihren Hubschrauber und flogen davon; sie überließen es den Kollegen aus North Carolina, die Aussagen von

Alex und Joan aufzunehmen und Mitch Whitmans Leiche aus der Schlangengrube zu holen. Jonathan räusperte sich.

»Hier«, sagte er und ließ einen kleinen Stein in Marys Schoß fallen. »Den hab ich drüben bei den Schlangen gefunden. Hast du nicht am 15. Januar Geburtstag?«

Mary nickte. *»Dunolutani.* Mitten im Monat des Kalten Mondes.«

»Dann ist das hier dein Geburtstagsstein.«

Mary betrachtete den Stein. Ein Stück Quarz von der Größe einer Kastanie, in dem rote Granatsplitter funkelten. »Erstaunlich, dass du dich daran erinnerst«, murmelte sie lächelnd.

»Ich erinnere mich an vieles.« Er beugte sich näher zu ihr. »An was erinnerst du dich?«

»An alles«, sagte sie. »Und ich habe mir immer gewünscht, es wäre anders gekommen.«

»Ich auch.« Er nahm ihr den Stein aus der Hand und betrachtete die Granaten, die in der Sonne glitzerten. »Glaubst du, die Dinge könnten sich ändern? Ich meine, glaubst du, wir könnten sie jetzt noch ändern?«

Mary spürte seinen suchenden, forschenden Blick auf ihrem Gesicht. Plötzlich wollte sie ihn berühren. Ein Quell von Worten und Farben explodierte in ihrem Kopf, aber als sie zu antworten versuchte, klang ihre Stimme zögernd, als würde sie eine Sprache sprechen, die sie nicht mehr fließend beherrschte.

»Die Vergangenheit können wir nicht ändern.« Sie suchte nach Worten, doch alle sanften waren rostig, weil sie so lange nicht gebraucht worden waren. »Aber vielleicht die Zukunft.«

Er rückte noch näher. Sie konnte seine Haut riechen und die Wärme spüren, die von ihm ausstrahlte.

»Mary, ich ...«

»Walkingstick!« dröhnte eine Stimme wie ein Kanonenschuss.

Sie schraken beide zusammen. Sheriff Logan stand am Rand der Wiese und winkte Jonathan zu sich.

»Verdammt.« Jonathan gab ihr den Stein zurück. »Dieser blöde Logan. Lauf nicht weg. Ich bin gleich wieder da.«

Jonathan ging von der Veranda auf den großen Mann mit dem Cowboyhut zu. Sie berieten sich mit den Polizisten und den Sanitätern, dann half Jonathan ihnen, die schwere Trage durch die schmale Hüttentür zu zwängen. Als der Sheriff auf Mary zukam, um ihre Aussage aufzunehmen, fröstelte sie plötzlich. Für einen Augenblick war sie wieder achtzehn Jahre alt, und es war jener Nachmittag, an dem ihre Mutter gestorben war.

Stump beugte sich vor und legte ihr die Hand auf die unverletzte Schulter. »Hallo, Mary«, sagte er. »Ich hab gehört, du hast einen Schlag drauf wie Mark McGwire.«

Mary sah lächelnd zu Stump Logans vertrautem Gesicht auf. Die Zeit hatte sein Haar ergrauen lassen und seinen Bauch runder gemacht, aber für sie sah er noch so aus wie früher – robuste, etwas grobe Gesichtszüge unter einem weißen Stetson, ein Päckchen Kautabak in die Tasche seines Khakihemds gestopft. Obwohl sein breiter Mund zu einem Lächeln verzogen war, bohrten sich seine grauen Augen mit der gleichen Eindringlichkeit in sie wie vor zwölf Jahren, als er sie wegen ihrer Mutter verhört hatte.

»Willst du mir erzählen, was passiert ist?«, fragte er jetzt, wie er es auch damals getan hatte.

Er setzte sich neben sie und machte sich Notizen auf einem kleinen Spiralblock, während Mary ihm erzählte, wie sie Alex Fährte gefolgt war und die Hütte gefunden hatte. Der Sheriff schüttelte den Kopf bei ihrer Schilderung, was passiert war, als Ulagu sie mit dem Rasiermesser bedrohte. Nachdem sie auch noch von Mitchell Whitman und der Schlangengrube berichtet hatte, nahm Logan den Hut ab und wischte sich die Stirn mit einem großen weißen Taschentuch.

»Barmherziger«, näselte er und spuckte einen Klumpen braunen Saft auf den Boden. »Ihr Mädels habt ja einiges durchgemacht.«

Er steckte den Block in die Tasche zurück und sah sie an; er musterte ihr Gesicht so lange, dass ihr unbehaglich wurde. Sie senkte den Blick und strich über die Jacke, die um ihre Hüften gebunden war. Glaubte Stump Logan etwa, sie hätte sich das alles ausgedacht?

Als er schließlich sprach, hallte seine Stimme wie eine Glocke durch die stille Luft. »Warum bist du wieder hergekommen, Mary?«

»Zum Spaß.« Mary zuckte zusammen, als sie merkte, wie lächerlich die Antwort klang. »Zum Zelten an einem verlängerten Wochenende.«

»Bist du sicher, dass du nicht auf eigene Faust eine kleine Ermittlung durchführen wolltest?« Sein Blick war prüfend auf sie gerichtet.

Mary erwiderte den Blick offen. Wie alle guten Polizisten, hatte der Sheriff Erfahrung darin, das Unausgesprochene zu hören; aber wie alle guten Anwälte, war Mary geübt darin, die wahre Bedeutung ihrer Worte zu verschleiern. »Ich habe nur meine Freundinnen zur Slickrock-Quelle geführt«, erwiderte sie und benutzte den englischen Namen für Atagahi.

»Verstehe.« Er nickte. »Das ist gut. Wär mir gar nicht recht, wenn ein hübsches Mädchen wie du wegen eines verstaubten, ungelösten Mordfalls hier oben rumschnüffelt.«

»Dazu war ich viel zu beschäftigt.« Mary sah zu den Polizisten hinüber, die gerade Branks Leiche aus der Hütte trugen.

»Na gut. Ich glaube, ihr Mädels braucht euch keine großen Sorgen wegen der Sache hier zu machen. Das klingt alles sehr nach Selbstverteidigung. Allerdings wird der Staatsanwalt in Robbinsville mit euch sprechen wollen.«

»Das ist kein Problem«, sagte Mary.

Logan stand auf und sah, jetzt mit freundlichem Blick, auf sie hinunter. »Darf ich dir einen Rat geben, Mary? Geh zurück nach Atlanta. Vergiss uns hier oben. In der Stadt gibt es genug Verbrecher, die du vor den Kadi bringen kannst. Hier oben gibt's für dich nur eine Million Hektar voll schlechter Erinnerungen.«

»Eine Million Hektar voll Erinnerungen, Sheriff«, verbesserte Mary ihn. »Nicht alle davon sind schlecht.«

Er verabschiedete sich mit einem kurzen Lächeln und ging davon. Dies war ihr zweites offizielles Gespräch mit Stump Logan gewesen. Die Zeit und ihr Anwaltstitel hatten den Vorgang nicht leichter gemacht.

Zwei Polizisten packten Mitchell Whitman in einen Leichensack, während zwei andere mit langen Stangen herumfuhrwerkten und die Klapperschlangen nach Jonathans Anweisungen aus der Grube beförderten. *Inadu* waren den Cherokee heilig. Jonathan hätte sie nie auf dem Boden einer Grube verhungern lassen.

Zwei weitere Helikopter landeten – ein Rettungshubschrauber und einer von einem örtlichen Fernsehsender, aus dem zwei Männer mit Videokameras und ein schick gekleideter Reporter stiegen. Mary beobachtete, wie er Stump Logan ein Mikrophon vor das breite Gesicht hielt und sich dann vor der Hütte aufbaute und für die Zuschauer der Abendnachrichten wiederholte, was er gehört hatte.

Ein bulliger Staatspolizist kam auf sie zu und hielt ihr eine Decke hin.

»Wir müssen los, Ma'am«, sagte er, den Blick auf den blutgetränkten Verband an ihrer Schulter gerichtet. »Der Rettungshubschrauber wartet.«

»Aber ich muss dem Mann da drüben noch die Jacke zurückgeben.« Mary sah hinüber zur Schlangengrube, doch Jonathan war nicht mehr da.

»Tut mir Leid, Ma'am. Ich sorge dafür, dass er sie bekommt. Der Staatsanwalt wartet auf Sie im Krankenhaus von Robbinsville.« Er bot ihr seinen Arm an; offensichtlich hatte er den Auftrag, sie zum Hubschrauber zu bringen.

»Aber es ist wichtig, dass ich noch mal mit ihm spreche«, protestierte sie.

Der Polizist sah sie mit unbewegter Miene an.

Seufzend nahm sie den Stein in die Hand, den Jonathan ihr gegeben hatte, und stützte sich auf den Arm des Polizisten.

Stump Logan hatte dem Kamerateam befohlen, nicht zu drehen, während Mary zum Hubschrauber gebracht wurde. Sie suchte nach Jonathan, sah aber nur ein graues Meer von Uniformen.

»Können wir nicht noch einen Moment warten?« Mary ging immer langsamer und spürte plötzlich starke Hitze in ihrer Schulter.

»Nein, Ma'am. Wir müssen los. Tut mir Leid.«

Stump Logan rief etwas, als der Polizist sie sanft, aber entschieden zum Hubschrauber schob. Alex und Joan waren bereits an Bord – Joans entzündeter Fuß wurde behandelt, und Alex hatte Homer auf dem Schoß. Der Polizist führte Mary zu einem Sitz, vor dem schon ein Sanitäter stand und nervös darauf wartete, sich ihre Schulter anzusehen. Panik stieg in ihr auf.

Zwei Polizisten schnallten ihren Sitzgurt fest. Mary ließ ihren Blick über die Menge schweifen, doch sie sah nur Polizisten, die Hütte, sogar die beiden Leichensäcke auf der Veranda, aber keinen Jonathan. Wo war er bloß? Sie reckte den Hals, um an dem Sanitäter vorbeisehen zu können, der ihr ein Blutdruckmessgerät um den Arm legte.

»Hundertzweiundfünfzig zu sechsundneunzig«, sagte der junge Mann. »Ganz schön hoch.«

»Tja, angeschossen zu werden, hebt den Blutdruck«, blaffte Mary, während sie weiter die Menge absuchte. War Jonathan verschwunden, ohne sich zu verabschieden?

Plötzlich schob sich eine große Gestalt durch die Polizisten vor dem Hubschrauber. Einem Beamten flog der Hut herunter; er drehte sich um und packte den Mann, der sich an ihm vorbeidrängen wollte. Mary beugte sich über den Sanitäter und brüllte aus der immer noch offenen Tür.

»Jonathan!«, schrie sie.

»Hey!« Er schüttelte den kräftigen Polizisten einfach ab und rannte zum Hubschrauber, dessen Rotor sich gerade mit einem lauten Dröhnen zu drehen begann.

»Kommst du nicht mit?«, rief Mary.

Er zog sich vor den wirbelnden Rotorblättern zurück und streckte die Hände aus. Er kann mich nicht hören, merkte sie voller Verzweiflung.

»Nehmen wir denn nicht alle mit?« Mary funkelte den Sanitäter wütend an.

»Dieser Rettungshubschrauber ist voll. Ihr Freund muss mit der Polizei fliegen.«

Mary drehte sich wieder zur offenen Tür um. Jonathan sah sie einen Moment hilflos an, dann legte er die Hände um den Mund. »Hey, Mary – würdest du mir je wieder einen Platz frei halten?«

Seine Worte hallten in ihrem Kopf. Er erinnerte sich! Sie wollte nicht weinen, aber es war hoffnungslos. Als sich der große Rotor schneller drehte, schossen ihr zum ersten Mal seit dreizehn Jahren Tränen in die Augen.

»Ja!«, rief sie.

Er runzelte die Stirn, schüttelte den Kopf, konnte bei dem Lärm nichts verstehen.

Sie nickte kräftig mit dem Kopf, hob den Arm, als der Sanitäter die Tür zuschob, und reckte den Daumen nach oben.

Jonathan lachte und erwiderte die Geste.

Die Tür schloss sich, der Hubschrauber senkte sich nach rechts, und sie hoben ab. Lachend und weinend winkte sie aus dem kleinen Fenster, bis sein Gesicht kleiner und kleiner wurde und schließlich nur noch ein heller Fleck auf der goldenen Wiese war; dann konnte sie ihn nicht mehr sehen. Sie schaute auf den rot gesprenkelten Stein, den er ihr gegeben hatte. Plötzlich wusste sie es. Das war der Stein, nach dem sie so lange gesucht hatte – der siebte Stein! Er lag in ihrer Hand. Endlich war sie frei!

Der Sanitäter hielt ihr ein Thermometer hin. »Wollen Sie das jetzt machen oder später?«, rief er über das Dröhnen des Motors.

»Später«, antwortete sie. Tränen liefen ihr übers Gesicht.

Sie lehnte den Kopf gegen die Sitzlehne und sah hinunter auf die Alten Männer. Obwohl sie sich jetzt in ihren leuchtenden Herbstfarben noch scharf abhoben, würde am Abend dicker weißer Nebel aus den Wäldern aufsteigen und sie einmal mehr verbergen. *Disgagistyi*, *Dakwai*, *Ahaluna*. Obwohl sie ihr ihre Vergangenheit nicht zurückgegeben hatten, boten sie ihr eine strahlende Zukunft mit dem Versprechen auf Liebe an.

»Behaltet eure Geheimnisse noch ein Weilchen für euch, Alte Männer«, sagte sie leise. »Ich komme wieder. Krähen finden immer den kürzesten Weg nach Hause.«

Mein Dank geht an:

Die Nashville Writers Alliance: Ronna Blaser, Kae Cheatham, Phyllis Gobbel, Martha Hickman, Nancy Hite, Amy Lynch, Madeena Nolan, Michael Sims, Steve Womack und Jim Young sowie Dr. Tracy Barrett von der Vanderbilt University.

Die Flatiron Writers aus Asheville, North Carolina: Cathy Agrella, Alan Anderson, Perien Gray, Toby Heaton und Heather Newton.

Meine Agenten Robbie Anna Hare, deren Glaube und harte Arbeit an diesem Projekt der Schlüssel zu seinem Erfolg waren, und Ron Goldfarb, dessen Ratschläge und Betreuung unbezahlbar waren.

Meine Lektorin Kate Miciak, deren kluge Vorschläge dem Buch noch mehr Kraft verliehen.

Und schließlich an die besten Freunde und Erstleser, die sich jede Autorin und jeder Autor nur wünschen kann – Genève Bacon, Cynthia Perkins und Alan White

Sallie Bissell